ULLSTEIN

W0278995

Das Buch

Als Gillons jüngere Schwester frisch verheiratet ein Kind bekommt, flieht die junge Frau aus Charleston vor den sie erdrückenden familiären Erwartungen. Gillon will auf keinen Fall eine immer lächelnde, adrette Südstaaten-Hausfrau werden. In London trifft sie Tilly, die sehnlichst, aber vergeblich auf einen Heiratsantrag von Henry wartet. Henry fühlt sich diesem Schritt nicht gewachsen und er beginnt, sich vor Tillys Forderungen zu fürchten. Ohne es zu wollen, beschleunigt Gillon das Auseinandergehen der beiden: Mehr aus Gutmütigkeit denn aus wahrem Interesse lädt sie den Freund ihrer Freundin ein, sie in Charleston zu besuchen, wo er als Naturfotograf wunderbare Aufnahmen von den Sümpfen und der Vogelwelt machen könnte. Als Henry sie besucht, ist er von ihr und ihrer Familie fasziniert. Er bewundert Gillons Bindung an ihre Heimat, ihr Gefühl der Zugehörigkeit zu etwas, das mehr ist als sie selbst. Tilly und ihre Freunde stehen wie Gillon den zahllosen Möglichkeiten ihrer Generation ratlos gegenüber, aber immer sind ihre Sehnsüchte in Liebes- und Lebensdingen von der Elterngeneration geprägt. Erst als sie bereit sind, sich ihren eigenen Verletzungen und Forderungen zu stellen, erkennen sie, dass sie allein die Verantwortung für ihr Lebensglück tragen.

Die Autorin

Joanna Trollope wurde im englischen Gloucestershire geboren, wo sie mit ihrem Mann heute wieder lebt. Nach Jahren im auswärtigen Dienst und als Lehrerin veröffentlichte sie 1987 ihren ersten zeitgenössischen Roman und schaffte sofort den Sprung auf die Bestsellerlisten. Heute ist Joanna Trollope eine der erfolgreichsten englischen Autorinnen.

Von Joanna Trollope sind in unserem Hause bereits erschienen:

Affäre im Sommer
Eine ganz normale Affäre
Unter Freunden & Die nächsten Verwandten
Zwei Paare
Die Zwillingsschwestern

Joanna Trollope

Das Mädchen aus dem Süden

Roman

Aus dem Englischen
von Gisela Stege

Ullstein

Besuchen Sie uns im Internet:
www.ullstein-taschenbuch.de

Umwelthinweis:
Dieses Buch wurde auf chlor- und säurefreiem Papier gedruckt.

Ullstein Verlag
Ullstein ist ein Verlag der Ullstein Buchverlage GmbH.
1. Auflage Februar 2004
© 2004 für die deutsche Ausgabe by Ullstein Buchverlage GmbH
© 2002 für die deutsche Ausgabe by Econ Ullstein List Verlag GmbH & Co. KG,
München / Ullstein Verlag
Copyright © 2002 by Joanna Trollope
Titel der englischen Originalausgabe: *Girl from the South* (Bloomsbury, London)
Übersetzung: Gisela Stege
Umschlaggestaltung: Thomas Jarzina, Köln
Titelabbildung: Ingolf Pompe / LOOK, München
Gesetzt aus Galliard und Bauhaus
Satz: hanseatensatz, Bremen
Druck und Bindearbeiten: Clausen & Bosse, Leck
Printed in Germany
ISBN 3-548-25803-4

Spätfrühling

Charleston, South Carolina

1

Gillon lag mit geschlossenen Augen im Bett. Die eine Hand hatte sie locker unters Kinn gestützt, die andere lag auf der Decke und hielt die Fernbedienung des Fernsehers. So machte sie es jeden Morgen: Sobald der Wecker klingelte, fuhr sie hoch und tastete nach Fernbedienung und Einschaltknopf – alles, ohne die Augen zu öffnen. Es war eine Geste des trotzigen Widerstands gegen die wartenden Anforderungen des Tages. Jawohl, sie hatte den Wecker gehört. Jawohl, sie akzeptierte die Tatsache, dass die Außenwelt, im Fernsehen so aufdringlich präsent, tatsächlich existierte. Aber nein, sie würde die Augen nicht aufmachen und an ihr teilnehmen. Jedenfalls jetzt noch nicht.

»Die Tagestemperaturen klettern heute auf 20 Grad Celsius«, sagte der Mann von Stormteam. Gillon wusste, wie er aussah: ein großer, kräftiger, durchschnittlicher Mann mit einer Stimme, die durch ihren Ton gerade eben eine Spur Dramatik in die langweiligeren sowie Besänftigung in die beunruhigenderen Wetterberichte brachte. »Luftfeuchtigkeit etwas über 60, 62 draußen am Flughafen, heute Abend möglicherweise auf 58 absinkend, später ist leichter Regen zu erwarten, der von südwestlichen Winden herangebracht wird ...«

Vermutlich zeigte er hinter sich auf die Wetterkarte, auf die blauen Wolkentuffs und den Regen, der strichweise von Florida durch Georgia die Küste heraufzog. Er konnte die Karte natürlich nicht sehen, sondern musste mit seinen großen, gepflegten Händen (so viele Männer des öffentlichen Lebens hatten heutzutage gepflegte Hände; bald würde es in den Nagelstudios Geschlechterkämpfe um die Plätze geben) blindlings dorthin zeigen, wo er die verschiedenen Landstriche wusste, die Berge oben in North Carolina, das Flachland von South Carolina dort, wo Charleston lag, die lange, ebene Küstenlinie nach Washington hinauf und Richtung New York, bis zu der felsigen Küste Hunderte von Meilen nördlich, die Gillon in Gedanken immer mit dem Bedürfnis verband, auf dem grauen Wintermeer Wale zu jagen, weit von zu Hause entfernt, im Kampf gegen Wasser und Wetter und Ungeheuer, so groß wie Apartmenthäuser. Früher einmal hatte Gillon beim Lesen über die Wale zwei Ausgaben von *Moby Dick* zerfleddert. Aber schließlich las sie eigentlich immer. In ihrer Kinderzeit waren ganze Sommermonate, Thanksgivings- und Weihnachtstage vergangen, an denen sie nichts getan hatte als lesen. Ihr Vater war an ihr verzweifelt, genauso wie auch die Großmutter. Die Großmutter hatte ihr erklärt, wenn sie nie etwas andere täte als nur lesen, werde sie niemals einen Ehemann finden. Und die Großmutter hatte Recht. Da lag sie, nahezu dreißig, mutterseelenallein in einem Einzelbett in der Mansardenwohnung eines schäbigen Hauses am falschen Ende der Queen Street und hatte keine andere Gesellschaft als die Fernbedienung eines Fernsehers. Ein Ehemann schien so weit von ihr entfernt zu sein wie der Mond.

Sie machte ein Auge auf. Ihr Bett stand in einer Ecke, wo sich zwei schräge Elemente der Zimmerdecke trafen. Auf dem einen prangte ein Fleck (vermutlich Regen, der vom Atlantik her durch das vernachlässigte Dach hereinpeitschte), der, wenn man einen Rüssel und noch ein Bein hinzufügte, wie ein Elefant aussehen würde. Das andere hatte einen Riss, der etwa fünfzehn Zentimeter lang war und aus dem am breiteren Ende gelegentlich eine kleine Spinne auftauchte, um zu der Spitze zu marschieren, an der sich die Dachwinkel trafen, und mit der Konstruktion eines Netzes zu beginnen. Einmal, als Gillon einen rauen Hals und Fieber hatte und den ganzen Vormittag im Bett verbrachte, hatte sie zugesehen, wie eine hauchfeine, fünf Zentimeter große Hängematte gesponnen wurde. Und das hatte ihr das Gefühl gegeben, dass für sie selbst jeder Versuch, etwas perfekt zu machen, absolut sinnlos war.

Am anderen Ende des Zimmers ging ein Dachfenster nach Süden auf die Queen Street hinaus. Die Baumwollblende davor hatte sich teilweise von der Stange gelöst, so dass man ein dreieckiges Stück Himmel sehen konnte. Der Himmel war an diesem Morgen blau. Von einem klaren, reinen, kräftigen Frühlingsblau, einem Blau, das es nur gab, wenn die Luftfeuchtigkeit nicht allzu hoch war, wenn sich keine Schleier weicher, dampfender Luft wie Seihtücher über die Stadt legten. »Krankenhauswetter« hatte Gillons Großmutter die Sommer- und Frühherbstmonate in Charleston genannt. Sie erinnerte sich noch, wie die Klimaanlagen aufgekommen waren. Davor, sagte sie, wurden sie und ihre Brüder über den Sommer nach Martha's Vineyard geschickt. Sie habe dieses nördliche Exil gehasst, behauptete sie, und sich immer nur nach Charleston gesehnt. Grandmama, dachte Gillon, muss der am heftigsten von Charleston besessene Mensch der gesamten Weltgeschichte sein.

Gillon richtete sich auf. Ein geschniegeltes junges Mädchen von NBC in New York, mit perfekter Frisur, perfektem Make-up und toten Augen las die aktuellen Börsenpreise herunter. Gillon stellte den Ton aus und sah eine Weile zu, wie das junge Mädchen auf dem Bildschirm mit den Lippen Worte formte. Jetzt konnte sie den Verkehr unten auf der Straße hören, und der Mann in der Wohnung unmittelbar unter ihr hatte die Waschmaschine eingeschaltet. Er hatte sie direkt an die Wand gestellt, an der auch Gillons Bett stand, und wenn der Schleudergang einsetzte, bewirkte das unregelmäßige Rumpeln zuweilen, dass Gillon ein Buch aus der Hand rutschte. Sie hatte mit ihm darüber gesprochen.

»Kein Problem«, hatte er gesagt.

»Ich meine, könnten Sie die Maschine nicht einfach ein Stückchen vorziehen, vielleicht nur ein paar Zentimeter?«

»Kein Problem«, hatte er gesagt.

Aber das Rumpeln hörte nicht auf. Gillon saß auf ihrer Bettkante und beobachtete, wie ihr Kopfkissen zuckte, als läge ein kleines Tier darunter, das einen Schluckauf hatte. Dann stand sie auf und reckte sich. Das Bett rumpelte sanft und rhythmisch gegen ihre Unterschenkel. Sie zog sich ihr Nacht-T-Shirt über den Kopf und ließ es zu Boden fallen. Das hatte ihr Ashley geschenkt, ihre Schwester. Es war hellgrau, mit pinkfarbenen Herzen bedruckt und trug vorn die Aufschrift: *»Don't die not knowing«*. Nun ja, Ashley wusste. Wenigstens einiges. Ashley war fünfundzwanzig, hatte einen Ehemann, fast eine Profi-Küche und gehörte zur Junior League. Ashley wusste, jedenfalls wenn man nach ihren Kleidern, ihrer Frisur und ihrem Verhalten ging, was es hieß, eine Frau zu sein.

Gillon zog den verschossenen, indigoblau eingefärbten Baumwollkimono über, den sie in einem Discountladen für sieben Dollar erstanden hatte, und trottete zur Dusche auf dem Flur. Niemand außer ihr benutzte die Dusche, aber sie gehörte nicht zur Wohnung, deswegen hatte Gillon erfolgreich eine beträchtliche Mietminderung aushandeln können. Preisherabsetzungen waren für Gillon im Augenblick lebensnotwendig. Daddy und

Mutter boten ihr ständig Hilfe an, ständig, aber Gillon weigerte sich, sie anzunehmen. Sie konnte nicht. Ein Mensch von nahezu dreißig Jahren, der so oft von zu Hause ausgezogen war wie Gillon, konnte unmöglich Almosen annehmen. Als sie ihre Praktikantenstelle am Pinckney Museum of Art bekam, hatte Daddy versucht, sie zur Annahme einer Art Taschengeld zu bewegen.

»Niemand, Gill, kann von sechstausend Dollar im Jahr leben.«

»Ich vielleicht doch ...«

»Ausgeschlossen. Absolut unmöglich.«

»Ich werd's versuchen.«

»Nein«, sagte Daddy. Und lächelte. Sein Lächeln beinhaltete die ganze ruhige, liebevolle Selbstsicherheit eines Mannes – eines männlichen Wesens –, der immer alles am besten weiß.

Sie hatte sein Lächeln nicht erwidert.

»Wart's ab«, hatte sie zurückgegeben.

Sie nahm einen Abendjob in einer Bar an der Market Street sowie einen Samstagsjob in einem Lunchrestaurant an der King Street an. Sie spielte die Südstaatlerin für große, blasse Touristen aus dem Mittelwesten, die sie zu gebratenen Austern überredete und denen sie Pecannussbutter über die Süßkartoffelpfannkuchen goss. Ihr Vater setzte keinen Fuß in die Bar oder das Restaurant, genauso wenig wie ihr Bruder Cooper. Aber Ashley kam gelegentlich – mit einer Freundin, niemals mit ihrem Ehemann –, und Gillons Mutter Martha kam, manchmal allein und manchmal mit einem Patienten aus ihrer Privatpraxis. Sie hatte eine private Psychiatriepraxis draußen am Mount Pleasant, wo sie drei Tage in der Woche Sprechstunde hielt. An den übrigen zwei Tagen arbeitete sie an der Medical University of South Carolina, ganz weit oben an der Ashley Avenue. Es war in der ganzen

Familie bekannt, dass Grandmama auf ihre Tochter, die Psychiaterin, stolz war, aber auch nicht klug aus ihr wurde. Es hatte schreckliche Kämpfe gegeben, als Martha die Graduate School in New York besuchen wollte – alles nördlich von Virginia war für Grandmama mit einem Fluch belegt. Aber Martha hatte gewonnen. Martha war nach New York gegangen, hatte ihren Doktor gemacht, war nach Charleston zurückgekommen und hatte Boone Shewell Stokes geheiratet, Gillons Vater, den Grundstücksmakler, mit dessen eigenem Vater Grandmama vor langer Zeit auf dem St. Cecilia's Ball getanzt hatte. Und nun beschäftigte sich Martha mit Beschädigungen, menschlichen Beschädigungen, mit den Wunden, die von Unterwerfung, Meinungsverschiedenheit oder erkanntem Versagen herrührten. Viele ihrer Patienten waren Frauen. »Meine Musterhäftlinge« pflegte Martha sie zu nennen. Einige nahm sie mit in das Lunchrestaurant, wo Gillon arbeitete, und Gillon bemerkte – man konnte es nicht übersehen, so sehr man Martha auch liebte, und es fiel schwer, sie nicht zu lieben –, wie unbeschwert sie mit den Patienten umging, wie selbstverständlich, offen und fast demonstrativ. Es war eine völlig andere Mutter als jene, die Gillon als Kind, als Heranwachsende zu Hause gekannt hatte. Die war freundlich gewesen, natürlich, aber kühl und zerstreut, und hatte es immer, immer sehr eilig.

»Du musst deinen Weg selber finden«, sagte Martha immer wieder zu Gillon. »Das kann kein anderer für dich tun.«

Gillon drehte die Dusche auf. Das Wasser schoss quer durch die kleine geflieste Nische und traf prasselnd auf die Wand gegenüber. Sie warf ihren Kimono auf den Boden – sie fand es schön, dass er indigo eingefärbt war; Charleston hatte in seiner wohlhabenden Vergangenheit

Unmengen von Fässern mit Indigo exportiert – und trat in den Wasserstrahl. Ihr Spiegelbild schimmerte schwach auf der blanken, elfenbeinfarben gekachelten Wand, klein und blass mit dem Schopf nicht zu bändigender Haare, krauser Haare, Haare, die sich bei feuchtem Wetter aufrichteten und ihren Kopf mit einem Dschungel unentwirrbarer Locken umgaben. Niemand wusste, woher sie diese Haare hatte. Kein Alton (Urgroßvater), Cutworth (Grandmama) oder Stokes (Daddy) hatte solche Haare, Haare wie ein wild gewordener Engel. Sie alle hatten anständige Haare, leicht zu frisierende, glatte, folgsame Haare, die Art Haare, wie Ashley sie bis weit unter ihre Schultern tragen und mit kleinen, gut eingeübten Bewegungen zurückwerfen konnte, damit sie in einem seidenweichen Fächer herabfielen. Gillon schloss die Augen und kippte sich Shampoo in die hohle Hand. Jemanden fragen, was er vom Leben erwartete, mit wem er zusammen sein wollte, wie er seine persönliche Identität sah, war eines. Aber von einem Menschen zu verlangen, dass er sich tagein, tagaus mit solchen Haaren herumschlagen sollte, war etwas ganz anderes.

Draußen vor dem Pinckney Museum of Art ließ sich eine Gruppe von Touristen, auf Besichtigungstour zu Charlestons Architekturschätzen, die Rundkirche auf der anderen Straßenseite erklären. Der Vortragende war ein hochgewachsener Mann mit Brille und Spitzbart – ein vertrauter Anblick für Gillon –, der sich vor zehn Jahren auf einer Reise von Portland, Oregon, hierher in Charleston verliebt und sich zu einem fanatisch begeisterten Touristenführer entwickelt hatte. Die Touristen selbst blickten ein wenig benommen drein. Sie hatten jeder für neunzig Minuten intensiver architektonischer und historischer Informationen fünfzehn Dollar bezahlt und brauchten nun dringend Toiletten und Kaffee. Am Rand der Gruppe versteckte sich, wie Gillon bemerkte, die übliche Hand voll Männer hinter ihren Videokameras. Eine Videokamera bedeutete, dass man sich nicht alles merken musste, weil die Kamera es aufzeichnete. Dann konnte man ohne eigene geistige Unkosten ganz Charleston ins Wohnzimmer in Ipsilanti, Michigan, mitnehmen und auf dem Fernseher abspielen.

Gillon drückte sich an der Gruppe vorbei, stieg die Treppe hinauf und ging durch die doppelte Pendeltür. Die freiwillige Helferin am Empfang – eine Frau mit freundlichem Gesicht, die jeden Anruf beantwortete, als spräche sie liebevoll mit einem Mitglied der eigenen Familie – warf einen Blick auf die Uhr, sah Gillon an und schüttelte den Kopf.

»Ich komme nicht zu spät ...«

»Sieben Minuten.«

»Sie sollten mich nicht kontrollieren ...«

»Ich möchte, dass Sie pünktlich sind«, sagte die Freiwillige liebenswürdig. »Ich möchte, dass Paul mit Ihnen zufrieden ist.«

Gillon lehnte sich kurz gegen den Empfangstisch.

»Er ist mit meiner *Arbeit* zufrieden.«

»Davon bin ich überzeugt.«

Gillon ging durch den Korridor an der Rezeption vorbei bis in die untere Galerie. Sie war gesäumt von Quilts, einer Ausstellung afrikanisch-amerikanischer Quilts, leuchtend bunt vor den dunklen Wänden. Eines Abends, als die Galerie schon geschlossen war, hatte Gillon sich noch allein in der Ausstellung aufgehalten und sich bewegt und beunruhigt gefühlt. Quilts waren, wie es schien, keineswegs volkstümlich, häuslich und gemütlich. Sondern Quilts waren eine Stimme, und zwar keine sehr angenehme. Besonders vor einem hatte sie sich

Ewigkeiten aufgehalten. Er stammte von einer Frau aus Savannah: »Ja. A. Johannes aus Savannah« lautete die dazugehörige Karte. Es war ein Gedicht, ein gequiltetes Gedicht.

Und ich unter der Arbeit meiner Mutter
In den leuchtenden Mustern, die sie schuf
Denn sie bewahrte sich einen oder zwei Träume
Aus der Zeit, bevor sie Sklavin wurde.

Als sie das las, hatte Gillon Zorn und Erregung empfunden. Sie hatte, während sie da vor dem Quilt stand, das ganze Gedicht auswendig gelernt. Irgendetwas an der Stille dieses Gedichts, seinem Rhythmus wie Trommelschlag, ließ sie einfach nicht mehr los. Jeden Tag auf ihrem Weg zu den Büros ganz oben im Haus blieb sie stehen, um Ja. A. Johannes aus Savannah guten Morgen zu sagen. Dabei machte sie, ohne sich darum zu kümmern, ob sonst noch jemand in der Galerie war, einen kleinen Knicks. Dann stieg sie die moderne, granitfarbene Treppe hinauf, an den Doppeltüren zum großen Salon und der Rotunde vorbei, und weiter hinauf bis zu den weißen Büros, wo der Galeriedirektor und der Kurator für die Sammlungen arbeiteten, der Direktor exakt und präzise, der Kurator inmitten eines beträchtlichen Chaos.

Paul Landers konnte, eigenem Eingeständnis zufolge, nicht mal ein Kartenspiel in Ordnung halten. Er arbeitete in einem sich täglich steigernden Durcheinander von Papier, doch seine Planung der Projekte war sauber und stimmig. Als Gillon zu einem Bewerbungsgespräch wegen der Praktikantenstelle kam, hatte sie erwartet, dass man sie auffordern werde, ihm mehr oder weniger Ordnung beizubringen, dann aber stellte sich sehr schnell heraus, dass sich der feste Griff, mit dem er alles, was in der unbezweifelten Präzision seines Gehirns vorging, gepackt hielt, mit fatalen Folgen lockern könnte, sollte ihm jemals Ordnung beigebracht werden. Nein, das war es nicht, wofür er sie brauchte. Mit ihrem Studienfach Kunst, den Intensivkursen, die sie in verschiedenen Maltechniken absolviert hatte, und der Promotion, die sie an der University of North Carolina begonnen (und abgebrochen) hatte, brauchte er sie für Katalogrecherchen, biographische Informationen, ein bisschen Public-Relations-Basisarbeit, Schulprojekte und sogar die Entwicklung neuer Ideen. Er brauchte sie sozusagen als Schallwand, an die er seine Ideen wie Bälle werfen und testen konnte. Er war ein überaus ehrgeiziger Mensch, der mit den engen Grenzen einer kleinen, engen Provinzgalerie kämpfte, und brauchte einen anderen Menschen, um diesen Überschuss an Energie abzureagieren. Einmal hatte er sie auch angebaggert, hatte seine Brille abgenommen und sie in eine feste Umarmung gerissen, bevor sie überhaupt merkte, dass er von seinem Stuhl aufgesprungen war.

»Pfoten weg!«, hatte Gillon gekreischt und ihr Gesicht von seinem Mund abgewandt. »Lassen Sie mich los!«

»Ich konnte nicht anders«, sagte er atemlos und mit gesträubten Haaren. »Ich musste es einfach tun.«

Von da an verhielt er sich absolut normal. Er lud sie zum Kaffee ein. Sie lehnte ab.

»Ich würde vermutlich auch nicht mit mir Kaffee trinken wollen«, sagte er gleichmütig.

»Sie sind verheiratet«, sagte Gillon.

Er nickte.

»Aber sicher.«

Gillon ging auf die Damentoilette, ließ ein Waschbecken mit kaltem Wasser voll laufen und steckte ihr Gesicht hinein. Ein mieser Kuss war ja so ganz anders als ein schöner! Ein mieser Kuss war so mies, dass er Gefahr lief, einem jegliches Küssen auf immer und ewig zu vermiesen.

Zwei Tage später bot er ihr das Miniaturen-Projekt an. Wie er sagte, wollte er, dass sie nicht nur für den Katalog recherchierte, er wollte, dass sie ihn verfasste. Wenn er gut genug sei, könne er sogar unter ihrem Namen veröffentlicht werden, vielleicht mit einem kleinen Vorwort von ihm oder dem Direktor. Die Miniaturen gehörten zu den Kostbarkeiten des Pinckney, Miniaturen der erfolgreichen Bürger des achtzehnten und neunzehnten Jahrhunderts in Charleston von Peal, Malbone und Fraser, Miniaturen, die sehr gefragt waren, bis die Daguerreotypie aufkam und sie verdrängte.

»Und warum machen Sie das nicht selbst?«, wollte Gillon wissen.

Er saugte an seinen Zähnen. Dann klopfte er mit einem Stift dagegen.

»Weil ich Miniaturen nicht mag.«

»Wie bitte?«

»Ich kann diese – wie mir scheint – übermächtige *Selbstgefälligkeit* der Miniaturen nicht ertragen«, sagte Paul Landers.

Das war vor drei Monaten gewesen. Es waren vielleicht die ersten drei Monate, nachdem Gillons formelle Ausbildung beendet – oder ehrlicher gesagt, unvermittelt abgebrochen worden – war, in denen sie beständig, gewissenhaft und konsequent an etwas gearbeitet hatte. Es gefiel ihr. Des Abends verließ sie das Gebäude mit einem Gefühl leichter Verwunderung, dass es die Meeting Street immer noch gab, dass alles seinen alltäglichen Gang ging, während sie in einer ganz anderen Welt gefangen war, einer Welt der Details, aber auch einer Welt der Abenteuer und Eskapaden. Charleston war reich gewesen, gewiss, ungeheuer reich durch Reis, Indigo, Baumwolle und Sklaven, doch dieser Reichtum war unendlich fragil, unendlich gefährdet und labil. Ein Unwetter auf dem Atlantik, der Verlust nur einer Hand voll beladener Schiffe, und das Kartenhaus brach in sich zusammen und hinterließ nur diese perfekten winzigen Gesichter, die sie den ganzen Tag studierte, die in ihren Ovalen aus Perlen und Gold in einen bodenlosen Abgrund starrten.

Als der Katalog fertig war – und das stand kurz bevor –, wusste Gillon nicht so recht, wie es weitergehen sollte. Die meisten Praktikanten blieben nur drei Monate, ganz selten sechs. Wegen Paul, wegen des Katalogs, war sie nun schon neun Monate hier. Paul hatte keine weiteren Projekte erwähnt, ja, hatte niemals über die Zukunft gesprochen, weder im Hinblick auf sie noch im Zusammenhang mit der Galerie. Er dachte an eine Ausstellung des Porträtmalers Henry Benbridge aus Charleston, aber das hatte er nur mit dem Direktor besprochen, nicht mit ihr. Gillon glaubte nicht, dass er es noch tun würde. Und wenn er es nicht tat, würde sie ihre eigenen Pläne machen müssen, die Art von Plänen, die sie in den letzten zehn Jahren immer wieder gemacht hatte, Pläne, die es ihr ermöglichten, aus Charleston zu fliehen, und sie dann doch jedes Mal wieder zurückführten, in wieder ein anderes, schäbiges Apartment, weil sie sich immer wieder gegen ihr altes Schlafzimmer im Elternhaus wehrte, das stets auf sie wartete, mit einladend geöffneter Tür, dicken Kopfkissen auf dem Bett, eingeschalteten Lampen ...

»Such dir selber deinen Weg«, sagte die Mutter.

Aber das war das Problem, das Suchen und Finden. Sie hatte das Gefühl, gesucht und gesucht zu haben, gesucht zu haben, seit sie zur Highschool ging, und dass alles, was sie bis jetzt gefunden hatte, niemals das war, was sie sich erhoffte. Es hatte Höhepunkte gegeben, bei denen ihr das Herz hüpfte, aber die waren nur flüchtig gewesen. Es hatte nichts gegeben, wonach sie sich sehnte, nichts, das Bestand hatte, nichts, das sie wirklich *klar erkannte.*

Pauls Tür stand offen. Er hatte seine Brille oben auf den Kopf geschoben und betrachtete mit zusammengekniffenen Augen ein Dia in einem winzigen Papprahmen, den er gegen das Licht hielt. Sein Hemd sah aus, als hätte es die vergangene Nacht auf dem Boden des Badezimmers verbracht, aber so sahen alle seine Kleidungsstücke aus. Vielleicht hatte Adèle, seine Frau, der Gillon einmal begegnet war und die sie einschüchternd fand, eine Auffassung der Ehe, die das Bügeln und sogar die physische Fürsorge für einen anderen Erwachsenen, der durchaus für sich selbst sorgen konnte, nicht einschloss. Adèle war Musikerin, eine moderne, ernsthafte atonale Komponistin und Geigerin. Und wenn man es recht bedachte, wirkte Adèle selbst auch recht ungebügelt. Aber schließlich galt das – Gillon blickte an sich herab – nach den Maßstäben ihrer Mutter und ihrer Schwester genauso gut auch für sie selbst.

»Sie kommen zu spät«, bemerkte Paul.

»Sieben Minuten.«

»Neun. Warum kommen Sie zu spät?«

Gillon sah zum Fenster hinaus.

»Ich ... bin nicht in die Gänge gekommen.«

Er legte das Dia auf den Wust von Papieren auf seinem Schreibtisch. Dann holte er die Brille auf seine Nase zurück.

»Sie sind keine Studentin mehr.«

»Wissen Sie was?«, entgegnete sie. »Irgendwie bin ich das schon.«

»Nur weil Sie darauf bestehen.«

»Darauf bestehen?«

»Sich selbst als Studentin zu betrachten.«

»Na ja«, sagte sie. Dabei stand sie auf einem Bein und rieb einen Fuß auf dem Rücken des anderen. »Ich habe kein Geld. Ich arbeite niemals mehr als ein paar Monate hintereinander. Ich besteige Flugzeuge, und dann komme ich zurück. Ich glaube, ich gehe auf und davon, ich glaube, ich komme weiter, aber in Wirklichkeit renne ich ewig im Kreis.«

»Gehen Sie öfter mal mit jemandem aus?«

Gillon hörte auf, ihren Fuß zu reiben.

»Nein.«

»Und warum nicht?«

»Sie reden genau wie meine Großmutter. Und überhaupt, was geht es Sie an?«

Paul lehnte sich im Sessel zurück.

»Ich habe mich an Sie gewöhnt.«

»Und?«

»Sie haben – nun ja – Sie haben Charme. Sie besitzen Originalität. Sie sind nicht die Art von jungem Mädchen, die ein Mann einfach als eins von vielen anderen hübschen abtut ...«

»Oh, vielen Dank!«

»Ist es das, was Sie wollen?«

»Was?«

»Einen Mann.«

Gillon stellte ihren Fuß auf den Boden.

»Sagen Sie mal, was soll dieses Gespräch?«

»Ich denke an Ihre Zukunft.«

»Ach, wirklich?«

»Es wird Zeit, dass Sie weiterziehen«, sagte Paul. »Sie sind aus allem herausgewachsen, was ich Ihnen hier bieten kann.«

Gillon sah ihn an.

»Ich habe irgendwie versucht, nicht daran zu denken.«

»So ist es hier. Ja, als Zugezogener, im schnellen New Jersey geboren, würde ich sagen, so handeln alle Menschen in Charleston.«

»Nicht mal die Stellenanzeigen hab ich gelesen«, sagte Gillon. »An manchen Abenden liege ich einfach da und warte darauf, dass irgendein Big Foot durch die Decke bricht, mich platt walzt und so alles für mich entscheidet.«

»Äußerst melodramatisch.«

»Sicher. Aber ganz leicht.«

»Mögen Sie es denn leicht?«

Gillon sah ihn an.

»Nein«, sagte sie.

»Was wollen Sie dann?«

»Ich möchte *Gewissheit*«, sagte sie. »Ich möchte jemanden oder etwas finden, den oder das ich einfach ansehen muss, und mein Herz sagt mir sofort: ›Ja‹. Kein Rumprobieren.«

»Aha.«

Gillon legte beide Hände flach auf den nächstbesten Platz seiner Schreibtischplatte, der nicht über und über mit Papieren bedeckt war.

»Früher waren es für mich Bücher. Bei nahezu jedem, das ich las, glaubte ich, den Heiligen Gral gefunden zu haben. Aber das scheint nicht mehr zu funktionieren. Inzwischen stelle ich zu viel in Frage.«

»Sie wissen zu viel«, berichtigte Paul. »Das passiert, wenn man älter wird.«

Gillon richtete sich auf.

»Jetzt reicht's mit dem Kumpelgetue. Sie sind, nun ja, Sie sind wirklich sehr freundlich. Aber ich werde jetzt an die Arbeit gehen.«

»Eine Minute noch«, sagte Paul.

Gillon verspürte einen Stich böser Vorahnungen. Sie

richtete den Blick auf ihn, um zu sehen, ob er sie wieder anfallen würde.

»Ich war im Internet«, sagte Paul

»Häufiger als ich …«

»Ich weiß. Ich habe ja Augen im Kopf. Gillon …«

»Ja?«

»Es gibt da ein Jobangebot aus London.«

Sie ließ die Schultern hängen.

»London …«

»Jawohl, London. In England. Sehen Sie mich nicht so entgeistert an. London. England. Europa. Nicht Fruitland, Utah.«

»Aber Paul, ich …«

»Es geht um Recherchen.«

Sie starrte ihn an. Sie schob die Hände in die Taschen ihrer Jeans; nur wenige Leute in Charleston trugen Jeans, nur die Touristen.

»Klingt interessant«, sagte Paul. »Eine kleine Restaurierungsfirma. Sie sind auf Staffeleimalerei spezialisiert, zumeist italienische Renaissance. Sie brauchen jemanden, der die Maltechniken studiert hat.«

»Ich weiß nicht recht. Ich kann nicht mal richtig darüber nachdenken …«

»Wegen London, in England?«

»Ich bin noch nie in London gewesen.«

»Dann wird es Zeit, dass Sie hinkommen.«

Mit einem Fuß trat Gillon gegen den anderen.

»Ich will nicht wieder weglaufen.«

»Weglaufen – wovor?«

»Vor allem, vor dem, womit ich nicht mehr fertig zu werden scheine, das ich aber auch nicht hinter mir lassen kann. Charleston, die Familie, meine Hoffnungen, und was ich stattdessen erreicht zu haben scheine …«

Paul knurrte. Gillon sah ihn an.

»Vielen Dank. Ich danke Ihnen aufrichtig.«

Er zuckte die Achseln.

»Bitte sehr.«

»Ich werde jetzt an die Arbeit gehen«, verkündete Gillon. »Ich werde darüber nachdenken.«

»Werden Sie nicht«, sagte er. Und hob die Stimme ein wenig an. »Sie werden das Angebot in eine Schachtel packen, auf der steht ›Schaffe ich nicht‹, genau wie Sie das mit allem anderen tun.«

Sie war entgeistert.

»Vielen Dank!«

»Gehen Sie«, sagte Paul erschöpft. »Gehen Sie nur und graben Sie sich eine weitere Höhle.«

Gillon verließ das Büro und betrat das andere, winzige, gleich nebenan, das ihren Computer, ihre Akten und ein Poster von *La Soupe* aus Picassos Blauer Periode beherbergte, das für sie immer ein nahezu heiliges Gemälde gewesen war.

Sie setzte sich und betrachtete ihren Computerbildschirm. Aus dem dunklen gewölbten Glas starrte ihr ein leicht verzerrtes Gesicht entgegen. In der Woche zuvor hatte sie sich mit ihrem Bruder Cooper gestritten, der für eine IT-Firma arbeitete. Sie hatte ihm vorgeworfen, in einem Rattenrennen gefangen zu sein.

»Na und?«, hatte er geantwortet, lächelnd und aufreizend.

Sie hatte tief Luft geholt.

»Und wenn du dein Rattenrennen gewinnst, wirst du immer noch eine Ratte sein.«

Er hatte gelacht. Er fand es großartig. Er erkannte nicht, wie emotionsgeladen sie dachte, wie ernst es ihr war, wie wichtig ihr persönliche Aufrichtigkeit war. Jetzt hatte sie nur noch das Gefühl, leer zu ein, sich langsam in einer endlosen, staubigen Leere zu drehen.

Das Telefon klingelte. Sie nahm den Hörer ab.

»Gillon Stokes.«

»Liebes ...«

»Mutter ...«

»Ich möchte, dass du heute Abend zum Essen kommst.«

»Mutter, ich ...«

»Ich wünsche mir ein Essen im Familienkreis«, fuhr Martha fort. »Es gibt einen Grund. Ashley und Merrill kommen auch. Und Cooper.«

»Einen Grund?«

»Du wirst ihn heute Abend erfahren ...«

»Mama, ich muss heute Abend in die Bar ...«

»Besorg dir eine Vertretung«, sagte Martha. »Tausch deine Schicht.« Sie hielt inne, und dann sagte sie etwas, das Gillon nur von Grandmama erwartet hätte, niemals von ihrer Mutter. »Es ist ein Familientag.«

»Okay«, lenkte Gillon ein. Sie streckte die rechte Hand aus und schaltete ihren Computer ein.

»Ich freue mich«, sagte Martha. »Bis später, Liebes.« Sie war vermutlich in der Sprechstunde, zwischen zwei Patienten. Sie würde ihre Bifokalbrille tragen und die Haare mit einem schwarzen Samtband zurückgerafft haben. Brille mit Schildpattgestell, schwarzes Samtband, dunkler Hosenanzug. Professionell, Vertrauen erweckend, verantwortungsbewusst. Gillon seufzte.

»Wiedersehn, Mama«, sagte sie.

2

Sarah Alton Cutworth, Gillons Großmutter, hatte ihr Leben lang im selben Viertel von Charleston gewohnt. Ihr Vater war ein wohlhabender Arzt und Chirurg gewesen; ihre Mutter war ihre Mutter gewesen. Sie wurde im Herbst 1925 in einem Haus an der East Battery geboren, im riesigen Reisbett ihrer Eltern, dessen vier Pfosten mit geschnitzten Basreliefs von Reisähren geschmückt waren und das ein Kopfende hatte, das man im Sommer entfernen konnte, um die Luft besser zirkulieren zu lassen.

Sarah war das vierte Kind der Familie, aber die erste Tochter gewesen. Daher gab es bei ihrer Geburt allgemeinen Jubel, einen Jubel, der bei umgekehrter Geschlechterfolge der Alton-Kinder nicht weniger von Herzen gekommen, jedoch weniger deutlich gezeigt worden wäre. So wurde sie vom Augenblick ihrer Geburt an die Prinzessin ihres Vaters. Eine ihrer ersten Erinnerungen war seine tägliche Heimkehr von der Sprechstunde oder nach sieben Stunden Chirurgie; dann trug er sie hinaus auf die Veranda im ersten Stock mit ihrem Blick bis nach Fort Sumpter und setzte sie neben sich auf die Holzschaukel, während er mit ihr redete und ihr erlaubte, mit seiner Taschenuhr zu spielen. Ihre Brüder wurden angehalten, liebevoll mit ihr umzugehen, aber zugleich auch mit der würdevollen, galanten Fürsorge, die er selbst ihr gegenüber bewies. Und wenn Dr. Alton seine Familienmitglieder ermahnte, auf eine bestimmte Art und Weise zu denken oder zu handeln, gehorchten diese nahezu immer. Niemand stellte Daddys Autorität in Frage, am wenigsten von allen Sarah und ihre Mama.

Die Kindheit in dem großen Haus an der East Battery war sehr komfortabel. Das Haus selbst war elegant, mit hohen Räumen und einer Veranda auf jeder Etage. Es war mit in Charleston hergestellten Kopien englischer Möbel aus dem achtzehnten Jahrhundert eingerichtet, während die Badezimmer – darauf bestand Dr. Alton – hochmodern und mit Brauseköpfen von der Größe eines Tellers ausgestattet waren. In Daddys und Mamas Bad bestand die Dusche aus einer halbmondförmig gebogenen Konstruktion von verchromten Rippen, die aus Hunderten von winzigen Löchern Wasser versprühten. Mama hatte außerdem eine moderne Badewanne aus gelblich-grünem Marmor aus Italien, mit einem fächerförmigen Spiegel an der Wand dahinter. Sarah war außer sich gewesen, als die Nachbewohner des Hauses an der East Battery in den Sechzigerjahren des zwanzigsten Jahrhunderts – Fabrikanten aus Detroit – Mamas Bad herausrissen und stattdessen eine pfirsichfarbene Wanne mit passendem Waschbecken installierten. Pfirsichfarben! So schäbig, dass es jeder Beschreibung spottete.

Die Personen, die in Sarahs Elternhaus zu Besuch kamen – alle Akademiker, alle sehr kultiviert – waren weiß. Die Personen, die das Haus und die Familie versorgten, waren schwarz. Viele dieser Schwarzen kamen von der Familienplantage der Altons oben am Ashley River und hatten für Sarahs Vater gesorgt, seit er ein Baby war, und eine von ihnen, Miss Minda, hatte Sarah an ihrem Hochzeitstag beim Ankleiden geholfen, werkelte jetzt, fünfundvierzig Jahre später, da Sarah Witwe war, mürrisch in der Küche herum und machte, wie Sarah behauptete, die luftigsten heißen Biskuits von ganz Charleston. Dr. Alton, ein liberaler und gewissenhafter Dienstherr, hatte die Schwarzen immer als »Nigras« bezeichnet. Manchmal benutzte Sarah in Gedanken und weit entfernt von der sozialen Einstellung der Generation ihrer Enkel, ohne sich eines Vorurteils bewusst zu sein und Verachtung dabei zu empfinden, noch immer diesen Ausdruck.

Als sie mit dreiundzwanzig Jahren in der St. Philip's Episcopal Church (deren Bogen, wie Daddy immer sagte, denen der St.-Martin-in-the-Fields in London nachempfunden waren) Teddy Cutworth heiratete, tauschte Sarah dieses ruhige und heitere Leben an der East Battery gegen ein nicht unähnliches in einem dreistöckigen Haus an der Legare Street ein. Die gleichen hohen Räume, die gleichen Veranden, die gleiche Art von hübschem Garten mit Magnolien, Kamelien und Jasmin, die gleiche Runde von Lunch-Clubs, Dienstagsclubs, Bridgeclubs und Bonheur-Krankenhaus-Clubs. Die Schränke der Anrichte waren gefüllt mit dem Kristall und Porzellan, das ihnen zur Hochzeit geschenkt worden war; die Tische wurden, auch für sie beide allein, sehr formell mit dem Silber gedeckt, das Sarah mit ihrer Mutter zusammen für die Aussteuer ausgewählt hatte: Repousse-Muster, wie es auch Mama hatte, und deren Mutter vor ihr schon. In den Kleiderschränken hingen ihre pastellfarbenen Garderoben mit einer speziellen Abteilung für ihre in Musselinsäcke eingenähten Ballroben an einem Ende. Eine von diesen – in Meerschaumgrün – hatte sie zum St. Cecilia's Ball getragen (Rauchen verboten, Knöchel bedeckt, keine geschiedenen Frauen), auf dem Teddy Cutworth sie gebeten hatte, seine Frau zu werden. Obwohl es 1947 war, hatte er sich auf ein Knie niedergelassen, und sie hatte nicht so recht gewusst, was er ihr sagen wollte. Sie war nicht sicher, ob sie ihn liebte – nach Daddy war es schwierig, viele Männer wundervoll zu finden –, aber sie war sicher, dass sie heiraten wollte, und ebenfalls sicher, dass Teddy Cutworth ihr alles bieten konnte, was für eine komfortable Ehe erforderlich war. Außerdem war er ansehnlich und amüsant, hatte während des Zweiten Weltkriegs einige Zeit in Italien überlebt, konnte gut schießen, trank nicht allzu viel und ließ seine Abendschuhe in London anfertigen.

»Ja«, antwortete sie also. »Ja, ich will.«

Erst später – sehr viel später –, als sie sich in einen Mann verliebte, den sie nicht haben konnte, wurde ihr klar, dass jener Entschluss damals gar kein richtiger Entschluss gewesen war. Sie hatte niemals ein Leben ohne feste Strukturen kennen gelernt, daher schien es für sie nur natürlich zu sein, einer erkennbaren Struktur zu folgen und deren Tradition fortzusetzen. Schließlich war sie an Männer gewöhnt: Sie war immer von ihnen umgeben gewesen und überzeugt zu wissen, wie man mit ihnen umging. Teddy hatte ungefähr denselben Geschmack wie ihre Brüder und dieselben Aussichten wie sie, zu werden, was sie ihrer Meinung nach suchte – weil es das war, was sie kannte. Erst später, als sie mitten an einem heißen, toten Tag bäuchlings auf ihrem Bett lag, erkannte sie voll Schmerz, der von einer höflichen, aber deutlichen Zurückweisung kam, dass sie nur halb gelebt hatte, dass es eine ganze Dimension ihres Daseins gab, die es zu erforschen galt, dass ihre Erziehung – trotz aller Liebe und Sicherheit – es niemals gestattet hatte, ihr die Fesseln von den Handgelenken der Kindheit zu lösen.

Ein gebrochenes Herz war, wie sie schnell lernte, etwas, von dem man niemals auch nur die geringste Andeutung nach außen dringen lassen durfte. Wäre sie mutiger gewesen, sie hätte irgendetwas Unerhörtes getan, irgendetwas gesellschaftlich absolut nicht Akzeptables. Vor diesem Schicksal einer Ausgestoßenen war sie durch die Vernunft eines anderen Menschen – die Vernunft eines Mannes, ermahnte sie sich – bewahrt worden, und nun musste sie dafür büßen. Sie musste die Energien, die sie verzweifelt gern in eine andere Richtung gelenkt hätte – diese erschreckend emotionalen Energien, in Mutterschaft, Ehe und ein gesellschaftlich nützliches Leben investieren. Sie würde Martha – ein Einzelkind ohne realistische Hoffnung auf ein Geschwisterchen – das Klavierspielen beibringen, sie würde Teddy unterstützen, so gut sie das ohne rückhaltlose Hingabe des Herzens konnte, und sie würde sich in die Arbeit für die Preservation Society of Charleston stürzen, eine Organisation, der Dr. Alton seit ihrer Gründung 1920 seine gewichtige Unterstützung geschenkt hatte. Reue, bittere Enttäuschung, Sehnsucht – das alles konnte irgendwie einem lodernden Feuer der Sühne überlassen werden, das, wie sie sich einredete, ebenfalls Lohn und Trost bringen würde. Das Erwachen aus dem Leben des Kinderzimmers an der East Battery war, fand sie, so schonungslos wie notwendig gewesen, und nun würde sie dafür sorgen, dass ihre Tochter bei ihren eigenen Entscheidungen die Unterstützung einer aufgeklärten Mutter bekam.

Doch ihre Tochter Martha hatte andere Vorstellungen. Obwohl stiller, war sie ihrem Großvater ähnlich, sowohl in ihren intellektuellen Fähigkeiten als auch in ihrer Entschlossenheit, ihr eigenes Leben zu führen. Sie fügte sich dem Schulbesuch in Ashley Hall, weigerte sich aber, an Schönheitswettbewerben teilzunehmen – Sarah war einmal Schönheitskönigin geworden, mit einer Schleppe, die allein schon ungefähr über dreißig Kilo wog –, mit den Football-Helden auszugehen oder sich mit dem perfekten Platzieren von Fingerschalen und Shrimpgabeln zu befassen. Als Sarah auf ihre behutsame Südstaatenart mit ihr darüber sprach und ihr riet, ihrem Herzen zu folgen, auf ihre wahren Emotionen zu hören und nicht die erstbeste Gelegenheit beim Schopf zu packen, nahm Martha das als Hinweis auf ihre zukünftige Karriere, statt auf einen Mann. Martha wollte Arzt werden wie ihr Großvater. Sarah, stolz und entsetzt zugleich, bekämpfte ihren Instinkt hinsichtlich der Unweiblichkeit des Medizinerberufs und bat Martha, wenigstens den Besuch der Medical University of South Carolina direkt in Charleston, gegründet 1824, in Betracht zu ziehen, der ältesten medizinischen Fakultät der Südstaaten. Dort könne ihre Tochter studieren, was sie wolle, ohne die gewohnte Umgebung zu verlassen, welche, wie Sarah nunmehr fest überzeugt war, sie zu sich selbst zurückgeführt, ihr das Gefühl eines Lebensziels, der Hoffnung, der Schicklichkeit wiedergegeben hatte.

»Martha«, sagte sie und vermied es bewusst, die Stimme zu heben, »stell dich nicht so gegen mich. Brich mir nicht das Herz, indem du in den Norden gehst.«

Aber Martha ging nach New York.

»Zu viel Charleston«, sagte sie zu ihren Eltern. Sie sagte einem von ihnen niemals etwas Wichtiges, ohne dass der andere zugegen war. »Ich brauche einfach Tapetenwechsel.«

»Sicher«, sagte Teddy, der mit einem Auge im Fernsehen das American-Open-Golfturnier beobachtete. »Geh du nur und sieh dir an, wie das Leben außerhalb des goldenen Käfigs ist.«

»Ist es das wirklich?«, sagte Sarah später im Schlafzimmer zu Teddy.

»Was meinst du mit ›das‹?«

»Das Leben hier. Ist es ein goldener Käfig?«

Er löste seine Schnürsenkel und zog seinen Schuh aus. »Das würde ich schon sagen.«

Sie sah ihn an. Er hatte Gewicht zugelegt, litt an Angina pectoris und verlor allmählich seine Haare. Die Alton-Männer verloren niemals ihre Haare.

»Soll das heißen, dass es nicht real ist?«

Er gähnte.

»O doch, real ist es schon. Für die Menschen, die hier leben. Martha muss nur andere Realitäten kennen lernen.«

Sarah ging ins Badezimmer und setzte sich auf das zweisitzige Sofa, das schon in Mamas Badezimmer an der East Battery gestanden hatte. Sie wollte nicht an die Realität erinnert werden. Realität – Unzufriedenheit, Kummer, Demütigung – war etwas, das sie, wie sie meinte, überaus wirksam bewältigt und irgendwie ad acta gelegt hatte. Sie wollte nicht, dass Martha – trotz ihres Wunsches, dass ihre Tochter persönliche Erfüllung erleben sollte – die Fenster zu weit öffnete und zu viel schmerzliche, fremde Realität hereinließ. Die Risiken waren einfach zu groß.

Aber Martha war trotzdem nach New York gegangen. Sie absolvierte ihr erstes klinisches Jahr und verkündete dann, dass sie zur Psychiatrie überwechseln wollte. Allein die Erwähnung der Psychiatrie ängstigte Sarah, schreckte sie doch vor jeder Wissenschaft zurück, die ihrer eigenen Natur nach – und der Natur ihrer Patienten nach – unexakt sein musste. Während sie in New York war, erzählte Martha niemals von Männern, oder wenigstens von einem bestimmten Mann. Sie schien gelegentlich ins Theater zu gehen, im Sommer die Wochenenden auf Long Island zu verbringen, im Herbst Halloween-Partys zu besuchen, in einem Jahr war sie mit grünem Lidschatten und Netzstrümpfen als Sirene verkleidet – aber es gab weder Namen noch Details. Und dann kam sie in ihren letzten Osterferien nach Hause und präsentierte ihren Eltern einen in Platin gefassten Smaragdring.

»Er wollte zuerst mit dir reden, Daddy, aber ich hab ihm gesagt, dass das nicht nötig ist. Schließlich will er mich heiraten, und deswegen bin ich es, die sich entscheiden muss.«

Sarah war sprachlos. Aber Teddy fragte, im Ton unbeschwerter, als er sich vermutlich fühlen konnte: »Und wer ist er, Herzchen?«

»Boone Stokes«, antwortete Martha.

»Boone Stokes«, flüsterte Sarah.

»Ja, wir ...«

Boone Stokes. Boone Stokes, geboren und aufgewachsen in Charleston, in einem Haus in der Tradd Street, wo er den Weg zum Haus seiner Großmutter an der Greenhill Street zu Fuß zurücklegen konnte und dabei die Krone der Gartenmauern nur einmal verlassen musste, um eine Straße zu überqueren. Boone Stokes, Sohn von Boone senior, mit dem Sarah getanzt hatte – rosa Chiffon, mit Perlen besetzt – auf dem allerersten St. Cecilia's Ball, den sie besuchen durfte.

»Wir gehen schon seit Jahren miteinander«, erklärte Martha. »Er ist jedes zweite Wochenende nach New York raufgekommen.«

Sarah brach in Tränen aus. Ihr Ehemann und ihre Tochter starrten sie an.

»Mutter«, sagte Martha, »wen in aller Welt hattest du dir vorgestellt?«

Boone war, wie sein Vater vor ihm, Rechtsanwalt. Jura studiert hatte er an der Southern Methodist University in Texas, wo er vorübergehend mit einem Mädchen aus Greenville, Mississippi, verlobt war. Die Kleine hatte gedacht, sie sei schwanger, aber davon erwähnte Martha ihren Eltern gegenüber nichts. Stattdessen behauptete sie, dass sie, Martha, ihn schon seit der Highschool kenne und dass sie, kurz bevor sie nach New York ging, zufällig bei einem Football-Spiel nebeneinander auf der Tribüne gesessen hätten. Damit habe es angefangen. Er wolle in die Firma seines Onkels in der Broad Street eintreten: Sein Onkel war Immobilienmakler, auf historische Objekte auf der Halbinsel Charleston spezialisiert. Außerdem habe er vor, ein Haus direkt am westlichen Ende der Gibbes Street zu kaufen, und wolle, dass sie nach der Hochzeit weiterarbeite. Er sei stolz auf sie, sagte er. Er wolle zwar nicht unbedingt eine streitbare Partnerin – welcher Mann wollte das? –, aber er wolle bestimmt keine Frau, die nichts weiter im Kopf hatte als die Kunst, einen Tisch hübsch zu decken. Martha spreizte die Finger ihrer linken Hand und betrachtete ihren Smaragd. Er war quadratisch geschliffen, flankiert von Brillanten, und hatte früher Boones Clayborne-Großmutter gehört.

»Clayborne?«, fragte Sarah, auf einmal wie elektrisiert. Und tupfte sich mit einem Batisttüchlein die nassen Augen trocken.

»Ja, Mutter«, sagte Martha. Sie begegnete dem Blick ihres Vaters.

»Die Baumwoll-Claybornes?«, fragte Sarah. »Oder die Handels-Claybornes?«

Martha und ihr Vater hoben den Blick zur Decke.

»Du machst mich krank, Sarah«, sagte Teddy.

Dieses Gespräch hatte vor zweiunddreißig Jahren stattgefunden, ein Jahr, bevor Martha Boone heiratete, zwei Jahre, bevor Martha Gillon zur Welt brachte. Es hatte nicht nur in einer anderen Zeit stattgefunden, sondern auch in einem anderen Haus, in einem anderen Schlafzimmer als das, in dem Sarah jetzt war und in dem Teddy immer irgendwie deplatziert wirkte, zwischen den Vorhängen und Volants aus rosa Chintz. Das musste sie Teddy wirklich lassen: Was das Dekor anging, war er für einen Mann mit einem so maskulinen und konservativen

Geschmack im Hinblick auf Vorhänge und Volants immer unendlich entgegenkommend gewesen.

»Soll ich Mister Seton für ein Taxi anrufen?«, fragte Miss Minda von der Tür zu Sarahs Schlafzimmer her.

Sarah saß an ihrem Toilettentisch und legte die dreifachen Perlenohrringe an, die Teddy ihr nach Marthas Geburt geschenkt hatte.

»Ich gehe zu Fuß.«

»Mit den Schuhen?«, gab Miss Minda zurück.

Sarah blickte nicht nach unten. Sondern steckte ihre Füße noch weiter unter den Volant des Toilettentischs.

»Warum denn nicht?«

»Sie sind neu«, sagte Miss Minda. »Und sie haben hohe Absätze. Und Sie sind sechsundsiebzig Jahre alt.«

»Und nicht sechsundachtzig«, entgegnete Sarah. »Oder sechsundneunzig. Ich brauche nur fünfzehn Minuten bis zu Miss Marthas Haus, und Mister Boone oder Mister Cooper wird mich nach Hause fahren.«

»Was die Halsstarrigkeit betrifft«, sagte Miss Minda und trat von der offenen Tür zurück, »sind Sie Ihrem Daddy wirklich ähnlich.«

»Manche Leute würden es Willenskraft nennen. Unabhängigkeit.«

Miss Mindas Stimme kam vom Treppenhaus.

»Manche Leute müssen auch nicht damit leben.«

Seit Teddys Tod – vier Jahre zuvor, an einem gnädigerweise letalen Herzanfall – hatte Miss Minda Sarah immer mehr wie ein launisches Kind behandelt. Es war, als wäre der Status einer verheirateten Frau und Hausherrin, der ihr durch die Existenz eines Ehemanns verliehen worden war, nichts als eine dünne Lackschicht gewesen, die mit ihm zusammen verschwand und nichts hinterließ als das verwöhnte Kind im weißen Kleidchen mit blauer Schärpe, das Miss Minda vor so vielen Jahren zum ersten Mal gesehen hatte, wie es mit seinem Vater auf der Holzschaukel saß. Sarah stand auf. Sie strich sich die cremefarbene Jacke über den Hüften glatt und rückte das Vorderteil so zurecht, dass die Jettknöpfe – schwarz glänzend wie die neuen geschmähten Lacklederschuhe – in einer präzisen Linie über die Kurve ihres immer noch eindrucksvollen Busens verliefen. Die arme Martha hatte keinen erwähnenswerten Busen, ebenso wenig wie Gillon, dieses schwierige Mädchen, aber Ashley hatte den Alton-Busen geerbt. Ashley verwendete, wie ihre Großmutter voller Genugtuung wusste, viel Mühe auf den Schnitt und Sitz ihrer Unterwäsche. Ashley begriff, genau wie Sarah es immer zu wissen geahnt hatte, wo man eine Lady war, und wo eine Frau. Falls Sarah etwas bedauerte – aber darauf verschwendete sie nur selten einen Gedanken –, dann dass die Lady im Verlauf ihrer sechsundsiebzig Jahre weit mehr zu sagen gehabt hatte als die Frau.

Sie griff nach ihrem Handtäschchen – cremefarbenes Leder –, nach ihrem Schal – schwarzer Chiffon – und nach dem Rezept für Jalapeno-Cheese-Grits, die sie aus dem *Southern Living Magazine* ausgeschnitten hatte. Es verhieß, dass die Zubereitung nur zehn Minuten erfordere. Es war sinnlos, Martha ein Rezept zu geben, das mehr als zehn Minuten erforderte. Selbst heute Abend – eine seltene Familienzusammenkunft – würde Martha möglicherweise Hähnchenbrüste machen, aber die Salate würden aus dem Laden kommen, und zum Dessert würde es irgendeine Sara-Lee-Erfindung geben. Sarah hatte versucht, ihr Miss Mindas berühmten Mocha Pecan Mud Pie anzubieten, und war kurzerhand abgeblitzt.

»Das ist sehr lieb von dir, Mutter«, hatte Martha in diesem abwesenden Ton gesagt, der gewöhnlich bedeutete, dass sie gleichzeitig die Krankengeschichte irgendeines Patienten las. »Aber ich werd's schon schaffen.«

Vorsichtig stieg Sarah die gebohnerte Treppe zum Hausflur hinab. Die Küchentür war geschlossen. Dahinter saß vermutlich Miss Minda und strickte an knallbunten Wolldecken für ein Waisenhaus in Lima, Peru, das ihre Gemeinde als Wohltätigkeits-Aktionsfeld des Jahres adoptiert hatte, und sah im Fernsehen irgendeinen religiösen Kanal – Full Gospel liebte sie besonders. Als Zeichen dafür, dass sie das Haus verließ, würde es genügen, wenn Sarah die Haustür mit einem deutlichen, wenn auch damenhaften Knall ins Schloss fallen ließ.

Von der Straßenseite der Veranda im ersten Stock ihres Elternhauses beobachtete Gillon, wie ihre Großmutter kam. Ihr Kopf war in schwarzen Chiffon gehüllt, durch den ganz schwach ihr sorgfältig frisiertes weißes Haar schimmerte; mit kleinen, vorsichtigen Vogelschrittchen trippelte sie in ihren offensichtlich neuen Schuhen den Bürgersteig entlang. Grandmama war von Schuhen fast ebenso fanatisch besessen wie von Charleston – keine flachen Schuhe, niemals!, nach dem Labor Day keine weißen Schuhe, unter gar keinen Umständen rote Schuhe (die zeugten von einer Neigung zur Promiskuität), weder goldene noch silberne Schuhe, es sei denn am Abend. Gillon musterte ihre eigenen Füße. In einem Anflug optimistischer Hoffnung, sie könnte zu einer Party eingeladen werden, hatte sie sich ein Paar Pumps gekauft, die sie bei einem Ausverkauf entdeckt hatte. Sie waren aus grünem Brokat und hatten winzige, geschwungene Absätze, die scharlachrot gestrichen waren. Grandmama würde sie ausgefallen, vielleicht sogar mit einem Touch Boheme behaftet finden (eine zweifelhafte Eigenschaft), aber sie würden wenigstens eine akzeptable Alternative zu den Sneaker sein, die Gillon getragen hatte, bis sie nur noch zehn Meter von der elterlichen Haustür entfernt war.

Sie beugte sich übers Verandageländer.

»Grandmama ...«

Sarah blieb stehen und blickte nach oben.

»Bist du das, Gillon?«

»Ja. Ich komme runter und mach dir auf.«

Sarah nickte. Sie hatte ihre eigenen Ansichten über laute Gespräche auf der Straße, vor allem auf diesen stillen Straßen südlich der Broad Street, wo ein Ehekrach von befriedigendem Ausmaß im Keller stattfinden musste, um nicht im Umkreis von einer halben Quadratmeile belauscht zu werden. Unten an der Vortreppe machte sie Halt und stellte anerkennend fest, dass die Tür selbst unter der anmutigen Lünette als eleganter Kontrast zum Weiß und hellen Avocado des übrigen Hauses schwarz lackiert war (ihr Vorschlag). Boone hatte zum Glück einen Blick für derartige Dinge, Martha dagegen leider nicht. Sarah hatte die Umgestaltung jenes ersten Hauses in der Gibbes Street übernehmen müssen, weil Martha nicht verstand, was an den gelben Stuckmauern und den braun lackierten Fensterrahmen falsch war.

Die Tür ging auf. Gillon beugte sich hinab, um den Arm ihrer Großmutter zu ergreifen.

»Ich bin beauftragt, auf dich zu warten.«

»Nun, mein Liebes ...«

»Ashley ist in der Küche nützlicher als ich.«

Sarah gab ihrer Enkelin einen Kuss.

»Das könntest du auch sein, wenn du dir Mühe gibst.«

»Ich mache Super-Omelettes«, sagte Gillon.

Sarah musterte sie. Sie trug ein sehr enges, kleines Strickjäckchen – konnte es eingelaufen sein? – und einen seltsamen kurzen Rock mit einem hängenden, mit Fransen besetzten Saum.

»Ich habe einen Rock für dich angezogen. Siehst du, Grandmama?«

»Das hast du wohl«, bestätigte Sarah.

»Der Saum soll absichtlich so sein.«

»Ich hatte mal ein Abendkleid, eine Kopie von einem Worth-Modell in Paris. Es zeigte eine Schulter.« Abermals betrachtete sie Gillons Rocksaum. »Das war wirklich elegant.«

Gillon legte eine Hand unter den Ellbogen ihrer Großmutter.

»Daddy ist noch nicht gekommen. Aber Mutter und Ashley sind in der Küche, und Cooper ist natürlich am Telefon. Ich werde ihm sagen, dass er dir einen Drink machen soll.«

»Nur einen Eistee, Liebes«, sagte Sarah.

»Mama hat einen Wein aufgemacht ...«

Aus einer offenen Tür am anderen Ende der Veranda kam Martha mit einer scharlachroten Schürze über ihrem klassischen Hosenanzug. Die Schürze war ein Geschenk von Boone. Die Aufschrift auf dem Latz lautete: »Ich würde lieber Jane Austen lesen«. Boones anfängliche Bewunderung für Marthas Desinteresse an den Fertigkeiten einer Hausfrau hatte im Laufe der Jahre mehrere Veränderungen durchgemacht, darunter Gereiztheit und etwas, das nahe an Verzweiflung grenzte, inzwischen aber hatte er sich zu einer Art humorvoller Toleranz durchgerungen, in der er sich im Jachtclub lautstark bei doppelten Dewar ergehen konnte.

»Mutter«, sagte Martha. Sie trat vor, legte beide Hände auf Sarahs Oberarme und küsste sie flüchtig auf die Wange. »Du siehst so chic aus.«

»Das hier habe ich schon seit hundert Jahren«, entgegnete Sarah. »Gute Kleider lassen dich niemals im Stich.«

Martha schenkte ihr ein Lächeln. Dann zeigte sie auf sich selbst.

»Langweilige auch nicht.«

»Berufskleidung ist etwas anderes ...«

»Rate mal, was ich im Beruf trage, Grandmama«, sagte Gillon.

»Lieber nicht, Kindchen.«

»Ich hab einen Wein aufgemacht«, sagte Martha zu Sarah. »Möchtest du ein Glas?«

»Lieber einen kleinen Schluck Bourbon«, antwortete Sarah. »Das heißt, wenn Boone da wäre und ihn mir mixt. Aber so nehme ich einfach einen Eistee.«

»Cooper ist hier ...«

»Allerdings«, sagte Cooper.

Handy in der Hand, kam er aus der Tür des väterlichen Arbeitszimmers. Er beugte sich hinab, um seine Großmutter zu küssen. Sie legte ihm eine beringte Hand auf die Schulter.

»Du liebe Güte«, sagte sie. »Siehst du gut aus!«

Er grinste auf sie hinab.

»Ich weiß, wie du deinen Bourbon gern hast.«

»Wirklich?«

»Einen Messbecher, on the rocks, mit einem Schuss Zitrone.«

Sarah ließ ihre Hand von seiner Schulter zu seinem Arm gleiten.

»Dann könnte ich dir wohl zutrauen, dass du es richtig machst, oder?«

Gillon ging an Bruder und Großmutter vorbei in die Küche. Ashley stand am Tisch und mischte einen komplizierten Hühnersalat. Die Haare hatte sie sich auf beiden Seiten glatt mit Kämmen hochgesteckt, und sie trug eine rosafarbene Hemdbluse, auf die sie keinen einzigen Fleck gemacht hatte.

»Grandmama flirtet mit Cooper.«

Ashley nahm ein paar rote Paprikastreifen und begann,

sie in einem sauberen Gittermuster über die Hähnchenwürfel zu legen.

»Na? Was gibt's Neues?«

Gillon betrachtete die große Salatplatte. Sie schien jedes ihr bekannte Gemüse zu enthalten, sogar Brokkoli. Gillon hatte sich nie mit Brokkoli anfreunden können. Im Grunde ging es nur um die Konsistenz der halb körnigen, halb blütenförmigen Köpfchen in ihrem Mund. Wenn sie an das Essen ihrer Kindheit dachte, schien weit über die Hälfte der Speisen mit Brokkoli verbunden zu sein, Brokkoli, der unter kondensierter Pilzsuppe wartete, Brokkoli, der sich unter Mayonnaise versteckte, Brokkoli, der unter geschmolzenem Velvetakäse lauerte.

»Hoffentlich ist kein dunkles Fleisch drin«, sagte Gillon. »Du weißt doch, was Grandmama ...«

»Würde ich so etwas vergessen?«, gab Ashley zurück. Sie schüttelte ganz leicht den Kopf, und ihre Haare glitten gehorsam über ihre Schultern zurück. »Merrill mag auch kein dunkles Fleisch. Nicht mal vom Truthahn.«

»Wo ist Merrill?«

»Er hat den Flieger verpasst. Er hat gesagt, ich soll einfach mit euch anfangen.«

»Anfangen? Womit?«

»Das wirst du schon sehen«, sagte Ashley.

Sie hörten, wie die Haustür geöffnet und wieder geschlossen wurde. Dann kam ein kurzer, fröhlicher Stimmenlärm.

»Daddy«, sagte Ashley. Und begann, Olivenhälften in die Quadrate ihres Paprikagitters zu platzieren.

»Komisch«, sagte Gillon.

»Was?«

»Dass wir hier in der Küche sind und am Dinner arbeiten, während wir hören, dass Daddy nach Hause kommt. Fast so, als wären wir immer noch Kinder.«

»Wir werden immer seine Kinder sein.«

»Ja, ich weiß, aber nicht so wie kleine Kinder. Nicht so, wie es war, als wir in der sechsten Klasse waren.«

Boones Schritt kam die Veranda entlang.

»He, Kinder«, sagte er. Mit seiner kräftigen Gestalt füllte er vorübergehend die Türöffnung, dann kam er herein und legte jeder seiner Töchter einen Arm um die Schultern.

»Hallo, Gill. Hallo, Prinzessin.«

»Hallo, Daddy.«

Er beugte sich über den Salat.

»Das sieht *fantastisch* aus.«

»Ashleys Werk«, sagte Gillon.

Boone drückte Ashley einen Kuss auf den seidenglatten Kopf.

»Du hast aber wirklich nichts von deiner Mutter, Süße.«

Ashley warf ihm einen schnellen, koketten Blick zu.

»Ich mache alles, wie ich will, Daddy.«

Boone lachte. Er drückte beide ganz kurz an sich und ließ sie wieder los.

»Mann«, sagte er. »Jetzt brauch ich aber einen Drink, was?«

»Das war hervorragend«, sagte Sarah zu Ashley. Sie betupfte sich mit der Serviette den Mund. »Absolut köstlich.«

»Vielen Dank«, sagte Ashley. Sie senkte den Blick auf ihren eigenen Teller. Sie hatte sich eine winzige Portion aufgetan und auch davon nahezu nichts gegessen. Vielleicht eine Diät, dachte Gillon. Solange sie sich erinnern konnte, reichten Ashley drei Pfund mehr auf der Waage für einen hysterischen Anfall und wochenlangen Spinat- und Vitaminsaft-Konsum.

»Alles in Ordnung?«, fragte Gillon mit einem Anflug von Herausforderung im Ton.

»Natürlich«, antwortete Ashley.

Martha beugte sich vor.

»Möchtest du auf Merrill warten, Liebes?«

Ashley schüttelte ganz leicht den Kopf.

»Lieber nicht. Er hat den Anschluss in Atlanta verpasst und wird erst gegen zehn hier sein. Er hat mir gesagt, wir sollen nicht warten.«

»Du weißt doch, was man so sagt«, warf Boone ein. »Selbst wenn man zur Hölle geschickt wird, muss man in Atlanta den Flieger wechseln.« Er zwinkerte Ashley zu. »Nur los, mein Schatz.«

Ashley starrte auf ihren Teller.

»Ich habe Daddy und Mama vor zwei Wochen etwas gesagt. Jetzt möchte ich es euch allen mitteilen. Es ist ... Ich bin schwanger. Ich und Merrill, wir bekommen ein Baby.«

»Mein Liebes!«, rief Sarah. Sie stand auf, ging um den Tisch herum zu ihrer Enkelin und beugte sich hinab, um ihr die Arme um die Schultern zu legen. »Das ist ja wundervoll! Mein erstes Urenkelkind! Damit machst du mich sehr, sehr glücklich.«

»Vielen Dank«, sagte Ashley abermals. Sie war ein wenig errötet. »Ich wäre ja eigentlich auch sehr glücklich, wenn mir nur nicht immer so übel wäre.«

»Phänomenal«, sagte Cooper. Er beugte sich zur Seite und ergriff die Hand seiner Schwester. »Fantastisch! Ich freue mich wirklich sehr für dich.«

Martha warf Gillon über den Tisch hinweg einen Blick zu.

»Wunderbar«, sagte Gillon. »Brillant. Ich ...« Sie hielt inne und griff zu ihrem Wasserglas. »Wie schön für dich. Wirklich.«

Auf einmal lachte Cooper laut auf und zeigte mit der freien Hand auf Gillon.

»Haushoch verloren!«, sagte er. »Wer ist von seiner kleinen Schwester überholt worden?«

»Sei ruhig«, sagte Boone.

Gillon sah Ashley an.

»Ich«, sagte sie und versuchte zu lachen. »In jeder Hinsicht.«

»Nein«, widersprach Ashley leise. »Das stimmt nicht ...«

»Stimmt doch!«, behauptete Cooper. Er grinste immer noch. »Wo ist dein gesunder Wettbewerbsgeist für Geschwisterrivalitäten?«

»Jetzt reicht's, Freundchen«, sagte Boone.

»He, was reicht? Ich mach doch nur Spaß, ich wollte meine große, intellektuelle, feministische Schwester doch nur ein bisschen auf den Arm nehmen.«

Martha griff zu ihrem Weinglas.

»Ich glaube, wir sollten jetzt auf Ashley trinken. Ashley und Merrill. Auf eine problemlose Schwangerschaft und ein gesundes Baby.«

Gillon trank einen Schluck Wasser.

»Weißt du was?«, sagte Cooper zu ihr. »Weißt du was, Gill?« Mit einer kleinen, triumphierenden Geste hob er die Hand. »Sogar Gloria Steinem hat geheiratet!«

Martha stand auf. Boone erhob sich ebenfalls. Er kam um den Tisch und legte seinem Sohn die Hand auf die Schulter.

»Mama macht uns jetzt ein bisschen Kaffee und Dessert. Inzwischen habe ich etwas mit dir zu besprechen.«

Gehorsam stand Cooper auf.

»War doch nur Spaß«, sagte er.

»Tut mir Leid«, sagte Martha. Sie reichte Gillon eine tropfnasse Schüssel aus dem Spülstein.

Gillon wandte den Kopf ab.

»Was tut dir Leid?«

»Ach, mein Liebes, so ungefähr alles heute Abend ...«

Gillon hielt die Schüssel weit von sich ab.

»Du meinst, wegen Ashleys Baby, und weil Grandmama so glücklich war und Cooper ein solcher Idiot?«

»Nun ja«, sagte Martha vorsichtig, »ich hätte es nicht ganz so formuliert.«

»Nein.«

»Aber ich habe gemerkt, wie sehr es dich getroffen hat.«

»Mutter«, sagte Gillon. Sie trocknete die Schüssel ab und stellte sie auf die Arbeitsplatte. »Würdest du bitte endlich begreifen, dass ich bisher noch keinen gefunden habe, der in mir auch nur im Entferntesten den Wunsch nach einer Ehe geweckt hätte?«

»Ich begreife eine Menge«, entgegnete Martha. »Ich begreife, dass Sehnsucht im Abstrakten, im Theoretischen, genauso schmerzen kann wie Sehnsucht im Speziellen.«

»Ich empfinde keine Sehnsucht«, sagte Gillon.

Martha wandte sich vom Spülstein ab. Sie hatte wieder ihre Jane-Austen-Schürze angelegt und dazu ein Paar rosa Gummihandschuhe. Als Cooper sich erboten hatte, Ashley nach Hause zu fahren, und Sarah von Boone zu seinem auf der Straße abgestellten Mercedes geführt worden war, hatte Martha Gillon gebeten, noch ein wenig zu bleiben.

»Ich brauche deine Hilfe«, behauptete sie. Jetzt musterte sie Gillon durch ihre Schildpattbrille, die ihre Patienten so beruhigend fanden.

»Du bist nicht glücklich, Gill.«

»Oh!«, rief Gillon. Sie klatschte das Geschirrtuch, das sie in der Hand hielt, gegen den nächsten Schrank. »O

Mutter, tu mir das nicht an! Ich will dieses weise, kummervolle Gerede nicht, vor allem nicht von dir ...«

»Aber ich mache mir Sorgen um dich ...«

»Ja, ja! Und ich mache mir auch Sorgen um mich! Ich mache mir Sorgen um das, was mir passiert, um die Entscheidungen, die ich treffe. Selbstverständlich mache ich mir Sorgen. Das tun wir alle. Sogar der dämliche Cooper. Die arme Gillon, fast dreißig Jahre alt, keine Wohnung, kein Mann, kein Beruf, keine Zukunftsaussichten. Wie sollten wir uns über all das *keine* Sorgen machen?«

Martha zog ihre rosa Gummihandschuhe aus und legte sie genau parallel auf die Arbeitsplatte.

»Wenn du meine Patientin wärst, könnte ich vielleicht was für dich tun. Ich könnte dich davon überzeugen, wie ich es schon bei Dutzenden von Leuten getan habe, dass du die freie Wahl hast, dass du Herr über dein eigenes Leben bist. Aber da du meine Tochter bist, scheint das bei dir nicht zu funktionieren. Scheine ich dir nicht helfen zu können. Wie es aussieht, muss ich hier stehen und zusehen, wie du leidest.«

»Leide ich denn?«

Martha rückte die Gummihandschuhe um einen Zentimeter nach links.

»Ich meine, ja.«

Gillon schwieg. Sie lehnte sich an den Küchenschrank neben ihr und schloss die Augen.

»Manchmal kommt es im Leben nur auf den richtigen Zeitpunkt an«, sagte Martha. »Manchmal kannst du nicht finden, was du suchst, weil es nicht der richtige Zeitpunkt ist.«

»Ich bin nicht ganz sicher, dass ich überhaupt schon mal einen richtigen Zeitpunkt gehabt habe ...«

»Ich will nicht zusehen, wie du Ashleys Schwangerschaft durchlebst«, sagte Martha. »Ich weiß, dass du bis jetzt immer deine Wahl selbst getroffen hast, und ich weiß, dass du weißt, dass man die Folgen dieser Wahl tragen muss, aber manchmal ist man gezwungen, Dinge zu ertragen, bei denen man überhaupt keine Wahl hat.«

Gillon stieß sich vom Küchenschrank ab und stellte sich neben Martha. Selbst wenn sie am herzlichsten war, konnte man Mutter nicht ohne weiteres berühren. Es war Daddy, den man berühren konnte. Daddy konnte man so einfach berühren wie ein Baby oder einen Teddybären.

»Danke«, sagte Gillon.

»Ich denke an nächsten Winter, nächsten November«, sagte Martha. »Ich denke daran, wie du dich fühlen wirst, wenn das Baby kommt.«

»November ...«

»Ja«, sagte Martha. »Am siebten November. Das ist der Geburtstermin.«

Gillon griff nach einem der Gummihandschuhe und warf ihn lässig auf den anderen.

»Ach so. Darüber brauchst du dir keine Gedanken zu machen.«

»Keine Gedanken zu machen?«

»Nein. November nicht. Ich ... na ja, ich werde im November nicht hier sein.«

Martha sah sie verständnislos an.

»Gillon ...«

Gillon holte einmal tief Luft. Dann sah sie ihre Mutter an. Und lächelte.

»Ich bewerbe mich um einen Job«, sagte sie. »Einen Job in London. London, in England.«

Sommer

London

3

Der Zug von King's Lynn nach London war überfüllt. Henry hatte keine Ahnung, warum. Ein Zug von Norfolk ins Londoner Zentrum sollte ganz früh am Morgen überfüllt sein oder vielleicht auch am Sonntagabend, wenn die Leute nach einem Wochenende bei ihren Eltern oder den Eltern der Freundin an die Arbeit zurückkehrten. Aber an einem Donnerstagnachmittag sollte er leer sein, gemütlich. An einem Donnerstagnachmittag, nach zwei Tagen sommerlichem Dauerregen, zwei Tagen des Wartens auf wenigstens genug Licht, um ein wenig vielversprechendes Foto zu schießen, hätte es so viel Platz geben müssen, dass Henry entweder neben oder über seinem Sitz genügend Raum für seine Kameratasche hatte. Aber es gab keinen. Jeder Platz war besetzt, zumeist von Leuten, die bequeme Platzkarten hatten, die in kleinen Rahmen hinter ihnen steckten, Leuten mit Voraussicht, Leuten, die nichts Besseres zu tun hatten, als Wochen vorauszuplanen, um zwei nach vorn blickende Plätze auf dem Zug 15 Uhr 52 von King's Lynn nach King's Cross zu bestellen und sie mit selbstzufriedener Miene einzunehmen.

Henry stellte seine Kameratasche in dem schwankenden Raum zwischen zwei Waggons vor einer Toilettentür mit der Aufschrift »Außer Betrieb« ab. Und setzte sich ungeschickt darauf. Es war eine große Kameratasche – mit einer neuen Nikon-F3-Kamera, für die Henry seine Seele sowie seine absehbare Zukunft verpfändet hatte –, aber sie war dennoch nicht groß genug, um bequem darauf zu sitzen, das heißt, bequem für jemanden, der fast ein Meter neunzig groß und nicht gerade zierlich gebaut war. Einige von Henrys Fotografenfreunden, mit der lässigen Selbstsicherheit jener begabt, die von Konflikten und Katastrophen berichteten, behaupteten immer, er sei zu groß für einen Kriegsreporter. Er sei zu ungeschickt, zu auffallend in einer Kampfzone: Er würde zu viel Platz beanspruchen, zu viele Rationen verbrauchen. Nein, sagten sie, die Aufkleber aus dem Kosovo, aus Sierra Leone und Osttimor auf ihren Kamerataschen betrachtend, Henry Atkins mache viel bessere Beute, wenn er in Moor und Heide dem Wild auf Fotopirsch nachstelle und auf das perfekte Unwetter vor der Küste von Süd-Cornwall warte. Und darin sei er natürlich brillant, sagten sie. Brillant. Es gab nicht viele Wildlife- und Landschaftsfotografen, die Henry das Wasser reichen könnten. Das heißt, falls man sich überhaupt für Landschafts- und Wildlifefotografie interessierte.

Henry stemmte seine Ellbogen auf die Knie und starrte auf die Spitzen seiner Stiefel hinab. Es waren große Stiefel, riesige, von der Art, wie sie von Bauarbeitern getragen werden, und das Leder war so abgewetzt, dass man die blanke Wölbung des schützenden Metalls darunter sehen konnte. Um seine Tarnung nicht zu gefährden, hatte Henry das Metall mit der olivgrünen Emailfarbe bemalt, die für militärische Modellbaukästen verkauft wurde, aber nachdem sie zu lange Wind, Wetter und Wasser ausgesetzt worden war, blätterte die Farbe ab. Ich werde sie noch mal streichen müssen, dachte er. Neue Stiefel wollte er sich auf keinen Fall kaufen. Im Augenblick wollte er überhaupt nichts kaufen außer Filmen und, falls er ein weiteres Darlehen arrangieren konnte, möglicherweise ein Benbo-Stativ für seine Kamera. Bis das gegenwärtige Projekt – ein Auftrag für ein Buch über große englische Feuchtgebiete – fertig war und die letzten drei Projekte ihm tatsächlich etwas einbrachten (Zeitungen bezahlten besser als Zeitschriften, waren aber weniger tolerant im Hinblick auf das, was Henry als Zeit betrachtete), vermochte Henry nicht abzusehen, woher er Geld für überhaupt etwas nehmen sollte. Irgendetwas. Miete, Essen, Transportmittel, sämtliche Grundlagen seiner Arbeit; ganz zu schweigen von Extras wie Drinks, Kino oder diesen Urlaub, von dem Tilly seit Januar unaufhörlich redete, sechs Monate Gequassel von Sonne, Enttäuschungen und Diskussionen darüber, wie abgespannt sie waren und dass ihr Leben, so willkommen sein Mietanteil auch sein möge, ohne William in der Wohnung doch ganz anders aussehen werde.

Henry reckte sich ein wenig und legte die Hände auf seine Knie. Er mochte William. Er mochte ihn, seitdem sie sich zum ersten Mal an der Universität begegnet waren. Henry hörte Kunstgeschichte, William Wirtschaftswissenschaften und – auf sehr persönliche Art irgendwie lose miteinander verbunden – Spanisch. Auf einer fürchterlichen Freshmen-Versammlung kamen sie aus dem einfachen Grund, dass sie beide um dreißig Zentimeter größer waren als alle anderen, miteinander ins Gespräch. Aber William war dünn. William bestand eigentlich nur aus einer Ansammlung von knochigen Speichen und spitzen Winkeln, fand Henry, wie ein riesiger, zerbrochener Regenschirm. In ihrem zweiten Jahr hatten sie sich eine traurige Souterrainwohnung in Leamington Spa geteilt, und dort hatte Henry auf einer Achtundvierzig-Stunden-Party, die vorgeschlagen zu haben sich keiner von ihnen erinnerte, Tilly kennen gelernt.

Tilly war nicht an der Universität. Tilly arbeitete schon richtig. Sie hatte direkt nach der Schule einen bescheidenen Job als Anzeigen-Akquisiteurin für eine Teenager-Zeitschrift angenommen. Als Henry Tilly begegnete –

eine Freundin, eine Kommilitonin von Henry und William, hatte sie zur Party mitgenommen –, war sie zur Feature-Redakteurin und gelegentlichen Autorin bei einer kleinen Monatszeitung für Frauen aufgestiegen, die *Candy* hieß. Der süßlich anmutende Titel, erklärte Tilly, sei ironisch gemeint. Zwölf Stunden nach ihrer ersten Begegnung lag sie neben Henry im Bett und gestand ihm ein, dass die Ironie nicht sonderlich erfolgreich sei.

»Wie wär's denn dann mit dem Gegenteil«, schlug Henry vor, dessen Stimme von der Haut ihrer rechten Brust gedämpft klang. »Nennt das Magazin doch einfach ›Schlampe‹.«

Henry hatte die Universität ein Jahr vor dem Abschluss verlassen, um an einer Kunstakademie im Norden Londons einen Kurs für Fotografie zu belegen. Tilly hatte inzwischen eine winzige Wohnung an der Archway Road, und obwohl sie hartnäckig darauf bestand, ihn niemals aufgefordert zu haben, bei ihr zu wohnen, schien er dennoch ständig dort zu sein und jede Menge Platz, Zeit und Emotionen zu beanspruchen. Nicht, dass sie ihn nicht wollte. Sie sehnte sich danach, dass er sie ebenfalls wollte. Auf jener grässlichen, schäbigen Party hatte sie es nicht fassen können, dass sie einen Mann auf den ersten Blick so attraktiv finden konnte. So attraktiv, dass sie ihn nicht ansehen, nicht an ihn denken konnte, ohne innerlich ein schwindelig machendes, flatterndes Gefühl zu haben. Henry zu sehen, wie er quer über drei Viertel des Bettes in der Archway-Wohnung lag und schlief, hatte Tilly mit einer so tiefen Freude, einem so herrlichen Triumph erfüllt, und zum ersten Mal in ihrem Leben erkannte sie, dass sie nicht ein anderer Mensch an einem anderen Ort zu einer anderen Zeit sein wollte.

Das war inzwischen sieben Jahre her, nein, mehr als sieben, nahezu acht. Im Grunde war es fast zehn Jahre her, dass der zwanzigjährige Henry nach mehreren Joints und einer Flasche chilenischem Cabernet Sauvignon durch die verräucherte Luft in seiner scheußlichen Studentenbude gespäht und ein hoch gewachsenes, aufregendes junges Mädchen gesehen hatte, mit glattem schildpattfarbenem Haar, das sie mit einem schwarz lackierten Essstäbchen auf ihrem Kopf hochgesteckt hatte. An jenem Abend hatte er es geschafft, sie zu küssen; ja, er hatte sie sogar geküsst, bevor er auf die Idee kam, sie nach ihrem Namen zu fragen. Und dann hatten sie sich am Tag darauf in seinem Einzelbett geliebt – er erinnerte sich, eine leichte, doch vorübergehende Befürchtung hinsichtlich des Zustands seiner Bettwäsche gehabt zu haben –, und nachdem sie nach London zurückgekehrt war, hatte er das schwarze Essstäbchen auf dem Fußboden gefunden und es wochenlang wie ein liebeskranker Welpe überall mit sich herumgeschleppt.

Die Archway Road wich einem gemeinsamen Haus in Lavender Hill, dann zwei Zimmern an der North End Road und nun einer Wohnung im ersten Stock in Parson's Green. Tilly war zur Feature-Redakteurin einer kleinen Zeitschrift für Tagesereignisse und Kunst aufgestiegen, und Henry war freiberuflicher Fotograf geworden. Die Wohnung in Parson's Green hatte zwei Schlafzimmer, und das kleinere davon benutzte William, der mit einem Freund zusammen von einem Zimmer in Soho aus einen Kurierdienst betrieb. Manchmal teilte Susie, Williams Freundin, das kleinere Schlafzimmer mit ihm und lieh sich im Badezimmer, ohne zu fragen, Tillys Make-up-Entferner und Body Lotion aus. Manchmal hinterließ Tilly Nachrichten auf Williams Handy oder kritzelte etwas aufs Kopfkissen, etwa »Putz die Küche, oder du fliegst raus!« Manchmal brachte William Tilly Blumen mit oder lud Henry auf ein Bier ein und erklärte ihm, wie glücklich er sich schätzen dürfe. Manchmal, wenn Henry für einen Auftrag unterwegs war, trank Tilly zu viel Wein, legte William ihre Füße auf den Schoß und erzählte ihm, dass sie mehr verdiene als Henry und das bereits doppelt so lange wie er, dass sie ein sehr unabhängiger Mensch sei und sich doch nichts weiter wünsche, als Henry zu heiraten.

»Das habe ich ihm auch erzählt«, sagte William.

»Wirklich?«

»Natürlich.«

»Anscheinend nicht sehr deutlich ...«

»Na ja«, sagte William, »wir haben alle so gemischte Gefühle, was das Heiraten betrifft.«

»Haben wir das?«

»Klar haben wir das. All unsere geschiedenen Eltern. Es gibt nicht mal einen Steueranreiz. Was soll's also?«

An diesem Punkt riss Tilly ihre Füße von seinem Schoß, ging in ihr Schlafzimmer und knallte die Tür zu. Dann kam sie wieder heraus, schenkte sich noch ein Glas Wein ein und weinte, bis William sagte: »*Ich* werde dich heiraten.«

Tilly erzählte Henry stets von diesen Episoden. Sie wartete ein paar Tage, gewöhnlich bis sie wieder miteinander schliefen, und sagte dann, an seinem Rücken, seiner Brust oder seiner Schulter: »William hat mir wieder einen Antrag gemacht.«

Inzwischen reagierte Henry nur noch mit einem Knurren darauf. Anfangs war er am ganzen Körper erstarrt und hatte empört »Wie bitte?« geschrien. Dann, nach einer Weile »Verdammt noch mal« in etwas versöhnlicherem Ton, und jetzt sagte er kaum noch etwas dazu. Stattdessen tätschelte er Tilly zerstreut, als sei sie eine Dreijährige, die ihren Eislutscher nicht in der Farbe bekam, die sie wollte. Zu William sagte er kein Wort. Im

Grunde gab es auch nichts zu sagen. William war sein Freund, sein alter Freund. Er hatte Susie und war eifrig damit beschäftigt, seine kleine Firma in Trab zu bringen. Gewiss, William schätzte Tillys Schönheit, ihren Charme und ihre Erfolge – man hätte ernsthaft gestört sein müssen, um das nicht zu tun –, aber er wusste, dass Tilly zu Henry gehörte. Oder, wie Henry triumphierend, doch nur still zu sich sagte: »Sie gehört *mir*!«

Sie gehört mir, dachte Henry jetzt und setzte sich auf der Kameratasche zurecht. Mir, bis auf ein kurzes Techtelmechtel mit einem italienischen Modefotografen ihrerseits und einem aufregenden, aber beunruhigenden Seitensprung mit einem Mädchen, das Falken züchtete und trainierte, seinerseits, und das seit einem Jahrzehnt. Einem Jahrzehnt, das binnen kurzem mit ihrer beider dreißigstem Geburtstag zu Ende gehen würde. Henry schloss die Augen. Dreißig. Von dort, wo er auf seiner Kameratasche in diesem verdreckten, stickigen, überfüllten Zug saß, waren dreißig und der grimme Sensenmann fast nicht voneinander zu unterscheiden. Wo waren die neunundzwanzig Jahre geblieben? Was hatte er für sie vorzuweisen? Großer Gott, mit dreißig hatte sogar Henrys Vater – jemand, an den er nicht oft dachte – den fünfjährigen Henry als Trophäe seines Erfolgs gehabt. Henry und das Baby Paula. Es war Paula, hatte Henrys Mutter gesagt, die das Fass zum Überlaufen brachte. Es war Paula, die für Henrys Vater der Beweis dafür war, dass sich die Gefängnistore des Familienlebens endgültig hinter ihm geschlossen hatten, und die ihn veranlasst hatte, nach Australien zu fliehen, um dort ein neues Leben mit einem jungen weiblichen Croupier in Brisbane zu beginnen, während Henrys Mutter zurückblieb, um ihren Groll so sorgsam zu pflegen wie einen Rosengarten. Tillys Mutter dagegen hatte Tillys Vater verlassen, als Tilly elf war, um dann noch einmal zu heiraten. Das heißt zweimal. Es war Tillys Vater, der immer noch allein war und ein Leben in fanatischer Präzision, Regelmäßigkeit und Heuchelei führte. Wie Tilly sagte, war ihre Geburt von der jungfräulichen Variante gewesen, ohne Dazutun einer menschlichen Frau und ganz gewiss nicht von Tillys Mutter. Williams Eltern waren Heimatlose, die nach dem Willen der Ölgesellschaft, für die Williams Vater arbeitete, rund um die Welt zogen. Gegenwärtig hatten sie ihre Basis in Malaysia. Sie seien absolut nett, sagte William, aber er kenne sie im Grunde nicht sehr gut. Einmal, als er betrunken war, hatte er Henry erzählt, seine Eltern verhielten sich wie streunende Kater und man müsse sich wundern, dass sie a) einander jemals lange genug treu gewesen waren, um William und seinen Bruder zu zeugen, und b) überhaupt noch einen Wert darin sahen, verheiratet zu bleiben. Ben, Williams älterer Bruder, hatte mit dreiundzwanzig Jahren geheiratet und lebte mit seiner Frau, drei Kindern und einem Hund in einer Doppelhaushälfte in Slough. Er wollte, dass William ebenfalls sesshaft wurde. Er bewies großes, besorgtes Interesse an Williams Arbeit.

»Wenn ich jemals einen verdammten Vater gehabt habe«, sagte William düster und öffnete ein weiteres Stella Artois, »dann war das der verdammte Ben.«

Henrys Knie begannen zu schmerzen. Steifknochig stand er auf und bewegte sie etwas. Zwei kleine Jungen in Arsenal-Fan-Trikots kamen durch die Schiebetür aus dem letzten Wagen herein und starrten seine Kameratasche an. Dann starrten sie ihn selber an.

»Ist da Ihr Lottogewinn drin?«, fragte einer von ihnen.

Henry machte noch eine Kniebeuge.

»Ja«, sagte er.

Tilly schaltete ihren Computer aus und nahm die Brille ab. Der Optiker hatte ihr gesagt, wenn sie ihre Kontaktlinsen tagelang achtzehn Stunden hintereinander trage, wäre das nicht gut für ihre Hornhaut. Sie hatte sich große Sorgen gemacht, sich eine Brille mit Designergestell und Schweizer Gläsern anfertigen lassen, die, wie sie sich ausrechnete, mehr kosteten als ein Urlaub. Sie versuchte, sie gewissenhaft mindestens eine halbe Woche zu tragen, aber sie fühlte sich unbehaglich dabei. Unbehaglich und eingesperrt. Sie fragte Henry, wie er sie finde, und er hatte gesagt: »Schön. Hübsch.« William war ehrlicher gewesen. Er hatte gesagt: »Cool, die Brille. Aber besser ohne, ehrlich«, was Tilly das Gefühl vermittelte, dass Henry das ebenfalls hatte sagen wollen. In der Wohnung trug sie die Brille mit ein wenig trotziger Miene, vor allem, wenn sie wollte, dass die Männer die überall verstreuten Zeitungen aufsammelten oder die Bettwäsche in die Wäscherei brachten. Im Büro vermittelte die Brille ihr seltsamerweise das Gefühl, fleißiger zu arbeiten.

Sie stand auf und ging um ihren Schreibtisch herum zum Fenster. Das war ein schmaler Schlitz mit Blick auf einen Durchgang zwischen den Gebäuden, und wenn sie ihr Gesicht ans Glas presste, konnte sie seitlich auf die Regent Street sehen, auf der die schwarzen Taxis und roten Busse vorüberflitzten. Es hatte fast den ganzen Tag geregnet, einen halbherzigen, leichten Sommerregen von der Art, der sich wie Nebel in Haare und Kleider legt und auf dem Bürgersteig mit dem Schmutz zusammen einen glitischen Belag bildet. Sie dachte an die Heimfahrt mit der Underground, und wie voll, feucht, menschlich und grässlich es sein würde. Sie dachte daran, dass Henry nach drei Tagen in Norfolk wieder zu Hause sein würde, die, wie er sagte, fotografisch gesehen ein absoluter Reinfall gewesen waren. Sie dachte an Tinas und Robs Verlobungsparty, auf die sie gehen wollte, Henry aber nicht – er war, nachdem er Jahre um Jahre der unersättlichste Partygeher gewesen war, den sie kannte, alles andere als begeistert von Partys. Partys seien heutzutage alle gleich, behauptete er. Sie würden von denselben Leuten besucht, die sich genauso verhielten, wie sie sich vor fünf Jahren verhalten hatten, und er habe die Nase voll davon. Vor allem aber dachte Tilly, während sie ihr Gesicht, die Brille in der Hand, seitlich an die Fensterscheibe presste, an ihren Plan.

Das Problem war William. Oder nein, im Grunde war das Problem Henry, doch dieses Problem wurde durch Williams Gegenwart in der Wohnung erschwert. Ehrlich gesagt war er ein recht liebenswerter Mitbewohner, aber er war da, lebte und atmete dort, selbst wenn er schlief und seltsamerweise sogar, wenn er nicht da war, aber seine Schuhe standen neben dem Sofa im Wohnzimmer, sein Parka hing schief an einem Haken in dem engen Flur, und seine Zahnbürste stand manchmal im selben Zahnputzbecher mit ihrer oder lag manchmal – ziemlich oft – mit Henrys zusammen im Waschbecken, gekrönt von Zahnpasta, wo er sie einfach fallen gelassen hatte.

Tilly hatte den Eindruck, wenn man in einer Zweierbeziehung lebte, während eine dritte Person anwesend war, könne diese Beziehung keine Fortschritte machen. Sie wurde natürlich von den Beschränkungen, Bequemlichkeiten und Höflichkeiten behindert, die entstanden, wenn man jemand einbezog, der angesichts der Natur der Dinge nur bis zu einem gewissen Punkt einbezogen werden konnte. Williams Anwesenheit bewirkte, dass sie sich eingegrenzt fühlten wie Studenten. Erwachsene lebten, wenn sie nicht sehr sonderbar oder sehr weltoffen waren, im Allgemeinen nicht mit Anhängseln ihrer eigentlichen Beziehung zusammen. Studenten taten das, weil sie noch nicht geformt, noch nicht gereift waren, weil eine Art Plastizität und Fluidität höchst bequem in dieses Stadium ihres Lebens passte, in dem sie selbst noch fließend und formbar waren. Nur, dachte Tilly, dass sie sich daran gewöhnten, vor allem die Männer: Die Studentenphase des Lebens und der Beziehungen wirkte höchst verführerisch, weil sie das letzte Stadium oder Alter war, in dem die Außenwelt ihnen verzieh, dass sie sich noch nicht entscheiden können.

Tilly wusste, hatte seit einiger Zeit gewusst, dass sie sich entschieden hatte. Um keinen Druck – oh, dieser schreckliche Ausdruck, diese schreckliche Vorstellung, weltweit als absolut inakzeptabel empfunden, wenn eine Frau das einem Mann antat – auf Henry auszuüben, hatte Tilly versucht, die absolute Gewissheit ihrer eigenen Meinung nicht allzu offen zu bekunden. Henry war schließlich sehr liebevoll. Sie wusste, dass er sie liebte. Das *wusste* sie. Er war nicht der Typ, der mit Champagner um Mitternacht oder mit einem impulsiven Wochenende in Paris aufwartete, aber er war ein Mann, der daran dachte, ihr ein Bad einzulassen, wenn sie müde war. Und er konnte zuhören. Sie konnte ihm nicht vorwerfen, dass er nicht zuhörte, sagte sich Tilly. Angesichts seiner liebevollen Art und seiner Kunst des Zuhörens war es daher seltsam, dass Tilly so große Angst hatte – jawohl, Angst –, mit Henry offen und ehrlich über das Heiraten zu sprechen. Sie konnte mit Henry wortgewandt und ausführlichst über jedes Thema sprechen, das ihr am Herzen lag, doch wenn es zu diesem einen Punkt kam – im Bett, auf einer Reise, in einer Bar, im Park –, schreckte sie davor zurück, es auszusprechen. Schreckte buchstäblich davor zurück, wich körperlich der Möglichkeit aus, sich zu exponieren, sich möglicherweise Schmerzen zufügen zu lassen. Aber die Notwendigkeit, etwas zu sagen, wurde immer dringlicher. Es war sinnlos, in Erinnerungen an die Anfangsjahre zu schwelgen, als sie ihr schwarzes Essstäbchen in Henrys Tasche fand, und an seine endlosen, ewigen Anrufe zu denken. Das war, obwohl ungeheuer verführerisch, damals gewesen. Sie waren einundzwanzig, zweiundzwanzig gewesen. Dies war jetzt. Sie waren fast dreißig, Tilly hatte gearbeitet, seit sie sechzehn war, und wollte geheiratet werden. Sie wollte, dass Henry sie erwählte, auf diese außergewöhnliche, wundervolle, ausschließliche Art und Weise, in der Frauen zur Gattin gewählt werden, und dass er sie heiratete.

Doch das würde nicht geschehen, solange William da war. Nichts, das mit realer, erwachsener, emotionaler Entwicklung zu tun hatte, konnte geschehen, solange William da war. Es war eher Williams Gegenwart als seine Persönlichkeit, die sie alle unreif bleiben ließ. Es ist unreif, nicht zuzulassen, dass Beziehungen heranreifen, sie in einer jugendlichen oder kindlichen Phase oder was sonst zu halten. Und dann war da Williams Verhalten ihr gegenüber. Man könnte sagen, dass Williams Zuneigung zu und Bewunderung für Henry auf eine sehr kumpelhafte Art in Zuneigung zu und Bewunderung für sie übergegangen war. Aber an Williams Verhalten war etwas, das mehr bedeutete. Tilly wusste, dass William sie beobachtete, sich ihrer bewusst war, und zwar auf eine Art, die weder – noch nicht – erregend noch ärgerlich war, die der Atmosphäre in der Wohnung jedoch eine gewisse Schärfe verlieh. William sprach mit Tilly zum Beispiel auf eine Art über Susie, die gerade eben noch nicht illoyal zu Susie war, die aber deutlich machte, dass William bezüglich des Kalibers von Mädchen durchaus objektiv sein konnte und dass er wusste, dass Tilly mehr davon hatte als Susie.

William hatte Tilly niemals berührt, es sei denn auf eine absolut normale, statthafte Art. Er hatte niemals, nicht mal nach dem Genuss von reichlich Alkohol oder im Verlauf eines intensiven Gesprächs, mehr getan als ihr seine brüderliche Schulter geboten. Aber Tilly war ziemlich sicher, dass es ihrerseits nur der geringsten Ermutigung bedurfte, um Williams Schulter im Handumdrehen recht unbrüderlich werden zu lassen. Nicht etwa, dass Tilly auch nur daran dachte, William zu ermutigen, aber sie musste Henry ehrlich einen anderen Grund nennen können, warum William die Wohnung verlassen sollte, als den, dass sie das Thema Heirat aus den Kulissen in die Bühnenmitte bringen wollte.

Sie löste ihr Gesicht von der Fensterscheibe und setzte ihre Brille auf. Dann löste sie ihre Haare aus den Clips, schüttelte sie aus und fasste sie wieder hinter dem Kopf zusammen. Was immer jedermann trotzig über die gegenwärtige weibliche Unabhängigkeit, Selbstsicherheit und Kompetenz sagen mochte, es schien, wie Tilly traurig überlegte, keine Rolle zu spielen, wenn es um Angelegenheiten des Herzens ging. Man konnte so viel reden, wie man wollte, jede nur mögliche Einstellung von der Welt vertreten, aber das menschliche Herz würde sich immer und ewig nach dem sehnen, wonach es sich schon immer gesehnt hatte. Und ihm zu geben, wonach es sich sehnte, glich dem Versuch, ein Minenfeld zu durchqueren: ständig von Gefahren bedroht und durch Mangel an Informationen zum Scheitern verurteilt. Tilly warf den Kopf zurück. Verdammt noch mal, sagte sie sich, und in derselben Sekunde, hol es dir, und Hilfe! Ach, *verdammt!*

Henry putzte seine Kameralinsen mit einem Antistatiktuch. Er hatte sie säuberlich auf der indonesischen Truhe aufgereiht, die William gehörte, die sie aber als Teetisch benutzten. Er war in Socken, Jeans und einem schwarzen Drillichhemd. Als er Tillys Schlüssel im Türschloss hörte, stand er auf.

»Hi!«, sagte er. Und breitete die Arme aus.

Sie nahm ihre Brille ab und ließ sie auf den kleinen Beistelltisch fallen, auf dem sie alle ihre Schlüssel und Briefe liegen ließen.

»Willkommen zu Hause«, sagte sie und schlang ihm die Arme um den Hals.

Er küsste sie auf die Wange und drückte sie an sich.

»War es reine Zeitverschwendung?«

»So gut wie. Ein paar Schüsse im Morgengrauen, aber keine Vögel, die der Rede wert wären.«

»Keine Nacktschwänzigen Pfuhlschnepfen?«

»Nicht eine.«

Er ließ die Arme sinken.

»Und wie geht's dir?«

»Okay«, antwortete sie. »Nichts Welterschütterndes zu berichten. Keine Panik, aber auch keine genialen Höhenflüge.«

»War Susie hier?«

»Nein«, sagte Tilly und trat einen Schritt zurück. »Warum fragst du?«

»Ich wollte nur deinen Seelenzustand testen ...«

»Ich habe nichts gegen Susie.«

»Wirklich nicht?«

»Na ja, sie hat ein paar irritierende Angewohnheiten, aber ich habe nichts gegen sie als *Mensch*.«

»Ach so«, sagte Henry. Mit einer Hand rieb er sich den Hinterkopf. »Ich schon.«

»Wirklich?«

»Es gibt da so eine gewisse Sorte Mädchen«, sagte Henry, »eine Art vorgetäuscht unabhängiges, modernes

Mädchen, das ständig Phrasen drischt über Gleichheit, Freiheit und so weiter, aber immer noch verlangt, dass man sie über Pfützen trägt.«

»Dann kannst du also mit widersprüchlichen Signalen nichts anfangen?«

»Das kann niemand«, sagte Henry. »Wir wollen alle wissen, woran wir sind.«

»Ich verstehe«, sagte Tilly.

»Ich finde es ziemlich enervierend, wenn Susie hier ist«, sagte Henry. »Deswegen hab ich gefragt, ob sie hier war, während ich fort war, weil ich dachte, dass sie dich ebenfalls nervt.«

Tilly setzte sich auf die Armlehne des Sofas.

»Nur ich und William waren hier.«

»Möchtest du Kaffee?«, erkundigte sich Henry.

»In einer Minute. Hast du gehört, was ich gesagt habe?«

»Worüber?«

»Über die Tatsache, dass nur ich und William hier waren, als du in Norfolk warst.«

»Und?«

»Henry«, sagte Tilly, »ich muss mit dir über William reden.«

»Jetzt gleich?«

»Warum nicht?«

»Weil ich gerade reingekommen bin, weil wir uns seit Montag nicht mehr gesehen haben, weil ich zuerst mal Kaffee machen will ...«

»Weil du nie, niemals über etwas reden willst, das wichtig ist.«

Henry ging um das Sofa herum und setzte sich dicht neben Tilly. Er ergriff ihre Hand, küsste sie und legte sie wieder hin.

»Okay«, sagte er, »rede mit mir.«

»Es geht um William ...«
»Ich weiß.«
»Was weißt du ...«
Henry beugte sich vor, um seine Ellbogen auf die Knie zu stützen. »Ich weiß«, sagte er, »dass du ihn aus der Wohnung raushaben willst.«

4

»Tut mir Leid«, sagte Henry.

William starrte in sein Bierglas.

»Ist schon in Ordnung.«

»Tut mir trotzdem Leid.«

»Ich wusste, dass so etwas kommen würde«, sagte William.

»Wirklich?«

»Na ja«, sagte William und schob sein Glas durch die nassen Ringe, die es bereits auf dem Tisch des Pub hinterlassen hatte, »nichts bleibt für immer so, wie es ist. Gar nichts. Es war eine schöne Zeit, zusammen. Und, nun ja, du und Tilly ...« Er hielt inne.

»Glaubst du«, fragte Henry, »dass wir alle hoffnungslose Fälle sind, was Entscheidungen betrifft?«

William trank einen Schluck Bier.

»Nein. Ich finde, wir haben einfach zu viel zu entscheiden gehabt. Zu viel Freiheit.«

»Ach ja?«

»Ich meine«, fuhr William fort, »mein Großvater war im Krieg, er war bei Dünkirchen. Mein Vater ist in den Fünfzigern aufgewachsen, hat sich die Haare mit Brylcreme angeklebt, als er zur Schule ging, und nahm den ersten Job an, der sich ihm bot, und den hat er heute immer noch. Die waren es damals nicht gewöhnt, Entscheidungen zu treffen. Sie waren daran gewöhnt, dass sie die Dinge nicht selbst bestimmen konnten, keine allzu große Wahl hatten. Sie heirateten zum Beispiel Leute, denen sie begegneten, statt sich den perfekten Partner zu suchen. Sie liefen nicht mit dem Bewusstsein herum, dass es in jeder Hinsicht vier Millionen Auswahlmöglichkeiten gibt und dass ihr Leben eine Katastrophe ist, wenn sie sich nicht für die absolut Richtige entscheiden.«

»Aber ich lebe jetzt«, sagte Henry. »Und nicht damals. Ich bin nicht sie.«

»Was ich dir zu sagen versuche, ist, dass es für uns ganz anders ist. Schwerer.«

Henry griff nach seinem Glas.

»Was wirst du tun?«

»Mir ein paar Wohnungen ansehen. Bayswater. Dann kann ich mit der Central Line zur Arbeit fahren.«

»Ziehst du mit jemandem zusammen?«

»Möglicherweise nicht.«

»Susie?«

»Nein«, sagte William. »Nicht mit Susie.«

Henry stellte sein Glas wieder hin.

»Mit Susie, das ist nichts Ernstes«, erklärte William.

»Schläft sie auch mit anderen?«

»Ich hab sie nicht gefragt«, sagte William. »Wir tun's einfach, und ich stelle keine Fragen.«

»Würde es dir was ausmachen ...«

»Ja«, sagte William. »Nur wenn man mit jemandem nicht mehr schlafen will, macht es einem nichts mehr aus.«

Henry stemmte die Ellbogen auf den Tisch.

»Tilly hat mir gesagt, dass Mädchen es lernen, Männer attraktiv zu finden, die sie lieben, und dass Männer lernen, Frauen zu lieben, die sie attraktiv finden.«

William schnaufte verächtlich.

»Ich kann mich nicht erinnern, dass Tilly Zeit gehabt hätte, dich lieben zu lernen, bevor sie mit dir in die Kiste gehüpft ist.«

»Will«, entgegnete Henry ernst, »das war vor ungefähr hundert Jahren.«

»Ich weiß.«

»Was ist passiert?«

»Mit der Zeit? Mit dem Universum? Mit dir und Tilly?«

»Du weißt verdammt gut ...«

»Ich glaube«, sagte William, »das wirst du bald herausfinden.«

Henry nickte.

»Ich weiß.«

»Du liebst sie, nicht wahr?«

Abermals nickte er.

»Ja. Ja, das tu ich. Sie ist schön, interessant, liebevoll, arbeitet hart und ist begabt.«

»Aber ...«

»Das Aber ist nicht Tilly, Will. Das Aber bin ich.«

William saß über sein Glas gebeugt.

»Du kannst dich nicht festlegen?«

»Keine Ahnung. Ich dachte, ich könnte. Ich habe bestimmt noch keine getroffen, bei der mir nur entfernt der Gedanke gekommen wäre, ich könnte mit ihr den Rest meines Lebens verbringen. Tilly ist die Einzige, mit der ich mir vorstellen kann, ein Kind zu haben. Es ist ...«

William wartete.

»Ich glaube«, sagte Henry zögernd und starrte dabei auf Williams Bier, »ich will damit sagen, dass ich mich selbst nicht mehr so richtig mag, wenn ich mit ihr zusammen bin.«

»Ist doch wohl kaum ihre Schuld ...«

»Das will ich damit ja auch nicht sagen. Die Chemie zwischen zwei Menschen, im Guten oder im Schlechten, ist keine Frage der Schuld. Sie ist ganz einfach da, der eine reagiert auf den anderen. Und dann ändert sich etwas oder entwickelt sich, und die Reaktionen verändern sich ebenfalls. Weißt du, was ich damit meine?«

»Nein«, sagte William. »Es ist viel leichter, wenn man nichts weiter mehr will als ein bisschen Liebe. Es ist dieses sollte und sollte nicht, und Schuld und Ärger und Betrug und Liebe und all dieser Scheiß, der alles kaputtmacht.«

»Genau das«, sagte Henry, »versuche ich dir ja zu sagen.«

William trank einen großen Schluck Bier. Auf einmal ernst geworden, sagte er: »Mit Tilly musst du das Richtige tun.«

»Ja«, antwortete Henry. »Definier mir mal das Richtige.«

»Du musst sie anständig behandeln. Und dich nicht benehmen wie ein Schwein.«

»Du meinst, alles tun, was sie glücklich macht?«

William überlegte. Er steckte den Zeigefinger in die Bierpfütze auf dem Tisch und zog sie zu einem langen, nassen Streifen aus.

»Will?«, mahnte Henry.

»Keine Ahnung ...«

»Alles tun, was Tilly glücklich macht, selbst wenn ich ganz und gar nicht sicher bin, dass es *mich* glücklich machen wird? Gönnerhaft zu ihr sein? Ihr vormachen, etwas ist mit Sicherheit teilweise wahr, aber ebenso mit Sicherheit nicht ganz und gar wahr?«

William seufzte. Er rieb seinen nassen Zeigefinger an der Hose trocken.

»Keine Ahnung«, sagte er noch einmal.

Nachdem William aus der Wohnung ausgezogen war – sieben schwarze Müllsäcke, drei Koffer, vier Pappschachteln, die indonesische Truhe und eine Lavalampe –, holte sich Tilly einen Teppichreiniger von der Reinigung in der Nähe und schäumte jeden Zentimeter Teppich in der Wohnung ein. Der Teppich blieb tagelang feucht und roch, wie Henry erklärte, wie die Umkleidekabinen eines Squashclubs. Dann putzte sie die Fenster, Rahmen und Türen und kaufte neue Bettwäsche für Williams Bett sowie einen Strauß Weidenzweige für die große afrikanische Vase in einer Ecke seines Zimmers, die er als Behälter für seine kostbaren, gefederten Skistöcke und einen Tennisschläger benutzt hatte.

Henry beobachtete sie. Ein- oder zweimal erbot er sich, ihr beim Möbelrücken zu helfen, oder trug schwarze Säcke voll Abfall hinaus, die meiste Zeit aber sah er ihr einfach zu. Es hat, entschied er, keinen Sinn, sie zu fragen: »Was machst du da?«, denn es war eindeutig klar, was sie da tat. Sie schlug eine neue Seite auf, rückte alles zurecht, damit sich etwas entwickeln, damit etwas Neues geschehen konnte. Und das machte sie ausgezeichnet. Die Wohnung wirkte sehr viel schöner, ordentlich, einladend. Was Henry jedoch befangen machte, war, dass Tilly, wenn der letzte neue Topf und das letzte neue Kissen an seinem Platz war, mit dem Auftritt beginnen wollte. Mit dem gemeinsamen Auftritt. Dann würde es nicht mehr genügen, dass Henry unauffällig, bewundernd, helfend in den Kulissen stand, nein, sie würde verlangen, dass er zu ihr kam, ihre Hand ergriff und an diesem neuen, bezaubernden Szenario, das sie geschaffen hatte, teilnahm.

Irgendwie hatte sie ihn schon jetzt daran beteiligt. Er wusste, dass ihm noch Geld zustand – eine nicht unbedeutende Geldsumme, das ärgerte ihn, und er hatte Tilly von seinem Ärger erzählt. Doch irgendwie hatte sein Ärger sich niemals in Taten verwandelt, bis Tilly ihn darauf hinwies, dass sie, ohne William, mit der Miete nicht ganz zurechtkamen, dass er Briefe schreiben, telefonieren und lästig fallen müsse, bis jene, die ihm das Geld schuldeten, dankbar waren, es ihm geben zu dürfen, damit sie ihn wenigstens los wurden. Innerhalb von drei Wochen hatte Henry etwas über zweitausend Pfund eingetrieben.

»Siehst du?«, sagte Tilly. Sie hatte sich ein Badetuch umgeschlungen und trug ihre Brille, um ihr Horoskop im *Evening Standard* vom Abend zuvor zu lesen.

»Ich weiß«, sagte Henry. Er trank Orangensaft direkt aus der Plastikflasche. »Meine Fotos mache ich mit so großer Begeisterung, aber für das, was danach kommt, kann ich alles andere als Begeisterung empfinden.«

»Vielleicht solltest du mich zu deiner Agentin machen ...«

Er küsste ihre nackte Schulter.

»Lieber nicht.«

»Fürchtest du, ich könnte dich rumkommandieren?«

»Hm ...«

»Viele Paare arbeiten zusammen. Erfolgreich. Und ich scheine ein bisschen mehr Lebenserfahrung zu haben als du.«

»Das kommt, weil ich kreativ bin«, sagte Henry. »Die Kreativen sind im Praktischen traditionell hoffnungslos. Das weißt du doch.«

»Du bist sehr gut mit deinen Händen«, sagte Tilly. Und nahm ihre Brille ab.

Er sah sie nicht an.

»Ja?«

»Sehr gut.« Das Badetuch begann zu rutschen.

»Ich glaube, ich muss weiterhin erfolglos versuchen, die eingeseifte Stange hochzuklettern, auch wenn es dich wahnsinnig macht, mir dabei zuzusehen«, sagte Henry.

Er wandte sich ab und öffnete den Kühlschrank, um

den Orangensaft in die Halterung in der Tür zurückzustellen. Der Kühlschrank war sehr ordentlich. Als William noch da war, hatte es dort immer Löffel gegeben, die in Dosen steckten, halb aufgegessene Dinge, Rinden, Schalen, Bier. Jede Menge Bier.

»Ich habe Paula angerufen«, sagte Tilly.

Henry richtete sich auf und wandte sich um. Tilly hatte das Badetuch wieder hochgezogen und ihre Brille aufgesetzt.

»Paula? Meine Schwester?«

»Genau die.«

»Aber wozu?«

»Ich habe sie gebeten, uns zu besuchen.«

Henry lehnte sich an die Arbeitsplatte der Küche.

»Warum?«

»Wir haben jetzt ein Schlafzimmer übrig«, sagte Tilly. »Wir können Besuch unterbringen.«

Henry dachte daran, wie er immer bei anderen Leuten übernachtet hatte, Sofakissen auf dem Fußboden, gemeinsame Betten, Lehnsessel, die niemals lang genug waren, unvermeidliche Kater.

»Wir haben noch nie Leute zu Besuch gehabt«, wandte er ein.

»Aber das muss doch nicht heißen, dass wir niemals Besuch haben werden. Bisher hatten wir keinen Platz für Logierbesuch.«

»Aber so gehen Paula und ich nicht miteinander um, Tilly«, sagte Henry. »Wir logieren nicht beieinander. Wir reden. Darüber, dass ich nach Leeds fahre oder dass sie nach London kommt, wir schicken uns freche Geburtstagskarten und witzige Weihnachtsgeschenke ...«

»Dann wird es Zeit, dass ihr erwachsen werdet«, sagte Tilly.

Damit ging sie an ihm vorbei und warf den *Evening*

Standard in den Mülleimer. Der Mülleimer hatte, wie Henry feststellte, vor kurzem eine Tüte bekommen, eine dünne Innenhaut aus hellblauem Plastik.

»Sie kommt am Samstag«, sagte Tilly. »Übers Wochenende. Sie freut sich schon sehr darauf.« Dann nahm sie das Badetuch ab und ging an ihm vorbei zur Küche hinaus, splitternackt bis auf die Brille.

Am Bahnhof von Leeds kaufte Paula eine karierte Baseballkappe mit einer falschen Nase und einer Brille ohne Gläser, die unter dem Schirm befestigt waren, für Henry, sowie ein Paar schwarze Handschuhe mit rosa Marabustulpen für Tilly. Dann kaufte sie für sich selbst einen Liter Mineralwasser, eine Tüte Crispies mit Barbecue-Geschmack und ein Riesenrätselheft – Paula war rätselsüchtig, seit sie lesen und schreiben konnte – und suchte sich einen Platz im Zug nach London, der sich, soweit sie sehen konnte, nicht in Hörweite von Kindern befand. Als Hebamme war Paula von Babys fasziniert, und immer schon gewesen. Nur das, wozu sich diese Babys entwickelten, wirkte auf sie so deprimierend.

Sie war, rechnete sie aus, seit vier Jahren nicht mehr in London gewesen. Und hatte Henry in dieser Zeit kaum gesehen, Tilly sogar noch seltener. Ja, sie war nicht ganz sicher, ob sie Tilly überhaupt öfter als ein halbes Dutzend Mal gesehen hatte. Das letzte Mal, als Tilly für ihre Zeitschrift nach Leeds gekommen war, hatte sich Paula mit ihr zum Abendessen in einer Brasserie unten auf The Calls getroffen. Tilly hatte Schwarz getragen und dazu Stiefel im Leopardenlook. Die Stiefel hatten sich als integraler Teil von Tillys Persönlichkeit wie auch ihrer Erscheinung in Paulas Gedächtnis gegraben. Daher die Handschuhe mit den Marabustulpen.

Dort in der Brasserie hatten sie jedoch einen netten

Abend verbracht. Paula hatte Tilly vieles aus ihrer Kinderzeit erzählt, und davon, wie Henry als kleiner Junge gewesen war (»Ziemlich anständig, wirklich. Niemals besonders brav, niemals ein Rowdy. Aber er konnte einfach nicht mit Mum. Wir alle nicht«), und dann, nach einer halben Flasche Rioja – wo sie Alkohol doch eigentlich nicht trank, bis auf den gelegentlichen Zug um die Häuser mit den Mädels – von Clive, dass er sie heiraten wollte, während sie sich so sehr vor dem gefürchtet hatte, was ihr zustoßen werde, wenn sie heiratete, dass er auf und davon ging, ganz einfach so, und ihrer Freundin Marnie einen Antrag machte, die sofort ja sagte und jetzt ein Kind hatte, ein zweites war unterwegs. Es war nicht so, dass sie Clive oder dieses Baby so gern gehabt hätte, erklärte Paula, aber dass er nicht so lange warten konnte, bis sie sich mit dem Gedanken vertraut gemacht hatte. Sie kam sich dabei vor wie ein Objekt – ein Ehefrauen-Symbol, eine Babymaschine –, und nicht wie ein Mensch. Sie fragte sich, ob sie jemals genug von sich selbst würde opfern können, genug Kontrolle, um sich jemals einem anderen auszuliefern. Ihre Mutter, erzählte sie Tilly, habe immerzu von Vertrauensbruch geredet, über ihr kostbares, einzigartiges, wunderschönes Vertrauen, das gebrochen war, so dass sie sich gezwungen sah, die erlesenen Scherben zerschmetterten Vertrauens ihr Leben lang mit sich herumzutragen, eine beängstigende Last, die natürlich stets nur die Schuld der anderen war.

»Als ich sechzehn war«, sagte Paula, »habe ich ihr geglaubt. Jetzt finde ich, dass es ein ungeheurer Blödsinn war.«

Paula hatte gelernt, ihre emotionale Reaktion auf die Mutter zu begrenzen. Sie hatte gelernt, Anrufe sachlich zu halten und aufzulegen, sobald die übliche Aufzählung von Kümmernissen begann. Von Clive hatte sie ihrer Mutter nichts erzählt, ja, nicht einmal von dem Dinner mit Tilly. Henrys Methode, die Mutter zu behandeln, war schuldbewusstes Schweigen. Ihre Mutter beschwerte sich, dass sie ihre Kinder kaum jemals sah, dass sie Tilly kaum kannte.

»Setz dich in einen Zug«, sagte Paula dann einfach. »Greif zum Telefon und setz dich in einen Zug. Ich muss jetzt Schluss machen. Frühschicht.«

Es war ein Rat, den sie natürlich selbst nicht befolgte. Sie liebte Henry, sie mochte Tilly, aber sie fand, dass ihr Leben in Leeds – Arbeit, Kollegen, Freunde, ihre Wohnung, gelegentliche Wandertage, gelegentliche Nachtclubnächte – leichter war, wenn sie nicht allzu vieles von außen hereinbrachte. Sie hatte keine Fotos von Henry in ihrer Wohnung – sie hatte überhaupt nicht viele Fotos von irgendjemandem –, und obwohl sie über seine Geburtstagskarten grinsen musste, sah sie die auch nur einmal an und ließ sie dann in der Obstschale oder hinter dem Toaster liegen, bis sie das nächste Mal gründlich aufräumte. Als Tilly daher eines frühen Morgens anrief, während Paula gerade erst aus der Dusche kam, staunte sie selbst darüber, wie sehr sie sich darüber freute.

»Nach London kommen?«

»Warum nicht?«, antwortete Tilly. »Man muss gelegentlich ein Wochenende freinehmen ...«

»Oh, aber das tu ich doch.«

»Und wir haben jetzt ein Gästezimmer.«

Paula frottierte sich die nassen Haare mit dem Handtuch, das sie in der freien Hand hielt.

»Was ist mit William?«

»Der ist weg.«

»Hattet ihr Krach?«

»Nein«, sagte Tilly. »Es war an der Zeit. Es war wirklich an der Zeit.«

Paula überlegte. In Tillys Ton schwang etwas mit, das sie nicht sofort definieren konnte.

»Ich würde gern. Ich würde euch gern besuchen.«

»Gut«, sagte Tilly. »Henry wird begeistert sein.«

»Eher wohl erstaunt«, gab Paula zurück.

Jetzt setzte sie sich auf ihrem Platz im Zug zurecht und schlug das Rätselheft auf. Bei der Arbeit in der Stillklinik, in der sie einen Dreimonatsdienst ableistete, zogen alle sie ständig mit ihren Rätseln auf. Das war ihr gleichgültig. Immer noch besser, als wenn sie sie mit ihrem Hintern oder ihrer Schwärmerei für den neuen jungen Arzt aufgezogen hätten. Sie selber wusste jedenfalls, warum sie gern Rätsel löste, sie wusste, warum sie sich dabei wohler fühlte. Für Rätsel gab es Lösungen. Sie waren nicht, wie das Leben, mit Kompromissen und unbeantworteten Fragen gespickt. Wenn man ein Rätsel gelöst hatte, wusste man, wo man stand, und zwar ohne Zweifel oder Sorge.

Tilly wollte sich große Mühe geben, um Paula ein schönes Wochenende in London zu bereiten. Mit ihr einkaufen zu gehen hatte keinen Sinn, denn in Leeds konnte man ganz ausgezeichnet einkaufen, aber es gab die Tate Modern, das London Eye und den neuen Innenhof im British Museum. Henry sagte, er sei nicht sicher. Vielleicht sei sie ja sehr müde; vielleicht wolle sie ja einfach nur herumliegen und sich Videos reinziehen.

»Videos kann man sich überall ansehen«, wandte Tilly ein.

Henry ergriff sanft ihren Arm.

»Ich will ja nur sagen, abwarten und Tee trinken. Versuch nicht, ihr etwas aufzuzwingen.«

»Aber dann passiert überhaupt nichts«, sagte Tilly.

»Denk doch an William, sieh dir diese Wohnung an, sieh dir ...« Sie stockte.

Henry ließ ihren Arm los. Spontan hätte er fast gesagt: »Tut mir Leid«.

Stattdessen sagte er: »Ich weiß«. Ohne sie anzusehen.

Als Paula kam, bewunderte sie die Wohnung, sah sich ein paar von Henrys jüngsten Fotos an und sagte: »O Gott, noch mehr Vögel«, und erklärte, sie sei weder Galerien noch Museen gewachsen, aber sie würde gern zum London Eye gehen.

»Ich geh mit dir hin«, erklärte Henry. »Tilly kann nicht mal über den Badewannenrand sehen, ohne dass ihr übel wird.«

Paula sah Tilly an.

»Macht's dir was aus?«

»Was?«

»Wenn du nicht mitkommst ...«

»Nein«, versicherte Tilly. »Überhaupt nicht. Jedenfalls solltet ihr ...« Sie hielt inne; dann sagte sie: »Ich möchte, dass ihr ein bisschen Zeit miteinander verbringt.«

»Also, ich weiß nicht so recht«, sagte Paula.

»Das würdest du nicht sagen, wenn du ein Einzelkind wärst wie ich.«

Paula warf Henry einen abwägenden Blick zu.

»Ich mag ihn ja«, sagte sie. »Es ist nur, dass er ... mir nicht allzu oft *einfällt*.«

»Vielen Dank!«

»Na ja, ich dir doch auch nicht, oder?«

»Du würdest mir fehlen«, sagte Henry, »wenn ich dich nicht hätte.«

»Das würde ich nicht, denn du würdest ja nicht wissen, was du verpasst.«

»Ich könnt's mir vorstellen. Genau wie Tilly.«

»Ja, das kann ich«, sagte Tilly.

Paula zerzauste sich das kurze dunkle Haar an ihrem Hinterkopf.

»Wenn man Geschwister hat, erleichtert das den Umgang mit den Eltern.«

»Weiß Mum, dass du hier bist?«, erkundigte sich Henry.

»Noch nicht. Ich werd's ihr erzählen, wenn ich zurück bin. Sonst wird sie todsicher anrufen.«

»Sie tut mir furchtbar Leid ...«

»Darin ist sie gut«, sagte Paula.

»Sie war sehr nett zu mir.«

»Nur weil sie Angst vor dem hat, was Henry vielleicht tun würde, wenn sie das nicht wäre.«

Tilly machte ein erfreutes Gesicht. Sie stöpselte den Wasserkocher ein.

»Wirklich?«

Henry schwieg. Tilly holte ein Päckchen Kaffee aus dem Küchenschrank. Mit dem Rücken zu ihnen sagte sie: »Vielleicht werden wir endlich aufhören, uns über die Beziehung zu unseren Eltern Gedanken zu machen, wenn wir eine eigene Familie gegründet haben. Vielleicht ist das ganz einfach Biologie, wenn das Umsorgen von einer Generation auf die andere übergeht.«

Paula warf Henry einen Blick zu. Henry starrte auf den Tisch. Er saß ganz still, fast angespannt. Sie richtete ihren Blick wieder auf Tilly.

»Ich habe keinen Streit mit eurer Mutter«, sagte Tilly und füllte Kaffeepulver in eine Kanne mit Glasfilter. »Aber mir gefällt die Vorstellung, dass Henry mich gegen sie verteidigt, trotzdem.«

»Ich glaube, das sind die Zwillingstürme von Wembley«, sagte Henry und kniff die Augen zusammen. »Schade, dass es so diesig ist.«

Außer ihnen befand sich in der riesigen Gondel des London Eye nur etwa ein Dutzend Personen, eine amerikanische Familie in strahlend weißen Sportschuhen und eine Gruppe kleiner, stummer Japaner mit Camcordern.

»Bisschen deprimierend, nicht wahr?«, sagte Paula, »dass es so viel davon gibt.«

»Von London?«

»Ja. Ich meine, man kann ganz bis nach Banstead sehen, und das ist noch lange nicht die Grenze, man hat ein bisschen das Gefühl, es ist ein Monster.«

»Aber mir gefällt's.«

»Ja«, sagte Paula. »Und mir gefällt Leeds. Vermutlich würde uns auch Ulan-Bator gefallen, wenn wir dort leben müssten.«

Sie richtete den Blick an ihm vorbei auf das immense, dicht bebaute, grau verschleierte Panorama.

»Wir sind irgendwie zurückhaltend, wir beiden. Wir akzeptieren Dinge, wir sind sehr tolerant, wir nehmen hin, was kommt. Weiß Gott, wo wir das herhaben, vielleicht ist es eine Reaktion darauf, dass Mum sich immer so über alles aufregt. Aber wir sind ... na ja, wir sind nicht so wie Tilly.«

Henry scharrte mit den Füßen.

»Was kommt denn jetzt ...«

»Sag du's mir«, gab Paula zurück.

Henry seufzte.

»Ich habe Augen im Kopf«, sagte Paula. »Was geht hier vor?«

Henry holte tief Luft. Dann senkte er den Blick auf den Boden der Gondel.

»Wir sind an einem Wendepunkt angekommen ...«

»Und das überrascht dich? Nach dieser lange Zeit?«

»Nein«, sagte Henry vorsichtig. »Es überrascht mich keineswegs. Ich weiß nur nicht, was ich machen soll.«

Wieder zerzauste Paula sich die Haare. Sie hörte sich selbst zu Clive sagen: »Ich habe keine Angst davor, dich zu heiraten, ich habe keine Angst vor dir, ich weiß nur nicht, was mit Frauen passiert, wenn sie heiraten, wie sie angesehen werden, was von ihnen erwartet wird ...« Clive hatte den Kopf in beide Hände gestützt und gestöhnt.

Jetzt sagte sie: »Tilly will, dass du sie heiratest.«

Henry nickte.

»Und du willst nicht?«

»Es ist nicht unbedingt so, dass ich nicht will. Ich weiß nur nicht so genau, ob ich es *genügend* will.«

»Halt dir die Nase zu und spring hinein ins kalte Wasser«, riet ihm Paula.

»Ich kann nicht.«

Sie ergriff seinen Arm.

»Natürlich kannst du nicht. Gibt es ... eine andere?«

»Nein.«

»Möchtest du gern, dass es eine gäbe?«

»Nein.«

»Henry?«

»Ehrlich«, sagte Henry. »Nein. Ich glaube, wenn ich ein sexuelles Abenteuer wollte, hätte ich's gehabt. Einmal hatte ich's sogar. Tilly auch. Erstaunlich, wie wenig uns das berührt hat.«

»Wirklich?«

»Wirklich«, sagte Henry.

»Möchtest du dich noch einmal verlieben?«, fragte Paula.

Er schüttelte den Kopf.

»Ganz sicher?«, setzte Paula nach. »Das wollen Männer nämlich, weißt du. Sie legen sich nicht fest, für den Fall, dass hinter der nächsten Ecke eine wartet, die noch ein bisschen besser ist.«

»Ich nicht«, behauptete Henry.

»Woran liegt's dann?«

»Wir stagnieren«, sagte Henry. »Ich jedenfalls. Die Arbeit ist in Ordnung, reißt mich aber nicht gerade vom Hocker. Tillys Job ist in Ordnung, aber sie kann ihn mit geschlossenen Augen erledigen. Die Wohnung ist in Ordnung, aber nicht hinreißend und nicht voll neuer Möglichkeiten. Wir sind in Ordnung, aber wir kommen irgendwie nicht weiter.«

»Aber ihr *könntet* ...«

»Nein, könnten wir nicht«, sagte Henry.

Paula sah ihn durchdringend an.

»Was?«

»Man kann etwas nicht in etwas verwandeln, das es nicht ist, nur weil man will, dass es anders ist.«

Paula zog ihren Arm langsam aus dem seinen.

»Und was soll nun werden?«

Henry zuckte die Achseln.

»Ich versuche, zu mir selbst zu finden.«

»Und Tilly?«

»Ich werd's ihr sagen.«

»Wann?«

»Sobald ich es weiß. Sobald ich ihr etwas zu sagen habe.«

»Feigling!«, sagte Paula hitzig.

Henry sah auf sie hinunter.

Dann rief er plötzlich, und schreckte die Japaner damit auf: »Verdammt noch mal, was würdest *du* tun?«

5

Susie saß auf der Kante von Tillys Schreibtisch. Sie bearbeitete ihre Nägel mit einer dunkelroten, glitzernden Nagelfeile, Beilage einer Zeitschrift, die sie gekauft hatte, weil sie ihr innerhalb von sechs Wochen einen neuen Lebensplan für ihr persönliches Sternzeichen versprach. Sechs Wochen kamen Susie sehr lange vor. Susie wollte immer, dass alles nicht etwa auf der Stelle geschah, sondern vielmehr schon, bevor sie selbst überhaupt daran gedacht hatte. Sie ließ sich vom Leben gern vorwärts schieben, statt es hinter sich herziehen zu müssen. Die Vorstellung eines neuen Lebensplans, der eine Ewigkeit von sechs Wochen brauchte, war für sie nur bedingt attraktiv, denn Susie wollte mit dem Job, den sie hatte, aufhören und etwas anderes anfangen, und gewöhnlich geschah dieses andere, *bevor* sie den gegenwärtigen Job satt hatte und gezwungen wurde, über das, was dann kam, nachzudenken, richtig und tatsächlich nachzudenken. Aber dieses Mal nicht.

»Wäre es möglich, dass es hier einen Job für mich gibt?«, erkundigte sich Susie.

Tilly tippte hektisch. Sie blickte nicht auf.

»Nein.«

»Ich habe Büroarbeit gelernt.«

»Susie«, sagte Tilly, »es gibt hier keine Arbeit für dich. Dies ist kein Laden für Leute, die nur einfach arbeiten wollen, es ist ein Laden für Leute, die Karriere machen wollen.«

»Tausend Dank«, sagte Susie.

Sie streckte eine Hand mit gespreizten Fingen aus und betrachtete ihre Nägel.

»Diese Acryldinger machen verdammt viel Arbeit.«

Tilly tippte weiter.

»Kann ich nicht wenigstens vorübergehend hier arbeiten?«

»Nein.«

Susie seufzte. Sie steckte die Feile in den Bleistiftbehälter auf Tillys Schreibtisch und schlenderte zum Fenster hinüber.

»Was stört dich denn an deinem jetzigen Job?«, fragte Tilly.

»Den kenn ich. Den kenn ich auswendig«, sagte Susie. Sie legte die Hände flach an die Fensterscheibe und begann zu einem unhörbaren Rhythmus leichte Tanzbewegungen zu machen. »Ich habe drei Wochenenden durchgearbeitet, damit ich dafür Mitte der Woche einen Tag frei haben konnte.«

Tilly warf ihr einen Blick zu.

»Du nervst mich.«

»Ich *bin* eine Nervensäge«, sagte Susie tänzelnd. »Ich nerve mich selbst.«

Tillys Drucker begann zu brummen und zu klappern.

»Manchmal«, sagte Susie traurig und leise, »behauptet William, ich wolle ja nur Spaß haben, und das nervt mich.«

»Na und? Stimmt das nicht?«

»Ich habe nur Spaß«, sagte Susie und wandte sich vom Fenster ab, »während ich darauf warte, dass etwas Besseres auftaucht.«

Tilly zog das Blatt Papier aus dem Drucker.

»Bitte noch mal.«

»Ich möchte mich so richtig für etwas begeistern können. Richtig ... motiviert sein. Du weißt schon.« Sie kam und klemmte einen Oberschenkel wieder über die Ecke von Tillys Schreibtisch. »Du nicht?«

»Ich glaube, das bin ich«, gab Tilly, über das bedruckte Papier gebeugt, gelassen zurück.

»Was – für diesen Job und Henry und die Zukunft?«

Tilly schwieg.

»William ist nicht die Zukunft«, sagte Susie. »Wenigstens glaube ich das nicht. Das Dumme ist, dass er schon so lange da ist, dass er sich irgendwie in die Vergangenheit verwandelt hat. Jetzt schon.«

»Er ist reizend«, sagte Tilly, die immer noch las.

»Was hat denn das damit zu tun?«

Tilly wandte sich wieder ihrem Computer zu und scrollte ihren Text auf dem Bildschirm zurück.

»Fehlt er dir?«, wollte Susie wissen. »In der Wohnung?«

»Als Mensch, natürlich. Als Mitbewohner, nein.«

Susie beugte sich vor.

»Tilly ...«

»Nein«, sagte Tilly.

»Du kannst es mir sagen ...«

Tilly schüttelte den Kopf.

»Hast du nicht schreckliche Angst?«, fragte Susie.

»Angst?«

»Ja. Davor, dass du kriegst, was du willst. Dass Henry dich heiratet.«

»Verschwinde«, sagte Tilly.

»Ich habe Angst«, sagte Susie. Mit einem ihrer übertrieben langen weiß lackierten Nägel kratzte sie an einem kleinen Fleck auf ihrem engen schwarzen Hosenbein herum. »Ich habe schreckliche Angst vor dem Heiraten. Manchmal mache ich mir selber Angst, wenn ich daran denke, dass ich nicht mehr arbeiten, sondern ein Kind kriegen und, na ja, einfach von der Bildfläche verschwinden werde. Alle werden durch mich hindurchsehen, genau wie du. Die Frauen werden ... o Gott«, sagte Susie, sprang vom Tisch und griff nach ihrer großen türkisfarbenen Einkaufstasche. »An die Frauen wollen wir nicht mal *denken.*«

»Gehst du?«, fragte Tilly, ohne den Blick vom Bildschirm zu wenden.

»Ja«, antwortete Susie. »Was machst du nach der Arbeit?«

»Auf eine Party gehen.«

»Eine Party?«

»Ja.«

»Kann ich mitkommen?«

»Nein«, sagte Tilly. »Es ist eine geschäftliche Party.«

»Was für eine geschäftliche Party?«

»Kunstzeitschriften.«

Susie verzog das Gesicht. Sie hängte sich ihre Tasche über die Schulter.

»Lieber du als ich«, sagte sie, ging hinaus und ließ Tillys Bürotür hinter sich ins Schloss fallen.

Tilly starrte weiter auf den Bildschirm. Dann stützte sie die Ellbogen auf ihren Schreibtisch und verbarg das Gesicht in beiden Händen. Sie atmete mehrmals tief durch, ein, aus, ein, aus, ein, aus. Sie stellte sich vor, wie Susie an den anderen kleinen Zimmern im Büro vorbeitänzelte, dass die blaue Tasche hinter ihr herwippte. »Hi!«, sagte sie zu allen, als ob sie ihr bekannt wären, als ob sie sich alle darüber freuten, sie zu sehen. Dann würde sie auf die Straße hinausgehen, über ihr Handy William anrufen und ihn überreden, alles, was er gerade tat, stehen und liegen zu lassen, um sich mit ihr auf irgendetwas zu treffen, auf einen Kaffee, auf einen Drink. Er schien ihr niemals zu antworten, dass er keine Zeit habe. Tilly schob ihre Ellbogen auf dem Schreibtisch seitwärts, bis ihre Unterarme flach auf der Platte lagen, und legte ihren Kopf darauf, mit der Wange auf der rosa Wolle ihres Pulloverärmels. Das Problem war – nun ja, eines der Probleme war, dass sie sich den Gedanken nicht aus dem Kopf schlagen konnte, dass romantische Liebe irgendwie *gut* für sie war, dass man, wenn man jemanden auf zärtliche und zugleich aufregende Art liebte, irgendwie verändert, auf eine höhere Ebene gehoben wurde. Wenn Henry nicht wäre, dachte Tilly, wenn er nicht da wäre und diese Gefühle in mir weckte, wäre ich ein langweiligerer Mensch, ein geringerer Mensch. In Henry verliebt zu sein, Henry zu lieben verleiht allem, was ich tue, eine Art Licht, es bedeutet, dass ich nicht in meinem alten, ewigen Ich feststecke, in meiner alten, ewig gleichen Denkweise, es bedeutet, dass ich als Mensch Chancen und Möglichkeiten habe, die ich nicht hätte, wenn er nicht wäre, wenn ich ihn nicht liebte. Aber was ich nicht weiß, was ich, glaube ich, gewusst habe, wessen ich mir aber nicht mehr so sicher bin, und wonach ich nicht fragen kann, nicht kann, nicht wage, das ist: Empfindet er das gleiche auch für mich?

Die Party fand in einem Raum über einer Weinbar statt. Sie war von einer kleinen Gruppe einzelner Konservatoren organisiert worden, die alle Feature-Redakteure von Kunstzeitschriften zu der Erkenntnis bewegen wollten, dass der Arbeit des Restaurierens und Konservierens ein ehrenvoller Platz neben der Arbeit der modernen Kreativkünstler gebühre. Dass sie nicht im Licht der Öffentlichkeit arbeiteten, sich nicht betranken und in den Kunstprogrammen des Fernsehens interessante Schimpftiraden von sich gaben, bedeutete nicht, dass ihre Arbeit in der großen historischen Gesamtheit der Dinge weniger künstlerisch wertvoll war als die gefilmte Installation eines nackten Mädchens, das auf einem Haufen ausrangierter Autoreifen schlief. Außerdem dürfe man, sagten sie, die ganze Bandbreite und Mannigfaltigkeit der akademischen Qualifikationen nicht vergessen, die erforderlich sind, um ein guter, moderner Konservator zu werden.

Tilly hatte ohnehin eine Reihe von Features über Restaurierung geplant. Sie fand, dass die Zeitschrift jeden Monat über ein anderes Medium berichten sollte – Fresko, Staffeleimalerei auf Leinwand, Papier, Staffeleimalerei auf Holz, Vergoldung. Sie wollte an diesem Abend Kandidaten für mindestens die ersten beiden Features finden und Termine festlegen, um sie bei der Arbeit zu beobachten. Henry sagte, sie würde nichts als Chemie und Mikroskope finden, aber Tilly hegte andere Hoffnungen, weniger pragmatische Hoffnungen, zum Beispiel auf eine Verbindung von Vergangenheit und Gegenwart zu stoßen, wenn sie, sagen wir, ein Pinselhaar aus dem Mittelalter fand, das noch an der Tünche einer Kirchenwand klebte. Mit der Brille auf der Nase stieg sie die Treppe zum Partyraum über der Weinbar hinauf; die Haare hatte sie sich zum französischen Zopf geflochten, in der Hand hielt sie die schwarze Leinenaktentasche, die Henry ihr zum letzten Geburtstag geschenkt hatte und die heute die fest gebundenen japanischen Notizbücher barg, in die sie ihre Notizen einzutragen pflegte. Vor ihr gingen die kordbedeckten Beine ihres Kollegen einer Museumszeitschrift die Treppe hinauf, und ein paar Stufen über ihm die schwarz gekleidete Gestalt der äußerst seriösen Bildredakteurin eines Fachmagazins, das sich auf historische esoterische Interieurs spezialisiert hatte. Sie hieß Rae Minns, Henry hatte mehrmals bei Aufträgen in Europa für sie gearbeitet – Tilly konnte sich an einen über Rumäniens bemalte Kirchen erinnern – und zu ihr gesagt, dass sie als Kollegin irgendwo weit jenseits von mehr als nur schwierig sei.

»Hallo, Oliver«, sagte Tilly.

Die Kordbeine hielten inne. Er wandte sich ein wenig zu ihr um.

»Ist das hier Zeitverschwendung?«

»Ich glaube nicht«, antwortete Tilly und schob sich die Brille höher auf die Nase.

»Für dich wohl nützlicher als für mich«, sagte Oliver. Er hatte ein rundes, glänzendes Gesicht und trug eine dicke, altmodische Brille. Er musterte Tilly auf die kalkulierende Art und Weise, die bei unscheinbaren Männern so seltsam arrogant wirkte, von oben bis unten. »Viel zu tun?«

Tilly nickte.

»Mehr Einfälle als Raum dafür.«

Er zuckte ganz leicht zusammen. Schnell schlüpfte Tilly an ihm vorbei und durch eine Tür hinter Rae Minns in den Partyraum. Rae sah sie an und blickte dann wieder zur Treppe.

»Vermutlich nur für den kostenlosen Drink gekommen?«

»Oder für mehrere«, sagte Tilly.

»Wie geht's Henry?«

Seltsam, dachte Tilly, dass die Frauen mich immer nach Henry fragen.

»Der hat die Nase voll«, sagte sie. »Viel zu feucht in den Feuchtgebieten und nicht genug Vögel.«

Ein junges schwarzes Mädchen, das sich die Haare zu einem klappernden, von Perlen durchwirkten Pferdeschwanz aufgebunden hatte, bot ihnen ein Tablett an, auf dem Gläser mit Rot- und Weißwein standen. Der weiße sah ziemlich gelb aus, der rote bläulich. Rae Minns verzog das Gesicht.

»Man muss ...«

Tilly nahm sich ein Glas Rotwein und trat einen Schritt zurück, in die Menge hinein. Noch in der Bewegung stieß jemand sie von hinten so an, dass ihre Hand mit dem Glas unwillkürlich in die Höhe zuckte. Sie sah zu, wie der Rotwein in hohem Bogen aus ihrem Glas schoss und sich wie eine lange dunkle Zunge über die Schultern und das komische Kringelhaar einer zierlichen Frau ergoss, die mit dem Rücken zu Tilly neben ihr stand. Die Zierliche trug eine helle Drillichjacke, die den Wein sofort aufsaugte wie Blut. Als der Wein ihre Haare traf, stieß sie einen kleinen Schrei aus.

»O mein Gott!«, sagte Tilly.

Das Mädchen drehte sich um. Der Rotwein lief ihr über eine Gesichtshälfte.

»Was ist passiert?«

»Jemand hat mich gestoßen«, erklärte Tilly. »Tut mir Leid. O Gott, es tut mir ehrlich Leid!«

Das Mädchen hatte einen amerikanischen Akzent.

»Die Jacke war neu. Na ja, ziemlich neu ...«, sagte sie traurig.

»Deine Haare ...«

»Die kannst du vergessen«, sagte das Mädchen. »Damit kannst du machen, was du willst.« Sie schielte seitlich auf ihre Schulter. »Nur meine Jacke ...«

»Ich werde sie reinigen lassen«, sagte Tilly verzweifelt. »Ich werde dir eine neue kaufen.«

»Weißwein draufgießen«, riet irgendjemand.

»O nein«, sagte das Mädchen sehr energisch. »Hier wird jetzt nichts mehr vergossen.«

Tilly fingerte in ihrer Tasche nach einem Papiertuch.

»Es tut mir so Leid ...«

»Das weiß ich.«

»Wenn du jetzt auch noch nett zu mir bist, fühle ich mich nur noch elender ...«

»Ich bin nicht nett«, sagte das Mädchen. »Ich fühle mich einfach irgendwie ... losgelöst. So fühle ich mich schon, seit ich hier bin.«

Tilly fand ein Knäuel Papiertücher in ihrer Tasche und bot sie ihr an. Das Mädchen tupfte sich Gesicht und Haare damit ab.

»Sehe ich furchtbar aus?«

»Nicht mehr als alle anderen hier ...«

»Ich glaube, meine Mutter würde jetzt sagen, ich soll Salz auf den Fleck tun.«

»So eine Mutter habe ich nicht«, entgegnete Tilly. »Also habe ich keine Ahnung, was zu tun ist. Meine Mutter würde die Jacke einfach wegwerfen.«

»Geht nicht.«

»Nein, natürlich nicht. Aber du kannst sie mir geben, damit ich sie reinigen lasse.«

»Vielen Dank«, sagte das Mädchen. Sie sah Tilly an. »Ich bringe sie dir, sobald ich was anderes zum Anziehen habe.«

»Was kann ich denn *jetzt* für dich tun?«, erkundigte sich Tilly. »Soll ich dir einen neuen Drink holen? Dich mit irgendjemandem bekannt machen?«

»Sag mir deinen Namen«, verlangte das Mädchen.

»Tilly.«

»Tilly?«

»Eigentlich wurde ich Mathilda getauft.«

»Wow!«

»Ja.«

»Ich heiße Gillon«, sagte das Mädchen. »Mit hartem G. Gillon Stokes.«

»Gillon ...«

»Ist eine Straße«, erklärte Gillon. »Eine Straße in Charleston, South Carolina. Mein Bruder und meine Schwester sind nach Flüssen benannt. Mein Vater heißt nach einer alten Plantagenvilla. So macht man das bei uns in Charleston.«

»Das ist ja noch seltsamer als Mathilda«, sagte Tilly.

»Vermutlich«, sagte Gillon. Sie lächelte. »Bist du Journalistin?«, fragte sie.

Die junge Schwarze mit dem Tablett wand sich an ihnen vorbei durchs Gedränge. Als sie vorüberkam, stellte Tilly ihr leeres Glas aufs Tablett.

»Möchten Sie noch einen?«

»Keine Angst«, sagte Tilly. Sie sah Gillon an. »Ja, ich bin Journalistin. Ich schreibe Features und so für *Arts and People*.«

»Tut mir Leid«, sagte Gillon.

»Was tut dir Leid?«

»Tut mir Leid, aber ich habe noch nie von *Arts and People* gehört.«

»Das kann ich auch nicht von dir erwarten. Es ist eine sehr kleine Zeitschrift, sehr englisch und sehr themenkonzentriert.«

»Auf was?«

»Auf alles«, sagte Tilly, »worauf gerade der Blick fällt.«

»Wie die Kunst«, sagte Gillon. »Oder vielleicht auch die Leute.«

Tilly grinst.

»Du sagst es.«

Oliver tauchte neben ihnen auf. Er hatte ein fast leeres Glas in der einen und eine ziemlich schlappe Pakora in der anderen, von der er einmal abgebissen hatte. Er begutachtete Gillons Haar und Schulter.

»Was ist denn mit dir passiert?«

»Das war ich«, sagte Tilly. »Ich habe sie fast ertränkt.«

»Nicht absichtlich«, sagte Gillon.

Tilly lächelte ihr zu.

»Danke.«

Oliver biss ungeschickt in seine Pakora. Mit vollem Mund fragte er Gillon: »Kommst du aus der Museumswelt?«

Sie sah ihn an.

Dann sagte sie misstrauisch: »Sozusagen ...«

»Aber nicht von hier. Von hier drüben, meine ich.«

»Ja und nein«, sagte Gillon.

Sie trat einen Schritt zurück. Oliver trat einen Schritt vor. Mit seiner Pakora gestikulierte er in ihre Richtung. »Faszinierend. Erzähl mir mehr.«

»Nicht jetzt.«

»Ach, komm!« Er leerte sein Glas. »Warum willst du nicht ...«

»Tut mir Leid«, sagte Tilly.

Er wandte sich um.

»Was tut dir Leid?«

»Tut mir Leid, aber ich werde Gillon jetzt entführen.«

Sein Gesicht glänzte missbilligend hinter der dicken Brille.

»Noch nicht ...«

»Auf der Stelle«, sagte Tilly und legte ihre Hand auf Gillons Arm. »Als Entschädigung dafür, dass ich ihre Jacke ruiniert habe, werde ich sie jetzt zum Abendessen einladen.«

»Oh!«, sagte Gillon. Sie machte eine winzige Handbewegung. »Das ist sehr nett von dir, aber ...«

Oliver schob ihr sein Gesicht unter die Nase.

»Noch Platz für einen dritten?«

»Nein«, sagte Tilly.

»Das wäre doch nicht nötig gewesen«, sagte Gillon.

Tilly studierte die Speisekarte.

»Aber ich wollte es gern. Und ich wollte diese Party verlassen.«

»Sie war nicht das, was ich erwartet hatte«, sagte Gillon. »Aber hier drüben ist das ja immer so.«

Tilly legte die Speisekarte hin und kramte in ihrer Tasche nach dem Handy.

»Das heißt?«

»Ich dachte, alles wäre ziemlich eingefahren. Absolut sicher. Ich dachte, weil alles hier so alt ist, würde es, na ja, irgendwie einen soliden Eindruck vermitteln.«

»Aber das tut es nicht?«

»Na ja, die Gebäude schon.«

»Aber die Menschen nicht?«

»Nein«, sagte Gillon. Sie deutete auf das Handy in Tillys Hand. »Nur los, du kannst ruhig telefonieren.«

»Danke«, sagte Tilly und wählte hastig. »Dauert nur 'ne Minute.« Sie hielt sich das Handy ans Ohr und starrte auf den Tisch. Nach einer Weile sagte sie: »Er ist nicht da«, und dann, einen Augenblick später, in einem völlig veränderten Ton: »Henry, ich bin's. Ich esse gerade mit jemandem zu Abend. Es wird nicht spät.« Dann hielt sie inne, als überlege sie, was sie sonst noch sagen sollte, setzte einfach »Bye« hinzu und verstaute das Handy wieder in ihrer Tasche.

»Mein Freund«, sagte Tilly.

Gillon nickt. Sie trank einen Schluck Wasser.

»Er ist Fotograf. Eigentlich sollte er zu Hause sein und seine Abrechnungen machen.« Sie lächelte kurz. »Warum hab ich gesagt ›sollte‹? Wer hat ihm gesagt, er soll ...«

»Er selbst nicht?«

»Nein.«

»Das tun sie nie. Wenn Männer und Frauen sich verpflichtet fühlen, geht es niemals um dieselben Dinge.«

»Hübsch«, sagte Tilly. Wieder griff sie nach der Speisekarte. »Was möchtest du essen?«

»Pasta vielleicht? Und einen Salat ...«

»Einen Wein?«

»Ach, eigentlich nicht ...«

»Nur ein Gläschen?«

»Na ja ...«

»Magst du keinen Wein?«, erkundigte sich Tilly.

»Aber sicher. Nur nicht zu viel.«

»Glaubst du, dass wir in England zu viel trinken?«

Gillon sah an Tilly vorbei.

»Möglich«, sagte sie.

»Das heißt ja.«

»Zu Hause trinken die Männer. Die meisten Frauen nicht so sehr. Die Männer aus der Generation meines Vaters kaufen Whiskey in Zweieinhalbliterflaschen. Als mein Bruder eine Wohnung fand, sagte er, sie sei ideal, weil sie zwei Blocks vom Fitnessstudio und drei Blocks von einer Spirituosenhandlung entfernt liege.«

»Nun ja«, sagte Tilly höflich, »wir haben alle unsere Prioritäten.«

»Er hat nur angegeben.«

»Hier sind es die Mädchen, die trinken. Alle meine Freundinnen ...« Sie verzog das Gesicht; dann sagte sie: »Ich.«

»Mir gefällt die Offenheit hier«, sagte Gillon. »Ich mag es, dass die Mädchen hier frei heraus reden. Mir hat die Art gefallen, wie du gerade eben die Dinge beim Namen genannt hast. Dinge erledigst ...«

Tilly sah sich nach dem Kellner um.

»Ist das in Charleston, South Carolina, denn anders?«

Gillon zeigte ein breites, gemächliches Lächeln.

»Ganz anders.«

»Erzähl mal ...«

»Wenn eine Dame aus der Generation meiner Mutter ausdrücken will, dass sie jemanden wirklich, aber *wirklich* nicht leiden kann, dann sagt sie: »›Natürlich ist sie durchaus sehr nett.‹«

»Kapiert«, sagte Tilly.

Ein magerer, rothaariger Kellner kam zu ihnen an den Tisch. Er trug ein enges weißes T-Shirt auf seinem knochigen Oberkörper, und seine Beine steckten in einer schwarzen Schürze, die fast bis auf den Boden reichte.

»Möchten Sie bestellen?«

Tilly machte eine Geste in Gillons Richtung.

»Gnocchi, bitte«, sagte Gillon. »Und einen grünen Salat.«

Tilly gab die Speisekarte zurück.

»Dasselbe«, sagte sie. »Und ein Glas Pinot Grigio. Ein großes Glas.« Sie sah Gillon an. »Bist du sicher?«

Gillon nickte.

»Erzähl mal«, sagte Tilly, »erzähl mir, warum du hier bist und warum du auf der Party warst.«

Gillon starte auf den Tisch. Dann sah sie Tilly an. »Das ist eine lange Geschichte ...«

»Ich habe den ganzen Abend Zeit«, sagte Tilly.

Als Henry vom Bürgersteig aus hochblickte, erkannte er an den dunklen Fenstern, dass Tilly nicht zu Hause war. Vielleicht, dachte er schuldbewusst, ist das ganz gut so. Das Bierchen mit William war zu drei oder vier Bierchen mit William und seinem Geschäftspartner Sam geworden, und dann kam Susie mit einer jungen Irin namens Breda, deren erstaunliche und dramatische Farben an eine Heldin von J. M. Synge erinnerten. Nach den Bierchen drängten sie alle auf die Straße hinaus, suchten sich eine

Pizzeria, und Henry hatte auf der seinen viel zu viele Chilis bestellt. Dann hatte er Breda plötzlich spontan gefragt, ob er sie vielleicht mal fotografieren dürfte, und sie hatte ihn offen angesehen und ihn gefragt: »Und weswegen solltest du das tun wollen?« Und er hatte aus einem undefinierbaren Grund das Gefühl gehabt, es sei wohl besser, wenn er nach Hause ginge, bevor ihn noch weitere spontane Einfälle überkamen. Als er sich verabschiedete, hatten William und Sam, Susie und Breda alle mit jenem gutmütigen, aber leicht verächtlichen Mitleid von ihrer Pizza aufgesehen, die jenen zuteil wird, deren Freiheit durch häusliche Anforderungen beschnitten ist.

»Bis dann«, sagte William.

»Mach's gut«, sagte Susie.

Breda sagte gar nichts. Sie musterte ihn nur mit ihrem schwarzwimprigen Blick, so dass er sich ungeschlacht, hässlich und grob vorkam.

»Geh nur«, sagte Sam.

Die Mädchen lachten. William zwinkerte ihm verschwörerisch zu. Er trat aus der Pizzeria in den warmen, staubigen Abend hinaus und stieß aus keinem besonderen Grund »Verdammt, verdammt!« zwischen den Zähnen hervor, bevor er in bußfertigem Trab den Heimweg antrat.

Er schob den Schlüssel in die Haustür. Wie gewöhnlich musste er sie gegen einen kleinen Berg Post schieben, der sich während des Tages, durch den Briefschlitz gesteckt, hinter der Tür angesammelt hatte: ein Haufen Werbung, ein Nachrichtenblatt der lokalen Sozialisten, eine halbe gebackene Kartoffel mit Currysauce drauf. Henry stieß den Berg mit dem Fuß beiseite, bedeckte die Kartoffel mit dem Nachrichtenblatt und stieg die Treppe zur Wohnung hinauf. Auf dem Treppenabsatz im ersten Stock stand eine Ansammlung resignierender Zimmerpflanzen auf abgestoßenen Untertassen, Eigentum der alten Dame, die seit dreißig Jahren dort wohnte und William einmal auf der Treppe angesprochen und ihn gefragt hatte, ob er oder Henry Tillys Ehemann sei.

»Wir beide«, hatte William tiefernst erwidert. »Das gehört zu unserer religiösen Überzeugung.«

Was Mrs Renshaw von Williams Verschwinden hielt, konnte Henry nicht mal erahnen. Sie hatte sie ohnehin immer böse angestarrt, wenn sie vorbeikamen, während sie ihre Pflanzen goss, daher war es schwer zu sagen, ob ihre finstere Miene nunmehr noch finsterer war.

Henry drückte auf den Lichtschalter auf seiner Etage, wo keine Pflanzen waren, sondern nur ein beigefarbener Vorplatz mit einem abgetretenen Teppich und der Fußmatte mit zwei riesigen schwarzen Fußabdrücken darauf, die William ihnen geschenkt hatte, als er ging. Henry schob den Schlüssel ins Schloss und öffnete die Tür. Die Wohnung wirkte, wie sie immer wirkte, wenn sie beide den ganzen Tag fort gewesen waren: als hätte sie während ihrer Abwesenheit ganz still den Atem angehalten und könne nun endlich, ebenso still, wieder ausatmen.

»Hi«, sagte Henry.

Er warf seine Tasche im Flur auf den Boden und ging ins Bad. Der Spiegel über dem Waschbecken zeigte ihm, dass er gerötet, zerknautscht und inakzeptabel aussah. Inakzeptabel für – nun ja, für eine Person mit Scharfblick und Geschmack, die erwartete, dass sie, wenn sie später heimkam, sämtliche Rechnungen und Kontoauszüge von Henrys letztem Steuervierteljahr sauber und ordentlich auf dem Küchentisch gestapelt sowie Henry selbst nach getaner Arbeit friedlich – und nüchtern – ausgestreckt auf dem Sofa finden würde, wo er etwa Bach hörte.

Er ließ das Becken voll Wasser laufen und tauchte Hände und Gesicht hinein. Dann seifte er sie kräftig ein und spülte mit extra kaltem Wasser nach. Er zeigte sich selbst die Zähne. Grauenhaft. Grauenhaft. Er griff sich die nächste Zahnbürste – Tillys – und quetschte einen kleinen Berg Zahnpasta drauf.

Im Wohnzimmer stand Tillys erster Kaffeebecher des Morgens immer noch dort, wo sie ihn auf dem niedrigen indischen Tischchen verlassen hatte, das sie an Stelle von Williams Truhe gekauft hatten. Henry nahm den Becher und drehte ihn in den Händen, um nachzusehen, ob man erkennen konnte, wo ihr Mund gewesen war. Er presste den Becherrand einen Moment gegen den eigenen Mund und trug ihn in die Küche hinaus. Auf dem Tisch lag Tillys Wochenliste neben einem Stift Lipgloss und dem pinkfarbenen Haargummi, mit dem sie ihre Haare hochband, wenn sie badete. Ganz kurz betrachtete er Lippenstift und Band, dann wandte er, weil der Anblick ihn seltsamerweise aus dem Gleichgewicht brachte, den Blick ab und trug den Becher zum Spülstein.

»Tut mir Leid«, sagte er in den Spülstein hinein. *»Tut mir Leid.«*

In der Wohnungstür klapperte Tillys Schlüssel. Henry hob den Kopf.

»Hallo!«, rief Tilly.

Er wandte sich um.

»Hi ...«

Sie kam lächelnd in die Küche, die Strickjacke mit den Ärmeln über die Schultern gezogen und verknotet, wie sie sie manchmal am Wochenende trug.

»Ich bin eben erst gekommen«, gestand Henry.

Tilly stellte ihren schwarzen Aktenkoffer auf den Tisch und kam herüber, um ihm einen Kuss zu geben.

»Oh«, sagte sie, »Chili und Zahnpasta.«

»Für die Zahnpasta solltest du dankbar sein.«

»William?«

»William.« Er nickte.

»Hast du meine Nachricht erhalten?«

»Tut mir Leid«, sagte Henry. »Hab noch nicht abgehört ...«

Tilly atmete leicht zischelnd ein.

»Hast du deine Abrechnungen auch nicht gemacht?«

Henry sah sie an.

»*Meine* Abrechnungen«, sagte er. »*Mein* Problem.«

»Ja«, sagte sie. »Natürlich. Verzeihung.«

Sie kehrte an den Tisch zurück und stellte ihren Aktenkoffer auf den Boden.

»Ich hab ein wirklich nettes Mädchen kennen gelernt.«

»Ach ja?«

»Die Party war grauenhaft. Ich bin nicht lange genug geblieben, um zu sehen, wie grauenvoll, weil ich dieses junge Mädchen in den ersten fünf Minuten mit Wein überschüttet und sie anschließend zum Essen eingeladen habe.«

»Du hast sie mit Wein ...«

»Jemand hat mich angerempelt«, sagte Tilly. »Das ganze Glas flog mir aus der Hand. Du glaubst nicht, wie viel Wein in so einem Glas ist, bis du siehst, wie nass jemand davon werden kann.«

Henry lehnte sich an den Spülstein und kreuzte die Arme.

»Aber ihre Reaktion war okay?«

»Verblüffend«, sagte Tilly. Sie zog die Nadeln aus ihren Haaren und legte sie auf den Tisch. »Sie ist Amerikanerin. Hat im Süden bei irgendeinem Museum gearbeitet, und jetzt jobbt sie für ein paar Restauratoren, macht Recherchen für sie und so.«

»Möchtest du Kaffee?«, fragte Henry.

Tilly schüttelte ihre Haare aus. Sie fielen ihr, blank und schwer, bis über die Schultern.

»Nein, danke. Lieber einen Kräutertee.«

Henry drehte sich um und öffnete den Küchenschrank über dem Spülstein.

»Gillon heißt sie«, sagte Tilly. »Ich nehme an, sie ist etwa so alt wie ich. Wir haben uns wirklich gut verstanden, es war so einfach, mit ihr zu reden, wirklich einfach.«

»Kamille?«

»Wunderbar«, sagte Tilly. Sie nahm ihr pinkfarbenes Band und zog ihre Haare hindurch. Henry wollte sie bitten, die Haare offen zu lassen, doch da er keinen Plan – nicht mal eine klare Absicht – für das hatte, was danach kam, ließ er es sein.

»Sie wohnt irgendwo, wo's wirklich grässlich ist. Irgendeine miese Pension in Kentish Town. Sie hat's ziemlich philosophisch genommen, aber es klingt fürchterlich. Gemeinschaftsklo, kein Privatleben.«

»Warum sucht sie sich nicht was Anständiges?«

»Kein Geld, glaube ich. London ist für Ausländer immer zu teuer, und ich glaube nicht, dass die Hopkirk Partnership ihr mehr zahlt als nur ein Taschengeld.«

»Nun ja, es wird ja nicht für lange sein, oder?«, sagte Henry. »Arbeitserlaubnis und so ...«

»Henry«, sagte Tilly.

»Was?«

»Ich mag diese Gillon wirklich gern«, sagte Tilly. »Und sie hat mir Leid getan. Sie hat das nicht herausgefordert, sie hat sich nicht beklagt oder so, aber ich musste ständig daran denken, wie schrecklich es ist, unter solchen Umständen in London zu leben, vor allem bei einem ersten Besuch.«

Henry sah sie an.

»Und?«

»Ich habe überlegt ... Ich meine, könnten wir ihr nicht Williams Zimmer anbieten? Nur für ein paar Wochen, bis sie etwas Besseres findet?«

»Tilly«, sagte Henry, »ich dachte, der Sinn und Zweck von Williams Auszug sei, dass wir die Wohnung für uns allein haben. Das hättest du dir gewünscht, dachte ich. Und wir ... wir haben getan, was du wolltest ...«

»Ich weiß«, sagte Tilly. Sie starrte auf den Tisch.

»Was hat sich verändert? Was ist passiert?«

»Gar nichts«, sagte Tilly leise, und dann, noch leiser: »Das ist ja der Punkt. Das ist das *Problem.*«

Henry ging zu ihr und packte sie bei den Schultern.

»Warum willst du jetzt eine völlig Fremde herholen? Was ist mit dir los, Tilly?«

Tilly blickte nicht auf. Sie murmelte etwas.

»Wie bitte?«

»Vielleicht ... Vielleicht brauche ich eine Verbündete ...«

»Aber du *kennst* dieses Mädchen doch gar nicht, Tilly. Du begießt sie mit Wein, lädst sie zum Essen ein, und nun verlangst du, dass sie bei uns *wohnt.*«

Tilly blickte zu ihm auf.

»Ja. Nur für ein paar Wochen. Ja.«

»Ich *verstehe* dich einfach nicht.«

»Nein.«

»Bitte«, sagte Henry. »Erzähl's mir. *Erklär's* mir, bitte!«

Tilly trat einen Schritt zurück, und Henrys Hände glitten von ihren Schultern. »Ich möchte, dass ... sich etwas ändert. Als William ging, wollte ich, hoffte ich ...« Sie hielt inne; dann sagte sie laut, zornig: »Henry, ich kann mich nicht mehr demütigen, ich kann nicht einfach nur warten und wünschen, ich kann nicht ...« Abermals hielt sie inne.

Er sagte brüsk: »Möchtest du, dass ich gehe?«

Auf einmal entsetzt, starrte sie ihn an.

»Nein«, flüsterte sie.

»Dann ...«

»Ich kann einfach nicht gar nichts tun, Henry. Ich kann nicht einfach nur *sein,* immer weiter nur *sein.*«

»Und wenn du eine andere hier hast, eine, die du kaum kennst ...«

»Ach, halt den Mund!«, schrie Tilly. Sie riss sich die Strickjacke vom Hals und warf sie ungeschickt, unwirksam in seine Richtung. »Halt einfach den Mund, ja? Wenigstens hätte ich dann jemand, mit dem ich reden kann!«

Henry bückte sich und hob die Strickjacke auf. Ohne sie anzusehen, legte er sie auf den Tisch.

»Nun gut«, sagte er. »Wenn du das wirklich unbedingt willst.«

6

Als Gillon Ende Juni eintraf, um ihre Stelle bei Stephen Hopkirk anzutreten, hatte sie einen professionellen Arbeitsplatz erwartet, einen Studiokomplex vielleicht, eine Flucht von Büros, ein künstlerisches Unternehmen mit mindestens einigen Angestellten, etwas zwischen Klinik und Galerie. Was sie fand, war eine umgebaute Garage hinter einem einfachen Haus in Londons Norden, aus dem ständig kleine Hopkirk-Kinder auftauchten, um gegen die Glastür zu hauchen und zu rufen, da die Tür ihnen den Zugang zu ihrem Vater verwehrte. Die Glastür, erklärte Stephen Gillon, sei aus Panzerglas, wie man es für die Fenster von gepanzerten Fahrzeugen verwendete. Er habe sie aus Sicherheitsgründen einbauen lassen, erklärte er, sei aber aus familiären Gründen dankbar dafür. Das Glas selbst war bis zu anderthalb Meter über dem Boden mit Speichel- und Fingerspuren übersät. Nach ein paar Tagen hatte sich Gillon fast schon an diesen permanenten Fries aus platt gedrückten Nasen, Zungen und Handflächen auf dem Glas gewöhnt.

»Der siebte Kreis der Hölle, nicht wahr?«, sagte Stephen zufrieden.

Stephens Geschäftspartner war ein linkisches junges Mädchen namens Madeleine, das mit einem brillenähnlichen Gestell für Lupengläser stundenlang ohne Unterbrechung unter einer Reihe von Spotlights an der Staffelei arbeitete, auf der das Gemälde stand, das sie restaurierte, oder über eine Tafel auf einer Arbeitsplatte gebeugt saß. Die beiden hatten sich auf Holzmalerei spezialisiert, Tafeln aus Altarstücken, Truhen, Kaminbilder. Madeleine hatte Jahre zuvor bei Stephen gelernt, und ihre Beziehung beschränkte sich, soweit Gillon feststellen konnte, auf die Restauration und einzig die Restauration. Stephen leitete das Unternehmen und verhandelte nicht nur mit den Kunden, sondern arbeitete auch selbst an den Restaurationsaufträgen. Madeleine, in einem schwarzen Baumwolloverall, die Haare mit einer Plastikklammer zurückgehalten, ließ sich niemals von ihrer Arbeit ablenken, weder körperlich noch geistig. Als Gillon kam, hatte sie nur eben aufgeblickt, um ohne spezielle Herzlichkeit zu sagen: »Ich hoffe, Sie genießen Ihre Zeit hier.« Dann war sie an ihre Arbeit zurückgekehrt.

»Können Sie hier arbeiten?«, fragte Stephen.

Er zeigte auf einen Tisch mit einer Lampe und einem Computer. Er wirkte nicht wie ein nagelneuer Computer.

»Ich weiß nicht, wie gut Sie mit diesen Dingern umgehen können«, sagte Stephen und legte eine Hand auf den Computer. »Je besser Sie sind, desto mehr werden Sie natürlich da rausholen.«

»Ich bin gut«, gab Gillon zurück.

Er sah sie an.

»Ich glaube Ihnen.« Er deutete auf den Raum der ehemaligen Garage. »Tut mir Leid, aber das hier ist alles, was wir haben. Hier drinnen arbeiten wir alle. Wenn Sie auf die Toilette wollen, müssen Sie leider an den Kindern vorbei Spießruten laufen und ins Haus gehen.«

Das Haus war eine Offenbarung für Gillon. Nach ihrer Erfahrung war Häusern eine Art Ordnung eigen, ein Gefühl, dass sie die Menschen, die in ihnen wohnten, nicht überwältigten, überwältigen konnten, um dadurch der beherrschende Partner in der Haus-Mensch-Gleichung zu werden. Die Häuser ihrer Kinderzeit, ihrer Jugendzeit besaßen die etablierte Gelassenheit des Wissens um ihren Platz. Stephen und Jenny Hopkirks Haus sprengte die Fesseln ihrer Kontrolle jedoch wie eine riesige Schlingpflanze. Unter Beihilfe von drei Kindern unter sechs machte sich seine launenhafte Existenz und chaotische Gegenwart bei jedem Schritt bemerkbar, spie den Inhalt von Schubladen und Schränken aus, schleuderte Kissen und Kopfkissen zu Boden, zerknitterte Vorhänge und Bettwäsche. Als Gillon zum ersten Mal das Badezimmer suchte, war es ihr praktisch unmöglich, die Treppe hinaufzusteigen, weil jede Stufe mit Müll zugeschüttet war, und als sie schließlich die Toilette erreichte, war diese bis über den Sitz hinaus mit locker gehäuftem Klopapier angefüllt, gewissenhaft von zwei neuen Rollen durch den jüngsten Hopkirk abgezogen, der noch nicht zwei war, aber bereits gelernt hatte, dass die Kehrseite von kontinuierlicher Unordnung eine beträchtlich große Freiheit war.

Jenny Hopkirk – eine Pflanzenmalerin von außerordentlicher Präzision – schien sich überhaupt nicht um ihr Haus und weitgehend nicht um ihre Kinder zu kümmern. Sie arbeitete täglich stundenlang an einem Zeichentisch in einem nach Norden gelegenen Erkerfenster unter einer Art psychologischer Schutzglocke, während sie rings von wirbelnder Unordnung, Lärm und Streit umgeben war. Irgendetwas in Stephen, entschied Gillon, fühlte sich wohl von diesen in ihre Arbeit vertieften Frauen, Jenny und Madeleine, angezogen, als ob ihm ihre totale Beschäftigung mit Dingen, die nichts mit ihm zu tun hatten, aber absolut ungefährlich für ihn waren, eine seltsame Art von Freiheit gewährte. Die Kinder, dachte Gillon, werden später einmal heftig lärmend Liebe fordern oder ihre eigenen Versionen der Distanziertheit ihrer Eltern entwickeln. Es waren nette Kinder, auf ihre achtlose, chaotische, englische Art: Ihr gefiel ihre Direktheit, ja sogar ihre beunruhigende Offenheit.

»Du hast komische Haare«, sagte der Mittlere fast jeden Tag.

»Ich weiß.«

Er musterte sie. »*Stinkende* komische Haare«, stellte er fest.

»Na ja«, griff Gillon ihr Stichwort auf, »ich nehme an, dass du selber stinkst.«

Der Tisch, an dem sie arbeitete, von dem aus sie versuchte, bei der Fahndung nach Namen, Daten, Geburtsorten und Ursprüngen Zugang zu den großen Kunstgalerien zu finden, stand vor einer Wand. Es war eine weiße Wand; dicke weiße Farbe über den unverputzten Steinen der ursprünglichen Garage, und nach ein paar Wochen wurden ihr die Körner, Löcher und Streifen in der Farbe so vertraut wie eine altbekannte Landschaft. Mit Stephens Erlaubnis pinnte sie nach dem ersten Monat ihr Poster von Picassos *La Soupe* an die Wand und ruhte, wie sie es in Charleston getan hatte, ohne wirklich zu sehen, ihre Augen auf der ernsthaften, beschützenden Pose der Frau aus, die dem wartenden Kind die Schüssel anbot, sie ihm aber zugleich vorenthielt. Ruhig, geduldig, mit dem Blick auf die Wand und den Computerbildschirm, war sie bemüht, all die uralten, unbeantwortbaren Fragen über Provenienz zu beantworten, die von den Tafeln auf Madeleines und Stephens Staffeleien aufgeworfen wurden, sie zu beantworten, um sich nicht selbst fragen zu müssen, warum sie war, wo sie jetzt war, und wo – falls überhaupt – sie eigentlich hinwollte.

Sie schickte Paul Landers zu Hause in Charleston natürlich E-Mails ins Pinckney Museum. Sie erzählte ihm, London sei wundervoll, sie habe sich in die meisten Gemälde der National Gallery und in die Hälfte jener in der

Wallace Collection und im Somerset House verliebt. Sie erzählte ihm, wohin sie ging, was sie sah, was ihr auffiel. Sie erzählte ihm nicht, wie schwer es war, jemanden kennen zu lernen, wie schwer, am Abend in ihr trostloses, karges Zimmer in der Pension zurückzukehren, wie schwer es war, sich einzureden, dass sie das Richtige getan hatte. Sie erzählte ihm auch nicht, dass sie, wenn sie auf einer amerikanischen Database online war, zum Beispiel dem Getty Provenance Index in Kalifornien, von Heimweh überfallen wurde, wofür sie sich schämte und wovor sie sich zugleich fürchtete. Er spielte ihr Spiel mit. Ich bin froh, mailte er ihr zurück, ich bin froh, dass sich alles so gut für Sie entwickelt. Daher war es eine Erleichterung für sie, wenn sie wenigstens einen winzigen ersten Durchbruch melden konnte, einen kleinen Schritt ins Leben von London hinein, statt unglücklich über dessen gleichgültige Oberfläche zu gleiten.

Ich habe ein bezauberndes Mädchen kennen gelernt, schrieb Gillon. Sie ist Feature-Redakteurin bei einer hiesigen Kunstzeitschrift. Sie hat mich gebeten, zu ihr in die Wohnung zu ziehen, in der sie mit ihrem Freund lebt. Den habe ich noch nicht getroffen. Er ist ein Wildlifefotograf.

Das ist schön, mailte Paul lakonisch zurück. Und Ihre Arbeit???

Aber Gillon wollte Paul nicht von ihrer Arbeit berichten, sie wollte ihm keine Informationen liefern, über die er sie ausfragen konnte. Sie wollte ihm nur mitteilen, dass sie in London zurechtkam, dass sie neue Freunde hatte, ein junges Mädchen namens Tilly und deren Freund namens Henry. Henry, hatte Tilly Gillon erklärt, sei überaus bequem.

»Allzu bequem, zuweilen. Es gibt Momente, da möchte ich ihn einfach ... einfach *galvanisieren.*«

»Ist es wirklich okay«, fragte Gillon, »ganz aufrichtig okay, wenn ich bei euch beiden einziehe?«

»Ja«, sagte Tilly energisch.

»Ich sollte Henry kennen lernen ...«

»Ja.«

Gillon zögerte.

»Soll ich ihn anrufen?«

Tilly sah sie an. Dann bückte sie sich, um ihre Tasche aufzuheben.

»Nein. Ich werde ihm sagen, er soll dich anrufen.«

Henry rief nicht an. Vier Tage vergingen, vier Nächte im Pensionsbett. Gillon hatte das Gefühl, dass sie Tilly lieber nicht anrufen und sie an ihr Versprechen erinnern sollte. Allmählich bereute sie es, Paul geschrieben zu haben, als sei alles in bester Ordnung. Es ist, sagte sie sich, wie es immer bei mir ist, die ewige Gewohnheit, sehnsüchtige Hoffnung für Realität zu halten. Dann rief Henry an. Er rief auf Stephens Geschäftsleitung an, und Stephen nahm den Anruf entgegen. Er trug das Telefon zu Gillons Tisch und stellte es auf ihr Mauspad.

»Für Sie.«

»Oh«, sagte sie erschrocken. »Es tut mir Leid ...«

»Ist schon in Ordnung«, sagte Stephen. »Oft ist nicht in Ordnung, aber gelegentlich mal ist ganz okay.«

Gillon griff nach dem Hörer.

»Hallo?«

»Hi«, sagte ein Mann am anderen Ende. »Bist du Gillon Stokes?«

»Ja ...«

»Ich bin Henry Atkins. Tillys ...« Er stockte.

»Ach so«, sagte Gillon. »Ja ...«

»Tut mir Leid, dass ich nicht früher angerufen habe.«

»Ist schon okay ...«

»Ich hab überlegt«, sagte Henry. Er klang müde und

wenig begeistert. »Ich hab überlegt, ob wir uns nicht treffen sollten, bevor wir ... na ja, bevor wir alle damit weitermachen.«

»Natürlich.«

»Ich will dich nicht etwa testen oder so, aber ich habe irgendwie das Gefühl ...«

»Ja.«

»Macht es dir was aus?«

»Ganz und gar nicht.«

»Vielen Dank«, sagte Henry in erleichtertem Ton. »Tilly sagt, du arbeitest in Camden Town.«

»In der Nähe der U-Bahn-Station Kentish Town ...«

»Da muss ich sowieso hin«, sagte Henry. »Morgen. Es gibt da ein Fotolabor, wo ich was zu tun habe. Könnte ich ... Also, könnte ich dich von der Arbeit abholen und zu einem Drink einladen, vielleicht einem Kaffee?«

Gillon sah zu ihrem Poster empor. Das Kind tanzte fast, so eifrig reckte es die Hände der Schüssel entgegen.

»Das wäre nett.«

»Gut«, sagte Henry. »Wunderbar. Gegen halb sechs, Viertel vor sechs ...«

Gillon sah zu Stephen hinüber. Er hatte ihr den Rücken gekehrt, schien aber zu lauschen. Er glaubte – das konnte sie sehen –, dass sie um ein Date gebeten wurde. Sie lächelte ins Telefon.

»Viertel vor sechs«, sagte Gillon sehr langsam, sehr südstaatlerisch, »wäre mir sehr recht.«

Henry klingelte dreimal an der Haustür der Hopkirks, bis jemand kam. Drinnen konnte er Kinder hören, die sich plappernd und flüsternd direkt hinter der Tür drängten, und als er sich bückte, um den Briefkastendeckel aufzudrücken, und fragte: »Ist eure Mummy da?«, konnte er drinnen im Dämmerlicht ihre Augen glänzen sehen. Dann riefen sie laut: »Mummy, Mummy, Mummy!«, und liefen über den Holzfußboden des Korridors drinnen davon, bis es einen leisen, schweren Plumps gab, als eines von ihnen hinfiel und anfing zu weinen.

»Tut mir Leid«, sagte Henry automatisch, als Jenny Hopkirk die Tür öffnete. Sie trug ein bodenlanges Kleid aus blaugrünem Baumwollstoff und hatte nackte Füße. Zwei kleine Jungen kamen, klammerten sich besitzergreifend an die Falten ihres Kleides und starrten Henry an.

»Ich möchte zu Gillon Stokes«, sagte Henry.

Jennys Ausdruck war ganz kurz verständnislos.

Dann sagte das kleinere Kind: »Sie ist bei Daddy.«

»Ach ja, natürlich«, sagte Jenny. »Ich hatte ihren Namen vergessen. Im Moment.«

»Könnte ich ...?«

Jenny trat einen kleinen Schritt rückwärts. Die kleinen Jungen stolperten, als sie sich bewegte, und traten ihr auf die Füße. Sie schien es nicht zu bemerken.

»Sie wird im Studio sein«, sagte Jenny. »Caspar wird es Ihnen zeigen.«

»Nein«, sagte Caspar, kehrte Henry den Rücken und drückte sich mit dem Gesicht an die Beine seiner Mutter.

»Wenn Sie's mir kurz erklären würden, könnte ich mich allein ...«

Sie lächelte ihn an.

»Selbstverständlich.«

Er trat in den Flur und drückte sich, weil er so eng war, flach an die Wand. Der kleinere Junge blickte lange genug auf, um ihn anzuzischen. Sekundenlang erwog Henry, zurückzuzischen.

»Da entlang«, sagte Jenny und zeigte auf eine offene Tür. »Dann durch die Küche und aus der Gartentür hinaus.«

Henry ging auf die offene Tür zu. Sofort löste sich der kleinere Junge von den Beinen seiner Mutter und schoss an Henry vorbei, während Spielsachen und verstreute Getreideflocken unter seinen Füßen knirschten. Henry folgte ihm durch die Küche – sie erinnerte ihn schmerzlich an verlorene Zeiten, an seine ehemalige Studentenbude in Leamington Spa – und durch eine Terrassentür in einen vernachlässigten Garten hinaus, der mit umgestürzten Plastikeimern und Fahrrädern übersät war. Am anderen Ende des Gartens lag ein Gebäude mit drei Fenstern, die auf das Haus zugingen, und einer Glastür, gegen die sich Caspar bereits unter lautem Geschrei geworfen hatte.

Henry legte die Hand auf den Türgriff über Caspars Kopf.

»Darfst du da rein?«

Caspar hörte einen Augenblick auf zu brüllen und machte stattdessen ein geheimnisvolles Gesicht.

»Ich verstehe«, sagte Henry. Durch die Scheibe spähte er hinein. Drinnen waren drei Personen beschäftigt, ein Mann und eine Frau in schwarzer Arbeitskleidung, sowie jemand ganz hinten, vor einem Computer. Der Mann blickte von der Staffelei auf, vor der er stand, und hob eine Hand. Dann kam er zur Tür und öffnete sie eine Handbreit.

»Nein!«, sagte er energisch zu Caspar.

Caspar begann wieder zu brüllen. Stephen öffnete die Tür etwas weiter.

»Kommen Sie herein«, forderte er Henry auf. »Schnell!«

»Ist vielleicht ein bisschen gemein ...«

»Mag sein«, gab Stephen zurück, »aber lebenswichtig.«

Ungeschickt schob sich Henry hinein und schloss

hastig die Tür hinter sich. Auf der anderen Seite hämmerte Caspar hilflos mit den flachen Händen gegen das Glas und streckte ihnen die Zunge heraus. Ganz weit heraus.

»Tut mir Leid«, sagte Stephen lächelnd. »Stephen Hopkirk.«

»Henry Atkins«, sagte Henry. Er sah sich nach Caspar um. »Warum ...«

»Weil sie dann alle kommen«, erklärte Stephen. »Und Zerstörung hat dann den Vorrang vor Arbeit.«

Die Person am anderen Ende des Raumes hatte sich erhoben und sah aufmerksam herüber.

»Ja ...«

Stephen winkte zu ihr hinüber.

»Sie gehört ganz Ihnen.«

Gillon kam näher und streckte die Hand aus.

»Hey«, sagte sie, »ich bin Gillon.«

Henry blickte auf sie hinab. Er war nicht vorbereitet gewesen auf jemand, der so viel kleiner war als er, nicht auf jemand, der so unkonventionell wirkte.

Schüchtern sagte er: »Na ja, ich bin ganz offensichtlich Henry ...«

»Klar«, gab sie zurück. Und lächelte. Sie hatte sehr gute Zähne. »Ich gehe meine Jacke holen.«

»Entschuldige diese Pinte«, sagte Henry, als er sich umsah.

Gillon zuckte die Achseln.

»Eine Bar ist eine Bar ...«

»Ich kenne mich in diesem Teil Londons nicht so gut aus, dass mir etwas Besseres bekannt wäre.«

»Das hier ist in Ordnung.«

Sie hatte einen Caffe latte und ein Glas Wasser bestellt. Henry wählte ein Bier, was er später bereute. Das Glas wirkte irgendwie größer als normal. Plump. »Ich ...«, begann er, »nun ja, ich danke dir, dass du gekommen bist.«

Mit einem langen Holzstäbchen rührte sie in ihrem Kaffee.

»Es muss dir ziemlich seltsam vorgekommen sein ...«, sagte sie.

»Seltsam?«

»Na ja, als Tilly nach Hause kam und dir gesagt hat, sie habe diesem Flüchtling ein Zimmer angeboten ...«

Er griff nach seinem Glas.

»Na ja, schon. Ein bisschen.«

»Ein bisschen sehr, würde ich meinen«, sagte Gillon. Sie sah ihn an. »Aber ich versichere dir, Tillys Angebot war das Netteste, das mir passiert ist, seit ich hierher nach London gekommen bin.«

»Tut mir Leid, das zu hören«, sagte Henry ein wenig steif. »Londons unfreundliche Begrüßung für Ausländer, meine ich.«

Gillon sah ihn erschrocken an.

»Bin ich ein Ausländer?«

Er schenkte ihr ein leichtes Lächeln.

»Na ja ...«

»Obwohl ich dieselbe Sprache spreche?«

»Aber du kommst aus dem Süden.«

Sie trank einen Schluck Kaffee. Dann sagte sie gelassen: »Ich frage mich, was du über den Süden weißt.«

Henry wandte den Blick ab. »Ach, vermutlich nur die Klischees, die alle anderen auch kennen.«

»Lynchmobs und Magnolien aus Stahl ...«

Er zuckte die Achseln.

»Dann musst du aber noch sehr viel lernen«, sagte sie freundlich.

»Ich glaube«, gab Henry zurück, »das trifft für mich in jeder Hinsicht zu.«

Gillon ließ eine kleine Schweigepause entstehen.

Dann sagte sie, und ihr Akzent verlieh dem, was sie sagte, eine besondere Schärfe: »Mein Vater ist Immobilienmakler, meine Mutter ist Psychiaterin. Mein Bruder arbeitet im IT-Bereich, meine Schwester ist verheiratet und schwanger und arbeitet Teilzeit im Antiken-Reproduktions-Laden der Historic Charleston Foundation. Als Familie sind wir in der sechsten Generation in Charleston geboren und aufgewachsen.«

Henry senkte den Kopf.

»Ich habe einen Uni-Abschluss in Kunst«, sagte Gillon. »Ich habe überall gearbeitet. Mein letzter Job war im Pinckney Museum of Art in Charleston, wo ich einen Katalog über die dortige Miniaturen-Sammlung zusammengestellt habe.« Sie hielt inne; dann sagte sie: »Meinen Doktor hab ich vergeigt. Ich habe mich einfach ausgeklinkt.«

»Ach ja?«, sagte Henry.

Sie sah ihn an.

»Das habe ich dir nicht erzählen *müssen*.«

Er trank einen Schluck Bier.

»Ich habe mich auch ausgeklinkt«, sagte er.

»Wirklich?«

»Ich war in Kunstgeschichte. Ich bin zwei Monate vor der Abschlussprüfung ausgestiegen, weil ich erkannte, dass ich nur eines wollte: Fotografieren.«

»Zwei *Monate*?«, fragte Gillon. »Ich hab mir wenigstens sechs gegeben ...«

Er lächelte ihr zu.

»Was hat deine Familie gesagt?«, wollte sie wissen.

Er sah sie verblüfft an.

»Meine Familie?«

»Na klar. Waren die nicht sauer?«

»Ich habe ... nicht so eine Familie.«

Sie wartete. Rückte ihr Wasserglas um zwei Zentimeter nach rechts.

»Meinen Vater habe ich nicht mehr gesehen, seit ich sechs war«, sagte Henry. »Er lebt in Australien. Und hat eine neue Familie. Meine Schwester lässt mich im Großen und Ganzen einfach weitermachen. Und meine Mutter ... na ja, meine Mutter ist ein Mensch, vor dem man dramatische Entwicklungen geheim hält, statt sie mit ihm zu teilen. Eigentlich weiß ich nicht mal genau, ob sie überhaupt weiß, dass ich mein Studium nicht abgeschlossen habe.«

Gillon starrte in ihren Kaffeebecher. »Das muss für dich aber schwer sein.«

»Muss es das?«

»Natürlich. Wer soll dich denn unterstützen, wenn nicht deine Familie?«

»Ich weiß nicht recht, ob das in England noch so funktioniert«, sagte Henry zweifelnd.

»Und du hast Tilly.«

»Das stimmt.«

»Aber du brauchst trotzdem eine Familie«, sagte Gillon. »Ein einziger Mensch kann doch nicht alles für dich sein. Ein einziger Mensch kann dir nicht alles geben, was du brauchst.«

»Woher willst du das wissen?«

Gillon errötete leicht.

»Ich weiß es nicht«, gestand sie ein. »Ich habe nur meiner Meinung Ausdruck verliehen.«

Henry sah sie aufmerksam an. Er betrachtete ihre seltsamen Haare, ihre kleinen Hände und die blassen Sommersprossen auf ihren Unterarmen.

»Du hast vermutlich Recht«, sagte er.

»Darauf würde ich mich nicht verlassen.«

Er trank noch einen Schluck Bier.

Dann fragte er sie: »Hast du Heimweh nach Charleston?«

Sie nickte, den Blick auf ihren Kaffee gerichtet.

»Du hättest überall gearbeitet, hast du gesagt«, wandte er ein.

»O ja, das habe ich. Überall in den Staaten ...«

»Deshalb ist es hier auch so schwer für dich.«

Sie zögerte.

Dann sagte sie: »Es ist eine ganz neue Erfahrung ...«

»Und das heißt?«

»Ach, ich habe so vieles gesehen, so vieles gelernt, die Geschichte, die Kunst ...«

»Das«, fiel Henry ihr ins Wort, »hättest du vermutlich auch im Internet tun können.«

Sie schob ihren Kaffeebecher von sich und griff nach ihrer Jacke.

Mit halb abgewandtem Gesicht sagte sie: »Hör zu, vergiss doch einfach das Ganze ...«

»Vergessen?«

»Ja«, sagte sie, mit einem Ärmel kämpfend. »Ja. Vergiss, dass Tilly mich kennen gelernt hat. Vergiss, dass sie mich jemals gebeten hat, zu euch zu ziehen.«

Henry war ehrlich schockiert.

»Wie bitte?«

»Du willst ja gar keinen Untermieter. Natürlich nicht. Warum solltest du auch? Warum solltest du in dem Leben, das du mit Tilly führst, einen Dritten haben wollen? Es war eine richtige Schnapsidee.«

»Ich kann dir nicht folgen«, sagte Henry.

»Wirklich? Nun, dann werde ich mich deutlicher ausdrücken. Es ist offensichtlich, dass ich in deinen Augen nicht mal in London willkommen bin. Ich bin klug genug, um das zu erkennen, und ich bin stolz genug, um nicht weiter darüber diskutieren zu wollen.«

Henry rutschte von seinem Barhocker und stand auf.

»Es tut mir aufrichtig Leid.«

Er streckte den Arm aus und hielt die linke Seite von Gillons Jacke fest. Sie trat ein wenig zurück, um ihm die Jacke aus der Hand zu ziehen.

»Zu spät«, sagte sie. Dann schob sie ihren Arm in den linken Ärmel und zog ihn bis zur Schulter hinauf. Henry sah, dass ihr Kragen halb nach innen gekehrt war, und machte unwillkürlich eine Bewegung, um ihn zurechtzuziehen. Sie funkelte ihn böse an.

»Zu spät, hab ich gesagt!«

»Ist es zu spät«, fragte Henry, »zu sagen, dass es mir aufrichtig Leid tut, falls ich dich gekränkt haben sollte, dass ich es ehrlich nicht so gemeint habe und dass du herzlich willkommen bist, das Zimmer in unserer Wohnung zu beziehen, das Tilly dir angeboten hat?«

Gillon hob ihre Hand an die Stirn.

»O Mann ...«

»Im Augenblick scheine ich überall die Leute vor den Kopf zu stoßen«, sagte Henry. »Vor allem die Frauen. Ich weiß nicht, was ich sonst noch sagen soll, nur, dass es mir Leid tut.«

Gillon sah ihn an.

»Ich weiß nicht, was ich denken soll ...«

»Denk einfach das, was du gedacht hast, als du mich zum ersten Mal gesehen hast, bevor du den Eindruck haben musstest, dass ich ein ungehobelter Bastard bin. Denk einfach, dass du in unsere Wohnung einziehen wirst, genau wie du es dir vorgestellt hattest, und dass wir alle – wie es bestimmt der Fall sein wird – fabelhaft miteinander auskommen werden.«

Ein wenig unsicher sagte Gillon: »Es würde nicht für lange sein.«

Er machte eine abwehrende Handbewegung.

»Spielt keine Rolle.«

»Meine Schwester kriegt Anfang November ein Baby. Dann will ich wieder zu Hause sein.«

»Wirklich?«

»Es sind nur noch ungefähr zwei Monate ...«

»Okay«, sagte Henry und lächelte ihr zu. »Dann kommst du eben und wohnst ungefähr zwei Monate bei uns.«

»Danke.«

»Am besten kommst du am Wochenende ...«

»Danke.«

»Dann werde ich kommen und dir beim Umziehen helfen«, sagte er.

Sie schüttelte den Kopf.

»Ist schon in Ordnung. Ich hab nur eine große Tasche ...«

»Gut«, sagte er. Es klang zweifelnd. »Bist du sicher?«

Sie nickte. Auf einmal sah sie sehr müde aus.

»Na klar«, sagte sie. »Ich bin sicher.«

Als Gillon gegangen war und er die Getränke bezahlt hatte – er selbst hatte seines kaum angerührt –, machte sich Henry zu Fuß auf den Weg die Kentish Town Road hinunter zum Regent's Park. Es war ein warmer, lauer Abend von jener klaren Durchsichtigkeit des Himmels, der so wunderschön über Segeln und Wasserflächen steht. Henry dachte daran, wie es am Wasser war, zwischen diesen stillen, nassen, spiegelnden Orten, an denen die Zeit überhaupt keine Rolle zu spielen schien, wo er – ob er ein Foto schießen konnte oder nicht – eine so tiefe Zufriedenheit empfand wie sonst kaum jemals unter anderen Umständen. Es hatte etwas mit absoluter Anonymität zu tun, und auch etwas mit der totalen Indifferenz der Naturwelt gegenüber der Menschheit, die so befreiend und zugleich so zentrierend wirkt. Er hatte, überlegte er, während er gleichmäßigen Schrittes über den staubigen Bürgersteig der Kentish Town Road marschierte, an wilden, feuchten Orten mehr Zufriedenheit, mehr gesegnetes Fehlen von Druck und Spannung empfunden als in jeder anderen Situation, an die er sich erinnern konnte. Aber wenn das so war, warum reagierte er dann so wenig erfreut auf den Auftrag, den ihm seine Agentur gestern durchtelefoniert hatte, ein Auftrag für eine Serie von Postkarten mit Wild- und Seevögeln für eine Grußkartenfirma? Die Arbeit wurde vernünftig bezahlt und war zufriedenstellend unabhängig. Warum fühle ich mich dann, dachte Henry, quer über die Straße zum Parkway wandernd, so gleichgültig, fast so, als wollte ich den Job achselzuckend einem anderen überlassen?

Er konnte es sich schließlich nicht leisten, den Auftrag abzulehnen. Er konnte es sich nicht leisten, *überhaupt* einen Job abzulehnen. Die Notwendigkeit, Geld zu verdienen, hatte in der Vergangenheit stets jeglichen Mangel an der Qualität seiner Aufträge gerechtfertigt, hatte eine eigene, fordernde Triebkraft entwickelt. Im Augenblick jedoch schien sich eine kleine, aber hartnäckige Trägheit seiner bemächtigt zu haben, schien seine Reaktion auf alles auf ein Zögern, einen Mangel an Neugier zu reduzieren.

Und nun auch noch auf Unhöflichkeit, dachte er. Gillon Stokes hatte sich als genau jene seltsam rührende Person erwiesen, als die Tilly sie geschildert hatte, und er hatte auf eine stille, irreführende Art unhöflich auf sie reagiert. Als sie ihn angefahren, ihn auf seine Tölpelhaftigkeit hingewiesen hatte, war es ihm eine kleine Genugtuung gewesen, ins Schwarze getroffen zu haben, statt sich darüber zu schämen, dass er sich schlecht benommen hatte. Der springende Punkt war, dass es ihm völlig gleichgültig war, ob sie kam und zu ihnen zog oder nicht. Was ihn bekümmerte – und zur Verzweiflung trieb –, war die Tatsache, dass weder er noch Tilly offenbar in der Lage waren, die Glacéhandschuhe auszuziehen und einander mit bloßen Fäusten und offenem Herzen gegenüberzutreten. All dieses Umkreisen, Andeuten, Vermeiden. All dieser Schmerz und diese Enttäuschung, während man wartete, dass etwas geschah, dieses Warten darauf, dass er etwas sagte, was zu sagen er einfach nicht fertig brachte, weil es keinen *Grund* dafür gab, dass er so empfand, wie er empfand. Nun ja, jedenfalls keinen Grund, der akzeptabel war. Inmitten all dieser Unentschlossenheit und dieses Unglücklichseins, dachte er, wie kann die Anwesenheit einer wenig bemerkenswerten jungen Amerikanerin überhaupt etwas bewirken? Verschlimmern kann sie die Dinge nicht: Sie könnte sie auf irgendeine unerwartete Art und Weise verbessern, indem sie die Spannung erleichterte, ja, sogar ein Thema zur Sprache brachte. Wie dem auch sei, wenn Tilly sie will, dann soll sie sie haben. Tilly soll *alles* haben, was sie glücklich macht. Bis auf – bis auf, dachte Henry bedrückt, das eine, das mich selbst unglücklich machen würde.

7

Während des Tages diente das kleine, unordentliche Vorzimmer von Williams Büro als Treffpunkt der lederbekleideten Fahrradkuriere zwischen zwei Fahrten. Sie hatten alle Funkgeräte bei sich, und es war Williams Ehrgeiz, sie eines Tages so beschäftigen zu können, dass sie in Londons Zentrum von einem Job zum anderen fuhren, ohne dazwischen zurückzukehren, überall an den Wänden zu lehnen, Diätcola und miesen Kaffee zu trinken und die aus Pubs stibitzten Blechaschenbecher mit Marlboro-Kippen zu füllen. Die Telefonistin, ein schmalgesichtiges junges Mädchen namens Corinne, die jeden Tag mit der Central Line aus South Woodford hereinkam und jeden Abend genau um fünf Minuten vor Geschäftsschluss ging, nahm keine Notiz von den Kurieren. Ihre Welt kam durch den Kopfhörer, und sie besaß die schicksalsergebene Kompetenz eines Menschen, der es hinnimmt, dass für einen Arbeitnehmer ein Job notwendig ist, der für einen Arbeitgeber erledigt werden muss, und sei er auch noch so langweilig. Sie war sofort nach der Schule eingestellt worden – vor inzwischen fünf Jahren – und bekundete so viel Interesse für die Kuriere, als seien sie ihre jüngeren Brüder.

Mit William jedoch war das etwas anderes. Sie war kein Mädchen mit energischem Appetit, aber sie war sich bewusst, dass sie William attraktiv fand. Ja, auf seine hoch gewachsene, dunkle Art sogar sehr attraktiv und häufig – an diese Erkenntnis hatte sie sich gewöhnt – weit attraktiver als ihren Verlobten in South Woodford, der keine großen Fortschritte gemacht zu haben schien, seit er ihr als Sechzehnjähriger im zugigen Eingang zu einer Billardhalle an einem späten Samstagabend vorgeschlagen hatte, sie sollten sich verloben. William sprach wenigstens höflich mit Corinne. William wusste, dass er trotz ihrer irritierenden Gewohnheiten, was die Arbeitszeit betraf, in Corinne eine zuverlässige Angestellte hatte, eine Angestellte ohne Ego, der es nichts ausmachte, täglich die gleichen Details zu klären. Er lächelte ihr zu, er vergaß nicht, sich bei ihr zu bedanken. Sam, sein Partner, vergaß oft sogar das Lächeln und neigte dazu, »Cheers« zu sagen statt »danke«. Außerdem war er ziemlich rundlich. In Corinnes Augen sollten Männer, wenn sie zur Fülle neigten, zum Ausgleich wenigstens groß sein. Sam war nicht groß. Sam liebte es, mit den Kurieren herumzublödeln, weswegen Corinne ihn verabscheute. An den Tagen, an denen William auf Jagd nach neuen Kunden ging – worin er wesentlich erfolgreicher war als Sam –, verkürzte Corinne ihre Arbeitszeit um fünfzehn Minuten statt um fünf und forderte Sam schweigend heraus, ihr das zu verbieten.

Sie arbeitete an einem Schreibtisch hinter einem erhöhten Tresen, auf denen Plastikhalter mit Prospekten über die Preise und Konditionen der Firma standen. Einmal hatte sie eine Topfpflanze hinzugefügt, die umgehend als zusätzlicher Aschenbecher missbraucht wurde und innerhalb von vierzehn Tagen einging.

»Danke für den Versuch«, hatte William gesagt.

Sie zuckte die Achseln.

»Hätte ich wissen müssen ...«

Zum nächsten Weihnachtsfest schenkte er ihr eine Pflanze mitsamt einer Schachtel mit schokoladenüberzogenen Paranüssen (sie war allergisch gegen Nüsse) und zwei Fünfzig-Pfund-Scheinen in einer Karte mit einem netten Gruß. Sie wusste nicht so recht, warum, aber sie mochte sie einfach nicht wegwerfen.

Von ihrem Schreibtisch aus konnte sie sowohl die Tür zum Treppenhaus des Gebäudes sehen als auch die Tür zu dem voll gestopften Büro, in dem William und Sam arbeiteten. Wenn sie beide drinnen waren oder wenn Sam allein war, blieb die Tür geschlossen. Aber wenn William allein war, ließ er die Tür offen stehen und stoppte sie mit den Gelben Seiten, worin Corinne eine nette Geste sah. Jedes Mal, wenn er das tat, dachte sie, wie nett er doch sei: kein bisschen überheblich und so freundlich. Sie rief ihm niemals etwas zu, aber sie liebte es, ihn an seinem Computer oder am Telefon zu sehen, wie er sich beim Sprechen die dunklen Haare zerzauste, die langen Arme in die Luft reckte und gähnte. An dem Tag, an dem Tilly kam, hätte Corinne sich jedoch gewünscht, dass William die Tür geschlossen hätte. Denn wäre sie geschlossen gewesen, hätte Corinne Tilly erklären können, dass William nicht da sei und sie nicht wisse, wann er zurückkomme. Nicht, dass Corinne Tilly nicht kannte oder dass Tilly jemals anders als nett zu ihr gewesen wäre, ja, nicht mal, dass Tillys äußere Erscheinung geeignet gewesen wäre, in weniger vom Schicksal begünstigten Mädchen Eifersucht zu erregen. Nein, Tatsache war schlicht und einfach, dass William, wenn Tilly ins Büro kam und Williams Tür offen stand, sofort fast alles liegen und stehen ließ, was er gerade tat, und herauskam, um sie zu begrüßen.

»Hi, Corinne«, sagte Tilly.

Tilly trug einen engen schwarzen Rock, eine kleine gestreifte Strickjacke und sehr hochhackige Sandalen. Ihr Haar war gelöst und wurde von einer Sonnenbrille zurückgehalten.

Corinne richtete ein knappes Lächeln an ihre Telefonzentrale.

»Alles okay?«

»Ach«, antwortete Tilly. »Soso. Ich brauche eine Atempause ...«

»Erzählen Sie«, sagte Corinne.

Tilly stützte sich auf den erhöhten Tresen.

»Corinne, ist William ...«

»Ja«, sagte William hinter ihr.

Tilly wandte sich um. Corinne spürte, wie sie lächelte. Dass William lächelte, konnte sie sehen.

»Hi«, sagte Tilly. Sie reckte sich ein wenig, damit William sie auf die Wange küssen konnte.

»Überraschung«, sagte William.

»Ich wollte dich erwischen«, sagte Tilly. »Nur für eine Minute. Bevor du nach Hause gehst.«

William grinste.

»Okay.« Er sah zu Corinne hinüber. »Würdest du den Laden dicht machen?« Er warf einen Blick auf seine Uhr. »Es ist Viertel nach fünf.«

»Ich werde bleiben«, antwortete Corinne verärgert. »Wie immer.«

William sah Tilly an.

»Gib mir fünf Minuten.«

»Natürlich. Hör zu, ich möchte nicht, dass du aufhörst ...«

»Ich aber«, sagte William. »Heute liegt ohnehin nichts mehr an.«

Er berührte ihren Arm.

»Komm rein«, sagte er. »Komm rein und spiel auf Sams Computer ein bisschen Schach gegen dich selbst, während ich noch schnell ein paar Sachen erledige, ja?«

Tilly betrat vor ihm das Büro. Sie ist groß, dachte Corinne, sogar ohne diese Absätze, mindestens ein Meter siebzig. An der Tür drehte sich William noch einmal um, schickte ein Lächeln zum Empfangstisch zurück und schob mit dem Fuß die Gelben Seiten zur Seite, damit die Tür hinter ihm ins Schloss fallen konnte. Corinne starrte sie wütend an. Sie war, wie sie wusste, barfuß ein Meter sechzig und konnte nichts dagegen tun. Sie nahm ihren Kopfhörer ab und warf ihn auf den Schreibtisch.

William fand zwei Plätze für sie in einer Ecke der Bar.

»Weißwein?«

Tilly schüttelte den Kopf.

»Mineralwasser.«

»Seit wann ...«

»Seit Gillon.«

»Oops«, sagte William. Er stand auf. »Bin gleich wieder da.«

Tilly beobachtete, wie er sich zwischen den Tischen zur Bar hindurchschlängelte. Er wurde, wie immer, sehr schnell bedient, was bei hoch gewachsenen Männern meistens der Fall zu sein schien. Sie lehnte sich auf ihrem Stuhl zurück und betrachtete ihre Nägel. Gillon hatte ihr erzählt, dass ihre Schwester Ashley, zu Hause in Charleston, alle vierzehn Tage zur Maniküre und im Sommer auch zur Pediküre ging. Außerdem ließ sie sich, wie Gillon sagte, regelmäßig die Augenbrauen zupfen, und das galt nicht als extravagant, weil ihre Freundinnen das alle taten.

»Wie viel Zeit geht dafür drauf?«, fragte Tilly.

»Ziemlich viel. Aber das plant man ein. In seinem Terminkalender. Genau wie das Fitnesstraining.«

»Mann!«, sagte Tilly schwach.

William kam zurück und stellte zwei Gläser auf den Tisch. Sie musterte das seine.

»Das ist niemals auch nur Wasser ...«

»Auf keinen Fall«, sagte William. »Mega-Wodka und Tonic.«

Er setzte sich, griff nach seinem Glas und hob es ihr entgegen.

»Alles okay?«

»Eigentlich nicht«, antwortete Tilly.

»Ich hoffe«, sagte William und trank einen Schluck, »dass ich dir fehle.«

»Das tust du«, antwortete Tilly.

»Und Gillon ...«

»Sie ist fabelhaft«, sagte Tilly. »Sie ist großartig. Sie macht keine Probleme. Meistens merkt man gar nicht, dass sie da ist.«

»Im Gegensatz zu mir.«

»Ganz im Gegensatz zu dir.«

»Dann sind wir also wieder bei Henry?«, fragte William.

Tilly nickte. Sie nahm ihr Glas und trank einen Schluck Wasser.

»Warum *fragst* du ihn nicht einfach?«, erkundigte sich William.

Sie blickte auf.

»Ob er mich heiraten will?«

»Ja.«

»Das kann ich nicht«, behauptete Tilly.

»Warum? Weil er nein sagen könnte?«

»Ja. Und ... und noch etwas.«

»Was?«

»Weil ich«, sagte Tilly, »wenn er ›Ja‹ sagte oder sogar ›In Ordnung‹, das Gefühl hätte, es läge an mir, dass alles klappt. Ich hätte das Gefühl, ich wäre dafür verantwortlich, ich müsse ihm auf dem Weg weiterhelfen, den ich eingeschlagen habe. Ich möchte aber – ach, ich möchte, dass dies etwas ist, das wir beide tun, weil wir es beide wollen ...« Sie hielt inne; dann sagte sie: »Ich habe so große Angst davor, ohne ihn leben zu müssen.«

»Wieso?«, fragte William. Er drückte die Zitronenscheibe in seinem Drink unter die Oberfläche. »Gewohnheit?«

Sie schüttelte den Kopf.

»Nein, das nicht. Angst davor, was ohne ihn aus mir werden würde.«

»Absoluter Quatsch«, sagte William.

»Das verstehst du nicht «, sagte Tilly. »Du hast ja nie in einer langen Beziehung gelebt.«

»Entschuldige bitte«, sagte William, »aber ich habe auch Gefühle, weißt du. Ich bin nicht einfach 'ne Bumsmaschine.«

»Tut mir Leid.«

Er beugte sich vor.

»Tilly?«

»Es fällt mir nicht leicht, das zu sagen, aber ich glaube nicht, dass Henry dir einen Heiratsantrag machen wird.«

Tilly senkte den Blick auf ihren Schoß.

»Er liebt dich«, sagte William, »er bewundert dich, er ist stolz auf dich und so weiter, aber ...«

»Liegt es an mir«, fragte Tilly, »oder ist es die Ehe?«

»Ich würde sagen, die Ehe.«

»Aber ...«

»Vielleicht sind es seine Eltern«, sagte William.

»Aber *ich* schrecke doch nicht vor der Ehe zurück, weil meine Eltern damit keinen Erfolg hatten!«

»Du bist ein anderer Mensch.«

»William«, sagte Tilly, »er kriegt überhaupt nichts auf die Reihe. Er rührt keinen Finger, um etwas zu Ende zu bringen, bemüht sich um nichts, trifft keine Entscheidungen ...« Sie brach ab und schlug die Hände vors Gesicht.

»Willst du jetzt weinen?«

»Nein«, sagte Tilly und nahm die Hände herunter. »Das habe ich längst hinter mir.«

»Hör zu«, sagte William, »du wirst nichts ändern können, Henry nicht, und nicht, wohin du gehen musst, gar nichts.« Er sah sie an; dann sagte er in einem völlig anderen Ton: »Du bist hinreißend, Tilly.«

Sie schüttelte sich ein wenig.

»Ich fühle mich aber nicht sehr hinreißend ...«

»Aber das bist du«, sagte William in seinem normalen Ton. »Viel zu hinreißend, um rumzusitzen und auf etwas zu warten, das niemals eintreffen wird.«

Sie warf ihm einen kurzen Blick zu.

»Drastische Maßnahmen?«

»Jawohl!«

»Wie drastisch?«

»Verlass ihn«, sagte William.

»Aber ich liebe ihn doch, William. Ich *liebe* ihn. Ich möchte mit ihm zusammen sein.«

»Und unglücklich sein?«

»Nein. Nicht unglücklich. Nicht *so* unglücklich.«

»Siehst du?«, sagte William.

Tilly starrte auf die Tischplatte.

»Du meinst, London verlassen, einen neuen Job suchen, alles?«

Er zuckte die Achseln.

»Vielleicht.«

Sie schlang die Arme um ihren Oberkörper, als sei ihr kalt.

»Klingt beängstigend.«

»Natürlich.«

»Soll ich's ihm sagen?«

»Das musst du entscheiden«, sagte William. »Ich würde es vermutlich nicht tun, bevor ich wüsste, wohin ich will.«

»Du bist mutiger als ich …«

»Nein«, sagte er. »Ich bin jemand, der das nicht entscheiden muss, deswegen kann ich frei theoretisieren.«

Tilly löste ihre Arme.

»Danke.«

»Gern geschehen. Du wirst mich ja vermutlich doch ignorieren.«

»Werde ich nicht.«

Er streckte die Hand aus und ergriff die ihre. Dann drehte er sie um und rieb mit dem Daumen sanft über die Innenseite ihres Handgelenks.

»Jederzeit«, sagte William und ließ ihre Hand frei.

Das Leben in Parson's Green hatte Gillon Mut gemacht. Das Bewusstsein, dass ein hübsches Zimmer auf sie wartete, dass wenigstens Tilly sich offen über ihre Gesellschaft freute, bewirkte, dass sie mit einer Selbstsicherheit, die sie bis dahin nie verspürt hatte, in die Stadt ging, zur Arbeit, ins Kino, ins Theater, in die Galerien. Das Bewusstsein, dass sie in einer englischen Wohnung mit englischen Leuten zusammenlebte, verlieh ihr das undeutliche Gefühl, dass sie auf eine eher unbedeutende Art und Weise aufgehört hatte, wie die Hopkirk-Kinder ein Außenseiter zu sein, der sein Gesicht ans verschmierte Glas presste und sehnsüchtig hindurchspähte. Außerdem wurde sie allmählich ein wenig stolz darauf, dass sie sich an die lässige Art gewöhnte, mit der die Engländer alles erledigten, an das englische Essen, an die fehlende Uniformität der äußeren Erscheinung, des Denkens, der Lebensziele. An manchen Abenden, wenn sie mit der Underground aus Camden zurückkam, fragte sie sich, ob die anderen Leute – falls sie sie überhaupt beachteten – sie vielleicht für eine Engländerin hielten, so lässig vertraut waren ihr die Tunnels, Rolltreppen und Treppen der Fahrt geworden, so vertieft in einen englischen Roman, eine englische Zeitung konnte sie wirken. Was ihr erst zwei Monate zuvor noch fremdartig bis zur Feindseligkeit erschienen war, besaß auf einmal eine fast exotische Anziehungskraft, sogar auf der Northern Line. Eines Abends, als sie an der Station Embankment in ein gutmütig-spöttelndes Gespräch über verlorene Münzen geriet, während sie eine Rolle Pfefferminz kaufte, merkte Gillon, dass sie sich darüber freute, dass es Momente, ja, Stunden und mehr gab, in denen sie glücklich war. Glücklicher jedenfalls, als sie seit langer, langer Zeit gewesen war.

»Vielleicht«, erklärte sie Tilly ein wenig schüchtern, »kommt das davon, dass ich nicht mehr das Gefühl habe, jemanden zu enttäuschen.«

Tilly halbierte gerade für sie beide eine Avocado.

»Noch mal, bitte.«

»Zu Hause«, sagte Gillon und stützte die Hände auf den Küchentisch, »machen sie sich Sorgen um mich, weil ich nicht verheiratet bin, keinen Beruf habe, kein Baby habe. Hier kümmert sich kein Mensch darum, was ich habe oder nicht habe.«

Mit ihrem Messer hebelte Tilly den Stein aus der Frucht. Er kullerte rumpelnd über den Tisch.

»Ich fände es schön, wenn sich jemand um mich kümmern würde. Meine Mutter – und wohl auch mein Vater – wünschen sich Dinge für mich, aber das scheinen niemals die Dinge zu sein, die sie sich selber wünschen. Ich bin nicht sicher, ob sie sich Sorgen darüber machen, dass ich nicht kriege, was ich mir wünsche.«

»Das ist kein so großer Unterschied«, sagte Gillon. »Familien wollen ihre Ordnung haben. Sie wollen nicht, dass man ein Schema durchbricht, Unordnung stiftet. Vielleicht mache ich jetzt gerade Urlaub von dieser Verpflichtung.«

»Aber wegen Ashleys Baby wirst du trotzdem nach Hause gehen ...«

»Ich dachte, ich würde nicht. Aber ich werde. Ich möchte nicht – ich möchte nicht zu offensichtlich wirken ...«

»Nein.«

»Und ich möchte wissen, ob ich stark genug bin, es zu tun.«

Tilly begann, Essig und Öl in einen kleinen Becher zu gießen.

»Stark genug ...«

»Ja.«

Tilly sah sie über den Küchentisch hinweg an.

»Das alles erfordert sehr viel Mut, nicht wahr, sehr viel Mühe, sehr viel Anstrengung. Was ist mit den Frauen, die einfach verwöhnt werden, denen jede Entscheidung abgenommen wird, die gehätschelt und beschützt werden ...«

Gillon senkte den Kopf.

»Ich denke, auch dafür muss ein Preis bezahlt werden.«

Wenn Tilly allein in der Wohnung war, verbrachte Gillon viel Zeit mit ihr. Wenn Henry ebenfalls da war, ging sie ihm vorsichtshalber aus dem Weg. Er war freundlich zu ihr, aber distanziert, als wisse er nicht so recht, wie er sie behandeln sollte, da sie schließlich eine Mischung aus Untermieterin, Ausländerin und Fast-Freundin war. Sie war sich klar darüber, dass Tilly ihm Anweisungen über den Zustand im Badezimmer gegeben hatte, und sie hatte versucht, den beiden klar zu machen, dass es ihr äußerst unangenehm wäre, wenn sie ihre Lebensweise aus Rücksicht auf sie in irgendeiner Hinsicht änderten. Aber sie spürte noch etwas anderes bei Henry, das weit über seine Hemmungen in ihrer Gegenwart hinausging, und das war eine starke, unglückliche Energie, die er kaum in sich zu bewahren vermochte, ein tiefer Kummer, der endlos in seinem Käfig auf und ab tigerte. Diese Erkenntnis veranlasste sie instinktiv, einen weiten Bogen um ihn zu machen, aus Angst, sie könne seinen Zustand verschlimmern oder preisgeben, bewirkte aber auch, dass sie ihn auf eine Art respektierte, die sie selbst überraschte, vor allem nach ihrer ersten Begegnung. Das Wort Leidenschaft kam Gillon zuweilen in den Sinn, wenn sie Henry einen flüchtigen Blick zuwarf – sie sah ihn niemals richtig an –, und sie empfand ein wenig Ehrfurcht vor der Tiefe des Gefühls, das ihn erfüllen musste, und vor der Courage, die es erforderte, sich nicht davon verschlingen zu lassen. Wenn sie zusammen in der Wohnung waren, sogar wenn Tilly ebenfalls da war, schlich Gillon so leise und sorgfältig um Henry herum, wie man sich wohl um einen schlafenden Bären herumschleichen würde.

Als sie ihn eines Nachmittags mitten in der Woche zu Hause antraf, machte sie sich große Sorgen. Sie hatte ihre Periode, und zwar sehr stark, und hatte am frühen Nachmittag so schlimme Bauchkrämpfe und Kopfschmerzen bekommen, dass sie Madeleine an ihrem Mikroskop stören und sie bitten musste, sie zu beurlauben.

»Natürlich«, sagte Madeleine, ohne aufzusehen. »Natürlich, gehen Sie nur.«

Sie saß in der Underground, fühlte sich krank und schmutzig und hielt ihre Tasche vor dem Bauch wie etwas, das Grandmama als einen der Winter-Schlafenszeit-Tröster ihrer Kinderzeit an der East Battery zu beschreiben pflegte, einen heißen, in Flanell gewickelten Ziegelstein am Fußende des Bettes. Von der Station Parson's Green aus ging sie wegen der Schmerzen leicht gebeugt und dachte an das Bett, das auf sie wartete, das blau karierte Kopfkissen, das Nachmittagslicht, das durch die Vorhänge hereinfilterte, die zugezogen waren und sie vom Geräusch der immer noch emsigen Arbeitswelt draußen behaglich trennte.

Aber Henry war im Wohnzimmer. Nach Tillys Worten hatte Gillon gedacht, er sei zu einem berühmten Vogelschutzgebiet im West Country gefahren, um sich Wildgänse anzusehen. Stattdessen lag er schlafend auf dem Sofa, den einen Arm über den Kopf gehoben, den anderen locker auf einem unordentlichen Stoß Zeitungspapier auf seiner Brust gelegt.

Gillon betrachtete ihn sehr lange, länger, als sie es beabsichtigt hatte. Dann trat sie lautlos einen Schritt zurück. Henry machte die Augen auf.

»Ich wollte dich nicht wecken ...«, flüsterte Gillon.

Er starrte sie an, ohne sie zu sehen.

»Wie spät ist es?«

Sie sah auf ihr Handgelenk.

»Kurz nach drei.«

Er fuhr hoch, dass die Zeitungsseiten durcheinander flogen. Er barg den Kopf in beiden Händen.

»Großer Gott ...«

»Ich hatte Kopfschmerzen«, sagte Gillon. »Deswegen bin ich früher nach Hause gekommen. Ich wollte gerade ins Bett gehen.«

Er drehte sich um und sah sie an.

»Möchtest du Tee?«

»Nein, danke.«

»Wasser?«

»Ist schon okay«, sagte Gillon. »Das kann ich mir selber holen.«

Henry stand auf. Er schüttelte sich und begann sein Hemd in den Bund seiner Jeans zurückzustopfen.

»Kann ich dir Paracetamol holen?«

»Danke, das habe ich selber«, sagte Gillon. Sie hielt inne; dann setzte sie hinzu: »Ich bin nur gekommen, weil ich dachte, du wärst heute fort.«

»Gestrichen«, sagte Henry. »Ich wollte nur ein bisschen Frust wegschlafen.«

»Das tut mir Leid«, sagte Gillon. Sie ließ ihre große Tasche auf den Boden rutschen. »Ich hole mir nur ein bisschen Wasser ...«

»Warte, ich hol's dir«, sagte Henry. Hinter dem Sofa entlang ging er zur Küche. »Es war ein Ort namens Slimbridge. Sehr berühmt hier im Königreich. Ich hatte mich darauf gefreut.«

Gillon wartete an der offenen Tür. Sie hörte, wie der Kühlschrank geöffnet wurde, und dann das Plätschern einer Flüssigkeit. Henry kam mit einem Glas.

»Hier.«

»Vielen Dank.«

»Tut mir Leid, deine Kopfschmerzen.«

Sie neigte ein wenig den Kopf.

»Tut mir Leid, mit Slimbridge.«

Er zuckte ganz leicht die Achseln.

»Ich liebe diese Orte.«

»Die Wetlands?«

»Ja«, sagte er. »Ich liebe dieses Wasser, dieses Gefühl der Weite und Distanz.«

Gillon trank einen Schluck Wasser. Sie lehnte sich an den Türrahmen.

»Wir haben wundervolle Feuchtgebiete. Zu Hause.«

Henry blickte unbestimmt zum Fenster hinaus.

»Ach ja?«

»Es heißt Ace Basin. Nur ein kleines Stück von Charleston aus die Küste hinauf, höchstens eine Stunde vielleicht. Es ist was ganz Besonderes, weil es eine Mischung aus Salz- und Süßwasser ist. Sumpfig.«

Henry wandte den Kopf.

»Das Ace Basin ...«

»Ibisse«, sagte Gillon, »Silberreiher, Anhingas ...«

»Verstehst du was von Vögeln?«

»Mein Vater«, sagte Gillon. »Mein Vater besitzt ein kleines Grundstück auf Edisto Island. Als Junge ist er die ganzen Sommermonate lang dort gewesen. Nicht mal eine Brücke gab es; sie mussten mit der Fähre übersetzen. Das Einzige, was meine Großmutter nicht für den Sommer nach Edisto mitnahm, war ihr Klavier.«

»Anhingas«, sagte Henry. »Ich habe noch nie einen Anhinga gesehen.«

Gillon sah ihn offen an.

»Es gibt da Süßgras«, sagte sie. »Die Gullah-Frauen machen wunderschöne Körbe aus Süßgras. Und Strandhafer. Ich liebe Strandhafer. Du solltest mal sehen, wie die Silhouetten des Strandhafers vor dem Sonnenuntergang wehen.«

Henry setzte sich auf eine Armlehne des Sofas.

»Das klingt wunderschön.«

»Ist es auch«, sagte Gillon. »Wir Kinder lernten es früh kennen, weil mein Vater so begeistert war. Die Feuchtgebiete sind die wahre Landschaft des Carolina Lowcountry. Mein Vater sagt, sie sind ein einzigartiges unberührtes Ökosystem.« Sie hielt inne. »Ich will dir keine Vorträge halten«, sagte sie dann.

»Aber ich bitte darum«, sagte Henry. Er beugte sich ein wenig zu ihr vor.

Sie machte eine kleine Geste mit ihrem Wasserglas.

»Es gibt Sümpfe und Wasserläufe«, sagte sie. »Es gibt Alligatoren, Weißkopfadler, Weißschwanzadler und Karettschildkröten. Ein großer Teil der alten Reisfelder hat sich einfach in Sümpfe zurückverwandelt, ist verwildert, und die Wildtiere fühlen sich dort wohl.« Und dann sagte sie, ohne es richtig zu wollen: »Daddy würde dich mit rausnehmen. Jederzeit.«

Henry schluckte.

»Wirklich?«

Gillon nickte. Verwirrung überlagerte ihre Kopfschmerzen.

»Na, sicher.«

»Meinst du das ernst?«

»Sicher«, wiederholte sie.

»Wenn ich nach Charleston ginge«, sagte Henry, »meinst du wirklich, dein Vater wäre bereit, mich ... nun ja, mit Menschen und Orten bekannt zu machen?«

Gillon spürte, wie sie sich ein wenig erholte.

»Du und Tilly, ihr seid wirklich nett zu mir gewesen«, sagte sie. »Er würde dir wirklich gerne helfen.«

»Mein Gott«, sagte Henry. Er stand auf. Er lächelte ihr zu. »Das ist fantastisch.«

»War wohl einfach so 'ne Idee ...«

»Oder«, entgegnete er, »*die* Idee?«

»Die Idee?«

»Die Idee, die ich brauche«, sagte er. »Die Idee, die alles vorantreibt, die Blockade aufbricht.«

»Na ja, okay«, sagte sie erfreut und zugleich beunruhigt.

Er lächelte wieder.

»Ich danke dir«, sagte er, »vielen Dank.« Und dann sagte er: »Du solltest dich ins Bett legen, bei deinen Kopfschmerzen.« Und berührte sie ganz leicht an der Schulter. Sie wandte sich ab und ging den Flur entlang zu ihrem Zimmer. Drinnen lehnte sie sich an die geschlossene Tür, legte die Hand auf ihre Schulter dort, wo die seine ganz kurz gelegen hatte, und hielt sie ganz fest.

Henry, neben ihr, lag ganz still, aber Tilly wusste, dass er nicht schlief. Normalerweise schlief er nach dem Sex sofort ein, rollte sich neben sie und legte den Arm schwer und besitzergreifend quer über ihren Körper. Heute aber wälzte er sich von ihr fort und lag still, ganz leicht und still, wie einer, der immer noch denkt, immer noch aufmerksam ist. Im matten Licht der Sommernacht wandte Tilly den Kopf und erkannte seine Umrisse neben sich, Kopf, Ohr, hochgezogene Schulter, vertraut und zugleich sehr, sehr fern.

Tilly stieß einen kleinen Seufzer aus. Es war ein schöner Abend gewesen, ein glücklicher Abend, einer der schönsten Abende seit Monaten. Henry schien sich besser zu fühlen, war sogar heiter. Er hatte für sie beide gekocht, Pasta mit Muscheln und Pilzen, eine Kerze auf den Tisch gestellt und ihr Wein angeboten, den abzulehnen ihr sehr schwer fiel.

»Nun komm schon, Tilly!«

»Nein.«

»Du willst ihn doch ...«

»Natürlich will ich ihn!«

»Also dann ...«

»Einen Monat lang nicht«, sagte Tilly. »Einen Monat lang keinen Tropfen.«

»Und warum nicht?«

»Gillon.«

»Gillon?«

»Sie hat mich ziemlich beschämt. Sie trinkt kaum etwas. Ich dachte ... na ja, ich dachte, ich könnt's ja mal versuchen, ohne, eine Weile wenigstens ...«

»Ich bin beeindruckt«, sagte er und stellte die Flasche auf die Arbeitsplatte der Küche.

»Willst du denn nicht?«

»Nein«, sagte er und lächelte. »Alles, was du kannst ...«

Sie erwiderte sein Lächeln. Sie lächelte und dachte an all die Dinge, die sie sagen wollte, die zu sagen sie kaum abwarten konnte, es dann aber doch nicht tat, weil sie damit möglicherweise die Stimmung verdarb, nur für den Fall, dass dieser Abend der Beginn von etwas Besserem, etwas Leichterem war, von einer Zeit, in der sie, statt darauf zu warten und sich danach zu sehnen, dass Henry den ersten Schritt tat, selbst die Initiative ergriff und selber den ersten Schritt wagte. Hin und wieder beobachtete sie ihn, aufmerksam, aber nicht zu lange, um zu sehen, ob sie in seiner Miene, seinem Ausdruck etwas entdecken konnte, das aufrichtige Hoffnung für sie bedeutete, aufrichtige Zuversicht, um zu sehen, ob sie einen Hinweis darauf fand, dass er zu einem Entschluss gekommen war, dass er sich entschieden hatte. Es ist so schwer, dachte sie, während sie ein Stück Pilz aufspießte, die Grenze zwischen Fürsorge und Nörgelei nicht zu überschreiten, das eigene bohrende Bedürfnis, endlich zu wissen, wo man stand, mit dem absoluten Gebot, das Bedürfnis des anderen, nicht belästigt zu werden, in Einklang zu bringen. All diese Rücksichtnahme auf die Privatsphäre anderer Menschen, all dieser Respekt vor der Launenhaftigkeit und Trägheit anderer Menschen, all diese Verpflichtungen, niemals einzudringen, zu überschreiten oder sich etwas anzumaßen – was bringt es all jenen, die sich tatsächlich an die Regeln halten, die tatsächlich das Recht anderer Menschen anerkennen? Es lässt uns höchstens atemlos und verwirrt an der Seite stehen, unfähig, eins unserer eigenen Rechte dagegen zu setzen.

Henry hatte beim Essen munteren Smalltalk gemacht. Es fiel Tilly schwer, sich zu konzentrieren, weil sie sich die ganze Zeit fragte, was, wenn überhaupt, wohl als Nächstes geschehen werde. Was dann geschah, folgte einem Schema, in das sie sich mit Hingabe hineinstürzen konnte, wie in jenen glücklichen, vergangenen Tagen, als sie in Henry noch nicht ständig nach mehr suchte, als er tatsächlich zu sein schien – er spülte das Geschirr, während sie duschte, gesellte sich anschließend unter der Dusche zu ihr und trug sie, manchmal sogar noch immer tropfnass, ins Schlafzimmer, in das Bett, das sie vor nunmehr sechs Jahren gemeinsam bei einem Januar-Ausverkauf bei Heal's gekauft hatten in dem festen Glauben, ein solches Schnäppchen könne nur ein gutes Omen für die Zukunft sein. Für ihre Zukunft.

Jetzt streckte Tilly eine Hand aus und legte sie flach auf Henrys Rücken.

»Hi«, sagte er mit gedämpfter Stimme.

»Ich muss dir was sagen.«

Vorsichtig fragte er: »Ist das eine neue Version von ›Wir müssen miteinander reden‹?«

»Nein«, antwortete Tilly. »Es geht nicht um eine Diskussion. Es geht um etwas, das ich dir sagen muss.«

Henry lag da und sah sie an. Sie drehte sich auf den Rücken und sah an die Decke, wo sie seine Augen, seinen Mund und sein dichtes Haar nicht sehen konnte.

»Ja?«

Tilly atmete tief durch.

»Ich gehe fort«, sagte sie dann.

Er stemmte sich auf einen Ellbogen hoch.

»Wie bitte?«

»Ich gehe fort. Ich suche mir einen anderen Job, vielleicht außerhalb von London. Ich suche mir eine neue Wohnung. Vielleicht gehe ich sogar ins Ausland.«

Er stöhnte auf.

»Ich habe dir das alles schon früher gesagt«, behauptete Tilly und ballte unter der Decke die Hände zu Fäusten. »Und jetzt sage ich's dir zum letzten Mal. Ich kann so nicht weiterleben, ich kann mich nicht ewig nur noch fragen, was aus uns werden soll, was du wirklich für mich empfindest. Ich kann nicht immer weiter nur hoffen, dass sich etwas verändert, dass irgendwie ein Anstoß kommt. Ich kann nicht immer weiter das Gefühl haben, dass ich irgendwie Schuld daran habe.«

»Du hast keine Schuld«, widersprach Henry. Seine Stimme war so leise, dass sie ihn kaum verstehen konnte. »Niemand hat Schuld. Es ist nur schwer ... die Dinge zu akzeptieren, wie sie sind, und nicht, wie sie vielleicht sein könnten.«

Sie konnte ihn nicht ansehen.

»Ich möchte nicht darüber sprechen.«

»Ich auch nicht.«

Sie zögerte. Sie holte tief Luft. Dies war nicht der richtige Augenblick zum Weinen.

»Und weil ich's nicht mehr aushalten kann, obwohl du das vielleicht kannst, werde ich fortgehen. Sobald ich gewisse Dinge geregelt habe.«

»Das ist nicht nötig«, sagte Henry ruhig.

Sie wandte den Kopf, um ihn anzusehen. Eine winzige Hoffnung flackerte in ihr auf wie eine Streichholzflamme.

»Das ist nicht nötig?«

»Nein.«

»Aber ...«

»Du kannst hier bleiben«, sagte Henry. »Du kannst in dieser Wohnung bleiben und deinen Job behalten. Du liebst doch beides. Ich bin derjenige, der weggehen wird.«

Sie starrte ihn an. Ihr Atem ging in kurzen Stößen.

»Ich gehe nach Amerika«, sagte Henry. »Und zwar schon bald.«

»Du wirst es nicht mögen«, sagte Tilly.

Henry rührte in seinem Kaffee.

»Wirklich?«

»Ja«, sagte sie mit dem Rücken zu ihm. Sie schnitt energisch etwas in Scheiben.

»Was werde ich nicht mögen?«

»Das Essen«, sagte Tilly. Ihr Rücken sprach von heftigen Gefühlen. Henry erinnerte sich, irgendwo etwas gelesen zu haben, das Henry Moore einmal über den menschlichen Rücken gesagt hatte: dass auf der Vorderseite der Menschen unweigerlich viel vorgeht, dass der Rücken jedoch wahrhaft redegewandt ist.

»Sie braten alles«, sagte Tilly, das Messer schwingend. »Und dann bestreuen sie's mit Zucker.«

»Ach ja?«

»Dieses ganze verlogene *Ante-bellum-Getue* der Südstaatler. Und die Frauen haben meterlange Nägel und benutzen Haarlack. Und dann die Sümpfe und Alligatoren. *Und*«, sagte sie mit erhobener Stimme, »sie sind Rassisten. Sie stimmen *alle* für die Republikaner. Ganz gleich, wie grässlich der Kandidat ist.«

Er starrte in seinen Kaffee.

»Wirklich?«, sagte er.

Sie fuhr herum. Das Messer, mit dem sie gearbeitet hatte, fiel klappernd zu Boden.

Mit einer Art Aufkeuchen sagte sie: »Bitte geh nicht, Henry, bitte ...«

Er blickte nicht auf.

»Tut mir Leid«, sagte er.

Herbst

Charleston, South Carolina

8

Der Himmel über dem spätnachmittäglichen Charleston war so blau wie ein Delfinarium. Als die Maschine zum Sinkflug ansetzte, versuchte Henry, eingeklemmt in seinem Mittelgangsitz, diskret über die beiden Passagiere links von ihm hinwegzusehen, um einen Blick auf das Land werfen zu können. Der Passagier unmittelbar neben ihm, ein älterer Schwarzer, der während der letzten Etappe von New York ständig in einer kleinen, in Kunstleder gebundenen Bibel gelesen hatte, trug eine Baseballkappe der Atlanta Braves und ein weißes T-Shirt. Quer über der Brust des T-Shirts stand, in Großbuchstaben gedruckt: HERR, MICH DÜRSTET NACH DIR.

Der Mann musterte Henry. Dann sah er zum Fenster hinaus und fragte mit tiefer, gemächlicher Stimme: »Ihr erster Besuch?«

»In Charleston? Ja ...«

»Der Heiligen Stadt.«

Henry sah ihn leicht verlegen an.

»Ach ...«

»Der Name bezieht sich auf die traditionelle Religionsfreiheit«, erklärte der Mann feierlich.

Henry lächelte.

»Ich bin Baptist«, sagte er Mann. Dann machte er eine Pause. *»Südstaaten-Baptist.«* Fragend sah er Henry an.

»Ich bin Brite«, sagte Henry hilflos, als könne das alles erklären.

Der Mann legte seine kühle Hand ganz kurz auf Henrys Arm.

»In Charleston«, sagte er, »finden Sie in den Gelben Seiten fast zehn Seiten Kirchen verzeichnet. Ich bitte Sie, Ihr Herz zu erforschen.«

Henry senkte den Blick.

»Ich werd's versuchen«, sagte er.

Gillon hatte versprochen, in der Ankunftshalle auf ihn zu warten. Sie könne sich, sagte sie, ein bis zwei Stunden in der Kunstgalerie, in der sie einen Job gefunden hatte, freinehmen, sich den Wagen ihrer Mutter ausleihen und zum Flughafen kommen, um Henry zum Haus ihrer Eltern zu fahren. Ihre Eltern, versicherte sie ihm, würden ihn mit Freuden einige Tage bei sich aufnehmen, bis er sich zurechtgefunden habe. Danach gebe es jede Menge Bed-and-Breakfast-Pensionen, unter denen er wählen könne; es werde bestimmt nicht schwierig sein, eine geeignete Unterkunft zu finden. Ihre E-Mails hatten einladend geklungen, aber nur auf eine sehr höfliche Art, als bereue sie im Grunde, dass sie ihn so impulsiv nach Charleston eingeladen hatte. Jedenfalls klang es für Henry so.

Sie hätte schließlich wohl auch kaum anders können, als es bereuen. Denn obwohl Tilly versichert hatte, ihr sei klar, dass Gillon mit dieser Einladung nicht beabsichtigte, sich einzumischen oder sie zu entzweien, hatte es doch Probleme gegeben. Die Tatsache, dass Tilly unglücklich war, dass Henry sich unbehaglich fühlte, dass sie selbst dazu beigetragen hatte, beide zu verärgern, hatte Gillon veranlasst, die Wohnung früher zu verlassen als beabsichtigt. Deswegen hatte sie die letzten drei Wochen in London im so genannten Gästezimmer der Hopkirks verbracht, wo sie auf einem Futon schlief, der zwischen Stapeln vorübergehend nicht benötigter Möbel und dicken Säcken ausgemusterter Baby- und Kleinkind-Sachen eingezwängt lag. Außerdem enthielt das Zimmer einen dünnwandigen Schrank und den Wassertank des Hauses, der jedes Mal, wenn jemand einen Wasserhahn öffnete oder einen Stöpsel rauszog, Darmgeräusche von sich gab. Gillon lag auf diesem Futon in einem Canyon zwischen einem Sideboard aus Tannenholz und einem Satz viktorianischer Esszimmerstühle und zählte die Tage bis zu ihrer Erlösung aus einem weiteren schmerzhaften Kuddelmuddel, das sie, wie ihr schien, selber verursacht hatte.

Sie war nicht in der Ankunftshalle. Henry holte seine Reisetasche vom Gepäckband und betrachtete die wartenden Leute. Keine junge Frau, so weit er sehen konnte, und mit Sicherheit keine zierliche junge Frau mit wilden Haaren, die nach ihm Ausschau hielt. Henry hielt inne. Sie kannte die Ankunftszeit der Maschine, hatte vor zwei Tagen sogar bestätigt, dass sie sie kannte. Tilly hatte die Nachricht gesehen.

»Sag ihr liebe Grüße von mir«, bat Tilly.

»Mach ich.«

»Ich meine es ernst. Ich weiß, dass sie nicht schuld an dieser Situation ist.«

»Ja.«

Er hatte sagen wollen, dass es keinen Sinn habe, immer jemanden finden zu wollen, der Schuld hatte oder nicht Schuld hatte. Hör zu, hatte er sagen wollen, manche Dinge geschehen einfach. Nicht alles ist beabsichtigt. Nicht alles geschieht bewusst. So einfach ist das nicht. Aber alles, was er dann wirklich sagte, war: »Ja«, und dann küsste er sie traurig und ungeschickt dicht neben den Mund, bevor er ebenfalls weinte, und sie glaubte, er weine aus demselben Grund wie sie.

Er begann seine Tasche zum Ausgang und der Reihe der wartenden Taxis zu schleppen. Gillon hatte vielleicht nicht fortgekonnt. Vielleicht hatte ihre Mutter – eine Person, von der sich Henry überhaupt keine Vorstellung machen konnte – ihren Wagen selber gebraucht. Vielleicht gab es in der Galerie niemanden außer Gillon. Vielleicht war sie ja auch schon unterwegs und steckte im Stau. Vielleicht ...

»Entschuldigen Sie«, sagte jemand.

Henry wandte sich um.

Ein überhaus hübsches, hochschwangeres Mädchen ging neben ihm her.

Lächelnd fragte sie ihn: »Sind Sie Henry?«

Er blieb stehen.

»Ja ...«

»Ich bin Ashley«, sagte das Mädchen. Ihre Augen, Zähne und Haare schimmerten mit einem unübersehbaren Glanz. »Ich bin Gillons Schwester.« Sie streckte die Hand aus. »Sie wurde leider aufgehalten. Stattdessen bin ich hier.«

Henry ergriff ihre Hand.

»Das ist sehr liebenswürdig von Ihnen ...«

Sie schüttelte den Kopf. »Ich musste ohnehin herkommen. Ich musste Eintrittskarten für die Dinner Series im Park Circle abholen. Ich freue mich, Sie kennen zu lernen.«

»Ich habe ein wenig das Gefühl, mich aufgedrängt zu haben«, erklärte Henry. Ihr Gesicht und ihre Füße wirkten merkwürdig winzig über und unter der Wölbung ihres Bauches. »Ich weiß nicht, ich glaube, ich sollte gar nicht hier sein ...«

Ashley lächelte abermals.

»Meine Eltern freuen sich auf Ihren Besuch.«

Henry neigte ein wenig den Kopf.

»Sie waren sehr freundlich zu Gillon.«

»Ach, nicht eigentlich ...«

»Es ist nicht leicht, zu Gillon freundlich zu sein«, fuhr Ashley fort. »Ich muss es wissen. Ich bin ihre Schwester.«

»Geschwisterrivalität«, sagte Henry, ebenfalls lächelnd, »soll sehr prägend sein.«

Ashley lachte. Sie deutete auf die Glastüren des Eingangs zum Flughafengebäude.

»Mein Wagen steht gleich da draußen.«

Henry nahm den Griff seines Koffers. Plötzlich hatte er den unerklärlichen Wunsch, dieses bezaubernde Mädchen in seinem so hilflosen Zustand zu nehmen und ebenfalls zu tragen. Er spürte, wie er ein wenig errötete.

»Vielen Dank«, sagte er.

»Mama wird zu Hause sein«, sagte Ashley. »Sie wollte zeitig nach Hause kommen. Um Sie in Charleston willkommen zu heißen.«

Martha stand in Gillons Zimmer und sah sich um. Es war ein kleinerer Raum als der zum Gästezimmer bestimmte, aber Gillon hatte darauf hingewiesen, dass ihr englischer Fotografenfreund nicht als formeller Gast behandelt werden wollte, und außerdem blickte das Fenster von Gillons Zimmer auf den Garten mit seinen gestutzten Hecken und riesigen Magnolien sowie, gleich unten, den Teeolivenbaum hinaus, dessen winzige weiße Blüten einen für etwas so Kleines bemerkenswert starken Duft verströmten. Gillon hatte gemeint, Henry werde der Garten gefallen. Er liebe die Natur, erklärte sie. Dabei sprach sie, wie Martha fand, auf jene beiläufige Art, mit der man über einen Menschen spricht, über den man sich nicht offen zu äußern traut. Er sei, betonte Gillon nachdrücklich, nicht Gillons Freund in England gewesen, sondern nur der Freund von Gillons Freundin, und als er gesagt hatte, er würde gern nach Charleston kommen, erklärte Gillon, sei sie bestürzt gewesen, weil sie das nicht so beabsichtigt habe. Es wäre möglich, dachte Martha, dass Gillon zum Teil *wegen* dieses Freundes von Gillons Freundin nach

Charleston hatte zurückkommen wollen. Und dass es nicht von ihr geplant war, dass er ihr hierher folgte.

»Warum ist Gillon zu Hause?«, hatte Boone Martha gefragt. Es war später in der Nacht gewesen, und Martha hatte immer noch an ihrem Computer vor dem offenen, mit Fliegendraht geschützten Fenster gesessen, gegen das immer wieder Palmetto-Käfer prallten, als werfe jemand eine Hand voll Nüsse dagegen.

»Wegen des Babys.«

»Aber sie hat doch gesagt, dass sie wegen des Babys nicht nach Hause kommen würde. Die Reise nach England unternehme sie, damit sie nicht mit dem Baby hier ...«

»Ich glaube«, hatte Martha, deren Blick nicht von ihrem Bildschirm wich, gesagt, »ich glaube, sie fand, dass es notwendig sei.«

»Notwendig?«

»Für sie selbst«, hatte Martha erklärt. »Um nicht ... in etwas verwickelt zu werden, womit sie nicht fertig wurde. Und auch, um nicht fortzulaufen.«

»Dann kommt sie zurück und will nicht mal hier wohnen?«

»Ja.«

»Wieder mal so 'n kleines Loch in der Society Street?«

»Ja.«

»Martha«, hatte Boone gesagt, »ich kann Gillon einfach nicht verstehen.«

Sie betrachtete Gillons Bett. Sie hatte alle Kopfkissen bis auf die notwendigen entfernt und den cremefarbenen Wollüberwurf durch eine Navajo-Decke ersetzt, aber es sah noch immer aus wie ein Bett für ein Mädchen statt für einen Mann. Als Gillon zum ersten Mal auszog – es rührte Martha, wenn sie daran dachte, wie fest Gillon daran geglaubt hatte, es sei das erste und letzte Mal, der große

Schritt in die Unabhängigkeit der Erwachsenen –, hatte sie weder all ihre Kinderbücher mitnehmen können noch ihre Muschel-, Indianerperlen-, chinesische Frosch- und Lockvogelsammlung. All diese Dinge waren jetzt, zehn Jahre später, noch genauso da wie die Kleider in ihrem Schrank, die Fransenjeans, ein Abschlussballkleid, die Skihosen und ein Disneyland-T-Shirt. Vom Standpunkt einer Hausfrau aus störte Martha sich nicht daran, dass die Habseligkeiten ihrer erwachsenen Tochter noch immer die Regale und Schränke ihres Jungmädchenzimmers füllten, aber sie machte sich Sorgen darüber, dass diese Habseligkeiten auf einer uneingestandenen Ebene von Gillons Bewusstsein noch immer ein widerwilliges Bindeglied zu ihrer Vergangenheit bildeten, ein Symbol dafür, dass sie es bisher noch nicht geschafft hatte, irgendetwas zu finden, das sie weit genug ausfüllte, um sie zu ersetzen.

»Du solltest einfach alles einpacken und im Keller verstauen«, hatte Sarah zu Martha gesagt. Ashley und Cooper hatten ihre Sachen schließlich auch in ihr Erwachsenenleben mitgenommen. »Du solltest das nicht dulden.«

Martha betrachtete das T-Shirt. Gillon hatte fast alles an Disneyland gehasst, den Lärm, die Menschenmenge, die übertriebene Größe von allem ringsum. Als Mickey Mouse auf Boones Veranlassung stehen blieb, um sie anzusprechen, war sie vor Entsetzen fast ohnmächtig geworden. »Aber der soll doch eine *Maus* sein«, sagte sie verzweifelt zu Martha.

»Ich habe nicht das Gefühl«, hatte Martha ein wenig hilflos geantwortet, »dass diese Sachen mich stören. Und ich finde, dass es auch nicht meine Sache ist, sie einzupacken.«

Jetzt öffnete sie die Tür des begehbaren Schranks und schob Gillons Kleider beiseite, um Platz zu machen für das, was dieser junge Mann eventuell aufhängen wollte.

»Er ist ziemlich englisch«, hatte Gillon gesagt.

»Und was soll das heißen?«

»Na ja, du wirst ihn nicht immer verstehen können. Nicht so wie Cooper.«

Von unten kamen Geräusche. Martha verließ Gillons Zimmer und spähte in das weiße Treppenhaus hinab. Sie sah Ashleys blaues Kleid aufblitzen und hörte eine Männerstimme, eine Stimme, die, selbst aus zwei Etagen Höhe, ein ganz anderes Timbre hatte als die von Boone oder von Cooper. Sie beugte sich übers Geländer.

»Hey, ihr da!«

»Hey, Mama«, rief Ashley zurück. »Wir sind zu Hause!«

Die Hand fest auf dem Handlauf des Geländers, stieg Martha die Treppe hinunter. Am Fuß der Treppe stand ein großer junger Mann und blickte ihr entgegen. In Gedanken hörte Martha Sarahs Stimme. »Also«, würde Sarah sagen, »er sieht absolut perfekt aus, Liebes.«

Martha streckte die Hand aus.

»Herzlich willkommen«, sagte sie.

Gillon stand, Schuhe in der Hand, auf der Veranda. Sie war durch die Haustür hereingekommen, hatte die Schuhe ausgezogen und schlich nun lautlos auf der Veranda am Arbeitszimmer ihres Vaters und am Wohnzimmer vorbei bis vor die geschlossene Gittertür, die in die Küche führte. In sämtlichen Räumen brannte Licht, aus Lampen, die weiche Lichtrechtecke auf die schwarzweißen Fliesen des Verandabodens warfen. Die Fliesen waren kühl unter Gillons Füßen, wie sie es während all der langen, heißen Sommermonate von Gillons Kinderzeit unweigerlich immer gewesen waren. Nackte Füße und Marmorboden, hatte Grandmama immer gesagt, das ist eine echte Charleston-Kindheit. Gillon stand dreißig

Zentimeter von der Küchengittertür entfernt und spähte hinein. Vier Personen saßen am Küchentisch, ihre Mutter, ihr Vater, ihre Schwester und Henry. Henry saß mit dem Rücken zu ihr. Er trug ein verschossenes grünes Baumwollhemd – ein Hemd, das sie kannte, ein Hemd, das sie Tilly hatte bügeln sehen –, und es war so sonderbar, ihn hier zu sehen, mit ihrer Familie Hackbraten und Salat essen zu sehen, dass ihr erster Impuls war, auf Zehenspitzen über die Veranda zurückzuschleichen und lautlos wieder auf die Straße zu gehen. Ihr Vater sprach, gestikulierte mit der Hand, die nicht seine Gabel hielt, während Henry zuhörte und nickte. Gillon fiel ein, dass sie Henry niemals in Gesellschaft eines älteren Mannes gesehen hatte, eines Mannes aus der Generation seines Vaters. Er wirkte – jedenfalls von hinten – nicht direkt unterwürfig, aber eindeutig respektvoll. Auf den ersten Blick, ohne seine Londoner Umgebung, ohne den Status eines Vermieters für Gillon, wirkte Henry seltsamerweise sowohl umgänglicher als auch beunruhigender. Und er wirkte sehr, sehr ausländisch.

Sie öffnete die Gittertür.

»Hey, alle zusammen!«

Sie wandten sich um. Boone erhob sich, gefolgt von Henry.

»Wir hatten dich um halb sieben erwartet«, sagte Boone.

»Es tut mir Leid, ich wurde aufgehalten ...«

»Macht nichts«, sagte Martha. Sie stand auf und legte Gillon die Hand auf die Schulter. »Jetzt bist du ja hier.«

»Ashley fährt für dich zum Flughafen«, sagte Boone. »Ashley hilft Mama beim Abendessen ...«

»Still!«, sagte Martha.

»Hab ich doch gern gemacht«, behauptete Ashley.

Aus ihrem hübschen, bauschigen blauen Baumwollkleid hervor blickte sie lächelnd zu Henry auf. »Ich bin gern zum Flughafen gefahren.«

»Entschuldige«, sagte Gillon zu Henry.

Er beugte sich ungeschickt herunter, um sie zu küssen. Im letzten Moment drehte sie ein wenig den Kopf, so dass der Kuss nur ihre Wange streifte.

»Kein Grund, dich zu entschuldigen«, sagte Henry. »Ich hätte auch leicht ein Taxi nehmen können.«

»Das hätten wir nicht zulassen können«, sagte Martha.

»Es war niemand da, der mich vertreten konnte«, erklärte Gillon. »Und ich hatte vergessen, mein Handy aufzuladen, deswegen konnte ich niemanden anrufen.«

Boone stieß einen leisen verärgerten Laut aus und legte Henry die Hand auf die Schulter.

»Inzwischen ist dieser junge Mann ...«

»Es macht mir wirklich nichts aus«, fiel Henry ihm hastig ins Wort. »Außerdem ...«, er wandte sich um und lächelte über den Tisch hinweg, »hatte ich ja Ashley.«

»Allerdings«, sagte Gillon müde.

Sie schlüpfte an Henry und ihrem Vater vorbei und nahm neben ihrer Mutter Platz.

»Ich habe heute zwei Bilder verkauft.«

»Du willst«, sagte Boone betont, »deinen Gast nicht einmal fragen, ob er eine gute Reise hatte?« Er tätschelte Henrys Schulter, bevor er seine Hand wegnahm. »Nehmen Sie nur keine Rücksicht auf sie. Erzählen Sie ihr alle langweiligen Details.«

Henry lächelte Gillon zu. Sie starrte auf den Teller mit Hackbraten hinab, den Martha ihr vorgesetzt hatte.

»Die Reise war gut«, sagte Henry. »Langweilig und sehr uninteressant. Keine Verrückten und keine Babys. Was für Bilder hast du verkauft?«

»Zwei Landschaften.«

»Was für Landschaften?«

»Europäische Landschaften. Italienisch. Der Maler hat den ganzen Frühling und Sommer in Umbrien verbracht.«

»Klingt ziemlich sonderbar«, sagte Henry im selben, extrem höflichen Ton, den er angeschlagen hatte, seit Gillon hereingekommen war, und den sie zuvor fast noch niemals an ihm gehört hatte, »in einem Land zu leben, das vor Landschaften geradezu überquillt, und dann ausgerechnet nach Umbrien zu gehen.«

»Gut gesagt«, lobte Boone.

»Ich vermute, das Licht ist da anders«, sagte Gillon.

Martha und Ashley tauschten Blicke.

»Morgen ist ein großer Tag für die Kinder von Charleston«, sagte Martha. »Morgen ist Halloween.«

»Sie haben sicher überall die Kürbisse auf den Veranden gesehen ...«

Henry lächelte ein wenig verlegen.

»Ja ...«

Gillon sah zu ihm auf. Dann senkte sie den Blick wieder auf ihren Teller. Martha erhob sich. Sie streckte die Hand nach Boones leerem Teller aus.

»Ich werde Ashley nach Hause fahren«, sagte sie. »Nachtisch und Kaffee können wir später einnehmen.« Sie sah auf Gillon hinab. »Es ist so warm, Liebes. Geh doch mit Henry zur Battery runter und zeig ihm den schönen Blick auf den Hafen, ja?«

»Es ist dunkel, Mama«, wandte Gillon ein.

»Aber immer noch wunderschön ...«

Boone wollte etwas sagen und öffnete den Mund.

»Ja, gern«, sagte Henry hastig. »Das würde mir wirklich Spaß machen. Wenn du nichts dagegen hast.«

Gillon schob ihren Stuhl zurück.

»Natürlich nicht ...«

Henry erhob sich. Er sah zu Ashley auf der anderen Tischseite hinüber.

»Vielen Dank noch mal.«

»War mir ein Vergnügen.«

»Werde ich dich morgen wiedersehen?«

»Ach«, antwortete Ashley und schüttelte ihr Haar zurück. »Du wirst mich höchstwahrscheinlich tagtäglich sehen.«

Henry lächelte. Gillon ging zur Tür auf die Veranda.

»In einer halben Stunde sind wir zurück, Mama«, sagte sie.

Die Luft war warm und seidig. Das weiche Lampenlicht entlang den hübschen Straßen hob elegante Häuser mit hohen Fenstern aus dem Dunkel, baumbetupfte Bürgersteige und schattige Gärten hinter Toren aus verschlungenem Schmiedeeisen.

»Es ist wunderschön«, sagte Henry höflich. »Ich hatte ja keine Ahnung, wie schön es hier ist.«

»Charleston ist das drittbeliebteste Touristenziel in den Vereinigten Staaten«, erklärte Gillon. Sie trug die braune Drillichjacke, die Henry aus London kannte, und hatte die Hände in die Taschen gerammt. Wenn sie unter den Straßenlampen vorbeikamen, konnte er unter dem Baumwollstoff die Knöchel ihrer geballten Fäuste sehen.

»Das überrascht mich nicht.«

»Nein.«

»Ich freue mich wirklich darauf, das alles bei Tageslicht zu sehen.«

»Ja, sicher.«

Sie kamen ans Ende der Straße und auf einen weiten, dunklen Platz hinaus, der sich, von vereinzelten Lampen beleuchtet, vor ihnen auftat.

»White Point Gardens.«

»Ja«, sagte Henry.

Gillon zeigte in die Dunkelheit.

»Da hinten ist die East Battery. In Richtung Hafen und Fort Sumpter. Meine Großmutter ist da geboren, direkt auf der Battery.«

»Gillon«, fragte Henry, »bist du mir böse?«

»Nein.«

»Na ja, ich habe das Gefühl ...«

»Ich bin böse auf mich selbst«, sagte Gillon. »Ich hätte nicht nach Hause zurückkehren sollen, und ich hätte dich nicht einladen sollen, und ich hätte Tilly nicht verärgern sollen.«

»Das war nicht deinetwegen«, sagte Henry.

»Nicht meinetwegen? Natürlich war es meinetwegen.«

»Nein«, sagte Henry. »Der ganze Ärger begann, bevor Tilly dich kennen lernte und bevor du bei uns eingezogen warst.«

»Dann habe ich alles schlimmer gemacht.«

»Nein«, sagte Henry. »Wenn jemand das getan hat, dann war ich das.«

Gillon schwieg. Sie schlug ein schnelleres Tempo an, ging ein wenig vor ihm her. Er folgte ihr auf den Kieswegen unter den hohen, dunklen Bäumen und hinaus auf den breiten Bürgersteig neben einer niedrigen Hafenmauer. Das dunkle Wasser dahinter glitzerte und wogte.

»Gillon ...«

»Da hinauf«, sagte sie.

Flink lief sie die Treppe zur Krone der Hafenmauer hinauf. Unter ihnen, auf der Landseite, raschelten dunkle Büsche. Oleander?, fragte sich Henry.

»Siehst du? Da! Fort Sumpter. Da draußen. Da hat der Bürgerkrieg begonnen.«

»Gillon«, sagte Henry, »hör zu, ich möchte nicht über

Tilly und mich sprechen, aber ich muss dir sagen, dass du absolut und in keiner Weise für irgendetwas die Schuld trägst, das geschehen ist oder auch nicht.«

»Okay«, sagte Gillon. Sie zeigte auf den Hafen hinaus. »Das alles wurde über zwei Jahre lang bombardiert. Aber wir haben nie kapituliert. Selbst als wir Fort Sumpter aufgeben mussten, haben wir nicht kapituliert.«

»Wir?«

»Die Konföderierten«, sagte Gillon.

Henry rückte näher an sie heran. Die Zeitverschiebung von England hierher, der milde Abend, der Zauber und die Fremdheit seiner unmittelbaren Umgebung bewirkten, das er ein wenig leichtsinnig wurde.

»Ich kann jederzeit sofort zurückfliegen, weißt du ...«

Gillon sah ihn nicht an.

»Tu das nicht.«

»Mir scheint«, sagte Henry, »ich muss im Moment ständig die Mädchen bitten, mir ihr Verhalten zu erklären.«

»Im Dunkeln ist es manchmal leichter, nicht wahr ...«

»Was?«

»Das Erklären.«

Henry wartete. Zwei Jogger trabten auf der Hafenmauer entlang stetig an ihnen vorbei und die Treppe zum Fußweg hinab.

»Heute Abend hast du einen Vorgeschmack bekommen«, sagte Gillon.

»Habe ich ...?«

»Du hast meine Familie kennen gelernt. Du hast die gute Tochter und die böse Tochter getroffen.«

»Ich hatte den Eindruck, dass deine Eltern überaus liebenswürdig sind ...«

»Das sind sie«, sagte Gillon. »Es sind wundervolle, liebenswerte Menschen.«

Henry steckte beide Hände in die Taschen. Langsam, ganz vorsichtig fragte er: »Und ...?« Dann hielt er inne.

»Du hättest nicht kommen sollen«, sagte Gillon.

»Aber du hast mich doch eingeladen!«

»Das hätte ich nicht tun sollen«, gab Gillon zurück. »Ich hätte dich und Tilly einfach in Ruhe lassen und ganz allein nach Hause zurückreisen sollen.«

»Ich wollte aber kommen«, sagte Henry ruhig.

»Ich wollte, dass du siehst ...« Sie brach ab.

»Was sollte ich sehen?«

»Ich wollte, dass du siehst, wie es ist. Ich wollte, dass du siehst, woher ich komme, wohin ich gehöre und wohin ich nicht gehöre.« Sie hielt inne; dann fuhr sie energisch fort: »Ich *will* nicht die gute Tochter des Patriarchats sein.«

»Gillon«, sagte Henry, »in London hast du nie so geredet.«

»Nein.«

»In London habe ich angenommen – wieder mal zweifellos mein Fehler –, dass du eine kühle, harte, zielbewusste Amerikanerin bist.«

»Falsch.«

»Mag sein ...«

»Wenn ich ein Yankee wäre, wäre ich möglicherweise all das. Aber das bin ich nicht. Ich komme aus dem Süden. Die Vergangenheit ist vielleicht ein anderes Land, aber das ist der Süden auch. Und der Süden ist auch die Vergangenheit. Warte nur, bis du meine Großmutter kennen lernst.«

»Warum«, fragte Henry, »hast du mir davon nichts in London gesagt?«

Gillon zuckte die Achseln. Die weiche Salzluft ließ ihre Haare wie ein Lichtkranz aussehen.

»Ich glaube, ich hatte mir eine Art Urlaub von all dem genommen.«

»Aber jetzt bist du zurückgekehrt ...«

»Letzten Endes fängt es dich wieder ein. Es fängt dich immer wieder ein. Ich bin anscheinend nur zurückgekehrt, um zu sehen, ob ich es überwunden habe.«

»Und?«

Sie wandte sich ihm zu. »Ach, hör auf! Sehe ich aus, als hätte ich's überwunden? Was ist mit heute Abend? Was ist mit dem Familiendinner heute Abend und meinem Vater?«

»Ich glaube, viele Väter hören nie auf, ihre erwachsenen Kinder zu behandeln, als seien sie noch Kinder.«

»Hier ist es anders«, sagte Gillon. »Hier sind es Männer und Frauen sowie auch Eltern und Kinder. Und es ist Gott.«

»Gott ...«, sagte Henry und dachte an den Mann mit der Bibel im Flieger.

»Lass uns bitte von Gott gar nicht erst *anfangen*!«

»Dann ist er hier unten am Leben und es geht ihm gut ...«

»Aber sicher.«

Henry sah aufs Meer hinaus. Ein riesiger Tanker, romantisch mit Lichtern bestückt, kam durch die Hafeneinfahrt herein.

»Macht meine Anwesenheit hier die Lage für dich schlimmer?«

»Das weiß ich noch nicht. Es war nur so, dass ich heute Abend, mit Mama, Daddy und Ashley, das Gefühl hatte, als hätte sich mal wieder alles gegen mich verschworen ...«

»Und dass ich nicht merken würde, was los ist?«

»Vielleicht ...«

»Ich habe es nicht gemerkt«, gestand Henry.

Gillon drehte dem Meer den Rücken zu.

»Wir sollten nach Hause gehen.«

»Ja.«

»Du wirst hineingezogen«, sagte Gillon. Ihr Ton war ganz ruhig. »Und du kannst nichts dagegen tun.«

Sie blieb stehen und warf ihm einen schnellen Blick zu.

»Versuch nur manchmal an mich zu denken«, sagte sie und lief vor ihm die Treppe hinab zur ebenen Erde.

9

Die Galerie, in der Gillon vorübergehend Arbeit gefunden hatte, befand sich in einer guten Lage an der Broad Street. Sie bestand aus einem lang gestreckten weißen Raum auf Straßenniveau, mit vielen Fenstern und einem kreisrunden Tisch in der Mitte, auf dem der Besitzer Themensammlungen von Tischskulpturen ausstellte. Das Thema dieses Spätherbstes war die Göttliche Weiblichkeit. Auf der hellen, gewachsten Tischplatte stand eine Sammlung gedrungener Stein-, Holz- und Tonfiguren aus Grönland, Afrika und Ostisland. Der Eigentümer der Galerie hatte dazu eine Reihe von Prospekten drucken lassen, in denen die uralte Verbundenheit von Fruchtbarkeit und Spiritualität erklärt wurde. Gillon beobachtete, wie die wohlhabenden Bürger von Charleston vorsichtig um den Mitteltisch herumschlichen und ehrfürchtig die Skulpturen musterten, während es ihnen gleichwohl nicht gelang, sie sich im Wohnzimmer auf einem Beistelltischchen vorzustellen, wo ihre Söhne und Ehemänner auf dem Sofa daneben im Fernsehen Golf aus Pebble Beach verfolgten.

»Wundervoll«, sagten sie zuweilen zu Gillon oder auch zueinander.

Dann lächelte Gillon. Ihr selbst gefielen die Skulpturen gut; sie mochte ihre natürliche Erdhaftigkeit. Aber zugleich amüsierte sie sich bei dem Gedanken an das, was ihre Großmutter wohl sagen würde, wenn sie mit einer fünfzehn Zentimeter großen hockenden Frau konfrontiert wurde, deren Genitalien unendlich viel größer dargestellt waren als ihr Kopf.

In einem Job, der Geduld und Untätigkeit erforderte, waren die Skulpturen eine kleine Erleichterung für Gillon. Die Tage in der Galerie, wo sie beobachtete, wie die Sonne über den goldenen Holzfußboden wanderte, waren lang, sehr lang. Selbst nachdem sie jedes Gemälde abgestaubt – allmählich entwickelte sie für jedes einzelne Zuneigung, Gleichgültigkeit oder Abscheu, als wären sie eine Reihe von Gesichtern –, die Blumen am Fenster mit frischem Wasser versorgt, den Boden gefegt und eingewachst hatte, dehnte sich der Tag endlos vor ihr, wurden die langen Zeiträume nur vom lautlosen Verweilen der Menschen erleichtert, die sich letztlich doch noch entschieden, das Gemälde eines Olivenhains bei Cortona oder eines vergessenen Winkels von Spoleto nicht zu kaufen. Es gab Zeiten, da sie eine schmerzliche Sehnsucht nach ihrem Tisch vor der Wand in North London empfand. Wenigstens geschah dort die Arbeit sehr intensiv um sie herum, Arbeit, in die Leute vertieft waren, Arbeit, die nicht nur den Arbeitsstunden, sondern auch der Freizeit, die darauf folgte, einen Fokus verlieh. Selbst wenn sie Bücher in die Galerie mitnahm – Ashley hätte ihre Petit-Point-Stickerei mitgenommen und pro Woche einen Kissenbezug produziert –, schien das die Zeit nicht verkürzen zu können. Das Problem ist, dachte Gillon, während sie die Figuren der Göttlichen Weiblichkeit zu geselligen Gruppen arrangierte, dass England mich irgendwie verändert hat. Nur wenige Monate, und ich habe mich an die Offenheit in vielen Dingen gewöhnt, mich daran gewöhnt, dem äußeren Schein eher zu misstrauen, als ihn zu bewundern. Und an noch etwas habe ich mich gewöhnt.

Die Tür der Galerie, die zur Straße führte, wurde geöffnet.

»Liebes«, sagte Sarah Cutworth.

»Grandmama!«

»Deine Mutter sagt, du arbeitest hier ...« Sarah hielt inne und sah sich um. Sie trug einen dunkelblauen Leinen-Zweiteiler mit Perlenkette. »Also«, sagte sie, »das hier ist einfach zauberhaft!«

Gillon kam zu ihr und küsste sie auf die Wange.

»Ich habe gerade den Boden gewachst.«

Sarah betrachtete den Boden.

»Wirklich«

Gillon nickte. »Und jedes Bild gereinigt.« Rücklings lehnte sie sich an den Tisch, um die Skulpturen zu verdecken.

»Das«, sagte Sarah, »nenne ich einen hübschen Arbeitsplatz. Hier lernst du wenigstens Menschen kennen.«

»Meistens Menschen, die nur fast ein Bild kaufen. Und Touristen.«

Sarah machte eine wegwerfende Geste. Sie selbst war selten westlich von Virginia gewesen und niemals nördlicher als New York City, wo sie getreulich im Waldorf Astoria abstieg, weil sie die Junior-League-Etage so gern mochte.

»Touristen. Die *regieren* ja fast in dieser Stadt.«

Gillon zeigte auf ein Bild.

»Gefällt dir diese Landschaft, Grandmama?«

Sarah sah hinüber.

»Nein, Liebes.«

Sie trat ein paar Schritte seitwärts und betrachtete den Tisch.

»Was ist denn das? Halloween-Gnome?«

»Skulpturen, Grandmama. Figuren von Göttinnen.«

Sarah streckte eine perfekt manikürte kleine Hand aus und griff nach einer Speckstein-Göttin. Musterte sie schweigend. Dann stellte sie sie auf den Tisch zurück.

»Feine Leute«, sagte sie, »brauchen so etwas nicht zu sehen.«

»Das ist Kunst ...«

»Kunst«, sagte Sarah, »hat keinen Freibrief für Obszönität.«

»Für viele Leute ist das keineswegs obszön, Grandmama. Sondern Wahrheit und Schönheit.«

»Keine Widerrede, Gillon«, sagte Sarah. Sie richtete sich auf und sah sich um. »Eine bezaubernde Umgebung.«

»Ja.«

»Angenehmer«, fuhr Sarah fort, »als deine gegenwärtige Unterkunft, wie ich höre.«

»Ach, die ist gar nicht so übel ...«

»Society Street«, sagte Sarah. »Was denkst du dir eigentlich? Das ist doch die reinste Boheme!«

Gillon biss sich auf die Lippe.

»Es ist billig.«

»Und was ist mit deinem Elternhaus? Oder meinem Haus?«

»Ich brauche meine Unabhängigkeit.«

»Du wirst keinen Deut Unabhängigkeit haben, mein Kind, bevor du verheiratet bist.«

Gillon drehte die Göttin herum, bis ihr kräftiger, kleiner Rücken Sarah zugekehrt war.

»Bist du deswegen hergekommen, Grandmama? Wolltest du mich hier besuchen, um mir zu sagen, was du mir schon mindestens hundertmal gesagt hast?«

»Nein«, antwortete Sarah. »Ich wollte dich zum Dinner einladen.«

»Ach ...«

»Ich habe deinen überaus charmanten englischen Freund kennen gelernt.« Sie warf Gillon einen koketten Blick zu. »*Er* wird kommen. *Er* wird sogar sehr gern kommen.«

»Henry ...«

»Ein sehr netter junger Mann«, konstatierte Sarah.

»Grandmama«, sagte Gillon, »Henry ist nicht hier als ... als so eine Art Spielzeug für die Familie. Henry ist hier, um zu *arbeiten*. Henry ist hier, um Fotos vom Low-country zu machen.«

»Deine Mutter und dein Vater sind ganz begeistert von ihm.«

»Er ist ja auch nett ...«

»Miss Minda macht Hühner-Enchiladas. Und einen Schokoladen-Käsekuchen zum Nachtisch. Oder vielleicht auch Äpfel mit Süßkartoffelfüllung. Was meinst du?«

»Egal«, sagte Gillon. »Irgendwas.«

Sarah beugte sich vor und berührte mit ihrer Wange die ihrer Enkelin.

»Zieh dir ein Kleid an, Liebes«, sagte sie. »Oder wenigstens einen Rock. Mir zuliebe.«

Die Spätnachmittagssonne lag über dem stillen Wasser wie eine Kupferplatte. Dahinter, am Rand des Blickfeldes – am Rand der Welt, wie es Henry in seinem gegenwärtigen Zustand leichter Ekstase schien – erstreckten sich weite Kissen von Glaskraut und goldene Flecken einer Pflanze, von der er inzwischen wusste, dass es Zimtfarn war, und dahinter kamen die Bäume, Yaccabaum, Chinese Tallow und Amberbaum. Früher an diesem Tag hatte er in einem Yaccabaum die gebeugte, unverkennbare Silhouette eines Ibisses gesehen. Im Frühling, sagte Boone, beherbergten die Yaccas ganze Ibisfamilien, riesige, unordentliche Zweignester voll magerer weißer Küken mit orangefarbenen Schnäbeln und grauen Augenmasken wie die Teilnehmer am venezianischen Karneval.

»Sie sollten im Frühling kommen«, sagte Boone. »Sie

sollten die Cardinal Spears blühen sehen. Und die Karettschildkröten beim Ausschlüpfen.«

»Ich würde jederzeit kommen«, erklärte Henry begeistert.

Inmitten des Durcheinanders von Kameraausrüstung und Jax-Bierdosen auf den Bodenplanken des Bootes streckte er die langen Beine aus. Blinzelnd sah er zum Himmel auf und grinste. Er hatte den ganzen Tag gegrinst. Er hatte sechs Filmrollen verknipst und befand sich in Hochstimmung, bis obenhin angefüllt mit Luft, Bier, Männerfreundschaft und Staunen. Vor ihm saßen Boone und Cooper auf hohen, festgeschraubten Hockern, Bier in der Hand, an den Steuerkontrollen des Bootes und unterhielten sich gemütlich unterhalb des leisen Geräusches der Bootsmaschine. Die träge Luft war wie Seide. Sie tuckerten an einem Shrimpboot vorbei, das in dem tiefen Kanal festgemacht hatte, eine so harte und romantische Silhouette vor dem rosigen Himmel wie ein Piratenschiff. Cooper bückte sich zu der tragbaren Eisbox neben seinen Füßen.

»Hier, Mann!«, rief er und warf Henry ein weiteres Bier zu.

Sie hatten den ganzen Tag getrunken. Henry konnte sich an keinen Tag erinnern, an dem er so unablässig und mühelos getrunken hatte und zum Schluss – wie ungern er doch dem Ende dieses Tages entgegensah! – noch immer so relativ nüchtern war. Sie waren am frühen Morgen von Boones beneidenswert maskuliner kleiner Holzhütte mit ihrem aufregend freien Blick auf Tidenmarschen und Felsen zu einem Tag von solcher Klarheit aufgebrochen, dass Wirklichkeit und Spiegelung sich wie in einem außergewöhnlichen Kaleidoskop vermischten. Gegen acht hatten sie Strandläufer, Rohrdommeln und einen seltsam flirrenden Flug weißer Ibisse gesehen. Gegen neun hatten sie ihr erstes Bier getrunken, ein Frühstück aus Schmelzkäse mit Crackern eingenommen und waren durch ein Wäldchen von alten, mit geistergleichen, traumhaften Schleiern von Spanischem Moos behängten Lebenseichen gefahren. Gegen Mittag hatte er das Gefühl, dass er, falls eine andere Welt existierte, eigentlich nichts davon wissen wollte.

Zum Lunch hatte Boone quadratische Pizzastücke, in Frischhaltefolie verpackt, mitgebracht. Sie lagen alle drei auf den Bodenplanken des Bootes, die Schultern gegen die Seitenwände gestützt, Bierdosen neben sich, und das Boot wiegte sich sanft in der fast unmerklichen Dünung des Wassers.

»Eins achtzig rauf«, sagte Boone, »eins achtzig runter. Das sind unsere Gezeiten. Das sind die Gezeiten der Marschen.« Er trank einen großen Schluck Bier. »Die bestimmen unser Leben hier. Die und ein paar andere Dinge. Wie dieses kleine Korn aus Madagaskar.«

»Korn?«, fragte Henry verständnislos.

»Reis«, erklärte Boone. »Reis hat die Ökonomie der Plantagen bestimmt. Die Städte entstanden nur, um die Bedürfnisse dieser Ökonomie zu befriedigen. Hier waren früher einmal über einhundertfünfzigtausend Morgen mit Reis bepflanzt.«

»Von den Sklaven ...«

»Natürlich«, sagte Boone. »Sklavenarbeit. Kein Wunder, dass sie alle so reich waren.« Blinzelnd musterte er Henry unter dem Schirm seiner Baseballmütze hervor. »Wollen Sie mir gleich einen Vortrag halten wie Gillon, einen Vortrag über die sozialen Sünden der Vergangenheit?«

»Nein, Sir«, sagte Henry. »Nicht, solange ich Ihr Bier trinke.«

Cooper lachte schallend.

»Hier, Mann«, sagte Boone lässig. Und bot Henry ein weiteres Riesenquadrat Pizza an. Henry schüttelte den Kopf.

»Nein, danke.«

»Sie waren sehr nett zu Gillon«, sagte Boone.

»Im Grunde war es ...«

Boone winkte ab.

»Ja, ja, ich weiß. Es waren die Frauen. Es sind immer die Frauen.«

»Amen«, sagte Cooper.

»Es fällt ihr nicht leicht, sich anzupassen«, sagte Boone. »Nicht unserer Gillon. So war sie schon immer. Anders geboren, anders geblieben. Wir haben sie, wie ihre Mutter vor ihr, in die Ashley Hall geschickt. Das hat nicht funktioniert. Sie haben sie nicht direkt aufgefordert zu gehen, aber auch nur, weil ihre Mutter sie da gerade noch rechtzeitig rausgeholt hat. Dann wurde sie auf die Porter Gaud geschickt. Da ging's nicht viel besser. Als dann das College anstand, wollte sie nach New York wie ihre Mutter, aber davon wollte ich nichts hören. Ich konnte sie doch nicht auf New York City loslassen. Ich konnte sie doch nicht aus dem Süden wegschicken, bevor sie gelernt hatte, vernünftig zu denken. Wir haben so eine Art Handel gemacht. Sie konnte ihr Hauptfach selber wählen. Wir haben die Schule für sie gewählt.«

»Und?«

»UNC Chapel Hill.«

»Wie bitte?«

»University of North Carolina.«

»Hör mal, Daddy«, sagte Cooper auf einmal. »Erinnerst du dich an Patty Riley?«

Boone stieß einen leisen Pfiff aus.

»Tu ich. Also, wenn ich je ein süßes Mädchen gesehen habe ...«

»Der schönste Hintern von drei Staaten«, sagte Cooper. »Erinnerst du dich, dass sie mit diesem Schwarzen von der UNC Chapel Hill zurückkam?«

»Annehmbarer Junge, Jurist ...«

»Jetzt will sie ihn heiraten.«

Boone schüttelte den Kopf.

»Niemals!«

»Sie ist fest entschlossen. Ihre Mama und ihr Daddy – o Mann, hat die jetzt Probleme!«

»Weil er schwarz ist?«, fragte Henry.

»Na klar«, sagte Cooper.

Henry richtete sich ein wenig auf.

»Das glaub ich nicht ...«

Boone beugte sich herüber und tätschelte väterlich Henrys Schulter.

»Hier ist es anders als in Europa. Hier ist es ein verdammt anderes Spiel für euch Jungens.«

»Nein«, sagte Henry, »die Rassenfrage ...«

Boones Hand auf Henrys Schulter wurde schwerer.

»Wollen Sie wirklich dieses Thema anschneiden?«, fragte er. »Vor allem ...«, lächelnd imitierte er Henrys Ton, »... während Sie mein Bier trinken?«

»Okay«, sagte Henry. »Aber ich bin schockiert.«

Boone und Cooper lachten beide.

»Konzentrieren Sie sich auf die Reiher«, sagte Boone. »Konzentrieren Sie sich auf das, wovon Sie was verstehen, und überlassen Sie uns das, wovon wir was verstehen.« Er nahm sich noch ein Bier. »Erzählen Sie uns von Ihrer Familie. Erzählen Sie uns, woher Sie kommen.«

Henry zuckte die Achseln.

»Das ist langweilig.«

»Nichts, was mit Menschen zu tun hat, ist langweilig.«

»Ich habe eine jüngere Schwester, die im Norden als Hebamme arbeitet. Meine Mutter lebt allein im West

Country. Mein Vater lebt mit seiner zweiten Frau und drei Kindern, die ich noch nie gesehen habe, in Australien. Er hat uns verlassen, als meine Schwester noch ein Baby war.«

»Das ist schade.«

»Es ist seltsam«, sagte Henry, »aber man gewöhnt sich daran. Ich verbringe nicht mein ganzes Leben damit, mir zu wünschen, ich hätte einen Vater. Das hab ich getan, als ich noch jünger war, aber jetzt scheint es mir doch akademisch zu sein.«

»Aber man muss doch wissen, woher man kommt«, sagte Cooper.

»Ich weiß nicht, ob ich das muss.«

»Hier bei uns«, sagte Boone, »wissen wir alle, woher wir kommen. Nicht nur, weil wir das wollen, sondern auch, weil wir das für erstrebenswert halten. Hier aufzuwachsen ist anders, als irgendwoanders aufzuwachsen.«

Henry öffnete eine weitere Bierdose.

»Ich sehe den Charme ...«

»Ach, wirklich?«

»Ja«, sagte Henry. Er richtete sich auf und drehte den Kopf so, dass sein Gesicht abgewandt war. Natürlich sah er ihn. Er hätte sich zwingen können, gleichgültig zu sein – oder wenigstens zu behaupten, dass er gleichgültig sei –, aber natürlich spürte er den Mangel, die Unsicherheit, den Neid von Menschen, die aus einer Umgebung ausbrechen können, die sie kennen, selbst wenn sie sie hassen, weil sie wenigstens wissen, was sie hassen.

Boone und Cooper warteten gelassen. Das Wasser schwappte leise gegen die Bootsplanken.

»Man kann es sehr leid werden«, sagte Henry, auf seine Bierdose hinabstarrend, »sein Leben ganz allein bewältigen zu müssen. Und zwar ständig.«

Boone zog seinen Mützenschirm tiefer ins Gesicht.

»Wir können Ihnen nicht mehr folgen, mein Freund«, sagte er. Und grinste. »Sie haben uns weit hinter sich gelassen. In der Regel werden Sie feststellen, dass wir Südstaatler nicht viel von philosophischen Gesprächen halten.« Er rappelte sich auf. »Was meinen Sie, wollen wir jetzt ein oder zwei Riesenalligatoren für Sie suchen?«

»Diese Kommode mit Aufsatz«, sagte Sarah, »ist von Thomas Elfe. Und mein Chippendale-Tisch ist ebenfalls Elfe. Kennen Sie Chippendale?«

»Nur das, was unaufmerksame Schuljungen so kennen ...«

»Sein Stil wurde in Charleston viel kopiert. Thomas Elfe war vermutlich unser bester Kunsttischler. Er hat in Mahagoni gearbeitet, wie sie das alle taten, weil Mahagoni termitenresistent ist.«

Henry sah sich im Zimmer um. Es war mit hellgrün gestrichenem Holz getäfelt, geschlitzte Läden waren gegen die Nachmittagssonne heruntergeklappt. Elegante, zierliche Möbel der Sorte, die er mit Pflichtbesuchen der Schulklassen in englischen Herrenhäusern verband, standen auf einem geblümten Teppich, der aus einer Art Gobelin zu bestehen schien. Es gab Vitrinen mit Porzellanobjekten, die vor einem Hintergrund aus grüner Moiré-Seide ausgestellt waren. »Sèvres«, erklärte Sarah. »Limoges.« Sie legte die Hand auf Henrys Arm. »Das alles hat schon meinen Eltern gehört, und vor ihnen meinen Großeltern. Ich liebe das natürlich alles, aber besonders liebe ich die Stücke, die hier in Charleston hergestellt wurden.«

»Natürlich.«

Sarah ging zum Kamin hinüber. Henry beobachtete sie. Überrascht dachte er, dass sie erstaunlich hübsch war für jemanden, der so ... nun ja alt war. Sie war wirklich hübsch. Hübsch auf eine Art, die bewirkte, dass man irgendwie die Fältchen in ihrem Gesicht, die braunen Flecken auf ihren Handrücken übersah. Sie hatte eine pastellartige, durchscheinende, hochglanzpolierte Ausstrahlung, und sie schien genau zu wissen, was sie mit ihm anfangen sollte.

»Kommen Sie«, sagte Sarah.

Er ging zu ihr. Sie duftete nach etwas Zartem, Zitronenähnlichem. Sie deutete nach oben.

»Meine Großmutter. Meine Großmutter Alton.«

Eine ernste Frau in der voluminösen Kleidung der spätviktorianischen Zeit blickte aus einem Goldrahmen streng auf Henry herab.

»Keine Schönheit«, sagte Sarah, »aber das hat sie durch Prinzipientreue wettgemacht.«

»Wohl kaum dasselbe.«

»Im Jahre 1865«, fuhr Sarah fort, »war es ihr eine enorme Genugtuung, dafür zu sorgen, dass alle Kleider, die von den Damen aus Charleston zum Governor's Ball in Columbia getragen wurden, ausschließlich aus Baumwolle geschneidert waren. Ein Kriegsbeitrag.«

»Hat sie es geschafft?«

»Meine Großtante Sarah Ann, nach der ich getauft bin, wurde mit einem seidenen Unterrock erwischt.«

»Hätten Sie das Gleiche getan?«

Sarah sah lächelnd zu ihm auf.

»Aber natürlich.« Wieder berührte sie seinen Arm. »Könnte ich Sie zu einem kleinen Cocktail überreden?«

Henry grinste.

»Mühelos.«

Miss Minda erschien an der Tür. Sie trug ein schwarzes Kleid und eine Brille und hatte ihre Haare unter einem Turban versteckt. Als sie Henry die Tür öffnete, hatte sie ihn von oben bis unten gemustert und gesagt:

»Ich wusste nicht, dass man sie so groß macht, in Britannien.«

»Ich glaube«, sagte Henry, »ich bin ziemlich groß für überall.«

Sie warf ihm ein sekundenschnelles Lächeln zu. Dann zeigte sie auf eine offene Tür auf der anderen Flurseite. Sarah hatte ihn erwartet, wartete im gedämpften Licht ihres eleganten, mit Läden abgedunkelten Zimmers und war gekleidet, wie Henry es immer nur an der Queen gesehen hatte, wenn sie im Landauer in Ascot erschien.

Jetzt fragte Miss Minda: »Möchten Sie Cocktails?«

Sarah wandte sich an Henry.

»Einen kleinen Bourbon? Einen Daiquiri?«

»Bourbon, bitte.«

»Dann also Bourbon«, sagte Miss Minda. »Für zwei.« Sie richtete ihre Brille auf Henry. »Sie tut immer, als trinkt sie nichts, wenn Besuch da ist. Wenn das so ist, woher kommen dann die Rechnungen vom Spirituosengeschäft?«

»Ich kann mir nicht vorstellen, nichts zu trinken«, sagte Henry galant.

Die Haustürklingel ging.

»Das wird Gillon sein«, sagte Miss Minda.

Sarah drückte ihre Haare zurecht.

»Zu spät.«

»Nicht nach englischem Standard.«

»Mag sein«, sagte Sarah, ohne wirklich Konzessionen zu machen, »in Charleston gelten andere Standards.«

Gillon kam mit schnellen Schritten herein. Sie trug ein schwarzes glattes Kleid, und ihre Beine waren nackt. An den Füßen trug sie hinten offene Schuhe, die ihn mit einem kleinen, unglücklichen Stich in Herz und Gewissen an Tilly erinnerten.

»Grandmama«, sagte Gillon. Sie hielt ein kleines weißes Päckchen in der Hand. »Ich habe dir ein paar Sesamwaffeln mitgebracht.«

»Das ist nett von dir, Liebes«, sagte Sarah und nahm das Päckchen ohne große Begeisterung entgegen. Sie musterte Gillons Kleid.

»Tut mir Leid, dass ich zu spät komme ...«

»Ich war zu früh«, behauptete Henry. Er erwog, Gillon zu küssen, entschied sich aber dagegen. »Ich weiß jetzt jede Menge über Möbel des achtzehnten Jahrhunderts.«

»Eines Tages«, sagte Sarah in einem Ton, in dem etwas mitschwang, das Bedauern sein konnte, »werden diese Dinge alle dir gehören, Liebes.«

»Daran will ich noch lange nicht denken.«

Miss Minda kam mit einem Silbertablett. Henry trat vor, um es ihr abzunehmen. Sie schüttelte den Kopf.

»Oh!«, sagte Sarah, die Hand ganz leicht an die eigene Kehle gelegt. »Sie werden feststellen, dass sie *durchaus* selbstständig ist!«

Miss Minda setzte das Tablett ab.

Im Gesprächston sagte sie zu Henry: »Sie weiß ja nicht mal, was dieses Wort *bedeutet*!«

Wieder warf Sarah Gillon einen Blick zu.

Und sagte *sotto voce* zu ihr: »Schwarz, mein Liebes, ist für Beerdigungen.«

»Pink steht mir nicht, Grandmama.«

Henry nahm einen Tumbler vom Tablett und bot ihn Sarah an. Es war ein Kristallglas.

Dann sagte er mit mehr Nachdruck, als er beabsichtigt hatte: »Sie sieht großartig aus.«

»Selbstverständlich sieht sie ordentlich aus«, sagte Sarah. »Aber ich sehe junge Mädchen gern in Farben.« Sie wandte sich an Henry. »Martha sagt mir, dass Sie eine Schwester haben. Erzählen Sie mir von Ihrer Schwester. Ist sie verheiratet?«

Henry dachte etwas hektisch an Paula. Die Vorstellung, Paula in dieser Umgebung, in dieser Gesellschaft – Paula, mit ihrem derben Haarschnitt, mit ihrer derben Art zu sprechen – war extrem beunruhigend. Er sah zu Gillon hinüber. Sie lächelte ihm zu, fast so, als wolle sie ihn herausfordern.

»Nein«, sagte Henry, »sie ist nicht verheiratet. Sie ist ein paar Jahre jünger als ich. Und sie ist ... nun ja, sie ist Hebamme.«

Sarah sah ihn an. Ihre fein gestrichelten Augenbrauen sprachen Bände.

»Wie außerordentlich *nützlich*, mein Lieber«, sagte sie mit gesenkter Stimme.

Draußen auf der Straße sagte Gillon: »Du hast dich sehr, sehr gut gehalten.«

»Es hat mir gefallen.«

»Wirklich?«

»Ich konnt's fast nicht glauben. So viel Silber und Kristall. So viel Formalität. Es war ... nun ja, es war auf eine gewisse Art friedlich.«

»Hier unten nennt man das Dekorum.«

Henry schüttelte den Kopf.

»Es ist so eine schöne Zeit für mich. Ich kann kaum glauben, dass ich das wirklich erlebe ...«

»Ich hab's dir gesagt.«

»Und ich bin hin und habe aus dem Zauberbecher getrunken, nicht wahr?«

Gillon bückte sich, um in der dicken Tasche zu kramen, die sie mitschleppte. Henry beobachtete, wie sie ihre offenen Schuhe gegen Sneaker eintauschte.

Mit einer Stimme, die durch das Bücken gedämpft klang, fragte sie: »Hast du Tilly angerufen?«

»Ja.«

»Geht es ihr gut?«

Henry schwieg. Dann antwortete er: »Nein.«

Gillon begann ihre Sneaker zu schnüren.

»Ich möchte sie anrufen.«

»Warum?«

»Ich muss ihr etwas sagen. Ich will, dass sie weiß ...«

»Nein«, sagte Henry. »Ich habe es dir gesagt. Nichts, was du getan oder gesagt hast, hat an der Situation, in der wir schon vorher waren, etwas verändert, sei es zum Guten oder zum Schlechten.«

Gillon richtete sich auf.

»Sie ist meine Freundin«, sagte sie.

»Natürlich. Aber dies ist nicht der richtige Zeitpunkt, um sie daran zu erinnern.«

»Ist sie vielleicht böse auf mich?«

»Nein.«

Gillon nahm ihre Tasche auf.

»Ich werde sie trotzdem anrufen.«

»Bitte nicht ...«

»Schreibe ich dir vor, was du zu tun hast?«, fragte Gillon. »Sage ich dir, wen von meiner Familie du kennen lernen darfst und wen nicht? Stehe ich dir im Weg bei dem, was immer du hier unten zu finden glaubst?«

Henry schwieg. Er blickte in die schwarzen Bäume und die noch schwärzere Nacht empor. Gillon hielt ihre Tasche fester.

»Fürchtest du«, erkundigte sich Gillon, »dass ich ihr sage, wie glücklich du bist?«

Tilly stand, eingewickelt in ein Badetuch, in ihrem Badezimmer und musterte minutenlang ihr Gesicht im Spiegel über dem Waschbecken. Die Haut war, von nahem gesehen, nicht besonders ermutigend. Sie war, wie es schien, eine Masse unregelmäßiger Beschaffenheit und

Farbe und schon jetzt voll Anzeichen beginnenden Verfalls. Vielleicht, dachte Tilly und fuhr sich mit dem nassen Zeigefinger über die Augenbrauen, können ja nur Babys einer so eingehenden Musterung standhalten, weil weder Leben noch Wetter mit ihrer Einflussnahme auf sie begonnen haben. Ja, es war eine Ironie, dass die Menschen in einem Zeitalter, in dem sie ein weit längeres Leben vor sich hatten als jemals zuvor, jedes Anzeichen von Alter neurotisch suchten und hysterisch bekämpften.

Tilly seufzte. In Susies Zimmer hatte Musik eingesetzt, die laute, dröhnende Musik, von der Susie behauptete, sie brauche sie, um am Morgen in Gang zu kommen. Susie war in die Wohnung eingezogen, nachdem Gillon und Henry fort waren, und hatte es trotz aller gegenteiligen Versprechungen geschafft, ihre Sachen über alle Zimmer zu verteilen, mit – zeitweiliger – Ausnahme von Tillys Schlafzimmer. Susies Leben bestand hauptsächlich aus Verschönerung und Zerstreuung, daher war jedwede Abstellfläche mit Make-up, einzelnen Ohrringen und halb verbrauchten Päckchen Beinwachsstreifen übersät. Anfangs hatte Tilly sich darüber aufgeregt, nach einer Weile schien es ihr jedoch kaum noch die Mühe wert zu sein. Denn nicht nur hatte sie sich das alles selbst zuzuschreiben, weil sie Susie eingeladen hatte, zu ihr zu ziehen, sondern sie musste auch zugeben, dass Susies Nutzung des Badezimmers, wiewohl ärgerlich, längst nicht so widerlich war wie Williams. Die einzige Bedingung, auf der Tilly bestanden hatte, war die, dass Susie und William nicht miteinander schlafen durften, solange sie, Tilly, sich in der Wohnung aufhielt.

»Ich könnte es wirklich nicht ertragen, dass ich durch alle Wände höre, wie ihr zwei vögelt.«

William sah geschockt aus.

»Das würde ich doch niemals tun!«

Das Telefon klingelte. Tilly stürzte aus dem Bad. Sieben Uhr morgens, das wäre zwei Uhr nachts für Henry in South Carolina, zwei Uhr nachts nach einem Saufabend mit Gillons einfältig klingendem Bruder ... Sie riss den Hörer an sich.

»Hallo?«

»Tilly«, sagte Gillon.

Tilly sank auf den Boden neben dem Telefon.

»Oh. Hi.«

»Habe ich dich geweckt?«

»Nein«, sagte Tilly. »Ich komme gerade aus der Dusche.«

»Ich konnte nicht schlafen. Ich musste mit dir sprechen.«

»Ja.«

»Bist du ... Was machst du?«

»Ich arbeite«, antwortete Tilly. »Ich gehe zur Arbeit und arbeite. Lasse mir die Haare schneiden. Kaufe mir zum Lunch Sandwiches. Du weißt schon.«

»Tilly, wegen Henry, ich wollte nicht ...«

»Ich weiß.«

»Es war keine ausdrückliche Einladung, verstehst du, es war nur, was man so sagt ...«

»Ich weiß. Das hast du gesagt. Ich *glaube* dir, Gillon. Er hat nach einem Strohhalm gesucht, an den er sich klammern kann, und du hast ihm unbewusst einen gegeben.«

»Ja.«

Tilly zog einen Fuß an sich und inspizierte ihre Zehen.

»Wie geht es ihm?«

»Oh, großartig«, sagte Gillon leise.

»Siehst du ihn oft?«

»Nein. Aber meine Familie. Meine Familie hat ihn sozusagen adoptiert.«

»Ach.«

»Er hat Arbeit, Tilly.«

»Arbeit? Aber er hat doch keine Green Card ...«

»In der Hinsicht hat ihm mein Vater geholfen. Und er vermittelt ihm Kontakte. Die eine ist eine Zeitschrift in Atlanta. Die haben Fotos bei ihm in Auftrag gegeben. Und der Naturschutzbund will ihn auch sehen. Um etwas mit ihm zu besprechen. Hat er dir das nicht erzählt?«

»Nein«, sagte Tilly.

»Er scheint sich eingelebt zu haben«, sagte Gillon.

»Gut.«

»Tilly«, sagte Gillon, »niemand hier versucht etwas zu beeinflussen. Niemand versucht etwas *absichtlich* ...«

An der Tür erschien Susie, gähnend. Sie trug ein orangefarbenes Unterhemd und einen winzigen, mit Zebrastreifen bedruckten Schlüpfer.

»Das weiß ich«, sagte Tilly. »Aber es ist nicht leicht, das immer wieder zu hören.«

»Dass es ihm gut geht?«

Susie machte übertriebene Gesten des Kaffeebecherhebens. Tilly schüttelte den Kopf.

»Nicht direkt. Nur, dass alles gut geht, besser geht als hier.«

»Tut mir Leid«, sagte Gillon.

Susie ging in die Küche und ließ die Wasserhähne voll aufgedreht laufen.

»Mir auch.«

»Niemals«, sagte Gillon, »werde ich vergessen, dass du es warst, die so lieb zu mir war.«

»Reden wir nicht mehr darüber.«

Auf einmal explodierte Radio One in der Küche.

»Susie!«, rief Tilly.

»Du solltest lieber hingehen«, sagte Gillon aus Charleston um zwei Uhr nachts.

»Ja.«

»Alles Gute.«

»Dir auch«, sagte Tilly sinnloserweise und legte den Telefonhörer auf.

10

Henry fand ein kleines Zimmer im zweiten Stock in einem ruhigen Haus an der Smith Street, für fünfzig Dollar die Nacht, ein Preis, der, wie ihm die Pensionswirtin erklärte, runtergehen würde, sobald die Hochsaison der Touristen nach Weihnachten vorüber war. Ja, und wenn er Langzeitgast würde, könne sie ihm vermutlich einen Sonderpreisnachlass gewähren. Am Morgen werde ein volles Frühstück serviert, mit – sie lächelte Henry an – ihren berühmten Shrimps mit Grits oder French Toast mit Haselnuss-Pfirsich-Sirup. Falls er den Whirlpool in der Wanne benutze, könne er bitte darauf achten, dass der Wasserpegel nicht zu hoch steige? Und um die anderen Gäste nicht zu stören, würde er den Fernseher nicht zu laut stellen? Sie klopfte an die Wand neben Henrys Bett, auf dem eine Steppdecke mit einem Muster aus pink und lila Blumen lag.

»Diese alten Häuser haben nicht so dicke Wände.«

Henry drückte die Tür hinter ihr ins Schloss. Das Zimmer war hoch, mit einem riesigen Ventilator unter der Decke und Fenstertüren, die auf einen Balkon mit Platz für zwei Katzen und einen kleinen, müden Garten hinausgingen. Hinter dem Garten sah er unscheinbare Grundstücke mit verschiedenen Geschäften sowie einen einzelnen Baum, den er inzwischen als Lebenseiche zu identifizieren vermochte. Es war eine schäbige Aussicht, aber Henry war das recht. Sie passte zu seinem wiederentdeckten Bild von sich selbst als einem zielbewussten Mann, einem Mann, der etwas zu tun, einem Mann, der seine Zukunft wieder im Visier hatte. Dieses Zimmer mit seinen Korbsesseln und den komischen kleinen Figuren und Bildern war für Henrys augenblickliche Verfassung unpersönlich genug.

Cooper hatte Henry ein Zimmer in seiner Wohnung angeboten. Coopers Wohnung war außerordentlich verführerisch, möbliert ausschließlich mit Betten, stabilen Tischen, einem riesigen Kühlschrank und zwei La-Z-Boy-Lehnsesseln vor einem Fernsehschirm in der Größe eines Panoramafensters. Coopers letzter Mitbewohner hatte ein Mädchen in Mobile, Alabama, geheiratet, und sein Zimmer – nahezu leer, bis auf ein Bett mit einem Fernseher am Fußende – wirkte auf Henry wie die Erfüllung eines Traums. Cooper brauchte Hilfe beim Abzahlen seiner Hypothek.

»Hundertzwanzig Bucks, Mann. Alles inklusive.«

Henry schüttelte den Kopf.

»Kann nicht ...«

»Na klar kannst du.«

»Tu's nicht«, sagte Gillon.

»Warum nicht?«

»Dieses ›nur für Männer‹. Lass dich nicht da reinziehen.«

»Aber es gefällt mir«, sagte Henry. »Ich hab so was noch nie gehabt. Vielleicht sollte ich's mal versuchen.«

»Nein«, sagte Gillon. Sie sah ihren Bruder an. »Er kann ein absolutes Arschloch sein.«

Es war das Geld, das den Ausschlag gab. Es war das Geld, das bewirkte, dass Henry dem attraktiven Charme des Riesenkühlschranks und des Riesenbildschirms den Rücken kehrte und sich stattdessen für die Smith Street entschied. Jetzt machte er Bestandsaufnahme. Er überlegte, wo er die Pappstreifen befestigen sollte, an die er seine Fotos pinnen konnte, und was für ein Gefühl es sein würde, morgens nicht nur mit der merkwürdigen, aber verlockenden Aussicht auf Shrimps and Grits, sondern auch mit dem ungewohnt befreienden Gefühl aufwachen würde, niemandem, aber auch gar niemandem verpflichtet zu sein.

Es klopfte an der Tür. Die Pensionswirtin stand draußen mit einem Teller voll Plätzchen.

»Mr Atkins«, sagte die Wirtin, »ich bringe Ihnen eine kleine Leckerei.«

Marthas letzte Patientin des Tages saß in dem Ohrensessel neben Marthas Schreibtisch, der ausschließlich für Patienten reserviert war, und starrte auf ihre Hände. Sie trug keinen Ehering, war aber verheiratet – das hatte sie Martha mehrmals erklärt –, und zwar mit einem Mann, der Schriftsteller werden wollte.

»Er sagt, Schriftsteller sind immer im Exil, ob geographisch oder geistig. Er sagt, Südstaaten-Schriftsteller sind die extremsten und beredtesten Beispiele für diese Spezies. Er zitiert Tennessee Williams. Er sagt, Williams schreibe immer über Außenseiter; über die seelisch Gestörten, die Übersensiblen. Aber dann sagt er ...«, sie hob die Hände und ließ sie mit einer hoffnungslosen, kleinen Geste wieder fallen, »... er sagt, dass ich das nie verstehen werde, weil ich versucht habe, dem Süden *Widerstand* zu leisten. Er sagt, ich wolle nicht akzeptieren, dass in der Niederlage unser Ruhm liegt.«

Martha schrieb schweigend auf einen Notizblock.

»Erzählen Sie mir von Ihrem Widerstand.«

Die Patientin blickte auf. Sie hatte eine helle Haut und langes, helles Haar, das ihr weit über die Schultern hing. Außerdem war sie eine erfolgreiche Anwältin in einer Wirtschaftspraxis in North Charleston und verdiente achtzigtausend Dollar im Jahr.

»Ich bin in Georgia geboren«, sagte sie. »Auf einer Farm in Südwestgeorgia. Ich wusste – o ja, als Kind, als kleines Kind wusste ich schon, dass ich all diesen Traditionen misstraute, den Traditionen der Südstaaten-Weiblichkeit, mit denen wir alle aufgewachsen sind, die häusliche Macht, die gesellschaftliche Anpassung ...«

Sie hielt inne. Martha fuhr schweigend fort zu schreiben.

»Bitte, weiter.«

»Ich kann all diese Dinge nur zu meinen eigenen Bedingungen mitmachen, verstehen Sie? Selbst wenn das Entfremdung bedeutet. Es ist nur so, dass es mir schwer fällt, etwas von *ihm* anzunehmen.«

»Von ihm?«, fragte Martha. Ernst und freundlich blickte sie auf. »Ihrem Ehemann?«

»Ich habe einen Mann gewählt, von dem ich wusste, dass er mich nicht ernähren kann. Ich habe ihn *gewählt*.«

»Es besteht eine große Anziehungskraft, die uns in diese Konvention hineinzieht«, sagte Martha. »Weil sie Sicherheit bietet.«

Wieder senkte die Frau den Kopf.

»Ich habe nicht mal ein Heimatgefühl. Mein Mann hält es für Verrat am Süden, kein Heimatgefühl, keinen Geschichtssinn zu haben.«

»Manchmal bekommt man nur ein Heimatgefühl, wenn man draußen ist«, sagte Martha. »Haben Sie Ihr Leben lang in South Carolina und Georgia gewohnt?«

»Mein ganzes gottverdammtes Leben lang«, zischte die Frau mit zusammengebissenen Zähnen. »Ich bin höchstens bis nach Sweet Briar, Virgina, gekommen, in die Schule. Seit meinem dreizehnten Geburtstag nehme ich Antidepressiva, und ich bin überzeugt, dass ich sie noch zur Feier meines vierzigsten nehmen werde.«

Auf der Telefonanlage auf Marthas Schreibtisch begann ein rotes Licht zu blinken.

»Tut mir Leid«, sagte sie, »aber das bedeutet einen Notfall.«

Die Frau im Ohrensessel blickte zur Decke und faltete wieder die Hände in ihrem Schoß.

»Ellen«, sagte Martha zu ihrer Assistentin.

Pause. Martha legte ihren Schreiber auf den Notizblock.

Dann sagte sie mit genau derselben ruhigen Stimme, die sie den ganzen Tag benutzt hatte: »Würden Sie Merrill zurückrufen und sagen, dass ich in vierzig Minuten im Krankenhaus bin?«

Dann legte sie den Hörer auf.

»Tut mir Leid.«

Die Frau zuckte die Achseln. Sie löste ihren Blick von der Decke und richtete ihn auf ihren Schoß.

»Meine Tochter bekommt ein Baby. Ihr erstes. Die Wehen kommen jetzt alle drei Minuten, und sie ist unterwegs ins Krankenhaus. Sie möchte, dass ich zu ihr komme. Es tut mir sehr Leid.«

»Ein Baby.«

»Ja.«

»Nun«, sagte die Frau mit traurigem Lächeln, »hoffen wir für das Baby, dass es ein Junge wird.«

Ashleys Krankenzimmer war voll Blumen. Riesige Bouquets und Arrangements standen auf der Fensterbank, dem Nachttisch und auf dem Regal über der Klimaanlage. Es duftete nach Lilien und Pollen. Merrill hatte die Karten von den Blumen gelöst und sie in ein speziell fürs erste Babyjahr bestimmtes Album geordnet, das er gekauft hatte. Die Karten kamen von ihren Freunden, von den Freunden ihrer Eltern, von Berufskollegen, von den

Frauen der Junior League, von guten Kunden der Firma, in der Ashley halbtags arbeitete. Es seien vermutlich über dreißig, sagte Merrill. Er hatte Geburtsanzeigen drucken lassen, auf denen Mr und Mrs J. Merrill Shelton junior jedem, der sich dafür interessierte, die Geburt ihrer Tochter Robyn Sarah kundtaten. Er wies darauf hin, dass Ashley der Anzeige ein Dankeswort für die Blumen hinzufügen konnte. Im Internet gab es tatsächlich eine ausgezeichnete Site, wo man genau die Art Anzeigen entwerfen konnte, die man für eine derartige Gelegenheit brauchte, und er wollte vierzig oder fünfzig für sie drucken lassen.

Ashley hatte die Augen geschlossen.

»Okay«, sagte sie.

Merrill befand sich im Zustand höchster Erregung. Robyn war seit vier Generationen das erste Mädchen, das in die Shelton-Familie hineingeboren wurde. Seine Mutter, eine Stütze des Ivy League Garden Clubs in Wilmington, North Carolina, hatte Merrills Vater vier Söhne geschenkt. Sein Vater war einer von sechs Söhnen, sein Großvater einer von sieben gewesen. Ashley war die hübscheste Schwiegertochter der Sheltons und hatte nunmehr einer Bande von fünf Enkeln die erste Enkelin hinzugesellt. Alle waren überaus zufrieden, aber auch ein wenig besorgt, weil ein Not-Kaiserschnitt erforderlich gewesen war. Ashley war erschöpft.

Gillon saß an Ashleys Bett mit einer Hand auf dem Knie ihrer Schwester und der anderen auf dem Plastikbettchen, in dem ihre Nichte lag.

»Zwei Tage lang habe ich mich wunderbar gefühlt«, sagte Ashley, ohne die Augen aufzumachen. »Und jetzt fühle ich mich gräßlich.«

»Zu viele Besucher«, sagte Merrill und betrachtete dabei voller Genugtuung die Blumen.

»Zu viele Hormone«, sagte Gillon.

Ashley nickte.

Dann flüsterte sie: »Ich mag sie nicht stillen.«

»Was war das?«, fragte Merrill.

Ashley antwortete müde: »Nichts für dich, Liebling.«

Er beugte sich über ihr Bett.

»Ich bin so stolz auf dich!«

»Danke.«

»Ehrlich, Ash. Meine wunderschöne Frau schenkt mir eine wunderschöne Tochter. O Mann, wie ehrlich ich das meine!«

»Ja ...«

Er hielt inne, um Ashley auf die Stirn zu küssen, wobei ihr seine Krawatte übers Gesicht fiel.

»Meine wunderbare Frau.«

Ashley wandte ihr Gesicht ein wenig ab.

»Ich muss jetzt weg, Schatz. Wieder zurück zum Erbsenzählen.« Er sah Gillon an. »Bleibst du noch, Gill?«

»Sicher. Ein bisschen.«

»Pass gut für mich auf die beiden auf«, sagte Merrill. Er legte Gillon kurz die Hand auf die Schulter. »Pass gut auf meine Mädchen auf.«

Dann lief er eilig aus dem Zimmer und hinterließ einen Wirbel aufgestörter Luft.

»Am liebsten würde ich jetzt weinen«, sagte Ashley.

Gillon löste ihre Hand, um Ashleys zu ergreifen.

»Dann weine nur. Das tun doch alle. Postnatale Depression. Und ein schwerer Eingriff.«

Ashley legte sich einen Unterarm über die Augen.

»Ich bin bloß ... überwältigt.«

»Ja.«

»Irgendwie gibt es so viel. Ich weiß nicht, ob ich fühle, was ich fühlen sollte.«

»Spielt das eine Rolle?«

Ashley nahm ihren Arm herunter und schenkte ihrer Schwester einen tränennassen Blick.

»Für mich ja – bis jetzt.«

Gillon warf einen Blick auf das Baby.

»Und jetzt ist es anders.«

»Allerdings.«

»Sie ist so schön«, sagte Gillon. »Sie ist ein schönes, ein wunderschönes Baby. Ich habe geweint, als Mama mir sagte, dass sie da ist.«

»Wirklich?«

»Ich könnte weinen, wenn ich nur an sie denke. Ich könnte weinen, wenn ich nur an dich denke.«

Ashley drückte Gillons Hand.

»Gill ...«

»Ja?«

»Hast du Henry gesehen?«

»Ja, bei Grandmama«, sagte Gillon. »Zum Dinner. Er hatte sogar eine Krawatte rausgesucht. Grandmama hat ihn ganz und gar eingewickelt, fest und fertig zum Braten im Ofen.«

»Weiß er es?«

»Weiß er was?«

»Weiß er, dass ich das Baby habe?«

»Vielleicht hat Cooper es ihm erzählt. Cooper hat es fast allen erzählt. Man könnte meinen, es ist Coopers Baby.«

Ashley strich mit ihrer freien Hand über die Bettdecke und zupfte an dem Baumwollstoff.

»Wirst du's ihm sagen?«

Gillon sah sie an.

»Sicher. Wenn du das willst.«

Ashley wandte den Kopf und sah zum Bettchen hinüber. Eine dunkle Haarsträhne klebte an ihrer nassen Wange.

»Ich möchte, dass er kommt und sich das Baby ansieht.«

»Wirklich?«, fragte Gillon.

Ashley strich sich die Haarsträhne hinters Ohr.

»Er ist nett«, sagte sie. »Er würde nett zu mir sein, wegen des Babys.«

»Okay ...«

»Lass mir ein paar Tage Zeit«, verlangte Ashley. Sie begann sich im Bett hochzustemmen. »Ich hätte vorher gern noch ein paar Tage Zeit. Damit ich aufhöre zu weinen.«

»Ich hab noch nie etwas so Neues gesehen«, sagte Henry. Sein Ton war ehrfürchtig. Er beugte sich so tief über das Bettchen, dass sich sein Gesicht nur dreißig Zentimeter über Robyns winzigem, tief schlafendem befand.

Ashley beobachtete ihn. Sie hatte sich die Haare mit einem blauen Band aus dem Gesicht zurückgebunden und trug einen Pikee-Morgenrock mit blauem Besatz. Sie saß, von Kissen gestützt, in einem Sessel neben dem Bett.

»Ich habe nichts, womit ich sie vergleichen könnte«, sagte Henry. »Aber ich finde sie zauberhaft. Zauberhaft.«

»Sie wurde noch nicht herumgestoßen«, sagte Ashley. »Sie brauchte sich nicht durch diesen Geburtskanal kämpfen.«

Henry richtete sich auf.

»Hast du irgendwo ein Kleenex?«

Ashley zeigte hinüber.

»Da drüben.«

Henry zog eine Hand voll Tücher heraus und putzte sich geräuschvoll die Nase.

»Ich hätte nicht gedacht, dass der Anblick eines neugeborenen Babys solche Gefühle bei mir auslöst ...«

»Das ist schon okay«, sagte Ashley. »Ich mag das. Gillon hat auch geweint. Mama vielleicht auch. Alle anderen waren einfach so aufgeregt ...« Sie hielt inne.

»Dass sie dich überanstrengt haben?«

»Ich will ja nicht undankbar sein«, sagte Ashley.

Wieder beugte Henry sich über das Bettchen.

»Ich glaube nicht, dass du das kannst, selbst wenn du es wolltest.«

»Vielen Dank für die Rosen.«

»Als ob du noch eine einzige Blume mehr gebraucht hättest«, sagte er.

»Ich mag deine Rosen.«

Er legte die Hände auf beide Seiten von Robyns Bettchen und wandte sich zu Ashley um.

»Gillon sagt, du hättest es schwer gehabt.«

»Ich hatte Angst. Es ging alles so schnell. Sie hatte die Nabelschnur um den Hals ...«

»Arme Kleine.«

»Mach nicht, dass ich wieder weinen muss ...«

»Männer haben keine Ahnung, nicht wahr?«, sagte Henry. »Sie haben wirklich keine Ahnung. Nicht mal die Ärzte.« Er richtete sich auf. »Ich fühle mich sehr geehrt, dass du mich gebeten hast, mir dein Baby anzusehen.«

»Ich dachte mir, dass du das vielleicht gern wolltest.«

»Richtig gedacht.«

»Und«, sagte Ashley, »ich bewältige das hier vermutlich nicht besonders gut.«

Henry ging hinüber und setzte sich auf die Bettkante dicht neben ihren Sessel.

»Wer behauptet das?«

Ashley machte eine Handbewegung. »Ich. Alle.«

»Ich nicht«, sagte Henry.

»Nein.«

»Wenn ich mir so dieses hinreißende Baby ansehe«,

sagte Henry, »würde ich meinen, dass du alles, was von dir auf lange Zeit hinaus erwartet wird, absolut großartig gemacht hast.«

Er stand auf.

»Geh noch nicht«, sagte Ashley.

»Gillon hat gesagt, ich soll nicht länger als zehn Minuten bleiben.«

Ashley senkte den Blick auf ihren Schoß.

»Aber ich würde dich gern besuchen, wenn du wieder zu Hause bist«, sagte Henry.

»Das wäre schön.«

»Merrill schwebt wohl im siebten Himmel.«

»O ja«, sagte Ashley. »Merrill hat seine Prinzessin.«

»Ihre Majestät Miss Baby«, sagte Henry. Abermals beugte er sich kurz über das Bettchen. »Bye, kleine Robyn«, sagte er leise und ging hinaus.

Auf dem Friedhof hinter der St. Michael's Church reinigte ein Schwarzer in braunem Overall die Zwischenräume zwischen den Grabsteinen. Henry war ihm früher schon einmal begegnet, wie er in der Kirche die Gänge zwischen den Bankreihen putzte, und hatte ihn nach der Geschichte der berühmten Kirchenglocken gefragt, da hatte der Mann auf seinen Mund gezeigt, um anzudeuten, dass er nicht sprechen könne, eine Karte aus der Tasche seines Overalls gezogen und sie Henry überreicht. Auf der Karte standen die Worte gedruckt: »Jene, die auf den Herrn warten, werden ihre Kraft erneuern.«

Henry hatte in seiner Tasche gesucht und eine kleine Hand voll Vierteldollarmünzen gefunden, die der Mann würdevoll annahm. Jetzt blickte er, auf den Knien zwischen den Grabsteinen liegend, nicht zu Henry auf, sondern fuhr methodisch fort, zu harken und zu fegen.

Henry stützte sich auf das Eisengeländer und blickte

in das kleine Geviert hinein. Es war voller Grabsteine, zumeist kleine weiße, mit schwarzen geraden Buchstaben beschriftet.

»Auckland«, las er, »8 Jahre, 8 Monate. Gestorben 2. Februar 1844. Otis junior, 7 Wochen. Denzel, 8 Wochen. Ada, 1 Jahr. Lenox, 15 Jahre, 4 Monate. Gestorben 14. Juli 1844.« Und dann, dicht daneben, in derselben Schrift: »Sarah, neugeborenes Kind von Theo und Rosa Stoney.«

»Großer Gott im Himmel«, sagte Henry laut.

Der Mann hob den Kopf.

»Heißt das«, fragte Henry, »dass diese armen Leute innerhalb von zwölf Jahren sechs Kinder verloren haben?«

Der Mann sah Henry ausdruckslos an.

»Was machst du da?«, fragte jemand hinter ihm.

Henry fuhr herum. Da stand Gillon in ihrer braunen Drillichjacke. Sie trug eine Sonnenbrille und hatte sich eine Tasche über die Schulter gehängt.

»Ich hab nur noch Babys im Kopf«, sagte Henry. Er deutete auf die Grabsteine. »All diese toten Babys, ich kann's nicht ertragen. Sieben Wochen, acht Wochen, winzig. Es ist furchtbar.«

»Ja«, sagte Gillon. Sie kam zu ihm.

»Was mag wohl geschehen sein?«

»Gelbfieber, vielleicht. Oder Typhus. Auf den Stadtplantagen haben sie die Brunnen zu dicht neben den Abtritten gegraben.«

»Es ist unheimlich.«

»Ich weiß ...«

»In diesem Klima. Ohne zu wissen, wie man ein Baby am Leben erhält.«

Henry starrte auf den Stein für die kleine Sarah.

»Ob die Amme schwarz war oder weiß?«

»Oh, schwarz«, sagte Gillon. Sie rückte ihre Tasche zurecht. »Schwarz und Weiß teilten sich die Babys und die Abtritte. Du warst also bei Ashley.«

Henry warf ihr einen Blick zu. Hinter ihrer dunklen Brille betrachtete sie die Grabsteine.

»Es war wundervoll. Ich hatte noch nie ein so kleines Baby gesehen. Und es ist irgendwie ... na ja, Ehrfurcht einflößend. So neu und so gelassen.«

»Ashley hatte es ziemlich schwer.«

»Ja. Das habe ich mir gedacht.«

»Sie wollte wirklich, dass du kommst. Um dir das Baby anzusehen.«

»Darf ich«, sagte Henry, »deinem Ton entnehmen, dass du der Meinung bist, ich hätte nicht hingehen sollen?«

Gillon blickte energisch geradeaus.

»Ich frage mich nur manchmal, was du mit meiner Familie machst?«

»Machen?«, fragte Henry.

»Dinner bei Grandmama, all dieses Kumpelgetue mit meinem Vater und meinem Bruder, Krankenhausbesuche bei meiner Schwester ...«

»Sie haben mich *gebeten*«, sagte Henry. »Ich dränge mich nicht auf. Ich wurde von ihnen *eingeladen.*«

»Die Menschen in Charleston sind sehr gastfreundlich.«

»Na schön. Dann sind sie also gastfreundlich. Wo liegt das Problem?«

Gillon nahm die Brille ab.

»Ich habe dich nicht hierher eingeladen, damit du meine Familie übernimmst.«

Henry schwieg. Er betrachtete ihr Profil.

»Ich verstehe.«

»Ich frage mich«, sagte Gillon, »ich frage mich, ob du

überhaupt jemals *hinsiehst,* es sei denn, durch deine Kameralinse.«

»Worauf soll das hinauslaufen?«, fragte Henry.

»Sag du's mir.«

»Wenn du mir zuerst sagst, warum du Streit suchst.«

Zum ersten Mal wandte sie sich um und sah ihn an.

»Wegen Tilly.«

»Tilly? Was in aller Welt hat Tilly damit zu tun, dass ich mir Ashleys Baby angesehen habe?«

»Du bist hierher gekommen, um zu *arbeiten*«, sagte Gillon. »Du bist nicht gekommen, um dich in etwas ganz anderes zu verlieben.«

»Übertreibst du jetzt nicht ein bisschen?«

»Glaube mir«, gab Gillon zurück, »Tilly würde nicht sagen, dass ich übertreibe.«

»Hör zu«, sagte Henry ein wenig lauter. »Entschuldige, dass ich etwas über mein eigenes Leben weiß. Tilly ist nicht dein Eigentum. Du kennst Tilly nicht mal besonders gut. Es ist nicht deine Aufgabe, Miss Super-Gillon, mich an irgendwelche Verpflichtungen zu erinnern, die ich möglicherweise habe. Seit ich hier bin, hast du mir eindeutig klar gemacht, dass du wünschtest, du hättest mich nicht eingeladen. Ich weiß, dass das ein Impuls von dir war. Ich *verstehe,* dass du ihn bedauerst. Aber jetzt falle ich nicht mehr in deine Verantwortung. Jetzt habe ich nichts mehr mit dir zu tun. Wenn deine Familie mich hier und da einbeziehen will, werde ich das akzeptieren, weil sie großartige Menschen sind und weil es mir aufrichtig Freude macht, ein wenig daran teilzunehmen. Aber du, Gillon, brauchst nichts mehr mit mir zu tun zu haben. Du kannst so tun, als wäre ich einfach nicht hier.«

Der Schwarze kam schweigend auf die Füße, trat über das Baby Sarah hinweg und blieb dreißig Zentimeter vor

Henry stehen. Mahnend legte er den Finger auf seinen Mund.

»Tut mir Leid«, sagte Henry.

»Das kann ich nicht«, sagte Gillon.

»Warum? Warum kannst du das nicht? Ich führe ein unabhängiges Leben, ich lerne Menschen kennen, ich finde Freunde. Ich bin nichts weiter als einer von den ausländischen Besuchern, die sich in Charleston verliebt haben. Ich bin für dich nichts als ein Mann, den du in London getroffen hast und der einen Vorschlag angenommen hat, den du gemacht hast. Das ist alles, Gillon, *alles.*«

Gillon setzte ihre Brille wieder auf. Dann fingerte sie in ihrer Jackentasche herum und zog einen zerknitterten Dollarschein heraus. Über das Gitter hinweg reichte sie ihn dem Schwarzen.

»Es ist zu spät«, sagte Gillon.

Marthas Camry parkte einen halben Block vom Haus entfernt auf der Straße. Als Gillon noch klein war, hatte es so gut wie keine Autos auf der Straße gegeben, und es wäre undenkbar gewesen, keinen Parkplatz direkt vor der eigenen Haustür zu finden. Jetzt aber hatte jede Familie zwei bis drei Autos, und die Kinder wurden überall hingefahren, sogar die Kleinsten, wenn sie die First Baptist Church School an der Church Street besuchten, und die lag, wie Grandmama ständig betonte, nicht mehr als acht Minuten zu Fuß entfernt. Sie wurden in ein Vierradantriebauto gepackt, ganze plappernde Horden von ihnen, und die zwei Minuten zur Schule gefahren, während ihre hübschen, gepflegten, ungeduldigen Mütter auf die Bustouristen und die Pick-ups der Bauarbeiter fluchten, die jeden Winkel der Straßen verstopften. Gillon musterte diese Mütter eingehend. Manche von ihnen waren nicht viel älter als sie, lebten jedoch in einer Welt, die sie nicht kannte, und sprachen eine Sprache, die sie nicht teilte, die Sprache des starken, beifällig betrachteten Familienlebens.

Sie schob den Schlüssel ins Schloss der Haustür und drehte ihn um. Es war immer ein besonderer Moment, war es immer gewesen, ihr Leben lang, diese Haustür zu öffnen und zu spüren, wie die Nachmittagssonne golden und still auf dem Boden der lang gestreckten Veranda lag, und die ruhige Kraft des Gartens zu spüren, der großen Magnolie, die das Haus wie ein Wächter umarmte. Sie schloss die Tür hinter sich, lehnte sich von innen dagegen, trat sich die Sneaker von den Füßen und spreizte ihre nackten Sohlen und Zehen dankbar auf den warmen Fliesen. Es war niemand auf der Veranda, nicht mal die Familienkatze hatte sich auf dem Sitz eines der Korbsessel zusammengerollt, die Vogelwarnglocke tief ins seidige Fell des Halses vergraben. Gemächlich ging Gillon auf der Veranda entlang und öffnete die Fliegengittertür zur Küche.

Auf dem Küchentisch lagen Marthas schwarze Handtasche und ein Schlüsselbund. Daneben eine Ausgabe der *Post and Courier* sowie eine Variomatic-Autofahrbrille. Gillon ging durch die Küche und das alte Wohnzimmer zu Marthas Arbeitszimmer. Martha saß mit dem Rücken zu Gillon an ihrem Computer.

»Mutter.«

Martha drehte sich nicht um.

»Hallo, Liebes.«

»Heute war so ein wunderschöner Tag.«

»Ich weiß. Ich habe ihn kaum genossen. Warst du im Krankenhaus?«

»Nein ...«

»Sie hat Probleme beim Stillen. Ich wollte, dass sie es

wenigstens die ersten vierzehn Tage lang versucht, dann kann sie aufhören.«

Gillon durchquerte das Zimmer und blieb hinter ihrer Mutter stehen. Sie beugte sich ein wenig herab, um den Bildschirm sehen zu können.

»Ist das ein Bericht?«

»Nein«, sagte Martha, »ich mache eine Studie.« Sie klickte den Bildschirm leer und wandte sich zu Gillon um.

»Nun, mein Liebes?«

»Ich war unfreundlich zu Henry«, gestand Gillon. »Wieder einmal.«

»Aber doch nicht ...«

»Ich versuche, ehrlich mit ihm zu sein, Mama, und dabei läuft alles schief. Heute habe ich ihn beschuldigt, mir meine Familie zu stehlen.«

Martha lächelte.

»Das dürfte kaum zutreffen.«

»Ich weiß.«

»Weswegen bist du eifersüchtig?«

Gillon wandte den Blick ab.

»Keine Ahnung ...«

»Ach.«

»Wie lieben ihn«, sagte Martha. »Er ist ein so netter Mensch.«

»Und Ashley?«

Martha stand auf und schob den Drehsessel unter den Schreibtisch.

»Es ist gut für Ashley, einen Mann zu erleben, der nicht von einem Terminkalender getrieben wird.«

»Hat Ashley denn keinen Terminkalender?«

»Bist du gekommen, um mich das zu fragen?«, erkundigte sich Martha freundlich.

»Nein. Ich bin gekommen, weil ich mich über mich

selber ärgere.« Gillon starrte auf den Computerbildschirm. »Was ist das für eine Studie?«

Martha ging zur Tür und sagte: »Ich werde uns einen Eistee holen.«

Gillon folgte ihr.

»Mama?«

»Über das Kleine-Prinzen-Syndrom«, sagte Martha über die Schulter hinweg. »Aber man könnte es auch das Baby-Jesus-Syndrom nennen.«

»Kannst du mir das erklären?«

»Wie ich festgestellt habe«, sagte Martha, während sie den Kühlschrank öffnete, »wurden viele meiner Patientinnen, genau wie du, vor dem ersten Sohn geboren. Sie scheinen alle Probleme zu haben, Probleme, wie sie Mädchen, die nach einem männlichen Kind geboren wurden, nicht haben.«

»Ashley«, sagte Gillon.

Martha stellte einen Krug Eistee auf den Tisch.

»Südstaatenmänner sind überaus anspruchsvoll. Deswegen scheinen die Frauen eine von zwei Möglichkeiten wählen zu müssen. Entweder sie machen es wie die Männer und versuchen sie zu übertrumpfen. Oder sie klammern sich an die Traditionen.«

Gillon strich mit einem Finger an der glatten, eiskalten Seite des Kruges herab.

»Oder sie tragen eine Aktentasche und sind Daddys Mädchen ...«

»Das machen viele Frauen.«

Gillon sah ihre Mutter an.

»Und was meinst du dazu?«

»Ich meine gar nichts, Liebes«, sagte Martha. Sie stellte zwei hohe Gläser neben den Krug. »Ich analysiere.«

»Dann können wir also nicht über Daddy, Ashley und mich reden?«

»Gillon«, sagte Martha beim Einschenken, »warum bin ich wohl überhaupt an einem solchen Projekt interessiert, wenn's nicht um Daddy, Ashley und dich ginge?«

»Aber du hast gesagt, es wären deine Patienten ...«

»Die haben mich lediglich darauf gestoßen.«

Gillon ballte ihre Hände zu Fäusten und schlug damit auf die Tischplatte.

»Ich will aber, dass du dich *interessierst*, Mutter. Ich will, dass du dich um uns *kümmerst*. Ich will, dass du wütend wirst und emotional und Urteile fällst ...«

»Warum erzählst du mir nicht von Henry?«

Gillon starrte sie an.

»Was ist mit Henry?«

»Warum erzählst du mir nicht, warum du so wütend auf Henry bist?«

Gillon seufzte.

»Er behandelt seine Freundin so schlecht.«

»Deiner Meinung nach ...«

»Nach der Meinung aller Leute. Er vernachlässigt sie. Er ist unsensibel, was ihre Gefühle angeht. Er ist sich überhaupt nicht dessen bewusst, wie glücklich er sich schätzen kann, sie zu haben.«

»Man kann niemanden zwingen, einen anderen zu lieben«, entgegnete Martha gelassen.

Gillon griff nach einem Glas Eistee.

»Sie ist schön. Sie ist liebenswert.«

»Das bezweifle ich nicht.«

»Sie war so nett zu mir ...«

Martha wartete. Sie trank langsam einen Schluck Tee.

»Ich bin wütend auf Henry ...«, begann Gillon und hielt inne.

»Und?«

»Statt auf mich selbst.«

Martha nickte. Gillon stellte ihr Glas ab. Dann bedeckte sie ganz kurz ihr Gesicht mit den Händen.

»Es ist nicht Henry, der Tilly so schlecht behandelt. Jedenfalls nicht mehr, als Männer es tun, wenn sie ein schlechtes Gewissen haben und nicht wissen, was sie dagegen tun sollen. Es ist nicht Henry.« Sie hielt inne, holte tief Luft und sagte dann, so unbeschwert wie möglich: »Ich bin es.«

11

Das Internet Café and Coffeeshop, das Henry frequentierte, lag im hinteren Teil eines Nagelstudios. Das ganze Unternehmen wurde kompetent, doch ohne das geringste Lächeln von einer koreanischen Familie geführt, die, was die Unhöflichkeit betraf, keinen Unterschied zwischen einem zufälligen Laufkunden und einem Kunden wie ihm zu machen schien, der nahezu jeden Tag hereinkam, immer einen Bagel und einen Latte bestellte und niemals gegen die Regeln verstieß, die an die laminierten Trennwände über jedem Computer geklebt waren. Der Vater führte das Café hinten, die Mutter die Kasse und den Terminkalender vorn, während die Reihe der glatthaarigen Töchter und Nichten an den Maniküreplätzen dazwischen saßen und an den Kunden vorbei in ihrer Stakkato-Muttersprache miteinander plauderten. Henry sagte jedes Mal, wenn er durch den Raum zum Café hinüberging, zu jeder Einzelnen »Guten Morgen«. Die Mutter quittierte seinen Gruß mit einem winzigen, angedeuteten Nicken. Die Töchter und Nichten nahmen überhaupt keine Notiz von ihm.

Anfangs, als er nach Charleston kam, hatte er jeden Tag seine E-Mail kontrolliert und einen kleinen, schuldbewussten Stich verspürt, wenn Tillys kleine, ungeöffnete Kuverts auf dem Bildschirm erschienen. Sie war sehr vorsichtig mit ihren E-Mails; bewundernswert vorsichtig. Sie erzählte ihm nicht zu viel und stellte ihm nicht zu viele Fragen. Sie unterzeichnete mit: »Best love, Tilly«, ein Ausdruck, der eine leichte Förmlichkeit und Distanz andeutete, gleichzeitig aber auch ein kompliziertes Kompliment für ihn war, weil ihm kein zweitrangiger Gruß zugemutet wurde. Während der ersten Wochen schrieb sie ihm jeden Tag. Dann jeden zweiten Tag. Jetzt, da Weihnachten nicht mehr fern war und sogar Charleston im Winter ein wenig abkühlte, schrieb sie etwa zweimal die Woche, und »Best Love« war zu »Love« geschrumpft. Henry antwortete jedes Mal per »Antwort an Absender«. Es kam ihm kein einziges Mal in den Sinn, wie das auf Tilly wirken musste – nichts weiter als eine Reaktion auf etwas, das sie initiiert hatte, statt etwas, das von ihm selbst kam. Er unterzeichnete mit »Love, H«, und manchmal mit einer Reihe von großen X-Küssen. Wenn die E-Mail abgeschickt war, fühlte er sich wie früher als Kind, wenn er eine Aufgabe entweder erledigt hatte oder die Tatsache, dass er sie nicht erledigt hatte, unbemerkt geblieben war. Mittlerweile wartete Tilly in seinem Hinterkopf, wartete, ohne sich zu rühren, als sei sie im Begriff, ein Zimmer zu betreten oder eine Treppe hinunterzugehen. Jedes Mal, wenn er sie vor sich sah, empfand er dabei tiefen Kummer.

E-Mails von William waren ganz anders. Sie kamen relativ regelmäßig und waren knapp und rüde. William sagte, Tilly käme nicht sehr gut zurecht, sie habe abgenommen. Er sagte, er und Susie kümmerten sich um sie, so gut sie könnten, gingen mit ihr zusammen aus und planten gemeinsame Wochenenden. Williams E-Mails machten Henry keinen Kummer, sondern erfüllten ihn mit Wut. Was bildete sich William, mit seinem trägen, lässigen Privatleben, ein, Henry eine Predigt über die Folgen zu halten, die entstanden, wenn man jemandem unbeabsichtigt das Herz brach? Und Susie. Wenn man, dachte Henry, eine Liste der zehn Personen machen würde, die am ungeeignetsten waren, sich um jemand im Zustand tiefen Kummers zu kümmern, würde Susie vermutlich die obersten neun Plätze belegen. Er konnte natürlich nicht verhindern, dass William und Susie sich als scheinheilige Abspuler der Platte »Henry, der Hartherzige« präsentierten, aber er konnte sich weigern, sie erkennen zu lassen, ob er sie gehört oder überhaupt Notiz davon genommen hatte. Das konnte er erreichen, indem er das kleine, aber wirkungsvolle Wörtchen »Löschen« mit der Maus anklickte, sobald er Willams E-Mails flüchtig gelesen hatte. Er konnte es weiterhin dadurch erreichen, dass er ihm keine Antwort zurückschickte. Er fragte sich, wie lange es dauern würde, bis William sein Schweigen bemerkte, wie lange, bis William, der ihn schließlich besser kannte als alle anderen außer Tilly, sich aus dem Dickicht vorübergehender moralischer Überlegenheit befreien und vorstellen – jawohl, *vorstellen* – konnte, was es für Henry bedeutete, mit seinen Gefühlen fertig zu werden; welche Qualen Henry durchlitten und zwar ohne Hilfe durchlitten hatte, denn sie waren ja – schließlich war es seine Entscheidung gewesen, sich nach Amerika davonzumachen – letzten Endes selbst herbeigeführt.

»Sauer?«, schrieb William nach fünf Wochen.

»Nein«, antwortete Henry.

»Was dann?«

»Beschäftigt«, schrieb Henry zurück. »Viel Arbeit. Viel zu tun.«

»Yeah, yeah, yeah.«

»GELD VERDIENEN«, schrieb Henry mit Großbuchstaben.

Danach kam zwei Tage lang nichts.

»Ich glaube dir nicht«, schrieb William.

William stellte den Caffe Latte, den er sich gerade geholt hatte, in seinem hohen weißen Porzellanbecher neben den Computer. Der Besitzer des Cafés, bei dem er einen Bagel bestellt hatte, wollte ihn nicht vor dem Bildschirm essen lassen und schimpfte ebenso, wenn er dort etwas trank. Henry starrte auf Williams Nachricht. »Ich glaube dir nicht.«

Er klickte auf »Antwort an Absender«. Dann tippte er: »Zwei eventuelle Aufträge. Einer für achttausend Dollar, einer für drei. Zeitschriftenauftrag von *Atalanta*-Herausgebern soll überall in den Staaten veröffentlicht werden. Grußkarten-Firma aus Kansas City mit Tantiemen. Werde ihnen nächste Woche mein Portfolio vorlegen. Alles wahr.«

Er lehnte sich zurück und betrachtete den Bildschirm. Alles wahr.

»Ich habe noch nie was für ein Baby gekauft«, sagte Henry.

Ashley betrachtete den Ball in ihren Händen. Er war klein und schwammig, bestand aus weichem Velours und hatte pinkfarbene, blaue und weiße Streifen. Drinnen hörte man ein Glöckchen.

»Er ist zauberhaft.«

»Ich dachte, damit kann sie sich nicht wehtun«, sagte Henry. »Keine Ecken und Kanten. Und weil er so schwammig ist, kann sie ihn irgendwie greifen.«

Ashley blickte zu ihm auf.

»Vielen Dank«, sagte sie. »Du bist so aufmerksam.«

»Da bist du vermutlich der erste Mensch in der Geschichte des Universums, der mich so sieht.«

»Kann ich dir ein Bier holen?«, erkundigte sich Ashley.

»Nein, danke.«

»Kann ich dir etwas anderes anbieten?« Sie legte den Ball behutsam auf die Arbeitsplatte der Küche.

Ein wenig zögernd antwortete Henry: »Vielleicht einen Schluck Wasser ...«

Ashley ging durch die Küche und hielt ein Highball-Glas unter den Eiswasserspender in der Kühlschranktür. Sie trug einen hellgrauen weiten Pullover und eine enge graue Hose. Die Haare fielen ihr in einem glänzenden Zopf über den Rücken.

Ohne sich zu ihm umzudrehen, sagte sie: »Aber du bist aufmerksam. Du bist einer der wenigen Menschen in meiner Umgebung, die nicht von mir erwarten, dass ich besser mit allem fertig werde, als es mir möglich ist.«

Henry stieß ein kurzes Lachen aus.

»Ich bin Experte im Nicht-fertig-Werden.«

Ashley wandte sich um und streckte ihm das Wasserglas entgegen. Dabei zitterte ihre Hand ganz leicht.

»Bisher bin ich mit allem fertig geworden. Aber das Baby geht einfach über meine Kraft ...« Sie hielt inne und hob die freie Hand an den Mund.

Henry durchquerte die Küche, griff sehr sanft nach ihrem Handgelenk und nahm ihr das Glas aus den Fingern. Ihr Handgelenk ließ er nicht wieder los.

»Ich würde am liebsten ständig weinen«, flüsterte Ashley.

»Alles, was ich über Babys weiß«, sagte Henry, »hat auf einer Briefmarke Platz. Aber ich glaube, dass diese Gefühle ziemlich häufig sind. Himmel, dein ganzes Leben, dein ganzer Körper hat sich völlig verändert. Nichts wird jemals wieder so sein wie früher. Reicht das nicht für einen Schock?«

Ashley starrte auf Henrys Hand, die ihr Handglenk umschloss.

»Merrill sieht das aber nicht so«, sagte sie.

»Vielleicht ist er einfach zu überwältigt von Robyn. Zu überwältigt, um etwas anderes wahrzunehmen.«

Ashley trat einen Schritt näher an Henry heran. Ohne ihre Hände zu bewegen, legte sie die Wange an seine Brust.

»Ich werde sie enttäuschen«, sagte Ashley, »ich werde sie im Stich lassen. Ich weiß es genau.«

Henry stellte das Wasserglas auf der nächstbesten Fläche ab und legte ihr den freien Arm um die Schultern. Sie lehnte sich an ihn. Er roch den sauberen Duft ihrer Haare und Kleider.

»Das geht vorbei. Es dauert höchstens ein paar Wochen. Ich wette, es gibt mehr Frauen, die den Babyblues kriegen, als welche, die ihn nicht spüren.«

»Hilf mir!«, bat Ashley.

Henry ließ ihr Handgelenk los und legte ihr die Hand auf die Schulter. Mit sanftem Druck richtete er sie auf.

»Dazu bin ich nicht der Richtige.«

Ashley blickte zu Boden und schüttelte stumm den Kopf.

»Was ist mit deiner Mutter? Mit Gillon?«

»Es tut so gut, einen *Mann* zu haben«, sagte Ashley schlicht.

»Aber nicht irgendeinen Mann. Den Mann, der Vater deines Kindes ist.«

Ashley erschauerte ein wenig.

»Er ist ständig an mir dran. Der Gedanke, dass er dieses Baby gemacht hat, scheint ihn so anzufeuern, dass er sofort ein zweites machen will.«

»Ich glaube«, wandte Henry ein, »so etwas solltest du nicht zu mir sagen.«

»Weil du ein Mann bist?«

»Weil ich nicht zur Familie gehöre.«

»Ich dachte, du wüsstest nichts über Familien«, sagte Ashley.

»Ich lerne.«

Ashley griff nach dem Glas Wasser und reichte es ihm.

Mit einer sehr viel festeren Stimme sagte sie: »Wir würden dich wirklich sehr gern in unsere Familie aufnehmen. Wir sind alle verrückt nach dir. Sogar Grandmama.«

Henry trank einen Schluck Wasser.

»Aber nicht Gillon.«

»Gillon solltest du einfach keine Beachtung schenken.«

Henry lächelte in sein Glas.

»Vielleicht sind wir uns zu ähnlich. Zwei quadratische Pflöcke, die unablässig nach quadratischen Löchern suchen.«

»Gillon sagt, sie muss ständig aus der Reihe tanzen«, sagte Ashley langsam.

Henry blickte auf.

»Ach?«

»Mama sagt, das ist okay. Sie sagt, es ist absolut in Ordnung, aus der Reihe zu tanzen, weil man so das mitkriegt, was den anderen entgeht.«

»Das muss ich mir merken«, sagte Henry. Er stellte das Glas auf der Arbeitsplatte ab. »Das solltest du auch tun. Vor allem jetzt. Vorausgesetzt, man könnte überhaupt in der Reihe bleiben, nachdem man sein erstes Baby bekommen hat.« Er sah Ashley an. »Ich muss jetzt gehen.«

Sie nickte.

»Ich werde für einige Zeit fortgehen. Beruflich. Um mich zu akklimatisieren und um Kansas City zu besuchen.«

»Das hat Daddy mir gesagt.«

»Ohne ihn hätte ich nichts von alledem.«

»Er hilft dir gern. Er tut gern alles, was er kann.« Sie stieß einen kleinen Seufzer aus. »Du wirst uns fehlen.«

Henry trat einen Schritt auf sie zu. Er bückte sich, um

sie auf die Wange zu küssen, und sah, wie ihre Augen ganz kurz aufleuchteten, als sein Gesicht näher kam.

»Wiedersehn«, sagte Henry.

Während Miss Minda zu ihrem mittwöchigen Gebets- und Gesangskreis ging, holte Sarah sich die kleine Trittleiter, die zum Reinigen der Stuckverzierungen an der Decke und der Kronleuchter benutzt wurde, um an die obersten Schrankfächer im Gästezimmer zu gelangen. Das war ihr strengstens verboten. Vor zwei Jahren war sie auf eine Trittleiter gestiegen, um ein schief hängendes Bild zurechtzurücken, war gefallen und hatte sich den Knöchel gebrochen. Damals war Miss Minda ebenfalls fort gewesen, bei der Quiltnähgruppe ihrer Kirche, und Sarah hatte anderthalb Stunden lang beträchtliche Schmerzen aushalten müssen, bis sie wieder nach Hause kam. Sechs Wochen lang hatte sie im Wohnzimmer in dem Queen-Anne-Sessel – in Charleston hergestellt – mit dem eingegipsten Fuß auf einem kissenbedeckten Schemel verbringen und sich von der missbilligenden Miss Minda bedienen lassen müssen. Als der Gips schließlich abgenommen wurde, war Sarah entsetzt gewesen. Ihr Unterschenkel war dünn, abgezehrt und völlig widerwärtig behaart gewesen. Die Erinnerung an jenen ekelhaften, schändlichen Knöchel, eine groteske Travestie dessen, worauf sie sonst immer so stolz gewesen war, schreckte Sarah wirksamer von der Trittleiter ab, als es die Erinnerung an den Schmerz getan hätte. Dennoch trug sie die Trittleiter jetzt, ganz auf ihr nächstes Ziel fixiert, verstohlen ins Gästezimmer hinauf und holte aus den Hochschränken, die außerdem nur ihre Hüte aus lang vergangenen Glanzzeiten bargen, drei Schachteln mit Weihnachtsbaumschmuck heraus, der gewissenhaft in Seidenpapier gewickelt war.

Weihnachten, so hatte Sarah es beschlossen, sollte ihr persönliches Fest werden. Sie hatte Martha gestattet, den Thanksgiving-Tag zu organisieren, und es natürlich sehr bedauert. Martha hatte alles bis zur letzten Minute aufgeschoben, hatte auf eine festliche Tischdekoration verzichtet und Sarah nur erlaubt, einen Kürbiskuchen beizusteuern. Das Ergebnis war, jedenfalls in Sarahs Augen, eine Katastrophe gewesen. Keine Sahnesauce für den Kuchen, kein Maisbrot, kein Cranberry-Kompott und nur unzulänglich glasierte Süßkartoffeln. Gewiss, Martha hatte Kerzen für den Tisch gefunden und ihr Silberbesteck geputzt, aber die Servietten waren aus Papier, und dem gedeckten Tisch fehlte es an Präzision und Eleganz – keine Fingerschalen, keine Shrimpgabeln für die Appetithäppchen –, so dass Sarah ganz nervös wurde. Kein Wunder, dachte sie, als sie sich am Thanksgiving-Abend die Haare unter ihrem Schlafturban hochsteckte, dass die Familie auch nervös zu sein schien. Boone, Cooper und dieser reizende junge Engländer hatten alle die angemessene Festtagsstimmung gezeigt, die man am Thanksgivings-Tag erwartete, aber Merrill war viel zu laut gewesen – und dies war, wie Sarah ihn unauffällig zurechtwies, kein Essen mit seinen Kumpeln von der Uni. Martha hatte erschöpft ausgesehen, Ashley unglücklich, und Gillon – nun ja, Gillon war so still gewesen, dass Sarah sie, falls sie beim Dinner außerdem nichts gegessen hätte, für krank gehalten hätte. Es war sinnlos, von einer Familie zu erwarten, dass sie sich wie eine Familie verhielt, wenn es keine Führung gab; häusliche Führung von der besonders liebevollen, jedoch energischen Art, die in der Macht der Frauen lag. Wenn Martha darauf bestand, das Beste ihrer Energien auf ihre Forschungen und ihre Patienten zu verwenden, wollte Sarah sie deswegen nicht schelten. Jedenfalls nicht rundheraus. Stattdessen wollte sie – vorgeblich zu Ehren der Anwesenheit von Henry Atkins – für ein vollkommenes, jedes Detail berücksichtigendes Familienweihnachtsfest mit einem Hauch Südstaaten-Atmosphäre, Charleston-Atmosphäre sorgen. Auf ihrer Kommode lag ein Prospekt aus dem Geschäft, in dem Ashley gearbeitet hatte, bevor das Baby kam. Der Titel lautete: »Ein wenig Charleston-Charme fürs Weihnachtsfest.« Sarah war unentschlossen. Vielleicht sollte sie Henry die Reproduktion eines Reislöffels schenken. Oder vielleicht einen Ananas-Brieföffner aus Messing. Oder auch einen Regenbogen-Türstopper. Sie nahm die letzte der Baumschmuckschachteln herunter und stellte sie zu den anderen aufs Gästebett. Dann betrachtete sie die Trittleiter. Sie erwog, sie wegzuräumen, entschloss sich aber, es nicht zu tun. Miss Minda sollte sie ruhig entdecken, wenn sie das nächste Mal das Gästezimmer putzte, und merken, dass hinter ihrem Rücken erfolgreich ein kleiner Aufstand stattgefunden hatte. Sarah türmte die Schachteln zu einem kleinen Stapel auf und trug sie ins Wohnzimmer hinab.

»Sie gehen mir aus dem Weg«, beschwerte sich Paul Landers.

Gillon sah ihn offen an.

»Ja.«

»Ich habe Sie vor Wochen gesehen. Ich habe Sie auf der East Bay Street gesehen. Ich habe gesehen, wie Sie aus dem Postamt kamen. Ich habe Sie in dieser Galerie mit all den scheußlichen Bildern gesehen.«

»Nicht scheußlich ...«

»Zum größten Teil scheußlich«, sagte Paul Landers. »Warum gehen Sie mir aus dem Weg?«

Gillon schob ihre Hände in die Taschen.

»Das wissen Sie genau.«

»Ich werde Sie trotzdem dazu bringen, es mir zu sagen. Ich lade Sie jetzt zu einem Drink ein und werde Sie dazu bringen, es mir zu sagen.«

Gillon seufzte.

»Ich bin nicht sehr stolz auf mich selbst ...«

Er legte ihr die Hand an den Ellbogen. Dabei warf er einen Blick die Market Street entlang.

»Wir gehen jetzt ins Wild Wing. Da serviert ein Mädchen mit einem hinreißenden Hinterteil.«

»Ich möchte wetten, dass Sie sich zu Hause nicht so ausdrücken ...«

»Zu Hause denke ich nicht mal so. Wie Sie ganz genau wissen.«

»Ich freue mich wirklich, Sie wieder zu sehen ...«, sagte Gillon.

»Man sollte es mir nachsehen«, sagte Paul, während er sie durch den Eingang des Cafés und an die Bar steuerte, »dass ich Ihre Begeisterung vermisse. Sie sind seit sechs Wochen zu Hause, und ich habe nichts von Ihnen gehört. Was trinken Sie?«

»Diät-Cola ...«

»Nein, bestimmt nicht!«

»Dann vielleicht ein Bier ...«

Er drückte sie energisch auf einen Stuhl.

»So ist es besser.«

»Eigentlich sollte *ich Sie* zu einem Drink einladen.«

»Das sollten Sie«, sagte Paul, »aber das können Sie sich nicht leisten.«

Er ging zur Bar, um zu bestellen. Gillon beobachtete ihn, stellte fest, dass der untere Rand seiner Jacke in der Rückenmitte noch immer hochrutschte und dass seine Hose – nach ihrem neuen englischen Standard – zu kurz war. Ihn so zu sehen, weckte urplötzlich Sehnsucht nach jenem Lebensgefühl, das sie, als sie aus England zurückkam, ad acta gelegt hatte. Sie senkte den Blick. Keine Geständnisse, ermahnte sie sich. Nur weil es Paul ist und er dich in- und auswendig zu kennen meint, nur keine Schwäche zeigen.

Paul stellte zwei Gläser und zwei Dosen Lone Star auf den Tisch.

»In London haben Sie bestimmt gelernt, Designer-Bier zu trinken.«

»Nein«, antwortete Gillon kurz.

»Was haben Sie denn in London gelernt?«

»Ich habe gemerkt, dass ich gut im Recherchieren bin.«

Paul schob eine Dose und ein Glas zu ihr hinüber.

»Das wussten Sie doch vorher schon.«

»Ich könnte auch eine gute Konservateurin sein.«

Paul sog an seinen Zähnen.

»Dazu braucht man Erfahrung.«

»Ich *habe* Erfahrung.«

»Ach, wirklich?«

Gillon goss ihr Bier ins Glas. »Das ist Männerbier.«

»Trinken Sie nur. Sie kommen nach nur vier Monaten bei der Hopkirk Partnership hierher zurück und wollen behaupten, Sie hätten Erfahrung?«

Gillon starrte in ihr Glas. »Ich musste meine Pechsträhne testen.«

»Was für eine Pechsträhne?«

»Ich musste hierher zurückkommen, um zu probieren, ob ich's kann.«

»Ist das ein Lebensplan?«

»Ich habe Ihnen gesagt, dass ich nicht sehr stolz auf mich bin«, sagte Gillon. »Ich brauche Sie nicht, damit ich mich noch mieser fühle. Ich bin da irgendwie in eine Sache reingezogen worden, in London. Ich bin an ein Pärchen geraten, das sich gerade trennen wollte. Ich fühle mich schuldig. Ich musste da einfach raus.«

»Haben Sie sich den Kerl geangelt?«, erkundigte sich Paul und hob das Glas.

»Nein!«

»Den großen Burschen, der augenblicklich hier ist?«

Gillon starrte ihn an.

»Woher wissen Sie ...«

Paul grinste. Er trank einen großen Schluck Bier.

»Wir sind hier in Charleston, Süße. Hier in Charleston weiß jeder alles.«

»Nur nicht, dass jeder das Falsche weiß«, gab Gillon wütend zurück.

Paul legte den Kopf schief.

»Er macht gute Bilder, heißt es.«

»Meine Freundin«, sagte Gillon, »ist – war – seine Freundin.«

»Okay.«

»Mehr habe ich dazu nicht zu sagen.«

Paul schickte einen Blick zur Decke.

»Simon Hopkirk findet Sie gut.«

»Woher wissen Sie das?«

»Ich hab ihm gemailt.«

»Das kann nicht wahr sein!«

»Aber natürlich hab ich das getan. Er fand es schade, Sie zu verlieren. Er hätte Ihnen viel Arbeit besorgen können. Er erwähnte die English-Heritage-Stiftung.«

Gillon duckte sich über ihr Bier.

»Hören Sie auf mit diesem Unsinn ...«

»Aber Sie brauchen das«, sagte Paul. Er sah sie an. »Es ist wichtig, dass Sie das hören.«

Gillon schwieg.

»Ich habe den Eindruck«, sagte Paul, »dass Simon Sie gern wieder drüben hätte. Dass er Ihnen helfen würde, freiberuflich zu arbeiten.«

Gillon schüttelte den Kopf. Paul zeigte auf ihr Glas.

»Trinken Sie das noch?«

Abermals schüttelte sie den Kopf. Er zog das Glas zu sich heran.

»Es macht mich verrückt«, sagte er, »wenn ich sehe, wie Sie sich selbst immer wieder in den Fuß schießen.«

»Ich schieße mir nicht ...«

»In beide Füße«, sagte Paul. Er trank einen Schluck von Gillons Bier. »Ihr jungen Leute! Euch steht alles offen, aber ihr könnt euch nicht entscheiden, was ihr wollt.«

»Stimmt nicht!«, zischte Gillon ihn an.

Er musterte sie.

»In Ihrem Fall könnte es sein, dass es nicht stimmt«, sagte er. »Sie wissen vermutlich, was Sie wollen. Aber Sie wollen es sich nicht gestatten, es zu bekommen.« Er beugte sich über den Tisch. »Wissen Sie noch, wie ich Sie gefragt habe, ob Sie mit jemandem zusammen sind?«

Gillon wartete.

»Ob Sie mit jemandem zusammen sein *wollen*?«

»Das wollte ich nicht«, behauptete sie.

Er lächelte. Dann griff er wieder zu ihrem Glas.

»Damals nicht«, sagte er. »Nicht damals, als ich Sie danach gefragt habe. Aber das war damals. Und jetzt – nun ja, jetzt ist heute, nicht wahr?«

Es war sehr still im Haus. Die Katze schlief in ihrem Winternest aus einem karierten Kissen in einem Körbchen unter der Frühstückstheke, und Boone war nach Atlanta zu einer Tagung für Immobilienmakler gereist, die mit historischen Immobilien in den Südost-Staaten handelten. Boone liebte diese Tagungen. Je älter er wurde, desto mehr liebte er diese Männerversammlungen, die er als junger Mann – zu Marthas Freude – so sehr verabscheut hatte. Als junger Mann hatte er natürlich

Anwalt werden wollen. Martha erinnerte sich an Gespräche während jener heimlichen Wochenenden in New York, bei denen es um die Möglichkeit ging, dass Boone Menschenrechtsanwalt werden könnte. Damals hatte sie ihn, als er auf dem schmalen Bett ihres Studentenheims ausgestreckt lag, erfüllt von einem nahezu kreuzzüglerischen Eifer erlebt, ein junger weißer Aktivistenanwalt aus dem alten Konföderierten-Süden, der sich eine ganz bestimmte Plattform errichten wollte, von der aus er die vielfältigen Ungerechtigkeiten des Rechtssystems anprangern konnte, uralte Ungerechtigkeiten der Hautfarbe und des Glaubens. Er war mitreißend gewesen, wie er da ohne Schuhe auf dem Bett lag und in seiner Begeisterung in die Luft boxte. Rückblickend war Martha überzeugt, dass es diese Manifestationen seines Wunsches nach sozialen und legalen Veränderungen waren, die sie veranlassten, die Tatsache zu übersehen, dass er in der Tradd Street geboren war, dass ihre Eltern zusammen aufgestiegen waren, dass der Smaragd, den er ihr schenkte, nicht frisch aus einem Geschäft an der Fifth Avenue kam, sondern aus der Schmuckschatulle seiner Großmutter Clayborne. Mehr als einmal war es ihr aufgefallen, dass das Ausmaß seiner aktiven Begeisterung für eine Veränderung in dem Moment zu verblassen begonnen hatte, als sie Ja gesagt, als sie den Smaragd angenommen hatte. Stattdessen hatte er angefangen, sich traditioneller, schicksalsergebener zu äußern, davon zu schwärmen, wie sie leben wollten, auf welche Schule sie ihre Kinder schicken und wo sie ihren Urlaub verbringen sollten. In der Nacht nach Gillons Geburt ging Boone mit einer Gruppe von Männern aus, die er sein Leben lang kannte, und kam erst gegen vier Uhr morgens nach Hause. Er habe gefeiert, behauptete er. Nur andere Männer mit Kindern würden verstehen, was er empfinde, behauptete er. Es gebe ein paar Dinge, die nur Männer miteinander tun könnten, behauptete er. Und Martha hatte einen Schmerz und eine Wut empfunden, wie sie sie noch niemals zuvor in ihrem Leben empfunden hatte. Sie hatte sich verraten gefühlt. Ganz und gar und völlig verraten.

Nun, nach nahezu dreißig Jahren, stand sie in Gesellschaft ihrer schlafenden Katze auf Strümpfen in ihrer stillen Küche und empfand eher Erleichterung als Verrat. Was immer Boone in den zwei Tagen in Atlanta tat, war irgendwie nicht mehr ihr Problem. Wie dem auch sei, Boone konnte Zuneigung auslösen – und tat es auch –, aber er wirkte auch oft ermüdend. Die Menschen, fand Martha, die entweder geistig oder körperlich sehr aktiv waren, waren überaus ermüdend, weitgehend, weil beide Zustände ein Anteil nehmendes Publikum erforderten. Wenn Boone einen Raum verließ, dauerte es eine Weile, bis die Atmosphäre allmählich wieder neutral wurde. Wäre er jetzt im Haus, würde sie ein geschäftiges Summen von Energie wahrnehmen, wie das endlose Dröhnen des Maschinenraums tief unten im Bauch eines riesigen Dampfers. Ohne ihn lag das Haus still, fast reglos da, absolut einverstanden mit dem Gedanken, dass vor allem sie es nicht darin stören würde.

Gemächlich überlegte sie, ob sie hungrig war. Eigentlich nicht. Kaffee wäre gut, und später vielleicht ein bisschen Käse mit Crackern oder ein Stück von dem Bananenkuchen, den Sarah am Sonntag mitgebracht hatte, vorwurfsvoll, aber wohl wissend, dass Martha keinen Nachtisch gebacken haben würde. Martha erwog, Sarah anzurufen. Vielleicht später. Vielleicht würde sie sich nach einer Tasse Kaffee hinsetzen, Sarah, Ashley und Gillon anrufen und so, ermahnte sie sich, sämtliche Hornissennester ihrer Ängste wieder aufstören. Sie ging zum Kühlschrank, um das Päckchen Kaffee zu holen.

Die Glastür zur Veranda wurde geöffnet. Martha fuhr herum.

»Mutter ...«

»Ach«, sagte Martha, »Gillon, Liebes ...«

»Habe ich dich erschreckt?«

»Daddy ist nicht da. Ich hatte keinen Besuch erwartet.«

Gillon kam herein.

»Ich bin's nur.«

Martha gab ihr einen Kuss.

»Ich weiß nicht recht«, sagte sie schuldbewusst, » was meinst du mit ›nur‹?«

Gillon sah das Kaffeepäckchen in der Hand ihrer Mutter.

»Soll ich das machen?«

»Gern«, sagte Martha.

Mit dem Rücken zu ihrer Mutter sagte Gillon, während sie Kaffee in die Kaffeemaschine löffelte: »Hattest du einen ruhigen Abend geplant?«

»Nun ja ...«

»Ich werde nicht lange bleiben. Ich trinke nur einen Kaffee mit dir, dann gehe ich wieder.«

»Liebes ...«

»Ich habe einen seltsamen Tag hinter mir. Alle möglichen Dinge sind mir durch den Kopf gegangen.« Sie drehte sich zu ihrer Mutter um. »Wusstest du, dass Henry Ashley besucht hat?«

»Ja«, antwortete Martha.

»Hat Ashley ihn darum gebeten?«

»Ich glaube schon ...«

»Mama, ist Ashley ...«

»Nein«, sagte Martha. »Nein. Davon kann nicht die Rede sein. Ashley geht's im Moment nicht besonders gut.«

Gillon biss sich auf die Lippe.

»Entschuldige.« Sie hielt einen Moment inne; dann sagte sie: »Deswegen bin ich nicht gekommen.«

Martha hielt einen Messbecher unter den kalten Wasserhahn und trug das Wasser dann zur Kaffeemaschine hinüber.

»Weswegen bist du denn gekommen?«

»Weil ich dich nach einem Gespräch fragen wollte, an das ich mich erinnere«, sagte Gillon. »Vor Jahren. Vor vielen Jahren. Damals war ich ungefähr vierzehn, also müsste Ashley wie alt gewesen sein? Elf? Zehn?«

Martha goss das Wasser in die Maschine.

»Was für ein Gespräch ...«

»Du hast uns gefragt, worüber wir uns Sorgen machen.«

Martha wandte sich um.

»Hab ich das?«

»Ja. Du hast Ashley und mich – Cooper nicht – gefragt, worüber wir uns Sorgen machen. Wir waren in unserem Pontiac, auf dem Weg zur Isle of Palms. Wir wollten an den Strand.«

»Was habt ihr geantwortet?«, fragte Martha.

»Ich habe gesagt – ich bin jetzt nicht ganz sicher, was ich damit gemeint habe –, ich mache mir Sorgen darüber, dass ich nicht erfolgreich sein würde. Und Ashley hat gesagt, sie mache sich Sorgen darüber, dass sie nicht schön sein würde. Und du hast gefragt, was ist denn mit der Liebe? Ich habe gesagt, ich könnte mir Liebe nicht vorstellen, und Ashley hat gesagt, es wäre furchtbar, wenn niemand sie lieben würde, wenn – na ja, wenn kein Mann sie lieben würde. Ich habe mich nun gefragt, habe mich den ganzen Tag gefragt, was wir dir antworten würden, wenn du uns diese Frage jetzt noch einmal stellen würdest.«

Das Wasser in der Maschine begann zu brodeln und zu gurgeln. Martha sah Gillon an.

»Und?«

»Ich glaube ... na ja, ich glaube, wir würden so ziemlich dasselbe sagen.«

»Wirklich?«

»Ich habe mit neunundzwanzig mehr Gründe, mir über meinen Erfolg Sorgen zu machen, als ich es mit vierzehn hatte.« Sie öffnete einen Schrank, um Becher herauszuholen. »Und Ashley ist schön. Und Merrill liebt sie.«

»Hier geht es nicht um Ashley, nicht wahr?«

»Nein.«

»Es geht um Liebe.«

»Mama ...«

»Mit vierzehn konntest du dir Liebe nicht vorstellen.«

»Nein.«

»Aber jetzt kannst du das.«

»Ist das nicht offensichtlich?«

»Offensichtlich ist«, gab Martha zurück, »dass sie nicht das ist, was du dir vorgestellt hast.«

Gillon legte die Hände auf die Frühstückstheke und ließ den Kopf hängen.

»Ich habe kein gutes Gefühl dabei.«

»Das bedeutet nicht, dass sie nicht real ist.«

»Ich will nichts haben, das mir nicht gehört. Nicht einmal etwas, wonach sich ein anderer sehnt. Oder zu sehnen meint.«

Martha nahm die Milch aus dem Kühlschrank.

»Warum diese Skrupel?«

»Mama«, rief Gillon verzweifelt und hob den Kopf, »krieg ich denn nicht mal Anerkennung dafür, dass ich Skrupel *habe*?«

»Nur, wenn sie gerechtfertigt sind.«

»Wie bitte?«

»Frag ihn«, sagte Martha. Sie schaltete die Maschine aus und nahm den Glastopf von der Heizplatte. »Sprich mit ihm darüber. Erklär ihm, was du denkst, was du empfindest.« Sie schenkte Gillon ein müdes Lächeln. »Sprich nicht mit mir.«

12

Auf der Herrentoilette des Flughafens von Atlanta schluckte Boone zwei Advil und trank einen halben Liter Evian-Wasser dazu. Irgendwie kam es von der Reinheit des Wassers, die man mit den Französischen Alpen assoziierte – diese blauen Gipfel auf dem rosa Flaschenetikett –, dass er das Gefühl hatte, es sei gut, seinen Körper damit zu verwöhnen, nachdem er ihn misshandelt hatte. Früher einmal war er mit Martha zum Skilaufen in die Alpen gereist. Ashley war damals ein Baby gewesen, und sie hatten alle drei Kinder in der Obhut von Sarah und Miss Minda zurückgelassen und waren nach Europa geflogen, nach Genf. Als Boone seine Evian-Flasche und all die reinigenden Eigenschaften betrachtete, die sie bestimmt enthielt, konnte er sich genau an die Wirkung erinnern, die diese scharf gezeichneten weißen Hänge unter dem exotisch blauen französischen Himmel auf ihn gehabt hatten. Inzwischen hatte er bessere Skipisten in Vail und Aspen erlebt, aber nie wieder so grandiose, nie wieder in einer Landschaft, in der die Vereinigung von Schnee, Himmel, Wald, Mensch und Tempo so besonders intensiv zu sein schien. Nie wieder hatte er das Skilaufen als so natürlich und gleichzeitig so elegant empfunden.

Er betrachtete die zweite Hälfte seiner Literflasche. Wenn er sie jetzt trank, würde er auf dem Kurzflug nach Charleston zehnmal von seinem Sitz aufstehen müssen. Sein Kopf fühlte sich schlimm an, sicher, aber nicht so schlimm, wie er sich angefühlt hatte, als er um sechs –

seiner normalen Zeit – erwacht war und feststellte, dass er zwar im Bett lag, aber noch immer im Hemd und in der Unterhose von gestern. Zu seiner Erleichterung hatte er es offenbar geschafft, sich wenigstens die Socken auszuziehen. Hätte er die Socken noch angehabt, wäre das eine tiefe Demütigung für ihn gewesen. Er konnte sich an vieles vom vergangenen Abend erinnern, nur nicht an die letzte Stunde oder so, nachdem er sich hatte überreden lassen, mit einer Flasche Rum, die Chuck Carlyle aus der Karibik mitgebracht hatte, ins Hotelzimmer eines Kollegen zu gehen. Boone trank niemals Rum, er mochte keinen Rum, hielt nicht mal im Sommer einen Daiquiri für angenehmer als einen Gin Tonic. Am Abend zuvor jedoch hatte er um ein Uhr nachts mit drei anderen eine Flasche Rum getrunken und war im Bett aufgewacht, ohne die geringste Erinnerung daran, wie er dort hingekommen war. Vielleicht hatte er es ja gar nicht getan. Vielleicht war es der für seine Trinkfestigkeit berühmte Chuck Carlyle gewesen, der ihm fürsorglich Jackett, Hose, Schuhe und Socken ausgezogen hatte, bevor er ihn ins Bett steckte. Am Morgen hatte Boone Chuck nicht mehr gesehen. Hatte er überhaupt keinen mehr gesehen. Nicht etwa, dass er den anderen bewusst aus dem Weg gegangen war, er hatte vielmehr das Gefühl, dass auch nur der kleinste Frühstücksduft fatale Auswirkungen auf ihn haben würde. Schade. Boone schätzte das Frühstück, als Mahlzeit an sich. Hatte es immer schon geschätzt.

Boone schnallte seine Evian-Flasche an die Seite seines Travelpro-Rollkoffers und ging in die Halle hinaus. Er hatte noch zwanzig Minuten bis zum Abflug. Er holte sein Handy aus der Tasche und wählte Marthas Nummer. Zu Hause meldete sich der Anrufbeantworter. Er versuchte es mit ihrem Handy. Nur die Mailbox. Er versuchte ihr Büro in der Medical University an der

Ashley Avenue. Eine flache, weibliche Stimme informierte Boone, dass das Büro noch nicht geöffnet habe. Boone fluchte und steckte das Handy in die Tasche zurück. Ein plötzliches Aufflammen ungewohnter Wut schoss in ihm hoch. Warum war Martha nicht erreichbar? Warum rief sie niemals *ihn* an? Warum versteckte sie sich so sehr hinter beruflichen und technischen Barrieren, dass niemand – nicht mal ihr verdammter Ehemann – an sie herankam? Und das nach der letzten Nacht, nach seiner *Zurückhaltung* in der letzten Nacht. Denn nach dem Dinner waren sie alle in jener Art von Etablissement gelandet, das Boones Vater wohl als Herrenclub bezeichnet hätte, wo irgendeine Tussi sich vor seiner Nase um eine Stange gewunden und ihm ihren süßen, kleinen Hintern direkt ins Gesicht gereckt hatte. Er hatte daran gedacht, natürlich hatte er daran gedacht, vor allem, als Chuck Carlyle sich zu ihm herübergebeugt und in seiner trägen, lässigen Art gefragt hatte: »Lust auf 'ne kleine Nummer, Mann?« Aber er hatte abgelehnt. Er hatte gegrinst, die Achseln gezuckt, dem Mädchen einen Fünfzig-Dollar-Schein – viel zu viel – ins Strumpfband gesteckt und hatte sich zu dem, was sein Vater als private Verrichtung bezeichnet hätte, auf die Herrentoilette begeben. Cooper hätte dafür einen weit gröberen Ausdruck parat gehabt. Und nach all dem war Martha jetzt nirgendwo zu erreichen! Sie hatte gestern Abend nicht angerufen, und er hatte heute Morgen nicht angerufen. Vermutlich hatte sie nicht angerufen, weil sie nicht daran *gedacht* hatte. Boone holte tief Luft. Woran dachte sie denn sonst? Er wusste es nicht. Warum nicht stattdessen eine Liste der Dinge aufstellen, an die sie *nicht* dachte, der Dinge, an die zu denken – war das in diesen modernen Zeiten etwa zu viel verlangt? – doch ihre *Pflicht* war? Boone machte vor einem Zeitungsstand Halt und kaufte sich ein Exemplar der *New York Times.* Zornig schüttelte er sie aus und starrte auf die Titelseite. Greenberg sauer, Florida wütend wegen angeblich falscher Wahlauszählung, im Nordosten vermutlich weiße Weihnachten. Weihnachten! Nach allem, was er gehört hatte, wollte Martha nicht mal das Weihnachtsfest ausrichten. Thanksgiving hatte sie nur halbherzig organisiert, und jetzt wollte sie nicht mal Weihnachten ausrichten. Das tat ihre Mutter. Ihre sechsundsiebzigjährige Mutter richtete das weihnachtliche Familienfest für drei Generationen aus, weil ihre Tochter beruflich zu beschäftigt war, um es selber zu machen. Boone packte den Zuggriff seines Koffers und ging mit energischen Schritten auf das Abflug-Gate nach Charleston zu.

Marthas Arbeitsplatz an der Medical University lag in einer Ecke des großen Büros, das als Psychiatry Center Research Department bekannt war. Fünf Personen arbeiteten in diesem Büro, ein Administrator, zwei qualifizierte praktische Ärzte und zwei Psychiater. Marthas Psychiater-Kollege, ein hagerer Mann aus einer Kleinstadt bei Milwaukee, hatte sich auf Schizophrenie spezialisiert. Er verlieh seiner Meinung, Marthas Betätigungsfeld sei vergleichsweise leichtgewichtig, zwar niemals offen Ausdruck, doch sein Verhalten ließ an Deutlichkeit nichts zu wünschen übrig. Martha ihrerseits hatte bemerkt, dass ihr Kollege der Theorie den Vorzug vor der Praxis gab. Er hatte keine regulären Sprechstunden, er empfing Patienten nur in extremis, als Beweismaterial. Sie nannte ihn respektvoll einen Akademiker und ließ die eigentliche Bedeutung, die darin lag, für sich sprechen. Sie hielten einen sprungbereiten Waffenstillstand, der ihnen beiden durchaus zusagte.

»Letztlich«, vertraute Martha Ellen, ihrer Sprechstundenhilfe draußen in Mount Pleasant, an, »erspart mir das die Mühen und Plagen einer innigen Beziehung.«

Martha arbeitete neben einem Fenster und hatte über ihrem Computerbildschirm eine Blende befestigt, die das Licht fern halten sollte. Das Einzige, was man von ihrem Fenster aus sah, war die angrenzende Mauer des Transplantations-Zentrums, aber im Sommer fiel das Sonnenlicht genau in die Schlucht zwischen den Gebäuden, merkwürdig hart, grell und fern, gesehen durch eine kalte Wand von klimagekühlter Luft. Seit fünfzehn Jahren arbeitete Martha an diesem Platz und produzierte ihre leisen Abhandlungen über die allmählich sich wandelnde Dynamik zwischen den Geschlechtern in der letzten Hälfte des zwanzigsten Jahrhunderts, Abhandlungen, die niemals Schlagzeilen machten – der gesunde Menschenverstand hatte schließlich kaum Sex-Appeal –, die aber den Weg zu einer außergewöhnlich großen Zahl von Schreibtischen ihrer Kollegen fanden. Das konnte Martha anhand ihrer Korrespondenz beweisen. Diese Belobigungen zeigte sie niemandem – ja, sie hatte sogar niemandem von ihnen erzählt –, aber inzwischen nahmen sie, als Briefe, Faxe oder ausgedruckte E-Mails, fast drei altmodische Aktenschränke aus grauem Metall ein, die ihr Abteil des Büros von dem des Mannes aus Milwaukee trennte.

Gewohnheitsmäßig holte sie sich, sobald sie eintraf, an den Automaten im Hauptflur Kaffee und Wasser und nahm beides mit an ihren Schreibtisch. Während ihr Computer warm wurde, sah sie die Korrespondenz durch, die sich seit ihrem letzten Besuch angesammelt hatte, trank ihren Kaffee und dachte sich langsam, doch intensiv wieder in ihre Arbeit hinein. Dann setzte sie sich vor den Computer, befestigte die defekten Kopfhörer, die Cooper während eines Ferienjobs bei einem lokalen Radiosender stibitzt hatte und die sich wunderbar als Lärmdämmer verwenden ließen, und öffnete ihre Dateien. Es geschah selten, dass jemand sie zu stören wagte, es sei denn, in einem Notfall. Gelegentlich wurde sie ins Krankenhaus gerufen, und einmal pro Woche nahm sie an zwei Abteilungsbesprechungen teil. Davon abgesehen waren ihre Tage an der Medical University so etwas wie ein Luxus für sie, weil sie ihnen eine außergewöhnliche Zielstrebigkeit zu geben vermochte.

Als Boone ihr die Hand auf die Schulter legte, spürte sie ihn anfangs gar nicht, so selten war es, dass jemand sie hier – von einem Händedruck abgesehen – körperlich berührte. Dann fuhr sie entsetzt herum.

»Was ist los? Wer ist ...?«

»Gar nichts«, deutete Boone mit Lippenbewegungen an. Er bückte sich und entfernte ihre Kopfhörer. Er roch nach Zahnpasta, Shampoo und abgestandenem Alkohol.

»Niemand ist verletzt. Alles ist in Ordnung. Den Kindern geht es gut.«

»Aber du kommst doch sonst nie hierher ...«

Boone stützte sich mit einer Hand auf ihre Stuhllehne und mit der anderen auf den Schreibtisch neben ihrem Computer. Und beugte sich zu ihr hinab.

»Heute doch.«

Martha wich im Sitzen vor ihm zurück.

»Du bist betrunken.«

»Das war ich«, antwortete Boone. »Jetzt bin ich nüchtern, wenn auch mit einem Kater behaftet.«

»Warum bist du nicht in deinem Büro?«

»Weil ich Wichtigeres zu tun habe. Zum Beispiel mit dir reden.«

»Wir können heute Abend reden.«

»Aber das tun wir nicht.«

»Boone, ich ...«

»Du wirst dich ablenken lassen«, erklärte Boone. »Du wirst in Gedanken in deinem verfluchten Büro sein. Die Kinder werden anrufen. O nein, ich werde dich mitnehmen und *jetzt* mit dir reden.«

Martha stieß ihren Stuhl zurück und stand auf.

»Wir könnten in die Mensa gehen ...«

»Das könnten wir *nicht*. Ich werde nicht an einem Ort mit dir reden, der von all deinen verdammten Kollegen bevölkert ist. O nein, wir werden uns irgendwo ein Café suchen.«

»Du hättest mich vorher anrufen können«, beschwerte sich Martha.

Boone sah sie an. Er atmete tief durch.

»Provozier mich nicht, Liebling«, warnte er.

»Hat Atlanta dies ausgelöst?«, fragte Martha. Sie hatte ihre Brille aufgesetzt und ihren Cappuccino ein wenig zur Seite geschoben, als wolle sie andeuten, wie sehr sie ihn von Anfang an *nicht* gewollt hatte.

»Vielleicht war Atlanta der Katalysator ...«

»Wofür?«

»Alles Mögliche«, sagte Boone. »Für Dinge, die sich seit langer Zeit aufgestaut haben.«

Er starrte auf den mit rotem Plastik bedeckten Tisch des Cafés hinab. Er hatte Pfannkuchen, Orangensaft und Kaffee bestellt und fragte sich plötzlich, warum er das getan hatte.

»Zum Beispiel?«

»Die Kinder«, sagte Boone. »Uns. Prioritäten.«

Martha senkte einen Löffel in den Milchschaum ihres Cappuccino.

»Sprechen wir jetzt von meiner Arbeit?«

»Nicht an sich«, sagte Boone. »Nur über deine Einstellung dazu.«

»Als wir uns kennen lernten«, sagte Martha, »wusstest du, was ich machen wollte. Und du weißt, warum ich es machen wollte.«

Boone schob die Menage auf dem Tisch hin und her.

»Sag's mir noch mal.«

»Muss ich das wirklich?«

Er nickte.

»Du weißt«, begann Martha in einem etwas weniger neutralen Ton, »du *weißt*, dass ich mich nicht mit der Art von Südstaaten-Frauen identifizieren konnte, die meine Mutter verkörpert. Du *weißt*, dass ich glaubte – immer noch glaube –, dass ihr Lebensstil entweder von Schwäche oder von Idiotie zeugt. Du weißt, dass ich mich mit meinem Vater und meinem Großvater identifizierte, dass ich bewusst diesen ...« Unvermittelt brach sie ab und senkte den Blick auf die Tischplatte.

»Natürlich«, sagte Boone.

»Was soll das heißen, ›natürlich‹?«

»Dann hast du Kinder bekommen«, sagte Boone. »Drei Kinder. Von einem Ehemann ganz zu schweigen.«

Eine Kellnerin in roter Kunststoffuniform stellte Teller und Becher neben Boones Ellbogen.

»Einmal Blaubeerpfannkuchen mit Pfirsichsirup, einmal O-Saft, einmal Kaffee.«

»Danke«, sagte Boone. Er sah weder die Kellnerin noch die Bestellungen an. Er beugte sich zu Martha vor.

»Das alles ist völlig in Ordnung.«

Einen Augenblick lang sah sie ihn an.

»Sieht aber nicht danach aus ...«

»Liebling, kein Mensch will dich in eine Kiste sperren. In dem Moment, in dem ich dich sah, wusste ich, dass du nicht die typische Wohltätigkeits-Dame des Südens bist. Aber die Waage hat sich zu weit zur anderen Seite geneigt.« Er sprach mit leicht gehobener Stimme. »Zur falschen Seite.«

Sie zog ihren Kaffee näher zu sich heran.

»Hör auf, so zu reden«, verlangte sie. »Nicht mit diesen Worten.«

Er streckte die Hand aus und umfasste ihr Handgelenk.

»Das werde ich tun, wenn ich es für richtig halte. Wenn ich etwas für falsch halte, werde ich sagen, dass es falsch ist. Ich halte es für falsch, wenn es dir leichter fällt, deine Arbeit zu lieben, all diese Patienten zu lieben, die dich schließlich für deine Zeit und deine Fachkenntnis bezahlen, als deine Familie zu lieben.«

Martha entriss ihm ihr Handgelenk.

»Wie *kannst* du es wagen!«

Er lehnte sich zurück. Und grinste.

»Ins Schwarze getroffen!«, sagte er.

»Wie bitte?«

»Ich habe eine Reaktion erzielt. Diese berühmte Selbstbeherrschung durchbrochen.«

»Das hast du nicht. Das ist nicht einmal entfernt zutreffend.«

»Ach ja?«

»Nein!« Martha schrie es fast heraus.

»Dann kannst du also Ashley ihre schwere postnatale Depression durchmachen lassen, während du in deiner Praxis, in deinem Büro sitzt, sie anrufst und ihr all dieses Zeug erzählst, das du denen auftischst, die dir hundert Dollar pro Stunde dafür bezahlen? Dann kannst du Cooper ruhig verrückt spielen lassen, solange du nur nichts davon erfährst? Dann kannst du Gillon – o Gott, lass uns bloß nicht davon anfangen. Und deine Mutter? Und ich? Was ist mit mir? Bin ich vielleicht so weit ins Gehabe eines durchschnittlichen, unbehauenen Südstaaten-Reaktionärs zurückgefallen, dass ich in etwa so viel Zeit und Aufmerksamkeit von dir beanspruchen darf wie deine verdammte *Katze?* Wir sprechen nicht mehr miteinander, wir unternehmen nichts mehr miteinander, wir haben nicht mal mehr Sex miteinander. Sex! Ha!« Er schnippte mit den Fingern. »Könnte vielleicht mal jemand herkommen und mich daran erinnern, in leicht verständlichen Worten erinnern, was Sex eigentlich ist?«

»Bitte«, sagte Martha leise.

»Und jetzt Weihnachten«, fuhr Boone fort. »Jetzt kannst du nicht mal mehr ein verdammtes *Weihnachtsfest* organisieren. Dein erstes Enkelkind, Ashleys erstes Baby, und du kannst nicht mal Weihnachten für deine Tochter und ihr Kind ausrichten?«

»Mutter hat sich dazu erboten, sie besteht darauf ...«

»Nur weil sie von Thanksgiving so enttäuscht war.«

»O Gott!«, stöhnte Martha, hob die geballten Fäuste links und rechts an ihre Stirn und schloss die Augen, »reden wir hier von Martha Stewart? Keine Leinenservietten, keine Fischgabeln ...«

»Nein«, sagte Boone, »wir reden von *Liebe.* Zuwendung. Traditionsbewusstsein.«

»Verschone mich«, sagte Martha. Und öffnete die Augen. »Ich liebe meine Kinder. Mein Leben lang habe ich meine Kinder am meisten geliebt.«

»Danke ...«

»Aber sie *gehören* mir nicht. Und dir auch nicht. Sie sind uns nur *geliehen.* Ich will genauso wenig wie du zusehen müssen, wie sie versagen. Es tut mir weh, wenn ich das sehe. Aber wie sonst sollen sie lernen, wenn man sie nicht ihre eigenen Erfahrungen machen lässt?«

Boone stand auf. Martha warf einen Blick auf die Pfannkuchen.

»Willst du denn nicht frühstücken?«

»Nein«, sagte er. Dann schob er sich seitwärts aus der Bank und sah auf Martha hinab.

»Mit dir als Vorbild«, sagte Boone, »ist es kein Wunder, dass Gillon ihren Arsch nicht von ihrem Ellbogen unterscheiden kann.«

Gillon streckte die Arme aus.

»Soll ich sie mal füttern?«

Ashley, um halb zwölf Uhr vormittags noch immer im Bademantel, blickte auf das Baby in ihren Armen hinab.

»Würdest du?«

»Natürlich, gern.«

»Das scheint alles zu sein, was ich tue: sie füttern«, sagte Ashley. »Sie will ständig gefüttert werden.«

Gillon schob ihre Arme unter das Baby und hob es auf.

»Du wirst groß, Mädchen«, sagte sie zu Robyn.

»Vielleicht, wenn ich sie gestillt hätte, vielleicht wenn ich ...«

»So darfst du nicht denken, Ash.«

»Ich fühle mich so *schuldig*, dass ich das nicht wollte. Es ist furchtbar, wenn man sein Kind nicht stillen will.«

»Wer sagt das?«

Ashley holte ein halb volles Fläschchen aus der Mikrowelle.

»Das sagt Henry.«

Gillon nahm das Fläschchen und trug das Baby durch Ashleys Küche zum Sofa vor dem Fernseher. Sie machte es sich in den Kissen bequem. Robyn begann sich zu rühren, wurde unruhig und fing an zu quäken, gierte mit ihrem ganzen kleinen, fest entschlossenen Gesichtchen nach Milch.

»Kommt ja schon, kommt ja schon«, beschwichtigte

Gillon sie. »Wann ist sie denn schon mal nicht gekommen? Hast du immer noch nicht gemerkt, dass wir dich nicht verhungern lassen?«

Das Baby schnappte eifrig nach dem Schnuller, wobei seine Füße vor Aufregung ganz steif wurden.

»War Mama bei dir?«

»Diese Woche nicht«, antwortete Ashley. »Sie hat mir den Namen eines Arztes gegeben, zu dem ich gehen soll.« Sie zog den Gürtel des Bademantels fester um ihre Taille. »Als ich noch schwanger war, war sie so großartig. Ich weiß nicht, ob ich ohne Mama bei der Geburt nicht verrückt geworden wäre. Aber sie findet ...« Ashley hielt inne.

Gillon blickte vom Gesicht des zufrieden saugenden Babys auf.

»Sie findet was?«

»Sie findet das hier – genauso schwierig wie ich. Solange ich selbst nichts mit mir anfangen kann, kann sie auch nichts mit mir anfangen.«

Gillon sah wieder auf das Baby hinab.

»Nein.«

»Es ist, als – als hätte ich sie enttäuscht.«

»Ich weiß.«

»Als hätte ich eine unausgesprochene Regel gebrochen.«

»Falls es dir ein Trost sein sollte«, sagte Gillon, »so geht es mir fast mein Leben lang. Und weißt du was? Ich komme immer noch zu ihr gelaufen, um von ihr zu hören, dass ich ein braves Mädchen bin. Ich muss immer noch von ihr hören, dass sie mich lobt. Dass sie auf mich stolz sein könnte, diese Hoffnung habe ich schon vor Jahren aufgegeben, hier und da leiste ich mir jedoch die Hoffnung, dass sie vielleicht sagen wird: ›So ist es richtig, so muss man die Sache ansehen, Gillon, diesmal hast du wirklich Recht.‹«

Ashley brach in Tränen aus. Sie lehnte sich an die Küchentheke und schluchzte dicke Tränen in ihre Hände.

»Tut mir Leid«, sagte sie dann und wischte sich mit dem Handrücken über die Augen. »Tut mir Leid ...«

»Es ist nicht deine Schuld. Und es ist nicht Mamas Schuld. Es ist diese Spannung, die Spannung zwischen dem Dasein als Individuum und als Teil einer Gemeinschaft. Bis jetzt warst du großartig in der Gemeinschaft. Und wirst es wieder werden. Dafür wirst du jede Menge Lob einheimsen.«

Mit einem Papiertuch putzte sich Ashley geräuschvoll die Nase.

»Ich hasse diese Entfremdung ...«

»Natürlich hasst du sie«, entgegnete Gillon. »Sie macht dir Angst. Aber sie wird nicht lange dauern.«

Ashley kam, setzte sich ebenfalls aufs Sofa und umfasste die Füße ihrer Tochter.

»Danke, dass du gekommen bist.«

Gillon blickte nicht auf.

»Ich wollte kommen.«

»Wenn Mama hier wäre, würde ich mich jetzt dafür schämen, dass ich noch nicht angezogen bin.«

»Ich bin neulich Abends zu ihr gegangen«, berichtete Gillon. »Daddy war in Atlanta. Mutter war ganz allein. Sehr, sehr bewusst allein. Sie wollte nicht, dass ich lange dort bleibe. Da habe ich mich gefragt ...« Gillon warf ihrer Schwester einen kurzen Blick zu. »Da habe ich mich gefragt, wie Mama es all diese Jahre geschafft hat, mit Daddy und Grandmama. Auf dem Heimweg hatte ich dann so eine kleine Fantasie, ein kleines Szenario davon, was wohl aus Mutter geworden wäre, wenn sie in New York geblieben wäre und einen Yankee geheiratet hätte.«

»Wow!«, sagte Ashley. Sie schniefte. Dann fuhr sie

fort: »Aber dann wäre da immer noch Grandmama gewesen.«

»Aber nicht zehn Minuten zu Fuß entfernt. Und es hätte kein Charleston gegeben.«

»Das kann ich mir nicht vorstellen«, sagte Ashley.

»Vielleicht wäre ihr dann ein guter Teil Druck erspart geblieben ...«

»Druck?«

»Der Druck von Grandmamas Wunsch, all diese häusliche Macht an sie weiterzugeben und zu sehen, wie sie sie ebenfalls weitergibt.«

Ashley sah sich in der Küche um.

»Ich ... Früher habe ich diese häusliche Macht geliebt.«

»Du wirst sie auch wieder lieben. Du bist ein Südstaaten-Mädchen, durch und durch.«

»Das hat Henry auch gesagt«, sagte Ashley.

Gillon zog dem Baby sanft den Sauger aus dem Mund und legte es an ihre Schulter.

»Ach, wirklich?«

Ashley nickte.

»›Du musst nicht immer versuchen, perfekt zu sein‹«, hat er gesagt.«

»Ach.«

»›Die Menschen sind nicht perfekt‹, hat er gesagt. ›Wir haben alle Fehler, und wir stolpern umher, um sie wieder gut zu machen.‹«

Gillon schmiegte ihr Gesicht an den weiß gekleideten Bauch des Babys.

»Glaubst du ihm?«

»Ich glaube fast alles, was er sagt«, antwortete Ashley.

»Ash ...«

»Nicht, weil er weise ist«, ergänzte Ashley hastig. »Obwohl er es auf seine Art doch ist. Es ist eher, weil er nicht richtet, weil er irgendwie tolerant ist, weil er ... weil er, im Gegensatz zu mir, nicht glaubt, es sei so einfach, in Ungnade zu fallen.«

»Gnade«, sagte Gillon, die Wange an das Baby gedrückt. »Die Gnade, zur Kirche zu gehen, Seewolf zu essen und auf gute Manieren zu achten ...«

»Mehr als das«, sagte Ashley.

»Ich weiß.«

Das Baby rülpste leise. Gillon bettete es wieder in ihren Arm und reichte ihm noch einmal das Fläschchen.

»Er geht nach Kansas City«, sagte Ashley.

Gillon nickte.

»Ich bringe ihn zum Flughafen.«

»Wirklich?«

»Nachdem ich es versäumt habe, ihn abzuholen, als er ankam, fand Daddy, müsste ich ihn wenigstens jetzt hinbringen.«

»Das hat Daddy zu dir gesagt?«

»Nicht direkt. Aber ich habe den Wink mit dem Zaunpfahl verstanden.«

»Hast du das?«

»Ja«, sagte Gillon, ohne den Blick vom Gesichtchen des Babys zu wenden.

»Kann ich mitkommen?«, fragte Ashley. »Können Robyn und ich mitfahren?«

Gillon sah ihre Schwester von der Seite an. Ashleys Wangen waren gerötet, und in ihren Augen stand ein hektisches Glitzern.

»Tut mir Leid«, antwortete Gillon flüsternd.

Normalerweise bestand Henrys Gepäck aus seiner Kameratasche sowie Hemden, Socken und Unterwäsche zum Wechseln und einer Kulturtasche. Für Kansas City hatte er sich jedoch mehr Mühe gegeben. Er hatte sich zwei

Hemden aus Oxford-Stoff mit Button-down-Kragen und ein dunkelblaues Jackett in einem voluminösen, aber bequemen amerikanischen Schnitt gekauft und hatte seine Chinos reinigen und bügeln lassen, die ihm mit einer Staubhülle aus Plastikfolie und einer pinkfarben geranderten Karte zurückgegeben wurden, auf der gedruckt stand: »Wir freuen uns, Ihrer Garderobe gedient haben zu können!« Außerdem hatte er sich, um für alle Fälle gewappnet zu sein, bei 319 Men in der King Street im Ausverkauf eine italienische Seidenkrawatte gekauft. Das Ganze, bis auf sein Portfolio, war in einem neuen Koffer verstaut, den er als Kleidersack zu bezeichnen gelernt hatte, und mit seinem neuen Charleston-Haarschnitt glaubte er – nicht ohne einen Anflug von Genugtuung – in einer Menschenmenge nunmehr vermutlich als einer von vielen unauffällig gekleideten jungen amerikanischen Geschäftsleuten durchzugehen, die auf dem Weg zu einem Geschäftsabschluss sind. Oder zu dem Versuch dazu.

»Ich weiß nicht, wie ich Ihnen danken soll«, hatte er am Abend zuvor an der Bar des Jachtclubs gesagt.

Boone hob das Glas.

»Indem du, wie's bei euch Briten heißt, den Speck nach Hause bringst.«

»Ich werd's versuchen.«

»Ein glücklicher Zufall, dass ich einen Mann kenne, der einen Mann kennt, der einen Mann bei der Grußkartenfirma Occasion Cards kennt. Das Netzwerk des Südens funktioniert bis in den hintersten Winkel. Wird Gillon dich zum Flughafen bringen?«

Henry starrte in seinen Drink.

»Ja.«

»Ich hab's ihr geraten«, sagte Boone.

»Wirklich?«

Boone beugte sich vor.

»Diesen Gefallen schuldet sie dir.«

Nun ja, dachte Henry jetzt, als er in der übermöblierten Empfangshalle seiner Pension hockte und auf sie wartete, eine Gefälligkeit wäre wenigstens einfach zu akzeptieren. Sie würde kommen, sie würden den Kleidersack ins Auto laden, sie würden losfahren, sie würde eine Bemerkung über den Verkehr machen, er würde ihr sagen, wie schockiert er heute Morgen über den fast nonchalanten Ton einer Meldung im *Port and Courier* gewesen war, die vom Spritzentod eines Schwarzen im Gefängnis von Columbia berichtete.

»Sogar, was er sich als Henkersmahlzeit gewünscht hat, haben sie aufgezählt«, würde Henry sagen. »Er hat sich Steak, gebackenen Fisch mit scharfer Sauce, einem Salat, einer gebackenen Kartoffel und etwas, das Ret Velvet Pie genannt wird, sowie einen Traubensaft gewünscht. Kannst du dir das *vorstellen?* Kannst du dir vorstellen, wie jemand diese Bestellung aufnimmt, wie der Gefangene das Zeug dann isst und ein Reporter alles in seinem Notizbuch aufschreibt, bis zu den letzten Brotkrümeln?«

Und Gillon würde, ohne den Blick von der Straße zu wenden, sagen: »Es ist schrecklich. Einfach *schrecklich.*«

Dann würden sie vielleicht noch ein wenig über die Todesstrafe diskutieren, soweit man eine derartige Diskussion bei einer einstündigen Autofahrt führen kann, dann würde das Gespräch auf Kansas City und Henrys (absolut unbekannte) Zukunftsaussichten, auf die Weihnachtsausstellung in der Galerie, wo Gillon arbeitete, kommen, und dann würden sie schon am Flughafen sein, und sie würde ihn vor den Schaltern für Inlandsflüge absetzen und winken und davonfahren und ihn mit seinem Kleidersack, seinem Porfolio und dem abgrundtiefen Gefühl schmerzhafter Unzufriedenheit, das ihn jedes

Mal zu überfallen schien, wenn sie ihn verließ, da stehen lassen ...

»Entschuldige, ich komme zu spät«, sagte Gillon.

»Ach, wirklich?«

»Das sage ich immer«, gab Gillon zurück, »für alle Fälle.«

Sie trug einen engen, schulmädchenhaft grauen Mantel und eine schwarze Hose. Ihre Sachen sahen, wie Henry fand, sonderbar nach England, sonderbar nach London aus.

Er stand auf.

»Dies ist sehr nett von dir.«

Sie schüttelte den Kopf.

»Neunschwänzige Katze, vermute ich.«

Sie sah zu ihm empor.

»Wie bitte?«

»Ein englischer Ausdruck, der bedeutet, dass dir keine Wahl blieb. Dein Vater hat es dir befohlen.«

Ohne ihn anzusehen, sagte sie: »Na ja, sonst hätte ich's vielleicht nicht gewagt.«

Henry schwieg. Er betrachtete ihr abgewandtes Gesicht, die Linie ihres Haaransatzes.

»Ich habe nur diesen einen Koffer«, erklärte er hilflos.

»Keine Kamera?«

»Keine Kamera. Ohne Kamera bin ich nackt.«

Marthas Camry stand draußen auf der Straße.

Henry hätte den Wagen lieber selbst gefahren; er hätte gern etwas zu tun gehabt. Er wollte, wie er entdeckte, nicht passiv neben Gillon sitzen, während sie fuhr. Aber er hatte keine Wahl. Der Camry gehörte Gillons Mutter, und er konnte froh sein, dass er überhaupt zum Flughafen gefahren wurde. Also stieg er auf den Beifahrersitz, gurtete sich an und blickte geradeaus statt auf Gillons Hände am Lenkrad.

Sie fuhr schnell. Henry und Tilly hatten nur während achtzehn Monaten ihrer Beziehung einen Wagen gehabt, weil sie in London kaum einen brauchten. Tilly fuhr nicht gern Auto; das überließ sie lieber Henry. Und wenn sie ihn gelegentlich fuhr, hatte er sie damit aufgezogen, dass sie übervorsichtig war und zu rücksichtsvoll gegenüber den anderen Autofahrern. Gillon schien nicht besonders rücksichtsvoll zu sein. Der Camry bog von der 1-26 westlich zum Flughafen ab, ohne dass Gillon, soweit Henry sehen konnte, auch nur einen kurzen Blick in den Spiegel geworfen hatte.

»Ich fahre gut«, sagte Gillon, als hätte sie seine Gedanken gelesen.

»Wenn du meinst.«

»Ich kenne diese Route im Schlaf.«

»Ohne Rücksicht darauf, wer sonst noch auf der Straße ist ...«

Sie warf ihm einen schnellen Blick zu.

»Bist du nervös?«

»Ja«, sagte er, meinte damit aber nicht ihren Fahrstil.

»Ich hab noch nie einen Kratzer gekriegt. Cooper hat zwei Autos kaputtgefahren, und sogar Ashley hat eine Delle im Kotflügel kassiert. Aber ich – gar nichts. Genau wie meine Mutter.«

Henry blickte stur geradeaus durch die Windschutzscheibe.

»Bist du wie deine Mutter?«

Eine Pause entstand. Gillons Blick zuckte ganz kurz zum Rückspiegel hinauf.

Dann sagte sie: »Ich glaube nicht.«

»Das glaube ich auch nicht«, sagte Henry. »Ich glaube, du bist wie kein anderer Mensch.«

Gillon schwieg. Henry sah zu ihr hinüber. Ihre Miene war ausdruckslos. Er wagte einen kühnen Blick auf ihre

Hände am Lenkrad und auf ihren Mantel, der offen auf ihre schwarz gekleideten Beine und ihren rechten Fuß auf dem Gaspedal herabfiel. Dann sah er zum Fenster hinaus.

Zu dem vorbeijagenden Bild des Flughafenzubringers sagte er: »Ich glaube, ich habe ... Nein, noch mal von vorn. Ich bin ganz sicher, dass ich noch nie im Leben so etwas empfunden habe.«

Er hielt inne, hob den Blick zum blassgrauen Dezemberhimmel und sagte dann: »Es kam nicht plötzlich, es war kein Blitz aus heiterem Himmel, es hat sich ganz langsam in mir entwickelt, Zentimeter um Zentimeter, Minute um Minute, so dass ich jetzt an einem Punkt angelangt bin, an dem ich dir unbedingt sagen muss, was ich empfinde, auch wenn es das Letzte ist, was du hören willst. Ist es das?«

Er drehte sich zu ihr um. Sie starrte geradeaus und wurde unvermittelt so blass, dass die Sommersprossen auf ihrer Nase und ihren Wangen wie kupferfarbene Flecken wirkten.

»Ist es das? Das Letzte, was du hören willst? Ist es das?«

Fast unmerklich schüttelte Gillon den Kopf. Der Wagen wurde langsamer. Die Inlandsabflughalle lag fünfzehn Meter vor ihnen.

»Wenn ich aus Kansas City zurück bin«, sagte Henry, der sich zu ihr hinüberbeugte und die Hand über ihren rechten Arm hielt, ohne ihn zu berühren, »wollen wir uns dann treffen? Und miteinander reden?«

Gillon lenkte den Wagen an den Bordstein und hielt. Dann legte sie beide Arme aufs Lenkrad und bettete ihre Stirn darauf.

»Ich möchte so gern mit dir reden«, sagte Henry. »Wirst du mir das erlauben? Ja?«

Sie hob den Kopf gerade so weit, dass sie ihn seitwärts drehen konnte, um ihn anzusehen. Er wartete, die Linke immer noch in der Luft über ihrem Arm, mit angehaltenem Atem.

»Okay«, sagte sie.

Winter

London

13

Der letzte Kurierfahrer, bevor Susie ihren Empfangstisch zum Feierabend schloss, berichtete ihr, dass draußen Schneeregen falle. Sie verzog das Gesicht. Der Junge, der das Visier seines Radfahrhelms hochgeklappt hatte, schenkte dem, was er oberhalb ihrer Taille sehen konnte, einen anerkennenden Blick und sagte grinsend: »Na ja, wenigstens bist du richtig angezogen, dafür.«

Susie schürzte die Lippen und zog ihre enge, kleine Strickjacke fester über dem engen, kleinen Westen-Top zusammen, das sie darunter trug.

»Kümmer du dich um dein Fahrrad«, sagte sie.

Der Junge schob ihr das gepolsterte Kuvert, das er mitgebracht hatte, über den Schreibtisch hinweg zu. Sie unterzeichnete die Empfangsbescheinigung, ohne ihn anzusehen, und gab sie ihm zurück.

»Zieh dich warm an«, sagte der Junge. »Dann bis später.«

Susie schwieg. Bei einem Jungen wie dem lohnte sich nicht mal ein: »Träum weiter, Junge.« Sie wartete, bis er zur Halle hinausgestapft war und sich die Pendeltüren hinter ihm geschlossen hatten, bevor sie aufblickte und entdeckte, dass draußen wirklich Schneeregen fiel. Der Himmel sah schwarz aus, und sehr nass. Es hatte seit Wochen, seit Monaten fast immer schwarz und nass ausgesehen. Sie und Tilly hatten die Wohnung seit ewigen Zeiten des Morgens bei schwarzem, nassem Wetter verlassen und waren Abends unter demselben Himmel heimgekommen. Das erinnerte Susie an die vielen Monate, die sie als Heranwachsende im Winter auf ihrem Bett oder auf dem spärlichen kleinen Rasen ihrer Eltern in den Midlands verbracht – im Sommer getränkt von Hawaiian-Tropic-Sonnenöl –, und darauf gewartet hatte, einfach darauf gewartet hatte, dass etwas passierte. Ihr Vater – Mechaniker in einer lokalen Autowerkstatt – behauptete, dass nie etwas passieren werde, wenn man nicht seinen verdammten Hintern in Bewegung setze und dafür sorge. Ihre Mutter – die drei Teilzeit-Jobs hatte und niemals merkte, wenn keine Teebeutel mehr da waren – behauptete, man lebe nur von seinen Träumen. Sie hatte nichts dagegen, dass Susie, von Hawaiian Tropic triefend, auf dem Rasen lag. Sie sagte, dies sei die einzige freie Zeit, die Susie jemals im Leben haben werde, und sie solle sie genießen. Das Dumme war nur, dass Susie sie nicht genoss. Das ewige Warten war grauenvoll. Woche um Woche hatte sie dagelegen und zugesehen, wie das Leben an ihr vorüberglitt, mit dem Ziel, dass sie genauso wurde wie ihre Mutter, mit siebenunddreißig ausgelaugt, ohne die Zeit oder die Energie, ihre Haarwurzeln nachfärben zu lassen, und mit Susies Schmiermaxen-Vater geschlagen. Es hatte vieles in Susies Leben gegeben, das an Verzweiflung grenzte, viel angstvolles Fragen, ob sie wirklich so vom Schicksal geschlagen war, wie sie sich fühlte. Erst als sie die Schule verließ und ihr klar wurde, dass sie jetzt nicht nur ihre eigenen Entscheidungen treffen durfte, sondern dass man von ihr *erwartete,* sie zu treffen, begann sie – obwohl sie lieber gestorben wäre, als ihm das einzugestehen – allmählich zu denken, dass ihr Vater möglicherweise doch die ganze Zeit Recht gehabt hatte. Sie schrieb sich für einen IT- und für einen Sekretärinnen-Kurs ein, verließ die Midlands anschließend, um nach London und einem Leben entgegen zu gehen, das sie in der Überzeugung führte, dass man, wenn man sich die ganze Woche lang bei der Arbeit dumm und dämlich gelangweilt hatte, am Wochenende das Recht hatte, sich so richtig auszutoben. *Saturday Night Fever* gehörte zu Susies Lieblingsfilmen.

Durch das Leben mit Tilly während dieser langen Wintermonate hatte Susie jedoch eine etwas veränderte Perspektive bekommen. Bevor Henry fortging, hatte Susie Henry und Tilly fast schon als Teil einer anderen, älteren Generation gesehen, für die persönliches Engagement, ständiges, wenn auch stilles Streben und häusliche Routine für eine feste, eingespielte Lebensstruktur sorgten. Tilly jetzt allein zu erleben war etwas ganz anderes. Tilly – deren Aussehen und deren Verstand Susie für etwas Erstklassiges hielt – war unvermittelt auf sich allein gestellt. Sämtliche Schemata und Gewohnheiten des Lebens mit und teilweise auch für einen anderen Menschen wurden anscheinend sinnlos, ja kläglich, wenn man sie allein weiterführte. Susie spürte unwillkürlich selbst in ihrer eigenen, beträchtlichen Egozentrik, dass Tilly unsicher war, dass der akzeptierte Mittelpunkt ihres Lebens außerhalb ihrer Arbeit ganz einfach nicht mehr das war, was er gewesen war. Susie konnte Unordnung, Lärm und eine andere körperliche Präsenz in die Wohnung mitbringen, aber etwas Wesentlicheres als das vermochte sie nicht beizutragen. Sie sah zu, wie sich Tilly ständig daran erinnern musste, dass Henry mit allem, was zu ihm gehörte, einfach nicht mehr vorhanden war. Sie sah den Schock, den diese Erinnerung für Tilly jedes Mal bedeutete, immer wieder, Tag für Tag. Das bewirkte, dass sie Mitleid mit Tilly empfand; natürlich vor allem, weil Tilly sie nicht zu Tode langweilen wollte mit ihrem ständigen Gerede davon. Aber mehr noch flößte es ihr Angst ein. Sie sah zu, wie Tilly sich ermahnte, sich nicht an Henry zu erinnern, und fühlte fast so etwas wie Panik bei dem

Gedanken, selbst irgendwann so etwas für einen anderen Menschen zu empfinden. Sie konnte sich nichts Schrecklicheres vorstellen – nicht einmal jahrelange Langeweile –, als sich nach jemandem so sehr zu sehnen, dass das Leben ohne ihn keinen Sinn mehr zu haben schien.

Wobei sie, wie immer, an William denken musste. Wenn sie an William dachte, ging es ihr sofort besser. William löste bei Susie – dessen war sie sich ganz sicher – keine Gefühle intensiver, besitzergreifender, sehnsüchtiger Leidenschaft aus. Sie mochte ihn, klar. Er gefiel ihr. Manchmal sah William einfach hinreißend aus. Manchmal stellte sie sich, wenn sie an ihrem Empfangstisch saß, insgeheim vor, was sie mit ihm anstellen würde, wenn sie sich nach der Arbeit trafen. Manchmal jedoch dachte sie fast überhaupt nicht an ihn, und wenn sie – bei der Arbeit, auf der Straße – einen anderen Mann sah, der ihr gefiel, verglich sie ihn in Gedanken niemals mit William. Sie war sicher, mit ihren Gefühlen für William, sicher in der Gewissheit, sowohl frei genug als auch interessiert genug zu sein, um sich wohl zu fühlen. Dessen war sie sich ganz sicher. Manchmal, wenn sie Tilly betrachtete, gelang es ihr, auch noch fast dankbar dafür zu sein. Aber trotzdem hatte das vier Monate währende Leben mit Tilly und Tillys Verlust Susie nervös gemacht. Hatte bewirkt, dass sie befürchtete, wenn sie allzu lange weiterhin mit Tilly lebte, mit William schlief, William half, sich um Tilly zu kümmern, eines Tages daran gewöhnt war, ja, nichts anderes mehr erwartete oder sogar davon abhängig wurde. Statt munter vorauszusetzen, dass sie alles unter Kontrolle hatte, vor allem William, würde sie womöglich feststellen müssen, dass sie begann, Dinge zu brauchen und zu wünschen, die für ein sorgloses Leben alles andere als förderlich waren.

Die Zipfel ihrer Strickjacke fest um sich gezogen,

stand Susie von ihrem Schreibtisch auf und trat an die Spiegelglasfenster des Foyers, die zur Straße hinausgingen. Sie spähte hindurch. Die Welt war genauso, wie sie es erwartet hatte: nass und düster und voll vermummter, hastender Menschen mit Schirmen und den deprimierenden, durchhängenden Einkaufstüten für Lebensmittel. Susie erschauerte ein wenig. Sie betrachtete ihr Spiegelbild im Glas, ihren Wildlederrock mit den Fransen und die Plateaustiefel, die sie gekauft hatte, als sie mit ihrer Freundin Vivi eines Samstags beim Lunch in einem neuen Laden, wo sie eine Flasche Wein gewannen, weil sie die tausendsten Kunden seit der Eröffnung waren, vom Kaufrausch gepackt wurden. Sie hatten so sehr gelacht, dass sie die Stiefel kaum bezahlen konnten, und dann hatte Susie darauf bestanden, sie sofort anzuziehen, war aber ständig mit ihnen umgekippt. Es war grandios gewesen. Mit Vivi zusammen war gewöhnlich alles grandios. Vivi ließ nichts und niemanden an sich heran, sie machte einfach weiter. Sie hatte sich gerade von ihrem Verlobten getrennt und wollte ein paar Monate in Spanien verbringen, bis sich das ganze Theater ein wenig gelegt und die Mütter ihren Kummer darüber begraben hatten, dass es nun doch keine Maihochzeit gab, auf die sie sich freuen konnten. Vivi hatte Susie gebeten, mitzukommen. Vivi hatte eine Freundin in Marbella mit einer Wohnung, in der sie unterkommen konnten, bis sie etwas Eigenes fanden. Susie hatte nein gesagt.

»Sei nicht dumm.«

»Was ist dumm?«, hatte Vivi gesagt. »In diesem beschissenen London zu bleiben, oder was?«

Susie ließ ihren Blick von den Stiefelspitzen zu den triefenden, glänzenden Straßen draußen wandern. Sie dachte an Vivi und an Spanien. Sie dachte an Tilly und William und die Tatsache, dass William sie den ganzen

Tag lang nicht angerufen hatte. Was sie so ärgerte, war nicht die Tatsache, dass er nicht angerufen hatte, sondern die Tatsache, dass es ihr aufgefallen war. Sie kehrte an den Schreibtisch zurück, schaltete das Bürotelefonsystem aus und den nächtlichen Anrufbeantworter ein. Hinter ihr öffneten sich die Türen des Lifts, und zwei Damen aus der Buchhaltung kamen heraus, während sie schon ihre Regenschirme öffneten. Die eine hatte einen Sohn in der Kundendienstabteilung, der Susie mal um ein Date gebeten hatte und abgeblitzt war. Das hatte die Mutter Susie niemals verziehen.

»Tschüss«, sagten sie beide, als sie an Susie vorbeieilten, ohne ihr einen Blick zu gönnen. Susie öffnete ihre Strickjacke und wölbte ihre Brust.

»Tschüss«, sagte sie, ihre Stimmen parodierend, und klappte ihr Handy auf, um Vivis Nummer zu wählen.

Tilly war auf Jobsuche. Jede Woche kaufte sie sämtliche Zeitungen, in denen Stellenangebote für Medienunternehmen standen, und ging sie gewissenhaft durch, teilte sie in jene, von denen sie glaubte, sie könnten ihr gefallen, und jene, für die sie vermutlich qualifiziert war, während sie versuchte, möglichst nicht danach zu fragen, wie selten diese beiden Forderungen zusammenfielen. Sie verschickte, ohne große Hoffnung auf eine positive Antwort, Bewerbungen mit der Post und per E-Mail. Letztlich, redete sie sich ein, würde es da draußen etwas geben, irgendetwas Unerwartetes. Das Glück begünstigte schließlich die Vorbereiteten, obwohl diese spezielle Vorbereitete auf Grund dessen, was ihr jüngst zugestoßen war, ganz und gar nicht wusste, worauf sie vorbereitet war.

Aktiv sein, sich beschäftigen. Das, hatte Tilly entschieden, war die einzige Lösung. Eins der Probleme beim

Liebeskummer war die Trägheit, die er auslöste, das Gefühl der Hilf- und Machtlosigkeit, die Erkenntnis, dass nichts mehr viel Sinn machte. Wie sie vermutete, war dieser Liebeskummer Trauer. Der Tod einer Beziehung war wohl vermutlich ein Tod wie jeder andere, denn war ihre Beziehung nicht – jedenfalls früher mal – etwas Lebendiges gewesen? Sie versuchte, sich nicht daran zu erinnern, ob sie sich ebenso elend gefühlt hatte, als ihre Eltern ihr drei Wochen vor ihrem elften Geburtstag sagten, dass sie sich trennen wollten. Die Mutter verließ den Vater wegen eines anderen Mannes, und ihr Vater machte ihr mehr als deutlich klar, dass er als das verletzte Opfer zu betrachten sei. Aber sie konnte ihn nicht so sehen. Und sie konnte auch nicht sehen, dass ihre Mutter durch das Zusammenleben mit ihm und all seinen Fehlern sehr verletzt worden war. Sie konnte nur sehen, dass sie selbst durch das, was die beiden taten, sehr tief verletzt worden war, denn das, was sie taten, war so schrecklich und so endgültig, dass es vermutlich irgendwie ihre Schuld sein musste. Sie genügte offensichtlich nicht als Kind, um sie zusammenzuhalten, also hatte sie versagt. Sie war verletzt, weil sie, wenn auch unbeabsichtigt, Verletzungen zugefügt hatte. Sie war nicht – nun ja, nicht *genug*. Darauf lief es immer wieder hinaus, dass man nicht fähig war, Menschen zu halten, weil man für sie letzten Endes als Grund zum Bleiben nicht genügte.

Tilly verabscheute diese Gedanken. Allein mit ihnen im Bett, in der Underground, in unbedachten Momenten, wenn sie eine Zeitung oder Waschpulver kaufte, kämpfte sie heftig gegen sie an, wollte ihnen auf gar keinen Fall nachgeben. Es waren, wie sie wusste, keine vernünftigen Ängste, aber das verhinderte nicht ihre grässliche und unvernünftige Beharrlichkeit. Die einzige Möglichkeit, sie zu vertreiben, wenn sie sich gnadenlos in ihren Kopf einschlichen, war die, sie entweder abzuschalten oder sich abzulenken, und sei es auch nur, um eine lässige Nichtachtung für ihre Tyrannei vorzutäuschen. Also blieb sie stundenlang im Büro, füllte gewissenhaft Bewerbungsformulare aus, akzeptierte alle Einladungen bis auf die mit romantischem Einschlag und polierte die Wasserhähne im Badezimmer.

»Warum?«, fragte Susie, die, das nasse Haar mit einem Turban aus einem kirschroten Frotteetuch hochgetürmt, an der offenen Tür stand.

»Weil dies etwas ist, das ich kontrollieren, etwas, das ich tun kann.«

»Was?«

»Wenn es ganze Regionen meines Lebens gibt, die ich nicht unter Kontrolle habe, ist es für mich so eine Art Trost, Kontrolle über Details zu haben.«

»Klingt ziemlich verrückt.«

»Ist es vermutlich auch.«

»Ich wette, du weißt genau, wie viel du auf deinem Girokonto hast ...«

»Ja.«

Susie beugte sich ins Badezimmer vor. Sie zeigte auf den Warmwasserhahn der Badewanne.

»Den hast du vergessen.«

Tilly war Susie dankbar, ja, mehr als dankbar. Sie war dankbar für Susies Unordnung und Achtlosigkeit, für die Tatsache, dass Susie, obwohl nicht gerade rücksichtslos, doch immerhin egozentrisch genug war, um Tilly, von kurzen Augenblicken abgesehen, nicht mitleidig zu behandeln. Das ließ Tilly – manchmal – hoffen, dass ihr eigenes Leben eines Tages zu jener Art nonchalanter Normalität zurückkehren würde, die Susies Leben kennzeichnete. Wenn Susie zutiefst mitfühlend, zutiefst besorgt gewesen wäre, dann hätte Tilly sich wie eine Kranke gefühlt, das wusste sie, wie ein Mensch, dem man in liebevollem Ton gut zureden, den man auf rücksichtsvolle Art behandeln musste. Dazu neigte William. Er neigte dazu, sie anzusehen, wie man vielleicht jemanden ansieht, der im Sterben liegt, der aber nach allen Gesetzen der Natur zu jung und zu schön war, um zu sterben. Tilly schätzte diese Art von Zärtlichkeit – das heißt, sie schätzte wenigstens den Gedanken, der dahinter stand –, im Alltagsleben bevorzugte sie jedoch Susies Verhalten, selbst wenn es nach dem Fußnägel-Lackieren Nagellack auf dem Teppich bedeutete, oder dass ihre letzte Strumpfhose ausgeliehen wurde, ohne jemals zurückgegeben oder ersetzt zu werden. Im Grunde schenkte Susies Verhalten Tilly einen winzigen Hoffnungsschimmer, dass sie sich eines Tages erholen und dass es eine Zeit geben werde, da ihre Gedanken erträglich statt quälend sein würden. Susies Verhalten ließ sie hoffen, dass ihre Krankheit nicht tödlich war.

Während die Wochen vergingen, stellte Tilly fest, dass sie Susie auf irgendeine unauffällige Art und Weise ihren Dank für dieses Verhalten ausdrücken wollte. Zugleich wollte sie William eindeutig klar machen, dass er sie nicht mehr wie eine Prinzessin auf der Erbse zu behandeln brauchte; sondern dass sie den Matratzenberg gern verlassen würde, und zwar ohne einen galanten, unterstützenden Arm, und im Alleingang ein paar – eher kleine – Drachen erlegen wollte. Es würde schwierig sein, beide Wünsche so zu formulieren, dass Susie nicht angeekelt war – sie konnte diese mädchenhafte und demonstrative unterstützende Zuneigung nicht ertragen – und William sich nicht verletzt fühlte. William hatte, wie Tilly erkannte, eine Rolle übernommen, die ihm großartig gefiel: auf Henry zu schimpfen, weil er

Tilly so behandelt hatte. Er schicke Henry regelmäßig E-Mails, erzählte er Tilly. Sie stritten sich nicht, erzählte er Tilly. Manchmal erwartete er, dass Tilly sich bei ihm dafür bedankte, dass er so eindeutig ihre Partei ergriff. Tilly hätte ihm gern gesagt, er solle damit aufhören, hätte ihm gern gesagt, dass ihre Gefühle für ihn und ihre Gefühle für Henry nicht im Geringsten durch Williams gut gemeinte E-Mails verändert worden seien. Nur einmal seit Henrys Abreise hatte sie ihm gegenüber die Beherrschung verloren, und er hatte sie angesehen, als hätte sie ihn ohne Grund geohrfeigt.

»Wann immer du mich brauchst – ich bin da«, hatte William gesagt.

Tilly hätte gern mit dem Fuß aufgestampft. Sie bügelte, während William auf dem Sofa lag und darauf wartete, dass Susie sich zum Ausgehen anzog.

»Sag das nicht«, hatte Tilly gesagt. »Sag so etwas nie wieder!« Sie imitierte eine Stimme aus einer amerikanischen Seifenoper: »›Ich bin immer für dich da.‹ Niemals! Warum soll ich für deine Loyalität zu mir dankbar sein, wenn ich dich niemals darum gebeten habe?«

William war sehr verletzt gewesen. Er war vom Sofa aufgestanden und zu Susie aufs Zimmer gegangen, und als sie eine Viertelstunde später wieder herauskamen, wirkte er noch immer sehr verletzt.

»Es tut mir Leid«, sagte Tilly.

»Ist schon okay ...«

»Ich weiß deine Hilfe wirklich zu schätzen, ehrlich ...«

»Ist schon okay«, sagte William.

Susie stellte den Kragen ihres dunkelroten Ledermantels hoch.

»Das gefällt mir«, sagte sie zu Tilly, »es gefällt mir, wenn sich herausstellt, dass du genau so eine schlecht gelaunte Kuh sein kannst wie wir anderen.«

Das Schlimme war, dass William ihre schlechte Laune nur als kleinen Ausrutscher betrachtet hatte. Falls überhaupt, hatte er sie nach ihren Ausbrüchen noch liebenswürdiger behandelt als sonst. Auf dem Heimweg von der Underground-Station mit ihrer schwarzen Aktentasche aus Leinen und einem rot-orangefarbenen, mit Bast gebundenen Blumenstrauß in der Hand, den ihr eine kleine Firma als Dank für eine Erwähnung in *Arts and People* geschickt hatte, beschloss Tilly, es sei jetzt Zeit – allerhöchste Zeit –, eine Möglichkeit zu finden, um William beizubringen, dass ein zu starkes Mitgefühl für den anderen bei der Erholung von einem schweren, seelischen Schlag eher hinderlich als förderlich sein konnte.

Als sie die Straße entlangkam, sah sie, dass im Wohnzimmer ihrer Wohnung Licht brannte. Das gefiel ihr, sie mochte dieses Bewusstsein, dass Susie dort sein, auf dem Sofa liegen und fernsehen oder in der Küche mit nichts als einem T-Shirt am Körper am Tisch sitzen und ihre Beine enthaaren würde, weil dort das Licht am günstigsten war. Ans Abendessen würde Susie natürlich nicht gedacht haben, und auch nicht an die Handtücher, die aus der Wäscherei geholt werden mussten, aber dieses Versagen bei Susie erinnerte Tilly daran, dass zu viel Vorausplanung, zu viel Ordnung zu einer Art Sterilität führen konnten.

»Du solltest dich vorsehen«, hatte Susie einmal in einem ihrer seltenen Momente der Ernsthaftigkeit zu ihr gesagt. »Du solltest vorsichtig sein damit, alles kontrollieren zu wollen. Das ist nicht gut für dich.«

Tilly öffnete die Haustür und stieg an Mrs Renshaws müden Zimmerpflanzen vorbei die Treppe empor. Es roch sehr stark nach Essen, nach altmodischer Suppe aus Fleisch und Knochen; der Geruch hing wie eine bedrohliche Wolke in der Luft vor Mrs Renshaws Tür. Drinnen war keine Musik zu hören, kein Laut vom Fernseher.

»Hallo!«, sagte Tilly unsicher.

»Hallo«, rief Susie.

Tilly ließ ihre Aktentasche fallen und ging ins Wohnzimmer. William saß, Ellbogen auf die Knie gestützt, auf dem Sofa. Susie saß auf dem Fußboden. Beide blickten auf, als Tilly hereinkam.

»Was ist los?«

»Coole Blumen«, sagte Susie.

Tilly legte die Blumen auf die Rückenlehne des Sofas hinter William. Sie begann ihren Mantel aufzuknöpfen.

»William?«

»Hallo ...«

»Was ist denn?«

Susie zog ihre Knie ans Kinn und verschränkte die Arme um sie.

»Habt ihr euch gestritten?«

William zuckte die Achseln. Tilly zog den Mantel aus und setzte sich, den Mantel auf ihrem Schoß zusammengerollt, neben William.

»Ich gehe nach Spanien«, sagte Susie.

»Spanien ...«

»Ja.«

»Auf – auf Urlaub?«

»Für sechs Monate.«

»Sie geht mit Vivi«, sagte William betont.

»Das hat nichts damit zu tun«, widersprach Susie.

»Ach ja?«

»Ich gehe«, erklärte Susie, »weil ich die Nase voll habe von meinem Job und die Nase voll habe von London und die Nase voll habe von diesem Wetter.«

Tilly sah William an. Sie wartete darauf, dass er sagte:

»Und die Nase voll von mir«, aber das sagte er nicht. Er wirkte wütend, rebellisch, aber nicht fassungslos.

»William?«

»Das sagt sie mir *jetzt*«, sagte William. »Keine Diskussion, kein ›Was würdest du sagen‹, kein ›Meinst du nicht auch‹, nur einfach urplötzlich, aus heiterem Himmel, Flugticket, Bikini, Wörterbuch und los.«

»So bin ich nun mal«, sagte Susie.

Tilly sah sie an.

»Und die Miete?«

»Die kriegst du bis Ende des Monats.«

»Zwei Wochen ...«

»Ja«, sagte Susie, »innerhalb von zwei Wochen wirst du jemand anders finden.«

»Ich auch«, warf William zornig ein.

Susie beachtete ihn nicht. Sie stand auf. Sie sah Tilly an.

»Tut mir Leid.«

William hob den Kopf.

»Wie wär's mit: ›Tut mir Leid, William‹?«

»Dir schulde ich kein Geld«, sagte Susie.

»Schulden kann man auch etwas anderes als Geld ...«

»Diese Art von Schulden mache ich nicht«, sagte Susie.

»Das sagst du *mir* ...«

»Ich beneide dich«, sagte Tilly. Sie nahm das Bündel, das ihr Mantel war, und warf es auf den Boden.

»Komm doch mit«, sagte Susie.

William fuhr herum und starrte Tilly an.

»Du kannst doch nicht ...«

»Natürlich kann ich nicht ...«

»*Warum* kannst du nicht?«

»Weil das«, antwortete Tilly langsam, »weil das hieße, dass ich davonlaufe.«

Susie balancierte unsicher auf einem Fuß.

»Genau das tu ich doch auch ...«

»Wenn ich das täte«, entgegnete Tilly, »würde ich alles nur mitnehmen.«

»Sexy Spanier ...«

»Ach, halt die Klappe«, sagte William müde. »Du bist so billig.«

»Warum bist du dann so sauer darüber, dass ich gehe?«

William hielt sich den Kopf.

»Es ist nur die Art, wie du gehst. Es ist die übliche, typische, selbstsüchtige Susie-Art.«

Sie beugte sich über ihn.

»Werde ich dir fehlen?«

William schwieg.

»Mir wirst du fehlen«, sagte Tilly.

Irgendetwas flackerte in Susies Augen auf.

»Du bist wirklich rücksichtslos, einfach so auf und davon zu gehen«, sagte Tilly.

»Tut mir Leid.«

Den Blick auf ihren Schoß gerichtet, schüttelte Tilly den Kopf. Ihre Haare lösten sich aus dem Clip am Hinterkopf. William beobachtete sie.

»Tilly?«

»Alles in Ordnung ...«

»Verdammt noch mal, sie denkt einfach nicht nach, nicht wahr, sie denkt nicht daran, dass du schon wieder hier allein zurückbleibst ...«

»Still«, sagte Tilly.

»Ich werde uns was zu essen holen«, sagte Susie. »Ich hole uns jetzt Fisch und Chips.«

William löste den Blick nicht von Tillys Gesicht.

»Und Wein.«

»Habt ihr Geld?«, fragte Susie.

»Nein«, sagte William.
Tilly streckte die Hand nach ihrer Tasche aus.
»Ich habe ...«
»Nein«, sagte William, »das kann sie, verdammt noch mal, jetzt selbst bezahlen.«
»Für dich also keine doppelte Portion Chips«, stellte Susie fest. Sie nahm ihre Schultertasche und Tillys Mantel vom Boden auf. »Kann ich mir den hier leihen?«
Tilly nickte.
»Eingelegte Zwiebeln?«
»Nein«, sagte William.
Susie zog Tillys Mantel an. Er ging ihr fast bis an die Knöchel. Belustigt blickte sie an sich herab.
»Marbella, ich komme!«

Als Susie fort war, stand Tilly vom Sofa auf und ging in die Küche. Sie nahm den Clip aus ihrem Haar, schüttelte es aus und fasste es dann wieder zusammen. Sie füllte den erstbesten gespülten Kaffeebecher mit Wasser, lehnte sich an den Spülstein und trank, den Blick auf die Wand gegenüber gerichtet.
»Sie ist ein verdammter Nichtsnutz«, sagte William von der Türöffnung her.
Tilly starrte in ihren leeren Becher.
»Das hat Henry auch immer gesagt.«
»Ich meine«, fuhr William fort, »ich weiß, dass wir uns nicht geliebt haben, mit echter Bindung und so, aber wir waren fast zwei Jahre lang zusammen.«
Tilly sah ihn nicht an.
»Sie hat das Recht zu gehen.«
»Ach ...«
»Wenn's einfach nur Bumsen ist, dann hat sie genauso das Recht zu gehen wie du. Nicht wahr?«
William lehnte am Türrahmen.

»Es ist niemals *einfach nur* Bumsen, nicht wahr, wenn's nicht gerade ein One-Night-Stand ist ...«

»Das weiß ich nicht«, sagte Tilly.

»Und dich so im Stich zu lassen ...«

»Ach was, ich finde schon jemanden. In meiner Firma gibt es sogar ein Mädchen. Aber sie wird mir fehlen.«

»Ich werde dafür sorgen, dass sie mir nicht fehlt«, sagte William.

»Kannst du das entscheiden?«

»Ich sorge dafür.«

»Also«, sagte Tilly und füllte ihren Becher wieder mit Wasser, »machst du's noch mal im Susie-Stil, unverbindlich, ohne Verpflichtung, eine Vögeln-ohne-Erwartung-Beziehung?«

Eine kleine Pause entstand.

»Nein«, sagte William.

Tilly trank ihr Wasser.

»Na, wunderbar!« Sie sah ihn an. »Warum wirst du nicht erwachsen? Warum kannst du nicht einsehen, dass echte Beziehungen etwas für *gereifte* Menschen sind? Und ich frage mich, was ist wohl trauriger als die Vorstellung, dass eine Bande Vierzigjähriger noch immer frei herumhängt wie kleine Bubis mit ihren ersten Motorrädern?«

William löste sich vom Türrahmen und hockte sich auf eine Ecke des Küchentischs.

»Hast du mit Henry auch so geredet?«, fragte er sie.

Tilly schwieg. Sie leerte ihren Wasserbecher.

»Das, was heute passiert ist, hatte ich nicht geplant«, sagte William. »Ich hatte Susie heute nicht mal treffen wollen. Ich bin nach der Arbeit vorbeigekommen, weil ich mit dir reden musste.«

Tilly stellte den Becher ab. Sie wandte sich um, lehnte sich an den Spülstein und sah William an.

»Mir geht es gut, William, alles in Ordnung. Ich meine, ich bin nicht ... Mir tut das Herz noch immer weh, aber das wird nie besser werden, wenn du immer so nett zu mir bist, so liebevoll ...«

»Darum geht es gar nicht«, sagte William.

»Ach, nein?«

»Einer der Gründe, warum ich so wütend auf Susie bin, ist der, dass ich dir etwas sagen musste, und dann platzt sie mit diesem ganzen Spanien-Scheiß rein und macht sich, wie üblich, zum Mittelpunkt.«

»Jetzt ist sie nicht da«, sagte Tilly sachlich.

»Ja.«

»Also, dann erzähl ...«

William richtete sich auf. Er kam herüber und lehnte sich neben Tilly an den Spülstein.

»Es geht um Henry.«

Tilly wurde ganz still.

»Es ist nichts Bestimmtes, es ist nichts, auf das ich zeigen kann, aber seine E-Mails sind anders, der Ton ist anders ...«

»Ach das«, gab Tilly obenhin zurück. »Ich weiß, er ist *glücklich*. Ich weiß genau, wie glücklich er ist.«

William starrte auf seine Füße.

Er seufzte tief auf; dann sagte er: »Ich glaube, Henry hat jemanden, mit dem er zusammen ist.«

14

Der Samstagmorgenzug nach Oxford war voll, so dass Tilly nur mit Mühe einen Sitzplatz fand. Dazu musste sie einen Jungen mit Kopfhörern, der in einer Computerzeitschrift las, bitten, seine Tasche und Lederjacke von dem freien Platz neben ihm zu nehmen. Er seufzte, funkelte sie böse an und hievte beides dann auf das Tischchen zwischen den Sitzen, so dass für andere kein Platz mehr blieb, um etwas von ihren Habseligkeiten dort abzulegen. Dann kehrte er zu seiner Zeitschrift zurück und beugte sich so tief darüber, dass er von seinen Mitreisenden nichts mehr sehen musste.

Tilly setzte sich und stopfte ihre Reisetasche hinter ihre Füße. Nun, da sie tatsächlich im Zug saß und gezwungen war, die Reise fortzusetzen, bereute sie den Impuls, der sie veranlasst hatte, ihre Mutter anzurufen und sie zu fragen, ob sie zum Wochenende zu ihr kommen dürfe. Das war, gelinde gesagt, ein völlig verrückter Impuls gewesen. Tilly und ihre Mutter konnten nicht lange miteinander, wie Paula es ausdrücken würde. Gelegentlich trafen sie sich in London zum Lunch oder auf Kunstausstellungen; zweimal im Monat telefonierten sie miteinander; sie schrieben sich Weihnachts- und Geburtstagskarten, aber sie teilten weder Krisen noch Vertraulichkeiten. Als Tillys Mutter Tillys ersten Stiefvater wegen ihres zweiten Stiefvaters verließ, hatte es keine Geständnisse gegeben, kein Aufzählen alter Kümmernisse und neuer Begeisterungen. Tilly war damals fast gekränkt gewesen, dass ihre Mutter sie nicht zur Vertrauten erwählt hatte, aber die Mutter war schließlich keine Frau, die überhaupt zu derartigen Intimitäten neigte. Sie war überaus gesellig und zugleich enorm distanziert. Sie schien – und Tilly beneidete sie um diese Fähigkeit – die Zustimmung ihrer Umgebung nicht zu brauchen. Sie tat, was sie wollte oder tun musste, und zog dabei alle möglichen Menschen an, die von ihrer offensichtlichen Selbstsicherheit fasziniert waren, darunter drei Ehemänner. Tilly hatte noch nie gehört, dass ihre Mutter sich entschuldigte. Das war ein Charakterzug, der Tillys Vater damals, als er ihre Existenz noch zugeben konnte, am meisten zu schaffen machte.

»Sie hat mich betrogen«, sagte er bei den traurigen gemeinsamen Mahlzeiten mit geballten Fäusten und starrte auf die Tischplatte. »Sie hat mich betrogen. Sie hat *dich* betrogen. Sie hat uns verlassen. Sie hat ihr einziges Kind verlassen. Und dann kann sie nicht mal sagen, es tut mir Leid. Sie kann nicht mal sagen, *es tut mir Leid*!«

Henry pflegte zu sagen, dass Tilly ihrem Glücksstern dankbar sein müsse. Weil sie eine Mutter habe, die sie nicht ständig um Entschuldigung bat, die nicht ständig andeutete, sie schulde ihr etwas dafür, dass sie ihr das Leben geschenkt habe, dass sie sie großgezogen habe, dass sie ihr Opfer gebracht habe, und das sei eine fantastische Freiheit, ja, ein Geschenk des Himmels.

»Es ist aber ein bisschen teilnahmslos«, sagte Tilly.

»Na und?«

»Also, ich weiß nie, ob sie wirklich etwas für mich empfindet ...«

Er küsste sie auf den Hals.

»Ich empfinde etwas für dich.«

Das war schön gewesen, damals. Das hatte ihr genügt. Mehr als genügt. Als sie jetzt, ihr ungelesenes Buch gegen die Tasche des Computer-Bubis gelehnt, im Zug saß, fragte sich Tilly, ob sie nicht einen schweren Fehler beging; ob ihr Impuls, die Mutter anzurufen – wie zum Teufel war es eigentlich dazu gekommen? –, auf nichts weiter als jene kühle Freundlichkeit hinauslaufen würde, die sie ihr gegenüber stets an den Tag gelegt hatte und die sie letzten Endes nur veranlassen würde, genauso unglücklich nach London zurückzukehren, wie sie sich jetzt schon auf der Hinfahrt fühlte. Wenn sie endlos reden wollte, würde William ihr vermutlich ewig zuhören. Aber William war nicht der Richtige, genauso wenig wie Susie, ihre Freundin Julia oder ihr Cousin Mel, der Henry ohnehin nie gemocht hatte. Sie hatte das Gefühl, irgendwohin zurückkehren zu müssen, statt vorwärts zu gehen; zurück zu einem Ort, auch wenn er nur in ihrer Vorstellung existiert hatte, zu einem Ort der Unkompliziertheit, der Wärme und der Sicherheit. Tilly kniff die Augen zusammen. Sie war so streng mit sich gewesen, um ja nicht zu weinen, sich nicht in irgendetwas fallen zu lassen, das auch nur annähernd wie Selbstmitleid anmutete. Sie schniefte. Der Computer-Bubi hob kurz den Kopf, sah sie an und zerrte an seiner Tasche, so dass ihr Buch flach auf den Tisch fiel.

»Danke«, sagte Tilly wütend.

Der Junge sagte nichts. Er zerrte abermals an seiner Tasche und konzentrierte sich wieder auf seine Zeitschrift.

Tillys Mutter stand auf dem Bahnsteig, das Gesicht halb hinter einer Sonnenbrille versteckt. Sie trug Jeans, hochhackige Stiefel und einen Schal mit langen Fransen. Sie sieht nicht wie eine Mutter aus, dachte Tilly beim Aussteigen, sondern höchst dramatisch und unverwechselbar wie ein Mensch.

»Mum«, sagte Tilly.

Margot löste ihre Arme aus dem Schal und legte sie um Tilly.

»Ist ja einfach furchtbar für dich, Süße.«

Tilly nickte, das Gesicht flüchtig an den Hals ihrer Mutter gelegt. Margot duftete, wie sie immer geduftet hatte, frisch und zugleich ein wenig nach Moschus.

»Ich wusste nicht recht, ob ich kommen sollte ...«

Margot zog ihre Arme zurück.

»Die Käfigtür steht immer offen, Tilly. Du kannst jederzeit davonfliegen. Du kennst mich.«

Tilly nickte.

»Du hast abgenommen«, stellte Margot fest.

»Nur ein bisschen ...«

»Besser als zugenommen. Trost durch Schokolade hilft überhaupt nicht.«

»Selbstekel, nehme ich an ...«

»Also der«, sagte Margot unerwarteterweise, »ist immer ganz dicht unter der Oberfläche, nicht wahr?«

Tilly senkte den Kopf. Sie fühlte sich plötzlich unsicher.

»Nein.«

»Gib mir deine Tasche«, sagte Margot.

»Kann ich schon allein ...«

»Gib sie her, Tilly. Keine Widerrede.«

»Ich bin nicht *krank*, Mum.«

»Das zu entscheiden ist meine Sache«, entgegnete Margot und nahm Tilly die Tasche energisch aus der Hand. »Wenn du abreist, kannst du sie allein tragen.«

Gavin, Tillys Stiefvater, war an der Universität Professor für Altertumsgeschichte. Als Tillys Mutter ihn kennen lernte, wohnte er mit seiner Frau und zwei heranwachsenden Söhnen in einem unauffälligen Haus aus den

Zwanzigerjahren in einer Sackgasse am Nordende der Woodstock Road. Innerhalb von zwei Jahren waren die Ehefrau und die Söhne in eine Wohnung in Cutteslowe umquartiert worden, und Gavin hatte mit Margot die eine Hälfte eines seltsamen Hauses im gotischen Stil in Headington Hill bezogen. Theoretisch kamen Gavins Söhne an den Wochenenden aus der Wohnung in Cutteslowe nach Headington Hill, wo ein Kinderzimmer in einem roten Backsteintürmchen unter einem fantastisch zugespitzten Dach auf sie wartete. In der Praxis kamen sie, weitgehend weil Gavins erste Frau sich nicht mit dem abfinden konnte, was sie als Margots dreisten Diebstahl ihres Ehemanns – und seine charakterlose Zustimmung dazu – betrachtete, nur ungefähr einmal im Monat. Sie wären gerne öfter gekommen. Sie waren, genau wie ihr Vater, von Margot fasziniert und bezaubert. Sie fragte sie niemals nach der Schule, nach Prüfungen und nach Sport: Stattdessen sprach sie mit ihnen, als seien sie junge Herren, die sie auf einer Party kennen gelernt hatte. Die Vorstellung, dass ihr Vater – oder ihre Mutter – Sex haben könnte, war natürlich absolut widerlich, seltsamerweise war jedoch die Vorstellung von Margot und Sex nicht nur nicht widerlich, sondern fast so etwas wie begehrenswert. Ihre Mutter, die all dies mit den empfindlichen Antennen spürte, die aus Eifersucht und Zurückweisung entsprangen, sorgte dafür, dass die Jungen so selten wie möglich nach Headington Hill gingen. Tilly kannte sie so gut wie gar nicht. Sie waren neun Jahre lang ihre Stiefbrüder gewesen, hatten inzwischen die Uni hinter sich, waren mit ihren Karrieren beschäftigt, und auf der Straße hätte sie sie vermutlich kaum wiedererkannt.

Margot hatte sie in ihrem Kinderzimmer einquartiert.

»Tut mir Leid, Süße. Die Heizung im Gästezimmer ist

kaputt, aber hier ist es, wenn auch spartanisch, wenigstens warm.«

Tilly sah sich um.

»Es gefällt mir.«

»Jay und Mark hat's auch gefallen. Jedenfalls wenn sie herkommen durften.«

Tilly stellte ihre Tasche aufs Bett.

»Ich komme gleich runter.«

»Lass dir Zeit. Gavin hat bis drei Uhr Vorlesungen, und dann irgendetwas in der Aula. Trinkst du was?«

»O ja ...«

»Rot oder weiß?«

»Irgendwas ...«

»Das ist keine Lösung«, sagte Margot, »aber es trägt zur Entspannung bei. Das tut Schokolade nicht.«

Tilly sah sich im Zimmer um. Es war sechseckig, mit Fenstern an drei Außenwänden. An den Innenwänden standen zwei schmale Betten im Winkel zueinander mit einem Tischchen dazwischen, auf dem eine Lampe aus einem Modellflugzeug brannte. Außer dem Modellflugzeug und einem zerfetzten Poster von Cindy Crawford im weißen Bikini über der Kommode gab es keinerlei Anzeichen dafür, dass irgendjemand das Zimmer länger als vorübergehend – und das auch noch höchst unpersönlich – bewohnt hatte, schon gar nicht zwei kleine Jungen. Das Haus unten war ein Farbenmeer, voller indianischer Rot- und Blautöne, an die Tilly sich aus den ersten zehn Jahren ihrer Kinderzeit erinnerte, voller Spiegel, Kissen, Schals und gestickter Vögel oder Blumen; hier oben dagegen sah es aus wie in einem schäbigen Internat. Es ist fast, dachte Tilly, während sie nach ihrer Haarbürste und ihrem Lipgloss kramte, als wollte sich Margot nicht mit diesem Zimmer befassen, bevor sie sah, dass es die Beziehung, die es repräsentierte, auch wirklich lohnte. Wie dem auch sei – und das war absolut klar, war immer absolut klar gewesen –, sie dachte nicht daran, auf gut Glück etwas darin zu investieren.

Tilly ging, die Hand auf dem kühlen Holzgeländer, hinunter, warf einen Blick ins Badezimmer, ins Gästezimmer und in Gavins unordentliches Arbeitszimmer und wandte den Blick von seinem und Margots Schlafzimmer mit dem nicht zu übersehenden riesigen Bett unter einer zerwühlten, zebragestreiften Decke ab. Margot stand in der Küche und hielt ein Glas Rotwein gegen das Licht.

»Bisschen blau. Hoffentlich kratzt er dir nicht den Schmelz von den Zähnen.«

»Wäre mir auch egal«, sagte Tilly. Sie betrachtete ihre Mutter. Margot hatte den Schal abgelegt und trug darunter einen gerippten schwarzen Pullover mit Polokragen. »Sehe ich aus wie du?«

Margot trank einen Schluck Wein.

»Na, hoffentlich. Bei allem Respekt, aber ich möchte nicht, dass du aussiehst wie dein Vater.«

»Ich hatte dir doch gesagt, du sollst nicht so reden«, sagte Tilly. »Jedenfalls ist er sehr ordentlich. Sieht sehr ordentlich aus.«

»Ordentlich sind Sockenschubladen. Setz dich.«

Tilly gehorchte. Sie starrte in ihr Weinglas.

»Ich weiß nicht, wo ich anfangen soll.«

»Da gibt's kein ›Wo‹«, sagte Margot. »Oder? Das eine führt zum anderen. Du befindest dich plötzlich irgendwo, wo du nie sein solltest oder wolltest, ohne die geringste Ahnung, wie du dahin gekommen bist.« Sie setzte Tilly einen Teller mit Käse und Nüssen vor. »Du solltest was essen.«

»Du weißt immer, wohin du gehst«, sagte Tilly.

»Nein.«

»Dann ...«

»Warum tu ich dann, was ich tue, was ich getan habe? Weil ich dachte, es sei die richtige Lösung.«

Tilly nahm sich einen Käsewürfel und hielt ihn in der Hand.

»Die Lösung?«

»Für das Problem des Alleinseins. Für das Problem, nicht mit mir selbst allein zu bleiben.«

»Aber du *magst* dich wenigstens.«

»Wer bringt dich denn auf diese Idee?«

»Du selbst«, sagte Tilly. Sie aß den Käse. »Du hast all diese Dinge für dich getan.«

»Falsch. Nicht *für* mich, sondern meinetwegen.«

»Dann habe ich Henry also meinetwegen geliebt?«

»Vermutlich. Und um nicht allein zu sein.«

Tilly erschauerte ein wenig. Sie trank einen Schluck Wein. »Ich *hasse* es, allein zu sein«, sagte sie.

Margot kam und setzte sich ihr gegenüber. Sie breitete die Hände auf der Tischplatte aus. Tilly sah ihre Ringe, den Ehering, den großen Aquamarin, den Gavin ihr geschenkt hatte, den noch größeren Kameenring, an den Tilly sich aus ihrer Kinderzeit erinnerte und der Margots Mutter gehört hatte.

»Tut mir Leid, Süße«, sagte Margot. »Aber mehr ist da nicht.«

»Aber Gemeinsamkeit, Zusammenwachsen ...«

»Man lebt auf parallelen Ebenen«, sagte Margot. »Die sich zuweilen überschneiden, zuweilen miteinander pulsieren, aber immer allein.«

»Aber was ist mit *Liebe*«, fragte Tilly heftig. »Loyalität, Bindung?« Sie hielt inne. Schob ihr Weinglas im Kreis herum. »Henry konnte Bindung nicht ertragen.«

»Nein«, sagte Margot.

»Er wollte einfach nicht mit mir zusammen sein,

Mum. Nicht nah genug. Nicht nah genug, um bei mir zu bleiben.«

Margot hob den Kopf. Den Blick auf Tilly gerichtet sagte sie: »Liebe ist ein Geschenk. Loyalität ist ein Geschenk. Bindung ist eine *Forderung*. Das ist ein großer Unterschied.«

»Ich habe nicht gefordert ...«

»Um etwas zu fordern, braucht man nichts zu sagen.«

»Du findest einfach, dass die Menschen einander nichts schuldig sind«, entgegnete Tilly ärgerlich. »Vor allem du. Nicht wahr?«

Margot versetzte dem Käseteller einen kleinen Stoß.

»Iss auf. Heute gibt es keinen Lunch. Stattdessen koche ich das Abendessen.«

»Mum ...«

»Ich wünsche mir nicht, ich hätte deinen Vater nicht verlassen. Aber ich wünschte, ich hätte dich mitgenommen.«

»Um mit Max zusammenzuleben?«

»Um mit *mir* zusammenzuleben.«

»Und Max.«

»Na ja, er war da. Natürlich war er da. Aber letztlich war er nicht so wichtig.«

Tilly beugte sich vor.

»Was ist denn wichtig?«

»Ich«, sagte Margot. »Du.«

Tilly schüttelte den Kopf.

»Ist dies, was die Amerikaner einen Kodak-Moment nennen?«

»Nein«, sagte Margot, »ich will keinen Kitsch und keine Tränen. Ich wünschte nur, ich hätte dir klar gemacht, wie viel du mir bedeutest, aber das habe ich nicht, und so ist es nun mal. Ich hätte mich nicht anders verhalten können. Dein Vater hätte sich nicht anders verhalten können. Und Henry hätte sich, wie ich vermute – auch wenn ich ihn gleich jetzt am liebsten umlegen würde –, nicht anders verhalten können. Tatsache ist, dass wir alle glaubten – und möglicherweise immer noch glauben –, dass wir richtig gehandelt haben, und wenn du meinst, richtig bedeutet ehrlich, so wird das alles dadurch nicht weniger traurig. Irgendwie macht es das sogar trauriger, weil unsere verschiedenen Fälle von Anfang an hoffnungslos waren.«

»Großer Gott«, sagte Tilly. Sie schloss die Augen. Hinter ihren Lidern sah sie ihre Mutter, wie sie in schwarzen Caprihosen und roten Sandalen in ihren ramponierten kleinen Wagen stieg, um sie und ihren Vater zu verlassen und zu Max zu fahren. Ihr Vater hatte geweint. Er hielt ihre Hand, und die Stöße seines Schluchzens fuhren über seinen Arm wie dumpfe Elektroschocks bis in ihre Hand.

»Wann bist du zu dieser Philosophie gekommen?«, fragte Tilly.

»Nach und nach«, antwortete Margot.

»Und – Gavin?«

»Gavin ist nicht die Lösung, ebensowenig wie Max oder dein Vater. Die Lösung ist niemals ein anderer Mensch.«

»Soll das etwa ein Trost für mich sein?«, fragte Tilly und trank einen Schluck Wein.

Margot sah sie an.

»Selbstverständlich.«

»Dass ich Henry begehren kann, ihn aber nicht brauche?«

»Siehst du?«, sagte Margot. »Du warst immer schnell von Begriff.«

Sie stand auf und ging zu einer großen hölzernen Obstschale auf der Arbeitsplatte hinüber.

»Einen Apfel?«

»Nein, danke.«

Margot lehnte sich an die Arbeitsplatte. Lässig warf sie einen Apfel von einer Hand in die andere.

»Man kann nicht alles miteinander in Einklang bringen. Es gibt Dinge, die kann man einfach nicht wegreden. Die Menschen haben Standpunkte, die für sie selbst ganz und gar überzeugend sind, für sie selbst, die aber einfach nicht mit dem ebenso überzeugenden Standpunkt der anderen übereinstimmen.« Sie biss von ihrem Apfel ab und sagte mit vollem Mund: »Es ist so einfach, zu glauben, dass Reden die Lösung sein könnte.«

»Ich habe mich so sehr danach gesehnt, mit Henry zu reden«, sagte Tilly bedrückt. Sie hielt inne; dann fuhr sie fort: »Und ich habe mich danach gesehnt, mit dir zu reden.«

Margot kam und setzte sich wieder zu ihr.

»Ich hab's dir nicht gerade leicht gemacht.«

»Ich dachte«, sagte Tilly und steckte sich eine Nuss in den Mund, »dass du einfach nur weiter verliebt sein wolltest.«

»O ja, das wollte ich.«

»Und willst du das immer noch?«

»Es gibt kein schöneres Abenteuer«, sagte Margot. »Ein High ohnegleichen. Aber das kann man nicht zum Lebensinhalt machen.« Sie grinste. »Stell dir mal vor, wie viele Männer du verbrauchen würdest.«

»Tut mir Leid, wenn ich so verheult klinge«, sagte Tilly, »aber ich möchte sicher sein, dass ich mich wieder verlieben werde.«

»Das kann ich dir nicht versprechen«, sagte Margot, »aber ich kann dir mit ziemlicher Gewissheit voraussagen, dass du dich wieder verlieben wirst.« Sie biss ein weiteres Mal in ihren Apfel. »Du bist wundervoll.«

Tilly errötete. Sie spürte, wie die Farbe in einer heißen, rosigen Woge in ihrem Hals und ihren Wangen aufstieg.

»Ach ...«

»Ehrlich«, sagte Margot, »ich hätte dir niemals das Wasser reichen können, nicht mal in meinen besten Zeiten.«

»Mum ...«

Die Hintertür zur Küche ging auf, und ein hoch gewachsener, zerzauster, dunkelhaariger Mann mit einer Leinentasche voll Bücher und Papieren kam herein. Er musterte sie beide und ihre Weingläser.

»Ich wusste doch«, sagte er in einem Ton, dem eindeutig ein verletzter Unterton beiklang, »dass ich hier was verpassen würde.«

»Gavin«, sagte Margot, »du kommst früh.«

Margot gab Tilly einen Karottenkuchen und einen Beutel Äpfel nach London mit.

»Armselig, was?«, sagte sie. »Weißt du, was ich hier tue?«

»Ein bisschen retrospektives Bemuttern«, antwortete Gavin hinter seiner Zeitung hervor. Er hatte das ganze Wochenende hindurch wie eine Klette an Margot und Tilly geklebt, fest entschlossen, sich kein Wort entgehen zu lassen. Am Samstagabend hatte er einen unordentlichen Stoß akademischer Papiere in die Küche mitgebracht, wo Margot das Abendessen kochte, während Tilly ihr hin und wieder zur Hand ging, und sie raumgreifend über den Tisch verteilt. Dann setzte er sich in die Mitte einer der langen Seiten des Tisches, wo er Margot am meisten im Weg war, und beugte sein zerfurchtes, ansehnliches Gesicht auf eine Art über seine Arbeit, die jede Frage unterband.

»Ignorieren«, schrieb Margot auf einen Block und hielt ihn Tilly entgegen. Tilly sah zu Gavin hinüber.

»Wirklich?«

Margot nickte. Sie reichte Tilly zwei Zwiebeln und ein Messer.

»Henry hat eine Neue, sagtest du?«

Tilly nickte.

»Weißt du, wer es ist?«

Tilly schüttelte den Kopf.

»Es gibt da jemanden, den ich fragen könnte, das nette Mädchen, das Henry nicht nach Charleston einladen wollte, es aber irgendwie doch getan hat, und er hat das Angebot sofort angenommen. Aber das kann ich nicht. Fragen, meine ich.«

»Nein«, sagte Margot, »das kannst du nicht. Aber die Fantasie ist ein Teufel.«

»Wem sagst du das«, sagte Gavin laut.

»Was ich nicht ertragen kann«, sagte Tilly, »ist der Gedanke, dass er mich so schnell vergessen hat. Er hat doch nur ein paar Monate gebraucht, um sich eine andere zu suchen.«

Margot reichte ihr das Schneidbrett.

»Vermutlich konnte er den Schmerz nicht aushalten.«

Tilly hob mit einem Ruck den Kopf.

»Welchen Schmerz?«

»Männer empfinden in Liebesdingen nur Schmerz, wenn es vorbei ist«, sagte Margot.

»Stimmt nicht!«, rief Gavin. Er warf seinen Schreiber hin. »Männer empfinden den Schmerz der Ungewissheit, ob sie wirklich geliebt werden, *ununterbrochen.*«

Margot zwinkerte Tilly zu.

»Eine Ungewissheit, die nur durch Sex erleichtert wird.«

Tilly musste lachen, während sie über ihren Zwiebeln weinte.

»Wer hat das gesagt?«

»Billy Connolly«, antwortete Margot.

»Mum ...«

»Ja?«

»Ich hätte nie gedacht, dass ich das sagen würde. Aber ich bin froh, dass ich gekommen bin.«

Als sie jetzt im Zug nach Hause saß, den Karottenkuchen zusammen mit ihren Waschsachen gut verstaut, nistete diese Freude in einem kleinen, stillen Fleckchen in ihrer Erinnerung. Sie hatte zu viel getrunken, hatte kaum geschlafen, sie hatte beobachtet, wie ihre Mutter und ihr Stiefvater einander umschlichen wie zwei feindliche Katzen auf der Mauer, aber sie hatte etwas mitgenommen, das zu haben sie sich niemals erhofft hatte: die Erkenntnis, dass sie im Lauf der Jahre von irgendeinem Punkt an der Peripherie von Margots Leben auf einen Platz merkwürdig dicht am Zentrum vorgerückt war. Und irgendetwas an der seltsam unpersönlichen Art, wie diese Botschaft übertragen wurde, verlieh ihr Wahrheit und Gewissheit. Margot hatte keine Ansprachen gehalten, hatte Tilly kaum berührt – bis auf eine kurze Umarmung bei der Ankunft und bei der Abreise –, aber sie hatte klar gemacht, und zwar ohne Henry zu verurteilen, dass sie auf Tillys Seite war. Es war ein ganz neues Gefühl, zu wissen, dass Margot in Jeans, Stiefeln und Schal, die Haare mit chinesischen Lackkämmen unordentlich auf dem Kopf zusammengefasst, dass dieses energische, häufig launenhafte Wesen tatsächlich da war, um Tilly zu unterstützen, falls sie das brauchte. Es würde keine konventionelle Unterstützung sein; es würde keine Schulter sein, an der sie sich ausweinen konnte, keine Aufmunterung, Henry und das ganze schwache männliche Geschlecht herabzusetzen; aber sie würde da sein. Daran ließ sie keinen Zweifel. Sie würde nach London kommen, sie würde mit Tilly reisen, sie würde, sobald Tilly sie brauchte, alles stehen und liegen lassen. Das war keine Wiedergutmachung für die Vergangenheit, so viel war Tilly klar: Die Sprache der Reue und des schlechten Gewissens war nicht Margots Sprache. Stattdessen war es jedoch die Bestätigung, dass diese Krise in Tillys Leben zu der Erkenntnis geführt hatte, dass sie beide an einem Punkt angelangt waren, an dem etwas, das nie so recht möglich erschienen war, auf einmal sehr gut möglich wurde. Als Tilly am Bahnhof Paddington den Zug verließ, fühlte sie sich so viel besser, als sie sich seit Monaten gefühlt hatte, dass sie jede finanzielle Vorsicht in den Wind schlug und mit dem Taxi nach Hause fuhr.

William lag auf dem Sofa in Tillys Wohnzimmer. Das Zimmer war, bis auf einen Haufen Sonntagszeitungen, sehr aufgeräumt, und auf dem Teetisch stand eine Vase mit roten Tulpen.

»William!«, sagte Tilly.

Er richtete sich auf.

»Ich hatte immer noch Susies Schlüssel. Entschuldige.«

Tilly stellte ihre Tasche gleich hinter der Zimmertür ab.

»Bist du mein neuer Untermieter?«

»Von Herzen gern.«

»Tut mir Leid«, sagte Tilly. »Das hätte ich nicht sagen sollen.«

Sie zog den Mantel aus und warf ihn auf die Tasche. Dann setzte sie sich zu Williams Füßen aufs Sofa.

»Also, was machst du hier?«

»Ich schmolle«, sagte William.

»Du schmollst nie.«

»Du warst fort, Susie ist fort, ich habe einen halben Mistfilm gesehen, da hab ich mir gesagt, Scheiße, ich geh jetzt hin und warte auf Tilly.«

Tilly sah sich um.

»Und erledige, während ich warte, ein bisschen Hausarbeit.«

William sah sich ebenfalls um.

»Gar nicht schlecht, eh?«

»Glänzend«, sagte Tilly.

Er beugte sich vor und ergriff ihre Hand.

»Du siehst fabelhaft aus. Ich dachte, du wärst fix und fertig.«

»Es *war* fabelhaft. Meine Mum war fabelhaft. Ich hab fast gar nicht geschlafen, dafür aber fast drei Flaschen Rotwein getrunken und fühle mich prachtvoll.«

»Herz ausgeschüttet?«

»Na ja, so ungefähr. Herz ausschütten ist nichts für meine Mum. Aber sie hat, wie man so sagt, ihre Sache gut gemacht.«

William ließ Tillys Hand los und schwang die Beine vom Sofa.

»Verdammt ärgerlich. Ich wollte der Einzige sein, der seine Sache gut macht. Also dann. Tee? Kaffee? Noch mehr Rotwein?«

Tilly fing an zu kichern.

»Noch mehr Rotwein.«

William stand auf.

»Die Sittenlosigkeit in Oxford ...«

»O ja, das ist es. Du kannst es dir nicht vorstellen.«

William ging ums Sofa herum und in die Küche.

»Darf ich deine Mutter kennen lernen?«

»Nein«, sagte Tilly.

»Warum nicht?

»Dazu kenne ich sie noch nicht gut genug.«

»Darf ich später?«

»Wir werden sehen.«

»Tilly ...«

»Ja?«

»Komm her.«

Tilly stand auf und folgte ihm in die Küche. Er kramte in einer Schublade.

»Du hast den Korkenzieher weggeräumt.«

»Ich habe alles weggeräumt.«

Sie griff an ihm vorbei und öffnete eine Schranktür. Dahinter hing der Korkenzieher an einem Haken.

»Da.«

Er drehte sich um und lächelte auf sie herab, mit einem plötzlichen, strahlenden Lächeln. Sie trat einen Schritt zurück.

»Weißt du was?«, fragte William.

»Was ...«

»Jetzt, wo Susie tatsächlich weg ist, ist es irgendwie eine Erleichterung.«

»Wie überaus loyal.«

»Das gilt für uns beide ...«

Tilly versuchte, Williams Hände an der Flasche und am Korkenzieher zu ignorieren, und sagte: »Meine Mutter sagt, Loyalität ist ein Geschenk, Bindung ist eine Forderung.«

»Deine Mutter hat vermutlich Recht.«

»Wie kommen wir denn aber an diesen Punkt, an dem wir das Gefühl haben, dass jemand uns etwas schuldig ist?«, fragte Tilly.

William wandte sich um und holte Gläser aus dem Küchenschrank.

»Die Antwort lautet, wenn wir mehr gegeben haben,

als wir hätten geben sollen«, sagte William und stellte zwei Gläser auf den Tisch.

»Warum geben sollen?«

»Weil wir«, antwortete William, während er langsam und vorsichtig den Wein einschenkte, »nicht gegeben haben, weil wir großzügig sein wollen. Wir haben gegeben, weil wir die Kontrolle haben wollten.«

»Oops«, sagte Tilly. »Autsch.«

»Oder«, fuhr William immer noch in friedfertigem Ton fort, ohne mit dem Einschenken innezuhalten, »wir haben nicht gegeben, weil die Person – in diesem Fall ein absolut hinreißendes Mädchen – etwas gegeben haben wollte, sondern weil wir keine Ahnung hatten, wie wir es ihr sonst klar machen konnten, dass wir uns nach Liebe mit ihr sehnten.«

Tilly schwieg. William hörte auf einzuschenken und stellte die Flasche auf den Tisch. Er nahm die beiden Gläser und betrachtete sie ernst.

»Du«, sagte er. »Nur du. Seit Jahren. Seit Dekaden, habe ich das Gefühl.«

Immer noch die Weingläser in den Händen, wandte er sich zu ihr um.

»Dies ist deine Chance«, sagte William. »Dies ist deine letzte Chance, mir zu sagen, ich soll verschwinden, weil dein Herz verdammt noch mal und gottverflucht immer noch Henry gehört.«

Tilly richtete sich ein bisschen höher auf. Sie blickte zu William empor. Er kam ihr unendlich vertraut und zugleich gänzlich neu vor. Sie öffnete den Mund, um etwas zu sagen, aber kein Ton kam heraus. William hob die Weingläser in Schulterhöhe.

»Versuch's noch mal.«

Tilly räusperte sich. Sie hob eine Hand an den Clip, der ihre Haare hielt, und nahm ihn heraus.

»Geh nicht«, sagte sie.

Und William beugte sich zwischen seinen emporgehaltenen Händen vor und küsste sie auf den Mund.

Später fragte er, das Gesicht an ihren Rücken geschmiegt: »War ich großartig?«

»Sieben von zehn«, antwortete Tilly. Er konnte hören, dass sie lächelte.

»Du warst großartig.«

»Was bedeutet großartig?«, wollte Tilly wissen. »Erfahren? Zufriedenstellend? Dankbar?«

»Dankbar«, sagte William.

Er schob seine Knie hinter die ihren und zog sie fest an sich.

»Ich glaube, ich liebe dich«, sagte William.

»Lass uns bitte nicht von Liebe sprechen.«

»Wovon darf ich denn sonst sprechen?«

»Von allem«, sagte Tilly. »Nur nicht von Liebe.«

Er strich ihre Haare beiseite, damit er sie auf den Nacken küssen konnte.

In ihren Nacken hinein fragte er sie: »Hast du deine Balance wieder gefunden?«

»Ich glaube, ich habe jetzt, genau in diesem Moment, eine innere Ruhe gefunden, wie ich sie seit ewigen Zeiten nicht mehr hatte.«

»Durch mich?«

»Teilweise durch dich.«

»Was kann ich tun«, erkundigte sich William, »damit es weitgehend oder ganz und gar durch mich geschieht?«

»Gar nichts«, sagte Tilly. Ihre Stimme klang zufrieden und weit, weit weg.

»Wenn dich etwas stören würde«, fragte William, »würdest du's mir sagen?«

»Vielleicht.«

»Ist da etwas?«

»Was ...«

»Das dich stört?«

Tilly rollte sich auf den Rücken.

»Seltsamerweise stört es mich *gar nicht*, dass ich mit dir in dem Bett schlafe, das ich mit Henry geteilt habe.«

»Danach habe ich nicht gefragt.«

»Vermutlich«, sagte Tilly langsam, »möchte ich doch etwas über dieses andere Mädchen erfahren.«

»Möchtest du?«

»Ja. Um sie ... Nun ja, um sie loszuwerden. Aus meinen Gedanken.«

»Würde das helfen?«

»Ich glaube schon«, sagte Tilly. »Ich glaube, ich könnte jetzt damit fertig werden. Es aufschreiben, zerreißen, wegwerfen.«

»Gut«, sagte William.

»Aber bitte, tu nichts! Wenn's passiert, dann passiert's. Ich werde Mum bitten, eine Wachspuppe zu machen, sie würde das bestimmt hervorragend tun.«

William stützte sich auf einen Ellbogen und sah auf sie herunter.

»Es ist so schön, zu hören, dass du wieder glücklich bist«, sagte er ernst.

Tilly begann zu lachen. Sie schlug die Hände vors Gesicht und lachte dahinter weiter. William griff nach ihren Händen und versuchte sie wegzuziehen.

»Lass sehen ...«

»Nein«, sagte Tilly lachend. »*Nein*. Ich werde nichts davon verschwenden.«

15

Es kostete sechs Versuche, Henry auf seinem Handy zu erreichen. Jedes Mal, wenn William wählte, immer wieder geduldig, antwortete ihm eine automatische Frauenstimme, die wie jemand aus der Grand Old Opry in Nashville klang, BellSouth bedaure sehr, aber die Nummer, die er zu erreichen versuche, sei leider entweder abgeschaltet oder außer Reichweite, er solle es doch bitte später noch einmal versuchen. Aber William wollte es nicht später versuchen. Er hatte bewusst gewartet, bis beide, Sam und Corinne, nach Hause gegangen waren, um sich dann erst mitten in dem täglichen Müll, den er und Sam so mühelos in ihrem Büro angesammelt hatten, hinzusetzen und Henry in South Carolina anzurufen.

»Du wirst mich nicht abschrecken«, erklärte William der Dame von BellSouth.

Er legte das Telefon hin und beobachtete die Sternschnuppen auf seinem Bildschirmschoner, bis er bis fünfzig gezählt hatte. Und noch einmal fünfzig. Dann nahm er sein Telefon, wählte, und Henry meldete sich.

»Hallo?«, sagte Henry. Er klang, als sei er am Flughafen oder irgendwo auf der Straße.

»Hi«, sagte William. »Ich bin's. William.«

»Hey!«, sagte Henry. »Das ist ja fabelhaft! Das ist großartig! Wie geht's dir?«

»Wo bist du?«, fragte William, seine Frage ignorierend.

»Ich bin im Auto.«

»Du fährst?«

»Ja«, sagte Henry. »Mit dem Auto.«

»Mit wessen Auto?«

»Mit meinem Auto«, sagte Henry. »Ich sitze in meinem Auto und fahre durchs Lowcountry von Charleston nach Beaufort.«

»Da ist jemand bei dir«, sagte William mit leichtem Vorwurf.

»Nein.«

»Aber da singt doch jemand.«

»Das ist Lucinda Williams«, erklärte Henry. »Auf Kassette. Sie singt *Car Wheels on a Gravel Road.*«

»Nie von ihr gehört.«

»Nein«, sagte Henry. »Wie denn auch. Wo bist du?«

»Im Büro.«

»Warum rufst du aus dem Büro an?«

»Keine Ahnung«, antwortete William. »Einfach so.«

»Hör mal«, sagte Henry, »es ist großartig, von dir zu hören, aber wenn du mich anrufst, um mir all dieses Zeug zu sagen, das du mir gemailt hast, lege ich jetzt sofort auf.«

William packte das Telefon fester.

»Das ist nicht der Fall.«

»Dann ist dies ein Freundschaftsanruf?«

»Sozusagen.«

»Dann warte, ich halte den Wagen an«, sagte Henry. »Bleib dran.«

William hörte wirre Geräusche von Wind und Rädern und dieser Lucinda, die ihren klagenden Country-Song sang. Dann kam Henry wieder an den Apparat und sagte wesentlich deutlicher: »Es ist hier zwar nicht verboten, beim Fahren zu telefonieren, aber selbst mit Automatik schaffe ich's nicht besonders gut.«

»Ich habe dich seit Oktober nicht mehr gesehen«, sagte William.

»Nein.«

»Ich würde dich gern mal wieder sehn.«

»Na ja, sicher ...«

»Ich komme nach New York«, sagte William. »Würdest du nach New York kommen, um mich zu sehen?«

Henrys Stimme klang erschrocken.

»Was?«

»Würdest du übers Wochenende nach New York kommen und dich mit mir treffen? Ich möchte nicht nach Charleston kommen.«

»Ich will nicht, dass du nach Charleston kommst ...«

»Dann wirst du also nach New York kommen?«

»Was soll das alles, Will?«, fragte Henry. »Gibt es vielleicht etwas furchtbar Schreckliches, das du mir nur ins Gesicht sagen kannst?«

»Nein«, antwortete William, »es gibt nichts Tragisches, aber ich hab die E-Mails satt und muss dich unbedingt treffen.«

»Du *musst* ...«

»Ja.«

»Jetzt bin ich aber doch misstrauisch«, sagte Henry. »Wirst du allein kommen?«

»Ja.«

»Ehrlich?«

»Ja. Susie hat sich davongemacht. Nach Spanien.«

»Verdammt ...«

»Ist schon okay«, sagte William. »Mir geht's okay.«

»Du willst also«, fragte Henry in etwas ruhigerem Ton, »nach New York kommen?«

»Ja.«

»Nächstes Wochenende kann ich nicht ...«

»Spielt keine Rolle. Ende des Monats?«

»Ja«, sagte Henry. Sein Ton wurde herzlicher. »Tut mir Leid, Kumpel. Tut mir Leid, mit dieser verdammten Susie.«

»Ich sagte dir doch, es ist mir egal. Mir geht's gut.«

»Ich werde uns ein Zimmer buchen«, sagte Henry. »Und dann können wir machen, was zwei normale Männer zusammen in New York so alles machen.«

»Logo«, sagte William. Er nahm einen Schreiber, notierte sich »NYC« auf einem Zettel und malte einen Ring von Explosionszeichen um die Buchstaben.

»Freut mich, dass du angerufen hast ...«

»Gut.«

»Ich muss jetzt weiter. Um drei Uhr soll ich in Beaufort sein. Die Sonne scheint. Die Sonne scheint, Will, keine einzige Wolke steht am Himmel, und bald wird jeder Vogel, den du dir vorstellen kannst, wie verrückt brüten, und ich werde dort sein und das Schlüpfen dokumentieren.«

»Großartig«, sagte William noch einmal. Er schrieb »Tilly« neben das »NYC« und unterstrich den Namen besonders dick. »Bis bald, dann. Wir sehen uns in New York.«

William sagte zu Corinne, er werde einen Mini-Urlaub nehmen. Corinne blickte nicht von den Rechnungen auf, die sie sortierte.

»Das ist schön.«

»Montag bin ich wieder zurück. Ganz früh Montagmorgen bin ich im Büro.«

Corinne klammerte die Rechnungen zusammen.

»Bisschen Sonne tanken?«

»Das möchte ich bezweifeln«, sagte William. »Deswegen verreise ich nicht. Ich treffe mich mit einem alten Freund.«

Corinne legte die Rechnungen auf einen Stapel Papiere zu ihrer Linken und richtete die tägliche Lieferliste schnurgerade vor sich aus.

»Es ist nicht das, was Sie sich denken«, sagte William. »Ich reise allein.«

Corinne zuckte die Achseln. William beugte sich über den Empfangstisch, bis sein Gesicht nur wenige Zentimeter von ihrem entfernt war.

»Eigentlich«, sagte er, »wäre ich Ihnen dankbar, wenn Sie dies für sich behalten würden. Sie sind der einzige Mensch, dem ich es anvertraue.«

»Warum?«

»Weil jemand anders möglicherweise versuchen würde, mich aufzuhalten.«

»Oho«, sagte Corinne ironisch, »das klingt wie aus einem Mantel-und-Degen-Film!«

»Ja.«

Zum ersten Mal blickte sie zu ihm auf.

»Hoffentlich lohnt es sich.«

»Ja«, sagte er. Und lächelte ihr zu. »Danke.«

»Was soll ich sagen, wenn jemand fragt, wo Sie sind?«

»Es wird niemand fragen.«

»Sam ...«

»Glaubt, dass ich ein ganz normales Wochenende verlebe.«

»Und ...«

»Tilly?«

»Ja.«

»Die glaubt womöglich«, antwortete William mit einer winzigen Andeutung von Genugtuung, »dass ich nach Spanien geflogen bin.« Wieder schenkte er Corinne ein Lächeln. »Also bis Montag«, sagte er.

William hasste Gepäck, hasste es, etwas tragen zu müssen. Er trug niemals eine Tasche oder einen Aktenkoffer, nahm niemals etwas mit, das nicht in eine Mantel- oder Jackentasche passte. Zwei Jahre lang hatte er Susie erklärt, dass ihm das Einkaufen an sich nichts ausmachte, aber das Einkaufen führte zu Taschen und Päckchen, die getragen werden mussten, und er wollte sie weder selbst tragen noch sehen müssen, wie sie sie trug. Beim einzigen Mal, an dem er ihren Eltern begegnet war, und zwar bei einer Übernachtung in Wellingborough, hatte er ein T-Shirt, einen Einmal-Rasierer und eine Zahnbürste auf den Rücksitz des Wagens geworfen, den er gemietet hatte, und fühlte sich bereits wie ein Packesel. Susie brachte zwei Reisetaschen, eine Plastikbox voll Make-up und eine Strandtasche voll Schuhe. Sie hatte einen Blick auf den Rücksitz geworfen.

»Aha«, sagte sie, »auf alles vorbereitet.«

Für New York nahm William sein Waschzeug mit, Socken, Unterwäsche und ein schwarzes T-Shirt, das er sich in Heathrow kaufte. Einkaufen auf dem Flughafen zählte nicht, denn was immer man kaufte, passte in die Tasche, die man ohnehin mitnehmen musste, und erforderte kein zusätzliches Tragen. Zu dem T-Shirt kaufte William noch eine Sonnenbrille, Kaugummi und eine Ausgabe des *New Yorker,* um sich richtig in Stimmung zu bringen. Das alles packte er nicht ein, sondern setzte die Sonnenbrille auf, verstaute das Kaugummi in seiner Jackentasche und klemmte sich den *New Yorker* als Zeichen des nonchalanten, internationalen Reisenden unter den Arm. Dann ging er durch die Sicherheitsschranke in die Abflug-Lounge, kaufte sich ein Bier und stellte sich die vage, aber nicht unangenehme Frage, ob er etwas Verbotenes tue.

Tilly hatte ihn schließlich nur einmal, und das keineswegs dringlich, gebeten, im Hinblick auf Henrys neue Liebe nichts zu unternehmen. Ja, wenn er darüber nachdachte – was er getan hatte, und zwar in einer für ihn erstaunlichen Ausführlichkeit –, erkannte er eindeutig, dass

Tilly »bitte nicht« auf eine Art und Weise gesagt hatte, wie man es tut, wenn man genau das Gegenteil meint. Wenn man so tat, als wolle man etwas nicht, war man schließlich, wenn man es letztlich nicht bekam, aller Folgen und Verantwortlichkeiten ledig. Es ist nicht schwer, dachte William, Tillys List zu durchschauen: Bitte, meinte sie eigentlich, bitte geh und finde heraus, was Henry wirklich vorhat, damit ich mich damit arrangieren, es endlich ad acta legen und mit dem nächsten Abschnitt meines Lebens beginnen kann. William war stark interessiert an Tillys nächstem Lebensabschnitt, ja, sogar interessierter – er bestellte beim Barkeeper ein weiteres Bier –, als es ihm eigentlich lieb war. Wenn er an Tilly dachte, sich an sein Zusammensein mit Tilly erinnerte, irgendwo plötzlich Tillys Duft wahrnahm, drängte sich etwas, das mit Henry zu tun hatte, etwas Undefinierbares, Unbehagliches, dazwischen und veranlasste William, sich zurückzuhalten. William wollte aber nicht zurückgehalten werden. Susie war in Spanien, Henry war in Charleston: Warum sollten die beiden, die so weit entfernt waren, immer noch in der Lage sein, ihm Verpflichtungen aufzudrängen? Was Susie betraf, so konnte William nichts tun, hatte er nie etwas tun können, aber Henry, das war etwas anderes. Während er sein Bier trank und erfreut feststellte, dass ihn ein Mädchen, drei Barhocker von ihm entfernt, mit unverhohlenem Interesse musterte, gestand William sich ein, dass er alles, was er an diesem Wochenende für Tilly tat, genauso zielbewusst für sich selber tat. Er leerte sein Glas, zwinkerte dem Mädchen auf dem Barhocker zu und schlenderte mit seinem *New Yorker* unterm Arm gelassen auf das Abflug-Gate zu.

Henry hatte ein Zimmer in einem schicken, kalten Hotel an der West 44th Street gebucht.

»Eigentlich«, erklärte Henry, »hat es ein Freund für mich gebucht. Er arbeitet bei Delta.«

William warf seine Tasche aufs Bett, das in einem Erker mit Fenstern wie stahlgerahmte Bullaugen stand. Der Bettüberwurf war anthrazitgrau.

»Hast du einen Freiflug gekriegt?«

»Nein.«

William spähte durch ein Bullauge.

»Da sieht man ja gar nichts.«

»Das ist New York, William.«

»Ich kann mich nicht erinnern, dass es so dunkel ist.«

»Hier lebt man in Schluchten«, sagte Henry. Er ging ins Bad. Dann rief er: »Schön, dich wieder zu sehen, Will.«

»Gleichfalls«, antwortete William.

»Du siehst anders aus ...«

»Du auch«, sagte William. Er kam an die Badezimmertür, blieb dort stehen und sah Henry beim Pinkeln zu. »Du hast abgenommen.«

»Kann nicht sein«, gab Henry zurück. »Die Südstaatenküche ist so ungesund wie nur möglich. Vielleicht kommt's daher, dass ich so viel zu tun habe.«

»Ja.«

Henry schüttelte ab und schloss den Reißverschluss seiner Hose.

»Ich würde die Südstaatenküche hassen, hat Tilly mir prophezeit.«

»Wirklich?«

»Die würden alles braten und dann mit Zucker bestreuen, hat sie gesagt. Wenn die einen Moon Pie sähe, würde sie einen Anfall kriegen.«

»Einen was?«

»Das ist ein Riesending, aus Biskuit, wie ein Biskuit-Sandwich, voll gestopft mit Marshmallows. Es ist ganz und gar und vollkommen obszön. Und verkauft sich zu Abermillionen. Es hat sogar einen eigenen Förderverein.«

William stöhnte. Er trat von der Badezimmertür zurück und betrachtete das Schlafzimmer.

»Schön gemütlich hier.«

»Es ist cool, Will.«

»Was machen wir jetzt?«

Henry ging an ihm vorbei und nahm sein Jackett von dem Chromgestellstuhl, über den er es geworfen hatte.

»Jetzt werden wir uns einen Drink leisten«, sagte Henry, »und dann können wir vielleicht endlich aufhören zu reden wie Leute, die auf den Bus warten.«

Henrys Freund von Delta hatte eine Bar in der 2nd Avenue empfohlen. Außerdem hatte er Henry eine Liste von Restaurants gegeben, Telefonnummern von Fitnessclubs und drei Musicals empfohlen, von denen zwei, wie William betonte, britisch waren.

»Er glaubt, ich wäre ein Hinterwäldler und Barbar«, sagte Henry.

»Und – hat er Recht?«

Henry ignorierte ihn. Er schob Williams Bier über den Tisch.

»Also«, sagte Henry, »jetzt bist du in New York. Und Susie ist in Spanien. Geht es dir darum?«

»Ich hab dir doch gesagt«, antwortete William, »ich hab dir *gesagt*, dass mir das mit Susie nichts ausmacht. Sie hat mich wirklich wütend gemacht mit ihrer Art, wie sie das verkündet hat, weil das eine ganz und gar unilaterale Entscheidung von ihr war, aber ich vermisse sie nicht.«

»Ach ja?«

»Nein.«

»Will, du musst doch etwas empfinden ...«

»Nein. Erleichterung, vielleicht. Ein bisschen schlechtes Gewissen ...«

»Wieso?«

»Wegen der Erleichterung, nehme ich an.«

Henry musterte ihn.

»Ich verstehe. Und das Geschäft?«

»Geht gut«, sagte William. »Wächst, blüht und gedeiht. Nicht so schnell, wie ich's gern hätte, aber es wächst. Sam ist kein besonderer Plusfaktor. Er ist keine Belastung, aber er ist auch nicht der Plusfaktor, den ich gern hätte. Immerhin aber gut mit Zahlen.«

»Und du wohnst immer noch, wo du gewohnt hast?«

»Ja«, sagte William. »Ich ... Na ja, ich habe mir überlegt, ob ich wieder mit jemandem zusammenziehen soll, aber vielleicht ist dies nicht der richtige Zeitpunkt.«

»Mit einer Frau?«

William starrte in sein Bier. Dann blickte er auf, an Henry vorbei und betrachtete die Bar, vor allem aber zwei schwarze Männer und eine rothaarige Frau, die ganz in Leder gekleidet waren. Die Frau trug ihre Haare offen bis zur Taille und dazu Schlangenleder-Cowboystiefel.

»Da wir gerade von Frauen sprechen ...« Er hielt inne.

»Willst du das wirklich jetzt?«, erkundigte sich Henry. »Zwei Stunden, nachdem wir uns wieder gesehen haben?«

»Wenn ich das nicht mache«, sagte William, »werde ich das ganze Wochenende lang auf den richtigen Moment warten, aber der wird niemals kommen, und dann werde ich wieder im Flieger sitzen, und es wird zu spät sein.«

»Okay«, sagte Henry.

William griff nach seinem Bier und sah Henry über den Glasrand hinweg an.

»Hast du dir in Charleston die Haare schneiden lassen?«

»Nein, in Atlanta.«

»Großer Gott, entschuldige bitte!«

»Geschenkt.«

»Also, sie sind zu kurz.«

»Sie werden wachsen«, sagte Henry.

»Du siehst aus wie einer aus West Point. Soldat Atkins.«

»Du bist nicht der Erste, der das sagt«, sagte Henry bedrückt.

William knallte triumphierend sein Bierglas auf den Tisch zurück.

»Erwischt! Wer ist sie?«

Henry senkte den Kopf.

Dann sagte er zur Tischplatte: »Wer, verdammt noch mal, glaubst du?«

»Woher soll ich das wissen«, sagte William. »Woher soll ich wissen, welches leckere Früchtchen aus dem Staate South Carolina das auserwählte Früchtchen ist?«

Henry löste den Blick nicht von der Tischplatte.

»Denk nach.«

William dachte nach.

»Ach ...«

Henry hob den Kopf.

»Ach?«

»Doch nicht Gillon«, sagte William.

»Warum nicht Gillon?«

William wedelte mit Armen und Händen.

»Mein Gott, Henry, weil sie ... na ja, sie ist in Ordnung, aber sie ist irgendwie sonderbar, und sie war es, die dich nach Charleston eingeladen hat, deswegen ist es nicht wirklich okay, nicht wahr, und außerdem ist sie *Tillys* Freundin! Wieso machst du mit Tillys Freundin rum? Und was zum Teufel hat sie mit dir rumzumachen?«

»Sie fühlt sich wirklich mies deswegen«, sagte Henry leise.

»Weswegen? Weil sie sofort mit dir rumgefickt hat, nachdem du aufgehört hast, Tilly zu ficken?«

»He, schrei mich nicht an«, sagte Henry.

»Ich schreie, verdammt noch mal, so viel ich will, Henry ...«

»Nein«, sagte Henry nachdrücklich. »Nein, das wirst du nicht. Ich habe dir gesagt, wenn du mir noch einmal Vorträge hältst, stopfe ich dir das Maul. Und das werde ich tun. Also hör auf. Hast du gehört, Will? *Hör auf!*«

William beugte sich so weit vor, dass sein Gesicht sich dicht vor Henrys Nase befand.

»Und was tust du Tilly damit an? Wie wird Tilly sich wohl fühlen, wenn sie davon erfährt?«

Henry verzog das Gesicht.

»Traurig und zornig.«

»Ist das alles? Mehr hast du dazu nicht zu sagen? Du machst mit jemandem rum, den Tilly mochte und dem Tilly vertraute, und das ist alles, was du zu sagen hast?«

»Ja.«

»Bist du wirklich dieses hartgesottene Schwein, das du so gut zu spielen verstehst?«

»Das musst du entscheiden«, sagte Henry. »Nicht wahr?«

William lehnte sich zurück und breitete die Hände auf der Tischplatte aus.

»Gillon. Die kleine ...« Er unterbrach sich. Dann sagte er: »Ich weiß nicht, wie ich's ihr sagen soll.«

»Wem?«

»Tilly. Dass es Gillon ist.«

»Warum solltest *du* ihr etwas sagen?«

»Weil du nicht den Mut dazu hast.«

»Woher willst du das wissen?«

William schwieg. Henry beugte sich über die Tischplatte zu ihm herüber.

»William«, sagte er. »William, bist du wirklich nach New York gekommen, um mich zu fragen, mit wem ich eine Beziehung habe, damit du zurückfliegen kannst wie ein Ritter in schimmernder Rüstung, um Tilly alles zu berichten und sie anschließend zu trösten?«

William zuckte die Achseln.

»Warum«, fragte Henry unnachsichtig, »ist es deine Aufgabe geworden, zu wissen, wie man am besten mit Tilly umgeht?«

William funkelte ihn wütend an.

»Weil du abgehauen bist. Weil du einfach abgehauen bist und sie verlassen hast.«

»Oder«, sagte Henry, »um es mit deinen Worten zu sagen, weil Tilly, kurz nachdem sie aufgehört hat, mich zu ficken, angefangen hat, dich zu ficken?« Er lehnte sich zurück. Er schien fast zu lächeln. »Tut mir Leid, Kumpel«, sagte er, »aber wie sie hierzulande sagen, du bist aufgeflogen.«

Am Sonntagmorgen liehen sie sich im Central Park Rollschuhe. Sie hatten beide einen Kater, vermieden es in gegenseitigem Einverständnis, noch weiter über das zentrale Thema zu sprechen und konnten auch kein anderes Thema finden, das im Vergleich dazu nicht hoffnungslos unterlegen gewesen wäre. Um drei Uhr früh des vorangegangenen Morgens war William quer über das anthrazitgraue Bett in Henry hineingerollt und hatte gesagt, er meine, sie sollten heiraten. Henry sagte, heiraten bedeute, Badezimmer teilen, und komme daher nicht in Frage. Mit dem Rücken zueinander waren sie eingeschlafen, während das rötliche Glühen der New Yorker Nacht durch die Bullaugen in sauberen Kreisen auf sie fiel.

»Erklär mir mal«, sagte William irgendwann auf ihrem Zug durch die Mid-Town-Bars. »Erklär mir, was das *ist*, mit Gillon, was du an Gillon findest ...«

»Sie ist offen mit mir«, sagte Henry.

»Aber Tilly ...«

»Ich will hier keine Vergleiche ziehen, aber Tilly war nicht offen. Tilly hat ständig widersprüchliche Botschaften ausgesandt. Tilly verlangte, dass ich alles verstand, durch Osmose, selbst wenn die Botschaft sich seit dem letzten Gespräch hundertprozentig verändert hatte. Gillon kann sich mir erklären. Damit meine ich nicht, dass sie mich bittet, ihr beizustimmen oder ihr sogar zu helfen – im Gegenteil, es ist praktisch unmöglich, ihr zu helfen –, aber sie ist, na ja, sie macht es mir leichter, die Straßenkarte zu lesen.«

»Ich dachte immer, Mädchen aus dem Süden ...«

»Sie ist kein typisches Südstaatenmädchen.«

»Natürlich nicht.«

»William«, sagte Henry, »ich muss mich dir nicht erklären. Tilly ist wundervoll, ich werde sie immer als wundervoll in Erinnerung behalten, und Gillon mag in deinen ungeübten Augen im Vergleich zu ihr weniger offensichtlich wundervoll erscheinen. Ich kann dir nicht sagen, warum ich Gillon gegenüber so empfinde, wie ich es tue, und warum ich Tilly gegenüber nicht mehr so empfinde wie früher. Du kannst, du Dummkopf, niemanden *zwingen*, jemanden zu lieben. Gott allein weiß, Will, warum ich jetzt mit dir hier rumziehe, wo du doch so ein Arschloch bist. So ein mieses, scheinheiliges Arschloch.«

»Bist du nicht eifersüchtig?«, fragte William.

Henry starrte ihn an.

»Eifersüchtig?«

»Auf mich und Tilly.«

Henry lehnte sich an die nächste Wand.

»O Gott!«

»Dass Susie in Spanien ist, macht mir nichts aus«, sagte William, »aber ich wünschte trotzdem, sie würde nicht so in der Gegend rumvögeln.«

Henry richtete sich auf unsicheren Füßen auf und starrte William an.

»Tilly ist eindeutig zu gut für dich.«

William nickte.

»Ich weiß.«

»Ich bin auch zu gut für dich.«

»Das bist du verdammt noch mal nicht«, widersprach William energisch. »Du bist ein verdammter Wichser.« Er hob sein Wodkaglas. Dann sagte er in einem anderen Ton: »Weißt du was?«

»Was?«

»Diese Mädchen, all diese Mädchen. Weißt du, wonach die suchen? Die suchen Perfektion. Das suchen sie. Perfektion. Aber es gibt keine Perfektion, nicht wahr? Es gibt, mein lieber Henry, nur Kerle wie dich und mich.«

Als sie jetzt unsicher über die Asphaltwege des Central Park rollten, beobachtete William die anderen Skater. Viele von ihnen waren Männer, die wild durcheinander schießende Kinder hüteten, Männer in Paaren, Männer, die zielbewusst dahinjagten, als seien sie fest entschlossen, die Tempo- und Entfernungsrekorde zu brechen, die sie selbst am Tag zuvor gesetzt hatten. Wenn man diese Männer so ansieht, dachte William, dann sehen sie nicht viel anders aus als Henry und ich, wünschen sich vermutlich dieselben Sachen und fürchten sich vor denselben Dingen, während sie sich bemühen, miteinander, mit Frauen, mit Kindern zu verhandeln. Er warf einen

Blick zu Henry hinüber. Henrys Miene war verkniffen, als konzentriere er sich angestrengt oder als denke er an etwas ganz anderes. Vielleicht dachte er an Gillon. Trotz allem, was er gesagt hatte, entdeckte William, dass er Respekt hatte, vor Henrys Gefühlen für Gillon – nicht zuletzt wegen der offensichtlichen Intimität zwischen den beiden. Er rollte ein bisschen näher zu Henry.

»Alles okay?«

Henry warf ihm einen kurzen Blick zu. Dann reckte er den Daumen in die Luft.

»Okay.«

16

Tilly machte einen Termin bei ihrem Chefredakteur aus. Ihr Chefredakteur, ein Mann Ende vierzig, mit einem Abschluss in Kunstgeschichte an der University of Edinburgh, ließ seine Tür in einer Atmosphäre lässiger Zwanglosigkeit offen stehen. Das funktionierte die meiste Zeit großartig, doch wenn etwas Heikles oder Ernsthaftes zu besprechen war, machte Miles' offene Tür und seine ungezwungene Art es schwer, im Vergleich dazu nicht überzogen feierlich, ja theatralisch zu erscheinen. Tilly schickte ihm eine E-Mail. Sie tippte: »Brauche fünf Minuten mit Ihnen bei geschlossener Tür.« Miles schrieb zurück: »Warum nur fünf Minuten? Kommen Sie zwölf Uhr mittags.«

Punkt zwölf hörte Tilly auf zu arbeiten, ordnete ihre Haare, ließ ihre Brille auf und trat an Miles' offene Tür. Er telefonierte.

»Nein«, sagte er. »Nein. Der Drucktermin kann nicht verändert werden. Der ist festgelegt.«

Er blickte auf und machte mit seinem freien Arm eine weit ausholende, schwingende Geste. Tilly schloss die Tür hinter sich.

»Tut mir Leid«, sagte Miles ins Telefon, »aber mehr kann ich nicht tun. Ihr Problem.«

Tilly holte sich einen Stuhl von der Wand herüber und setzte sich. Sie betrachtete das Foto von Miles' Exehefrau und ihren Kindern, das auf dem Schreibtisch stand, und gleich daneben das Foto von Miles' aktueller Freundin mit ihrem Hund. Die Freundin hatte dem Hund die Arme um den Hals geschlungen.

»Tut mir Leid«, sagte Miles abermals. »Tut mir Leid. Auf Wiederhören. Rufen Sie mich an, sobald Sie eine Lösung gefunden haben. Bye.« Er legte das Telefon hin.

Dann sagte er zu Tilly: »Ich fürchte das Schlimmste.«

»Ja«, sagte Tilly.

»Die Leute machen die Tür nur zu, wenn sie entweder kündigen wollen oder schwanger sind oder beides.«

»Schwanger bin ich nicht.«

»Aber kündigen werden Sie auch nicht«, sagte Miles.

»Ich muss. Ich renne nur noch im Kreis.«

»Ja«, sagte Miles, »Sie könnten Ihren Job *und* meinen dazu noch vor dem Lunch erledigen. Aber Sie werden nicht gehen, bis Sie was haben, wohin Sie gehen können.«

»Woher wissen Sie, dass ich das nicht schon habe?«

»Sie sehen nicht danach aus. Ich weiß nicht viel über die Welt der Arbeit, aber ich weiß, dass wir alle schneller Arbeit finden, solange wir noch Arbeit haben.«

»Miles«, sagte Tilly, »ich muss irgendetwas bewegen, ich muss irgendetwas *tun*, sonst werde ich verrückt.«

»Aber nicht das Falsche. Sonst werden Sie nur wieder dasselbe alte Gepäck mitschleppen. Und«, sagte er und beugte sich vor, »als geschiedener Mann kann ich Ihnen sagen, wenn das eigene Privatleben im Keller ist, wäre das Letzte, was Sie in den Wind schießen dürfen, die Arbeit.«

Tilly senkte den Blick. Sie hätte ihm gern erklärt – nicht weil sie Miles so nahe stand, sondern weil er ein Mensch und der Augenblick richtig war, wenigstens für sie –, dass sie sich fühlte, als hätte sie sich schon ewig im Kreis bewegt, wie ein Flugzeug, das nach einem Landeplatz sucht, und dass ihr, wenn sie in diesem Zustand verharrte, endlos immer nur kreisend und suchend, irgendwann der Sprit ausgehen würde. Es gibt, hätte sie gern gesagt, einen Unterschied zwischen vorübergehendem Kummer und einem tiefen, mächtigen Instinkt für eine notwendige Veränderung: Und es gibt einen Unterschied zwischen dem Überleben nach dem Verlust und dem Versuch, darüber hinauszuwachsen.

Stattdessen sagte sie, den Blick immer noch auf ihren Schoß gerichtet: »Dies ist kein plötzlicher Entschluss, Miles. Und er ist nicht leichtfertig.«

»Keins von beiden habe ich vermutet.« Er lehnte sich in seinem Sessel zurück. Dann warf er einen kurzen Blick auf das Foto seiner Freundin mit Hund, fast so, als wolle er ihre Erlaubnis für seine nächste Bemerkung einholen, und sagte: »Darf ich einen Kompromiss vorschlagen?«

Tilly verzog das Gesicht.

»Ich hasse Kompromisse. Ich mache sie ständig ...«

»Drei Monate«, sagte Miles. »Sie haben drei Monate, um sich einen anderen Job zu suchen. Ich versuche drei Monate lang, Sie zu ersetzen, ohne Sie wirklich zu ersetzen.«

»Angenommen, wir können uns nicht einigen ...«, sagte Tilly unsicher.

»Werden wir es sagen.«

Sie nickte.

»Wohin wollen Sie denn?«, fragte Miles.

»Irgendwohin. Rundfunk, Fernsehen, Verlage ...«

»Also die üblichen Verdächtigen.«

»Wir sollen doch angeblich eine so große Auswahl haben, nicht wahr?«, gab Tilly zurück. Sie stand auf. »Meine Generation soll doch eine größere Auswahl haben denn je, persönlich oder beruflich. Aber wir treten immer noch auf der Stelle, wie die Hamster in einem Rad, tun immer wieder dasselbe, wünschen dasselbe, getrieben von denselben Zweifeln und Ängsten ...« Sie hielt inne.

Er blickte zu ihr auf. Er dachte offensichtlich an etwas anderes.

»Gut«, sagte er. »Drei Monate. Lassen Sie die Tür offen, wenn Sie gehen, ja?«

Tilly ging den kurzen Korridor entlang in ihr eigenes Büro zurück. Unterwegs tauchte Megan, die mit dem Verkauf von Anzeigen im *Arts and People* beschäftigt war, aus der Nische auf, in der der Fotokopierer und der Trinkbrunnen standen, und sagte, es sei jemand da, der auf Tilly warte.

»Ich habe sie in Ihr Büro gesetzt.«

»Ich erwarte niemanden.«

»Sie ist eine Freundin von Ihnen«, sagte sie. »Sie sagte, sie wisse, dass Sie sie nicht erwarten. Sie haben doch nichts dagegen – oder?«

Tilly sah Megan an. Sie trug eine Brille und hatte sich das lockige dunkle Haar am Hinterkopf aufgesteckt und mit einem Rüschenband aus orangefarbenem Samt befestigt. Ihre Miene war besorgt.

»Nein«, sagte Tilly, »natürlich nicht. Danke.«

In ihrem Büro wartete, auf einem Stuhl zusammengesunken und mit einer purpurfarbenen Sonnenbrille auf der Nase, Susie. Tilly machte die Tür hinter sich zu und lehnte sich dagegen. Susie blickte nicht auf.

»Was ist passiert?«, erkundigte sich Tilly.

Susie duckte sich noch tiefer gegen die Stuhllehne.

»Es hat nicht funktioniert.«

»Du hast es fünf Wochen lang versucht ...«

»Ich wusste es nach fünf Tagen«, sagte Susie. »Es war grässlich.«

»Auf welche Art grässlich?«

»Alles Ausländer«, sagte Susie. »Kaum ein Spanier, und die Spanier, die da waren, haben uns fast die Kleider vom Leib gerissen.« Sie hielt inne. »Aber ich kann's ihnen nicht übel nehmen. Wir haben wild gelebt.«

»Ich dachte«, gab Tilly zurück, »dass ihr da runtergegangen seid, um wild zu leben.«

Susie schob sich ein bisschen höher. Durch ihre purpurroten Brillengläser sah sie Tilly an.

»Nicht den ganzen Tag und die ganze Nacht«, sagte sie. »Nicht sieben Tage in der Woche vierundzwanzig Stunden lang. Nicht ständig jeder pleite und mir mein verdammtes Geld klauen.«

»Das haben sie getan?«

»Vivi hat mir dreihundert Pfund geklaut. *Vivi.*«

»Warum, um Himmels willen, hast du denn dreihundert Pfund rumliegen lassen, wo sie jeder einfach nehmen konnte?«

Susie zuckte die Achseln.

»Ich wollte sie zur Bank bringen. Wirklich.«

Tilly löste sich von der Tür und setzte sich an ihren Schreibtisch. Sie warf einen Blick auf den Computerbildschirm. Es gab drei neue E-Mails. Nach diesem Vormittag war sie nicht sicher, ob sie für sehr lange Zeit wieder eine E-Mail haben wollte.

»Du willst mich hier nicht mehr«, sagte Susie. »Nicht wahr?«

Tilly wandte den Blick nicht vom Bildschirm.

»Es ist nicht so, dass ich dich nicht haben will«, sagte Tilly, »es ist eher so, dass ich ein bisschen verwundert bin, dich so schnell wieder zu sehen, und ich ehrlich nicht so recht weiß, ob ich dir im Augenblick helfen kann.«

»Die Wohnung ...«

»Da ist Alicia. Eine Kollegin. Ich hab's dir gesagt.«

»Du glaubst«, sagte Susie bekümmert, »du glaubst, dass ich gekriegt hab, was ich verdiene, nicht wahr? Du glaubst, ich hab's herausgefordert, wie?«

Tilly sah sie an.

»Nein.«

»Warum dann keine Reaktion? Es scheint dich überhaupt nicht zu interessieren. Du bist ja nicht mal *überrascht* ...«

»Es geht nicht um dich«, sagte Tilly.

»Was geht nicht um mich?«

»Es ist nicht so, dass mir nicht Leid tut, was passiert ist. Es ist nicht so, dass es mich nicht interessiert. Es ist nur so, dass ich im Moment selbst einiges habe, mit dem ich zurechtkommen muss.«

Susie tastete auf dem Fußboden neben ihrem Stuhl nach einer gestreiften Basttasche.

»Ich gehe ...«

»Ich war gerade bei meinem Chef«, sagte Tilly. Sie hielt inne; dann sagte sie unvermittelt, als hätte sie eigentlich nichts sagen wollen: »Und ich hab heute Morgen eine E-Mail bekommen. Von Henry.«

Susie erstarrte, immer noch über ihre Basttasche gebeugt.

»Henry ...«

»Er hat gesagt«, fuhr Tilly fort, »dass er es mir vermutlich schon vor Wochen hätte sagen müssen, aber er habe es nicht getan, solange er nicht sicher gewesen sei, dass seine Gefühle ernsthaft seien, und nun sind sie es, und jawohl, er ist jetzt mit einer anderen zusammen, und zwar mit Gillon.«

»Wow«, sagte Susie schwach.

»Ja.«

»Hat das ...«

»Was?«

»Hat das hier schon angefangen?«

»Keine Ahnung«, sagte Tilly. »Ich glaube nicht.«

»Was wirst du jetzt tun?«

»Gar nichts«, sagte Tilly zornig. Sie wischte sich mit den Händen übers Gesicht, als wolle sie Tränen trocknen, die möglicherweise da sein konnten.

Susie stand auf und nahm ihre Tasche in die Arme, als sei sie ein junger Hund.

»Die sind doch alle Scheiße – oder?«

Tilly schwieg.

»Ganz egal, was man für sie tut«, sagte Susie, »ganz egal, was man für sie empfindet, sie machen einfach ...« Sie unterbrach sich; dann sagte sie: »Entschuldige, dass ich gekommen bin.«

»Tut mir Leid, dass ich dir nicht helfen kann. Ehrlich«, sagte Tilly.

Susie ging langsam zur Tür. Ihre nackten braunen Füße steckten in kleinen, mit Strass besetzten Sandalen, und die Haut war in der Kälte des englischen Frühlings bläulich angelaufen. Tilly warf einen kurzen Blick auf sie. Sie wirkten rührend, verloren in ihrer vorgetäuschten, kitschigen Pracht.

»Du kannst das Sofa haben«, sagte Tilly. »Komm zu uns und nimm das Sofa.«

»Ist schon okay«, sagte Susie unsicher.

»Das ist mein Ernst.«

»Ich gehe ...« Susie unterbrach sich; dann sagte sie, die Hand schon am Türknauf, »ich gehe vielleicht zu William.«

»William ...«

»Ja.« Sie warf mit einer trotzigen Geste den Kopf in den Nacken. »Vielleicht entschuldige ich mich sogar bei ihm.«

»Ich weiß nicht recht ...«

»Was weißt du nicht recht?«

»Ob es richtig ist, zu William zu gehen ...«

Susie packte ihre Tasche fester.

»Warum sollte ich nicht zu William gehen?«

Tilly zwang sich zu einem Lächeln.

»Kein besonderer Grund. Geh nur zu ihm. Geh nur zu William.«

Susie öffnete die Tür. Sie rückte ihre Tasche zurecht und hängte sie sich über die Schulter.

»Das werde ich«, verkündete sie. Ihr Ton war trotzig. »Genau das werde ich tun.«

»Es tut mir Leid«, sagte Corinne zum achten Mal innerhalb einer Stunde, »aber Mr Ward hat eine Besprechung. Und Mr Selway hat einen Termin außer Haus. Wollen Sie bei mir eine Nachricht hinterlassen?«

Sie warf einen Blick auf ihren Nachrichtenblock. Fünf Anrufer hatten Nachrichten für William hinterlassen, einer hatte aufgelegt und einer – der beste potenzielle Kunde seit ein paar Wochen – hatte gesagt, Sie brauchen sich verdammt noch mal nicht weiter zu bemühen. Das hatte Corinne notiert – wortwörtlich. Sie fand, William müsse sehen, was hier passierte, wenn er ohne sein Handy einfach aus dem Büro verschwand – höchst ungewöhnlich für ihn –, nur weil dieses kleine Flittchen Susie wie ein aufgestörtes Huhn hereingestürzt kam und ihn kurzerhand mitgeschleppt hatte. Corinne war entsetzt über den Aufzug gewesen, in dem sie hier im Büro erschienen war, wie zu einer Strandparty, ohne ein Lächeln oder gar ein freundliches Wort. Natürlich gab es Bezeichnungen für Mädchen wie Susie in Corinnes Wortschatz, und keine einzige davon war freundlich. Für Corinne repräsentierte Susie alles, was an anderen Frauen sowohl billig als auch bedrohlich wirkte, und als sie nach Spanien gegangen war, hatte Corinne nicht nur Erleichterung empfunden, sondern sie war der triumphierenden Überzeugung gewesen, dass dies das passende Ende für sie sei. Ihr Verschwinden hatte den Weg natürlich für Tilly frei gemacht, ein Weg, den – o Gott, Hilfe! *Männer!* – William sofort eingeschlagen hatte. Aber sogar Corinne mit ihren halb eingestandenen wirren Gefühlen für William konnte erkennen, dass sie zwar Tilly nicht leiden konnte, sie aber niemals so von Herzen verabscheuen würde, wie sie Susie verabscheute. Als Susie ins Büro hereinkam – nackte Füße, mitten im März – und ohne einen Blick für Corinne sofort zu William hineinmarschierte, spürte Corinne, wie all die Verachtung und Furcht wieder in ihrer Kehle aufstieg wie Galle. Wieder blickte sie auf ihren Notizblock hinab und unterstrich das Wort »verdammt«. Das Lieblingswort ihres Großvaters. Manchmal kam es Corinne so vor, als kenne sie kein anderes Adjektiv.

Als William schließlich nach einer Stunde und zwanzig Minuten zurückkam, sah er entsetzlich aus. Er sieht aus, dachte Corinne, wie mein Dad, wenn er beim Pferderennen heimlich zu viel Geld verwettet hatte und sein Gaul fast gleich nach dem Start gestürzt war. Sie schenkte ihm einen gnadenlosen Blick.

»Sie haben Ihr Handy vergessen.«

Er starrte sie an. Klopfte seine Jackentaschen ab.

»Hab ich nicht ...«

»Doch.« Sie nickte durch die offene Tür zu seinem Schreibtisch hinüber. »Da drüben liegt es. Ich hab's nicht angerührt.«

»Scheiße!«, schimpfte William.

Corinne riss das oberste Blatt von ihrem Notizblock ab und reichte es ihm.

»Acht Anrufe, sechs Nachrichten. Sieht aus, als hätten es die Leute von Intertel nicht besonders lustig gefunden, dass Sie nicht zu erreichen waren.«

William starrte auf die Nachrichten in seiner Hand.

»Ich werde sie zurückrufen. Ich werde sie anrufen.«

Er ging auf seine Bürotür zu. Kurz davor drehte er sich noch einmal zu Corinne um.

»Entschuldigen Sie«, sagte er.

Sie zuckte die Achseln. Das Telefon klingelte schon wieder.

»Hätte nicht gedacht«, sagte sie, während sie auf Knöpfe drückte, »dass ich es wäre, bei der Sie sich entschuldigen müssten. Guten Tag, Ward and Selway Dispatch. Was kann ich für Sie tun?«

»Was hast du zu ihr gesagt?«, wollte Tilly wissen. Sie saß noch immer an ihrem Schreibtisch. Ihr gegenüber ließ sich William auf den Stuhl fallen, auf dem am Vormittag Susie gesessen hatte.

»Was meinst du wohl?«

»Ich muss«, sagte Tilly ruhig, »genau wissen, wie du dich ihr gegenüber ausgedrückt hast. Ich muss wissen, was du *gesagt* hast.«

William rutschte unruhig herum.

»Ich habe gesagt, dass wir eine Beziehung hätten. Ich habe gesagt, dass wir miteinander geschlafen hätten.«

»Geschlafen ...«

»Nein«, sagte William, »ich habe gesagt, dass wir miteinander schlafen.«

»Ach.«

»Na ja, tun wir doch.«

»Ja.«

»Da hat sie einen Anfall gekriegt«, sagte William. »Da hat sie angefangen zu schreien. Sie hat mich mit allen möglichen Schimpfwörtern belegt.« Er hielt inne. »Und dich leider auch.« Er beugte sich vor und stützte die Ellbogen auf die Knie. »Sie wollte, dass ich sie sozusagen auffange. Sie wollte, dass ich dieses ganze spanische Zwischenspiel vergesse und ... na ja, mich um sie kümmere. Ich würde für sie die Scherben aufsammeln, hat sie gedacht. Sie könnte einfach bei mir einziehen, hat sie gedacht. Ich hätte vergessen, wie sie sich verhalten hat, hat sie gedacht.«

»Sie hat einen Schock«, sagte Tilly distanziert. »Sie hat einen schlimmen Schock erlitten.«

»Weißt du, was unheimlich ist?«

»Nein ...«

»Selbst als sie nach Spanien ging«, sagte William, »selbst als ich so richtig sauer auf sie war, war mir der Gedanke zuwider, dass sie vielleicht mit einem anderen zusammen sein könnte, war mir der Gedanke zuwider, es könnte ihr egal sein, ob sie mich oder irgendeinen Spanier in einer Bar aufgelesen hat. Aber wenn ich sie jetzt ansehe, ist es mir egal. Völlig egal. Ich kann mich nicht mal ... Ich kann mich nicht mal daran erinnern, wieso sie mir jemals gefallen hat.«

»Wirklich?«, sagte Tilly.

William beugte sich vor.

»Und zwar deinetwegen. Heute kann ich Susie ansehen und weiß nicht, was ich überhaupt je in ihr gesehen habe, weil ich immer nur noch an dich denken muss.«

Tilly kreuzte ihre Arme auf dem Schreibtisch und beugte sich vor, bis ihr Gesicht nur wenige Zentimeter von dem seinen entfernt war.

»Hast du mich gehört?«, fragte William.

Sie nickte.

»Ignorierst du mich?«

»Nein«, antwortete Tilly. »Aber heute ist so viel passiert, dass ich fast nichts mehr empfinden kann.« Durch ihre Brille sah sie zu ihm auf. »Ich habe versucht zu kündigen, aber mein Chef wollte die Kündigung nicht annehmen. Dann kam Susie und das ganze Nachspiel. Und ... nun ja, ich habe von Henry gehört.«

William wurde sehr still.

»Warum«, fragte Tilly, »hast du mir nicht gesagt, dass du ihn besuchen wolltest?«

»Weil ich dachte, dass du mich vielleicht aufgehalten hättest ...«

»Das hätte ich nicht. Ich hätte dich geliebt dafür, dass du das tun wolltest.« Sie senkte ihren Blick wieder.

William erhob sich von seinem Stuhl, kam um den Schreibtisch herum und blieb neben ihr stehen. Er legte eine Hand flach zwischen ihre hochgezogenen Schulterblätter.

»Sag jetzt nichts«, verlangte Tilly. Sie richtete sich, den Rücken gegen Williams Hand gestemmt, ein wenig auf. »Er hat gesagt, du hättest seinem Gewissen Stiche versetzt. Er sendet dir seine besten Wünsche. Er klang furchtbar hochtrabend.«

»Ich glaube nicht, dass er sich so fühlt«, widersprach William. »Er fühlt sich hilflos und im Unrecht.« Er beugte sich ein wenig hinab und legte Tilly einen Arm um die Taille.

»Ich auch«, sagte Tilly.

»Wie bitte?«

»Ich kriege diese E-Mail«, sagte Tilly. »Als ich heute Morgen reinkomme, wartet diese E-Mail auf mich, und ich bin den ganzen Tag völlig aufgelöst deswegen, wüte gegen Henry, wüte gegen Gillon, überlege mehrmals, was ich bei Anrufen sagen will, die ich nie machen, und in E-Mails, die ich niemals absenden werde, und dann kommt Susie und bittet mich, sie wieder in die Wohnung aufzunehmen, und ich antworte ihr, das geht nicht, wegen Alicia, und sie sagt, das ist schon okay, sie wird dich fragen, und obwohl ich weiß, was sie erfahren wird, halte ich sie nicht auf.« Sie hielt inne und drehte sich zu William um. »Jetzt kann ich bei Gillon keine selbstgerechten Sprüche mehr klopfen. Nicht mal in Gedanken.«

William richtete sich auf.

»Könntest du doch, das weißt du genau. Das Geschehene lässt sich nicht vergleichen.«

»Was meinst du damit?«

»Wir sind beide verlassen worden. Henry hat dich verlassen. Susie hat mich verlassen.«

»Haarspalterei«, sagte Tilly. Sie blickte geradeaus ins Leere. »Ich hab's so satt, dass alles so ein Durcheinander ist.«

»Ich würde dich auf einen Drink einladen«, sagte William, »aber ich muss ins Büro zurück. Sachen aufarbeiten, die wegen Susie liegen geblieben sind.«

»Wo ist sie jetzt?«

»Keine Ahnung«, sagte William.

»Will ...«

»Es wird ihr schon gut gehen. Susie geht es immer gut. Verdammt noch mal, sie ist sechsundzwanzig!«

»Als ich sechsundzwanzig war«, sagte Tilly, »hatte ich gerade den Job hier bekommen. War ich gerade in die Wohnung in Parsons's Green eingezogen. Hatte ich gerade die erste Rate für meine Rente bezahlt. Dachte ich gerade, ich hätte alles im Griff. Alles sauber in der Hand.« Sie blickte wieder auf die Schreibtischplatte und begann einen gelben Kugelschreiber vor- und zurückzurollen. »Als ich die Wohnung gefunden hatte, habe ich den Mietvertrag unterschrieben, nicht Henry, weil ich diejenige war, die ein festes Einkommen hatte. Ich habe Henry zu überreden versucht, eine Altersversicherung abzuschließen, ich habe versucht, ihm einen Steuerberater zu vermitteln.«

William knurrte etwas vor sich hin.

»›Bitte versuch nicht, mein Leben für mich zu dirigieren‹, hat er gesagt.«

»Ja.«

»Und jetzt kann ich nicht mal mein eigenes Leben dirigieren.«

William bückte sich und küsste Tilly auf den Nacken.

»Eine Phase, die vorübergeht«, sagte er.

Als er fort war, erledigte Tilly die allabendlichen Rituale in ihrem Büro, die dem folgenden Tag eine kleine Chance geben sollten, erträglich zu beginnen. Dazu gehörte, ein wenig aufzuräumen, so viel wie möglich wegzuwerfen und, wenn ihr Energie- und Optimismusvorrat es gestatteten, eine Liste für den folgenden Tag aufzustellen, beginnend mit den unattraktivsten Pflichten. Das Letzte an jedem Tag war es, den Computer auszuschalten, nachdem die E-Mails gewissenhaft überprüft und eventuell beantwortet worden waren. Miles redete voller Verzweiflung von der Tyrannei der E-Mails. An den meisten Abenden mit Unmengen von Last-Minute-Mitteilungen von Leuten bombardiert, die ihre Schreibtische und ihr Gewissen auf ähnliche Weise aufräumten, hatte Tilly volles Verständnis für ihn. Sie klickte auf ihren Posteingang. Es gab zwei neue Nachrichten. Die erste kam von einem freien Mitarbeiter, der um zwei Tage Gnadenfrist für die Ablieferung eines Beitrags bat. Die zweite kam von Gillon. Tilly hatte seit Monaten keine Nachricht von Gillon bekommen, kein einziges Wort. Ja, so schweigsam war sie geworden, so sehr hatte sich Tilly auf Henrys exklusives Leben in Charleston konzentriert, dass Gillon in Tillys Bewusstsein zum Status eines Zwischenspiels statt einer Freundschaft verblasst war. Das heißt, bis heute Morgen. Bis zu Henrys steifer und nahezu formeller Erklärung. Und dann dies. Zwölf Stunden nach Henrys Nachricht kommt die von Gillon: zwölf Stunden, in denen sie vermutlich miteinander diskutiert, analysiert, gerätselt und entschieden hatten. Gemeinsam. Tilly beugte sich vor. Sie führte die Maus über ihr Mauspad und lenkte den Cursor mitten auf das winzige, geschlossene Kuvert mit Gillons Nachricht. Dann klickte sie auf »Löschen« und stellte den Computer ab.

Als Tilly eine Stunde später ihre Wohnung betrat, klingelte das Telefon. Ihr erster Gedanke war, dass es Susie sein könnte, die so verzweifelt eine Bleibe suchte, dass sie vorübergehend ihren Groll vergaß. Ihr zweiter Gedanke war, dass es nicht zu Susie passte, einen festen Anschluss statt eines Handys zu benutzen, und der dritte, dass sie Susie, wenn sie es denn war, erneut ihr Sofa anbieten und die unvermeidlichen Folgen auf sich nehmen würde. In Gedanken unvermittelt wieder das Bild von Susies armseligen nackten Füßen in ihren Glitzersandalen vor sich sehend, griff sie zum Hörer.

»Susie ...«

»Hier ist Paula.«

»Paula!«

»Ist dies ein ungünstiger Moment?«

»Nein«, sagte Tilly. »Nein.« Sie senkte die Schulter, um ihre Tasche zu Boden rutschen zu lassen, und ließ sich, den Hörer mit der Schulter eingeklemmt, selbst daneben nieder. »Nein. O Paula ...«

»Ich hätte schon vor Wochen anrufen sollen«, sagte Paula. »Die Klage meines Lebens! Ich hätte dies tun sollen. Ich hätte jenes tun sollen. Und nichts davon habe ich getan.«

»Mir geht's genau so«, sagte Tilly. Sie zitterte. Sie hob die andere Hand, um die mit dem Hörer still zu halten.

»Alles in Ordnung mit dir?«

»Mal ja, mal nein. Hast du ...«

»Ja«, sagte Paula, »ich habe von ihm gehört. Endlich habe ich von ihm gehört.«

»Ich wollte dich nicht anrufen. Ich wollte vermeiden, dass es so aussieht, als wollte ich mich beschweren. Letzten Endes ist er dein Bruder.«

»Was nicht bedeutet, dass ich ihn neutral beurteilen kann«, sagte Paula.

»Ich will nicht, dass du mir sagst, er ist ein Scheißkerl«, sagte Tilly. »Ich will nicht, dass irgendjemand mir das sagt.«

Paula lachte.

»Er ist kein Scheißkerl. Er wusste einfach nicht, was er tun sollte.«

»Na ja, nun weiß er es ja wohl.«

»Ja«, sagte Paula in einem ganz anderen Ton. »Ziemlicher Schock für dich.«

Ihre Schuhe abstreifend, sagte Tilly langsam: »Vielleicht hätte ich's kommen sehen sollen. Vielleicht hätte ich erkennen sollen, dass man, wenn man sich in einen Ort oder überhaupt in etwas verliebt, sich vermutlich auch in jemanden, vor allem aus diesem Ort, verlieben wird.«

»Ich hatte eine Freundin hier«, sagte Paula, »die hat sich Arbeit auf der Kinderstation eines großen Krankenhauses in Sevilla gesucht. Ist auf das ganze Zeug reingefallen, Spanien, Sonne, süße braune Babys. Jetzt lebt sie in einer Wohnung auf der falschen Seite des Flusses mit ihren eigenen zwei Kindern. Er ist Krankenhausportier.«

»Die Ärmste ...«

»Die Dümmste wohl eher«, sagte Paula.

»Findest du Henry dumm?«

»Halb und halb«, sagte Paula. »Weil er dich verlassen hat, ja. Weil er anderswo neu anfangen will, nein.«

»Er hat das alles vom ersten Augenblick an geliebt«, sagte Tilly. »Er hat die Stadt geliebt, die Sümpfe, die Menschen und Gillons Familie mitsamt ihrem Lebensstil. Alles. Es war, als wäre er zu einer neuen Religion übergetreten. Selbst wenn es nicht Gillon gewesen wäre, Paula, selbst wenn es nicht eine andere Frau gewesen wäre – gegen eine ganze *Kultur* hätte ich nichts ausrichten können. Niemals.«

»Nein.«

»Paula«, sagte Tilly, »Paula, was ich nicht loswerde, ist das Gefühl, dass ich ihm einfach nicht genügt habe. Dass ich nicht gut genug war, nicht hübsch genug, nicht interessant genug oder nicht sexy genug. Dass ich versagt habe. Irgendwie.«

»Quatsch«, sagte Paula.

»Aber ...«

»Ich will dir was sagen«, sagte Paula nachdrücklich. »Ich will dir was sagen, was ich ständig im Krankenhaus erlebe. Wenn du Henry bekommen hättest, wenn du Henry dazu gebracht hättest, bei dir zu bleiben, und du hättest dann ein Baby gekriegt, und so wie du bist, hättest du weiterarbeiten wollen, ich kann dir sagen, was dann passiert wäre. Du denkst, Henry hätte dir alles bedeutet. Na ja, kann sein – bis du ein Baby bekommen hättest. Aber ein Baby verändert alles. Du hättest dein Leben nicht mehr, wie früher, zwischen Henry und Arbeit aufgeteilt. Du hättest es zwischen Arbeit und einem Baby aufgeteilt. Für Henry wäre da kein Platz mehr gewesen.«

»Soll das etwa ein Trost für mich sein?«

»Vielleicht«, sagte Paula, »soll es dir zeigen, dass das, was du dir jetzt zu wünschen glaubst, nicht das ist, was du dir immer und ewig wünschen wirst.«

»Werde ich«, fragte Tilly auf einmal kindlich, »jemals aufhören, mich nach Henry zu sehnen?«

Paula seufzte.

»Das kann ich dir nicht sagen.«

»Sehnst du dich nach Clive?«

»Vielleicht«, antwortete Paula schließlich.

»Ich brauche menschliche Nähe«, sagte Tilly. »Ich brauche jemanden zum Reden.«

»Sie kann dich ersticken, die menschliche Nähe, sie kann bewirken, dass du am liebsten schreien würdest. Möchtest du herkommen?«

»Was?«, fragte Tilly. »Nach Leeds?«

»Ja. Für ein Wochenende. Ein paar von den Mädchen kennen lernen.«

»Aber gern«, sagte Tilly. »Vielen Dank.«

»Ich muss jetzt los. Ich habe Nachtdienst. Nachtdienst bei den Babys. Es ist wunderbar.«

»Paula«, sagte Tilly, »es war lieb von dir, mich anzurufen.«

»Pass gut auf dich auf.«

»Ja.«

»Bye«, sagte Paula.

Tilly legte den Hörer auf und rappelte sich hoch. Sie ging in die Küche und setzte, ohne nachzudenken, Kaffeewasser auf. Die Küche war ordentlich aufgeräumt. Alicia, ein mageres, stilles junges Mädchen, führte ein sehr rücksichtsvolles Leben in Tillys Wohnung. Außerhalb ihrer Schlafzimmertür gab es kaum Anzeichen ihrer Gegenwart, und selbst ihre spärlichen Lebensmittelvorräte im Kühlschrank waren in eine unauffällige Ecke des untersten Regals verbannt worden. Manchmal, wenn sie diese Dinge oder den ordentlichen, lochverzierten Plastikkorb sah, in dem sie ihre Shampoos und Lotions aufbewahrte, empfand Tilly eine plötzliche Sehnsucht nach dem Chaos, nach der Nachlässigkeit von William und Susie, nach dem tröstlichen Anblick von Henrys Zahnbürste, Henrys Bademantel und Henrys schmutzigen Kaffeebechern, die vorhanden waren, weil sie ein Recht dazu hatten, dorthin gehörten, Teil der unausgesprochenen beiderseitigen Bequemlichkeit von Menschen waren, die zusammenlebten. Als Tilly jetzt den Kühlschrank öffnete, um die Milch herauszuholen, fiel ihr Blick auf Alicias Magerjoghurt, Alicias Topf mit Humus, Alicias Laib glutaminfreies Brot, der hygienisch in eine Plastiktüte eingewickelt war. Als Tilly die Milch herausnahm, fiel etwas zu Boden. Es war eine kleine Tube, eine Tube mit transparentem blauen Augengel, das Susie im Kühlschrank aufbewahrt hatte, weil sie behauptete, es sei das einzige Mittel gegen den Kater.

Tilly hob sie auf. Die Außenseite war verschmiert, trug immer noch die Abdrücke von – vermutlich – Susies Fingern. Sie stellte den Milchkarton auf die Küchentheke und nahm das Augengel mit ins Wohnzimmer. Sie setzte sich wieder auf den Fußboden neben das Telefon und wählte Susies Handy-Nummer. Es klingelte zwei Mal, dann sagte Susies aufgezeichnete Stimme: »Kann jetzt nicht reden. Hinterlasst eine Nachricht.«

Tilly holte tief Luft.

»Susie«, sagte sie, »hier ist Tilly. Ich weiß nicht, wo du bist, aber ich hab's ernst gemeint mit dem Sofa. Du bist mir jederzeit willkommen.« Sie hielt inne; dann sagte sie so liebevoll sie nur konnte: »Herzlich willkommen.«

17

Abermals stand Margot wartend am Bahnhof von Oxford. Sie trug ihre Sonnenbrille, hatte den Fransenschal aber mit einer Jeansjacke vertauscht.

»Ich wünschte, du würdest dich nicht so anziehen«, hatte Gavin beim Frühstück verdrossen gesagt.

Margot hatte ihn nicht beachtet, sondern einfach weiter ihren Toast gegessen und den *Guardian* gelesen.

»Ich wünschte«, sagte Gavin, »du würdest dich nicht so kleiden, als wärst du noch immer ein Single.«

Auf der Fahrt nach Oxford hinein hatte Margot darüber nachgedacht. Die Jacke – auf dem Rücken quer über die Schultern hinweg mit einer Reihe unauffälliger Nieten besetzt – hatte dem Sohn einer Freundin von Margot gehört, der Besitzerin eines New-Age-Geschäftes, in dem es alles gab, von Kristallen über Essenzöle bis zu Selbsthilfebüchern über Entbindung in einem Tipi in der Hocke über positiven Erdstrahlen. Margot erledigte die Buchhaltung für das Geschäft sowie die vierteljährliche Steuererklärung. Dasselbe tat sie für eine Hand voll anderer kleinerer Geschäfte in Oxford, darunter ein Café, eine Polsterei und ein Mann, der mit antiken landwirtschaftlichen Geräten handelte. Margot konnte gut mit Zahlen umgehen. Sie reagierten auf sie. Nicht etwa, weil sie besonders präzise war, sondern weil sie in den Zahlen eine Logik und ein Schema sah, das ihr ganz natürlich zu sein schien. Vor langer Zeit, als sie mit Tillys Vater, einem Wirtschaftsprüfer, verheiratet war, hatte sie schnell begriffen, dass sie mühelos ein besserer Wirtschaftsprüfer sein konnte als er – und ein weit kreativerer. Sobald sie das erkannt hatte und es ihr gleichzeitig nicht gelang zu übersehen, wie umständlich und pedantisch er an seine Arbeit heranging, war es ihr zunächst fast unmöglich und dann ganz und gar unmöglich geworden, ihm den für ein gutes Zusammenleben erforderlichen Respekt zu zollen. Sie hatte gestaunt, wie schnell ihre ursprünglich herzlichen Gefühle für ihn zu etwas fast wie Verachtung schrumpften. Als sie versucht hatte, ihrer Mutter diesen Niedergang auf ihre eigene, offene Art und Weise zu schildern, hatte ihre Mutter energisch erklärt, darum gehe es in der Ehe nicht, sondern darum, dass man, wenn man versprochen habe, in guten wie in schlechten Zeiten zu ihm zu halten, bis dass der Tod einen scheide, unter den schlechten Zeiten auch Dinge zu verstehen sind wie die Entdeckung, dass der Ehemann nicht nur ein unbedeutenderer Sterblicher ist als der, für den man ihn gehalten hatte, sondern möglicherweise auch ein unbedeutenderer Sterblicher als man selbst. Margot war – das waren die Siebzigerjahre – über diese Vorstellung sowohl erschrocken als auch belustigt.

»Du solltest dir ein Kind zulegen«, riet die Mutter. »Dann bist du viel zu sehr beschäftigt, um dir noch derartige Gedanken zu machen.«

Heutzutage, dachte Margot, legt sich niemand mehr Kinder zu, um ein Versprechen zu halten. Die Frauen kriegen Kinder, weil sie es wollen, weil sie das Gefühl haben, sie hätten ein Recht auf Mutterschaft, weil sie Liebe suchen oder persönliche Erfüllung, weil sie, Gott helfe ihnen, noch immer glauben, ein Baby könne einen unzuverlässigen Mann unvermittelt in einen fürsorglichen, hingebungsvollen Vater verwandeln. Die Veränderung dieser Einstellung war enorm. Sie war, überlegte

Margot im Zusammenhang mit Gavins Einwänden gegen ihre Jeansjacke, genauso enorm wie die Veränderung der Einstellung zum Sex. Margots Mutter war stolz auf die Tatsache, dass Margots Vater, den sie 1942 geheiratet hatte, der einzige Mann war, mit dem sie jemals Sex gehabt hatte. Margot – und das war vermutlich der eigentliche Grund für Gavins Kritik am Frühstückstisch – wäre über einen solchen Mangel an Erfahrung entsetzt gewesen. Es hätte sie schockiert, beschämt, von einer so traurig begrenzten Sexualpartnerschaft zu hören. Ja, während Tillys langer Liaison mit Henry hatte Margot häufig das Gefühl gehabt, dass es da definitive, unvermeidliche Grenzen für sexuelle Erfahrungen gab, dass die Beschränkungen eines langen, modernen Zusammenlebens eine bedauerliche Ähnlichkeit mit dem schicklichen Verhalten der Vergangenheit hatte. Sie warf einen Blick auf ihre Jacke. Als der Sohn ihrer Freundin sie ihr geschenkt hatte – er war ungefähr zwanzig gewesen und auf eine unfertige Art attraktiv –, hatte er das offensichtlich vor allem getan, weil er von der Erkenntnis, dass er sich in eine Frau im selben Alter wie seine Mutter verlieben konnte, beunruhigt und zugleich hingerissen war. Genau in diesem Sinne hatte Margot die Jacke angenommen – und Gavin war nichts davon entgangen.

Gavin, den Margot wegen seines Verstandes und wegen seiner ein wenig abgetragenen physischen Attraktivität geheiratet hatte, war durch Margots grundlegende Selbstsicherheit aus der Fassung geraten wie alle anderen Männer in ihrem Leben vor ihm. Sie war niemals erstaunt, wenn Menschen sich zu ihr hingezogen fühlten oder sich in sie verliebten, genauso aber war sie nie sehr traurig – oder auch nur interessiert –, wenn ihre Selbstsicherheit für das wachsende Bedürfnis der Männer nach

Aufmerksamkeit im Verlauf einer Beziehung zur Bedrohung statt zum Anreiz wurde. Ihre farbenfrohe Kleidung, die lässige Art, wie sie ihre Haare – Tillys Haare – mit Nadeln und Kämmen aufsteckte, die Art, wie sie mit der Leichtigkeit einer Tänzerin ging und saß, sich gegen Wände lehnte, das alles war symbolisch für ihre fundamentale Distanziertheit, für die Unmöglichkeit, sie zu besitzen. Gavin zeigte ihr dies ganz deutlich. Sie sah, dass er einem Menschen glich, der verzweifelt versuchte, eine bezaubernde, sehr launenhafte Katze von einem Baum herunterzulocken. Sie spielte nicht mit Gavins Gefühlen – das lag nicht in ihrer Natur –, dachte aber auch nicht daran, nach den Regeln zu spielen, die er ihr aufzwingen wollte. Schließlich war er trotz des scheinbaren Liberalismus seiner sozialen und politischen Überzeugungen ein Mann, der sich von der aus der Frauenbewegung entstandenen Gleichberechtigung bedroht fühlte. Margot fragte sich zuweilen, ob er sie auch so attraktiv gefunden hätte, wenn sie nicht nur eine faszinierende und befreite Frau, sondern auch eine Kollegin gewesen wäre. Seine Reaktion auf ihren robusten Unabhängigkeitswillen bestand in endlosen Versuchen, ihre äußere Erscheinung und ihr Verhalten, die ihm beide beunruhigend unberechenbar vorkamen, durch kleine Hindernisse und Kontrollen in die gewünschten Bahnen zu lenken. Wenn man es recht bedachte, war das primitiv, aber letztlich schien die Beziehung zwischen den Geschlechtern immer wieder darauf hinauszulaufen.

Sie spähte ungeduldig die Schienen entlang. Der Zug kam natürlich wieder zu spät.

»Ich kann's nicht glauben«, hatte Tilly am Telefon gesagt, »ich kann's nicht glauben, dass ich dich zum zweiten Mal in einem Monat besuchen komme.«

Margot konnte es auch kaum glauben. Und in Anbetracht ihrer gemeinsamen Vorgeschichte, in Anbetracht ihrer eigenen Fähigkeit für emotionale Distanz konnte sie ebenfalls kaum glauben, wie sehr sie sich auf Tillys Besuch freute. Es war faszinierend und irgendwie auch so etwas wie eine Erleichterung, eine so freudige Erwartung vor dem Wiedersehen mit einem Menschen zu empfinden, der nicht ein neuer Bewerber in einer gefährlichen Phase ihres Lebens war, und so besorgt um dessen Wohlergehen zu sein. Es war etwas Außergewöhnliches, sich eines Gefühls von solcher Kraft und Schlichtheit bewusst zu werden. Margot schob den Jackenärmel zurück, um noch einmal auf ihre Armbanduhr zu sehen. Vielleicht würde sie am Ende dieses Wochenendes Tilly ihre Jeansjacke schenken.

Susie saß auf dem Sofa in Tillys Wohnung. Sie trug ein T-Shirt, Unterhosen, Socken und einen Pullover von Tilly, den sie in deren Schlafzimmer gefunden hatte. Weil Tilly bei ihrer Mutter war, hatte Susie in Tillys Bett geschlafen. Außerdem hatte sie Tillys Pyjama benutzt und sich die Haare mit Tillys Shampoo gewaschen, wonach sie das Handtuch auf dem Fußboden liegen ließ. Als sie ins Badezimmer zurückkehrte, um ihre Haarclips zu suchen, war Tillys Untermieterin Alicia gerade dabei, das Handtuch aufzuheben.

Alicia war nicht Susies Typ. Alicia war die Art Mädchen, die Susie wegen ihres Fleißes und ihrer Weigerung, die verheerende, abschreckende Wirkung von straff zurückgekämmten Haaren und gehorsam altertümlicher Schuluniformen einzusehen, gehasst hatte.

»Das wollte ich gerade tun«, sagte Susie mürrisch zu Alicia.

Alicia sagte nichts. Sie hängte das nasse Handtuch

über die Stange des Duschvorhangs. Sie trug einen adretten grauen Jogginganzug.

»Ich habe gesagt, dass *ich* das gerade tun wollte«, sagte Susie, während sie sich die Clips in die nassen Haare schob.

Alicia warf ihr einen kurzen Blick zu.

»Kein Problem«, sagte sie. Dann schlüpfte sie an Susie vorbei zur Tür hinaus. »Ich geh jetzt joggen. In fünfundvierzig Minuten bin ich zurück.«

Sie ging zur Wohnungstür hinaus und zog sie mit leisem Klicken hinter sich ins Schloss. Sie würde fünfundvierzig Minuten fort sein, auf die Sekunde fünfundvierzig Minuten. Das hatte Susie gestern auf die Palme gebracht, dieses ewige In einer Stunde bin ich zurück, In zwanzig Minuten bin ich zurück, In dreieinhalb Stunden bin ich zurück, wenn Alicia zum Supermarkt, zum Waschsalon, ins Kino ging, und immer wieder diese präzisen Zeitangaben. Dabei bekam Susie das Gefühl, ausspioniert zu werden. Und das Gefühl, dass Alicia eine engere Beziehung zu Tilly beweisen wollte, als sie, Susie, hatte. Hätte sie sich nicht so elend gefühlt – irgendein Bauchvirus, mitgebracht aus Spanien –, wäre Susie den ganzen Tag lang ohne ein Wort darüber, wohin sie ging oder wann sie wiederkommen würde, unter lautem Türenschlagen zur Wohnung hinaus- und wieder hineingepoltert. Sie hätte überall Einkaufstüten rumliegen, überall Becher und Gläser stehen, den Fernseher spielen, das Radio plärren, die Fenster offen stehen lassen. Doch dazu fehlte ihr die Energie. Sie verbrachte fast den ganzen Tag auf Tillys Bett mit Tillys Kopfhörern auf, hörte sich I Monsters *Daydream in Blue* an und fühlte sich abgrundtief elend, viel zu elend, um zu weinen, viel zu elend, um noch Kraft genug zu haben und so richtig wütend zu werden.

Jetzt saß sie mit in Tillys Pullover hochgezogenen Knien auf dem Sofa und spürte, dass sich die bevorstehende Langeweile des Sich-Besser-Fühlens in ihren Kopf zu schleichen begann. Es lag noch ein langer Tag vor ihr, ein Tag, angefüllt mit Alicias Bemühungen, die häuslichen und persönlichen Rituale ihres geordneten Lebens auszuführen und den Spülstein jedes Mal, wenn sie ihn benutzt hatte, blitzblank zu polieren. Susie erwog, auszugehen. Sie erwog, sich Tillys Wildlederjacke auszuleihen, ihre purpurrote Sonnenbrille aufzusetzen und einfach auszugehen. *Aus.* Aber sie hatte keine rechte Lust dazu. Und außerdem hatte sie kein Geld. Tilly verlangte nichts von ihr dafür, dass sie sie auf ihrem Sofa schlafen ließ, aber trotzdem hatte sie beunruhigend wenig Geld, bis sie einen neuen Job fand. Sie seufzte. Sie musste noch eine Menge finden – einen Job, eine Bleibe, ein neues Leben, das die tiefen, demütigenden Spuren der spanischen Episode auslöschte. Susie gähnte. Vor langer Zeit, in der Schule, war Susie vor der gesamten Klasse auf ätzende Weise von einem Geschichtslehrer bestraft worden, den als Machtfaktor zu unterschätzen sie den Fehler gemacht hatte.

»Susan«, hatte dieser müde und idiotisch wirkende Mann mit seiner tonlosen Midlands-Stimme gesagt, »du solltest niemals vergessen, dass wir die Lächerlichkeit mehr fürchten als die Götter.«

Dann hatte er sie fertig gemacht. Bei der Erinnerung daran wurde ihr jetzt noch übel. Ihre vorgetäuschte Pose als hartgesottenes Ding hatte, was ihre Gefühle betraf, genauso geendet wie jener Unterricht über die Ursprünge der Gewerkschaftsbewegung, als sie vierzehn war. Sie hatte ihr vorübergehend die Kampfeslust ausgetrieben, die Überzeugung, die ihr so oft geholfen hatte, dass sie stets das tun konnte, was sie wollte. Das Problem war nicht, wurde ihr klar, während sie auf Tillys Sofa saß, dass sie überhaupt nichts mehr unbedingt tun wollte, sondern dass sie kaum wusste, *was* sie wollte. Voll Unbehagen wurde ihr klar, was es wirklich bedeutete, zu seinem inneren Kind zurückzukehren. Es bedeutete nicht, zu all diesem Quatsch über Unschuld und Staunen zurückzukehren, sondern es bedeutete nichts weiter als zurückzukehren zu dem Wunsch, dass irgendjemand einem alles abnahm. Susie schniefte. Dann rollte sie sich auf dem Sofa seitwärts, bis sie das Telefon auf dem Fußboden erreichen konnte, und wählte Williams Nummer.

Es dauerte lange, bis er sich meldete.

»Hallo?«

»Ich bin's«, sagte Susie.

»Ach ...«

»Ich habe gestern den ganzen Tag im Bett gelegen. Ich war alle.«

»Tut mir Leid«, sagte William.

Susie richtete sich auf, ohne den Hörer loszulassen.

Mit ganz kleiner Stimme, einer Stimme, die sie bei William bisher zu selten hatte einsetzen müssen, sagte sie: »Ich muss dich sehen.«

»Wirklich?«, fragte William unsicher.

»Ja«, sagte Susie. Sie flocht die Finger einer Hand ins Telefonkabel. »Könntest du herkommen?«

»Wo ist Tilly?«

»Die ist bei ihrer Mum.«

»Ach ja«, antwortete William. »Ich erinnere mich.« Susie konnte hören, wie er gähnte.

»Hat sie dir nichts davon gesagt?«

»Doch«, sagte William ärgerlich. »Natürlich hat sie das. Ich bin nur gerade erst aufgewacht.«

»Komm doch her«, sagte Susie. »Ich mache dir einen Kaffee.«

»Susie ...«

»Bitte«, sagte Susie. Sie schluckte. »Bitte. Ich werde dich auch ... nie wieder um etwas bitten. Bitte?«

William ließ sich Zeit. Er duschte, rasierte sich und wählte schließlich ein graues T-Shirt aus einem Haufen identischer grauer T-Shirts, kontrollierte seine Nachrichten auf dem Anrufbeantworter, trat das Chaos auf dem Fußboden seines Wohnzimmers als Ersatz für die Hausarbeit mit dem Fuß zu einem Rechteck zusammen, stellte den Abwasch in den Spülstein und ersetzte nach sechs Wochen die durchgebrannte Glühbirne im Flur. Dann ging er auf die Straße hinunter, kaufte sich einen Kaffee und seine Sonntagszeitung und machte sich auf nach Parson's Green.

Susie wartete auf ihn; sie wirkte im Vergleich zu ihrem gewohnten Aussehen klein und sauber gewaschen. Ihre Füße waren nackt. Sie führte ihn ins Wohnzimmer.

»Ich fühle mich nicht wohl dabei«, sagte William. »Warum sitzen wir hier, während Tilly nicht da ist?«

»Sie hat sicher nichts dagegen ...«

»Ich schon«, sagte William.

Susie stand unentschlossen an der Küchentür.

»Kaffee?«

»Hab schon einen getrunken, danke«, sagte William. Er legte die Sonntagszeitung auf den Boden. Dann fragte er, ohne Susie anzusehen: »Wie geht's denn so? Mit ... Mit dir und Tilly?«

Susie kletterte über die Rücklehne des Sofas und blieb, die Füße auf dem Sitz, darauf hocken.

»Okay. Ich hätte nicht einfach so abhauen sollen. Ich meine, ich bin schließlich abgehauen.«

»Nein«, sagte William. Er ging ein wenig auf und ab

und setzte sich schließlich auf die Armlehne des Sofas, die am weitesten von Susie entfernt war.

»Es tut mir wirklich Leid«, sagte Susie.

Eine kleine Pause entstand; dann sagte William: »Okay.«

»Es war aber schön, nicht wahr, als wir noch zusammen waren ...«

William nickte.

»Ich bin einfach ausgeflippt«, sagte Susie. »Es lag am Wetter, und dass Henry wegging und ich mich um Tilly kümmern musste, und weil ich mich langweilte und so. Das hat mich einfach fertig gemacht.«

William wandte langsam den Kopf zu ihr um und sah sie an. Sie erwiderte seinen Blick nicht. Sie saß, die Hände rechts und links aufgestützt, auf der Rücklehne des Sofas und starrte auf ihre Füße.

»Es tut mir Leid, Will«, flüsterte sie.

Leise gab er zurück: »Ich weiß. Das sagtest du schon. Ich akzeptiere deine Entschuldigung.«

»Ich weiß, dass es da Tilly gab«, sagte Susie. »Ich weiß, was du schon immer für Tilly empfunden hast. Aber ... na ja, wir waren eben anders, nicht? Wir hatten Spaß.«

William fuhr fort, sie anzusehen.

»Will«, fragte Susie, immer noch auf ihre Füße starrend, »Will, würdest du mich zurücknehmen? Können wir noch mal von vorn anfangen?«

Schweigen. William wandte den Kopf nicht ab, aber sein Blick senkte sich auf Susies Füße.

»Tut mir Leid«, sagte er.

Sie hielt sich eine Hand vor den Mund.

»Bitte ...«

»Tut mir Leid«, wiederholte er.

Sie warf den Kopf zurück.

»Es ist wegen Tilly, nicht wahr? Es ist wegen Tilly ...«

»Eigentlich nicht«, sagte William.

»Ja, aber was dann ...«

»Ich fürchte«, sagte William langsam und hob den Blick, um ihr offen in die Augen zu sehen, »es ist deinetwegen.«

Sehr leise schloss Tilly die Wohnungstür auf. Sie hatte schon früher am Abend zurück sein wollen, aber im Little-Arts-Programmkino in Oxford hatte es eine Jeanne-Moreau-Woche gegeben, und deswegen hatte sie sich mit Margot *Jules et Jim* angesehen. Anschließend waren sie in ein libanesisches Restaurant zum Essen gegangen, und als sie fertig waren, war es fast schon halb zehn gewesen. Tilly bereute es nicht. Der Film hatte ihr gut gefallen, und sie hatte es schön gefunden, mit anzusehen, wie ihre Mutter ganz in dem Film aufging, als sähe sie ihn zum ersten Mal. Tilly hatte es genossen, ihre Mutter mit ihrem ständigen, unkaschierten Bestreben, wie Jeanne Morau zu sein, aufzuziehen. Zu ihrem libanesischen Dinner hatten sie irgendeinen obskuren bläulichen Wein getrunken, und als Tilly den Zug bestieg, hatte sie, wenn auch nur flüchtig, das Gefühl gehabt, dass ihre gegenwärtigen Probleme zwar nicht verschwunden waren, aber wenigstens nicht mehr so unüberwindlich und bedrohlich zu sein schienen. In Margots Jeansjacke – ein seltenes Geschenk, aber ein willkommenes, und sei es auch nur, weil es so selten war – suchte sie sich einen Eckplatz und beschloss, nicht zum ersten Mal, darüber nachzudenken, wie man das Leben auch ohne das konventionelle, überall akzeptierte Anhängsel Mann genießen konnte.

In der Wohnung war es still. Alicia, die nach einem festen Zeitplan lebte, würde hinter ihrer geschlossenen Schlafzimmertür liegen und schlafen, die Kleidung und

Konzentration schon für den folgenden Morgen vorbereitet. Im Wohnzimmer war es dunkel. Das bedeutete entweder, dass es Susie immer noch nicht besser ging und sie schon auf dem Sofa eingeschlafen oder dass sie sich besser fühlte und ausgegangen war. Auf Zehenspitzen schlich Tilly ins Wohnzimmer und spähte hinein. Selbst in dem matten Licht der Straßenlaterne, das durch die geschlossenen Vorhänge hereinfiel, konnte sie sehen, dass das Sofa leer war. Sie kehrte zur Wand zurück und machte Licht.

Das Sofa war nicht nur leer, sondern auch überraschend ordentlich. Die glitzernden indischen Wurfkissen, die Tilly in einem traurigen, tapferen Anfall von Nonchalance nach Henrys Abreise gekauft hatte, waren aufgeschüttelt und symmetrisch verteilt. Nirgendwo ein Zeichen von Susies Unordnung. Tilly ging weiter in die Küche und machte dort ebenfalls Licht. Auf dem Tisch stand eine Schachtel Malteser, ein dürftiger Strauß peruanischer Lilien, noch im Zellophanpapier, von der benachbarten Tankstelle und ein Zettel, auf dem in Susies dramatischer, undisziplinierter Handschrift stand: Vielen Dank für alles, Susie.

Tilly starrte auf den Zettel. Dann kehrte sie ins Wohnzimmer zurück und betrachtete unglücklich die Ordnung. Dann ging sie durch den Flur zu Alicias Zimmer und klopfte energisch an die Tür.

»Herein!«, sagte Alicia.

Sie saß in einem blauen T-Shirt im Bett und las einen Roman von John Irving.

»Entschuldige«, sagte Tilly. »Tut mir Leid, dass es so spät ist ...«

Alicia wirkte völlig gelassen, ja fast so, als hätte sie Tilly erwartet. Sie legte ihr Buch aus der Hand.

»Wo ist Susie?«

»Fort«, sagte Alicia.

»Das sehe ich. Aber wohin? Ich hab sie hier am Samstag mit Bauchschmerzen zurückgelassen, und nun ist sie fort ...«

»Sie ist heute Nachmittag gegangen«, erklärte Alicia vorsichtig.

»Was ist passiert?«

»Ich bin joggen gegangen«, sagte Alicia, »und als ich zurückkam, wollte dein Freund gerade gehen ...«

»Welcher Freund?«

»William«, sagte Alicia. Sie sprach seinen Namen fast mit Abscheu aus.

»Haben sich die beiden gestritten?«

»Irgendetwas lag in der Luft«, sagte Alicia. »Susie weinte. Aber Zorn habe ich nicht gespürt. Dann ging William, und Susie zog sich an ...«

»Zog sich an?«

»Sie war halb angezogen«, sagte Alicia, »also zog sie sich an, ging raus, kaufte diese Blumen für dich, dann telefonierte sie nach einem Taxi und verschwand.«

»Hat sie irgendetwas gesagt? Hat sie mit dir gesprochen?«

Alicia starrte auf ihre Knie unter der Steppdecke.

»O nein.«

»Was soll das heißen?«

»Sie würde doch nicht mit mir sprechen, oder? Sie kennt mich ja kaum.«

»Hat sie«, fragte Tilly weiter, »eine Nachricht für mich hinterlassen?«

Alicia seufzte.

»Nur den Zettel auf dem Tisch. Als sie fort war, habe ich natürlich aufgeräumt. Nur ein bisschen.«

»Danke«, sagte Tilly schwach. Sie trat einen Schritt zurück in Richtung Flur. »Dann bis morgen früh.«

»Ich hätte sie nicht aufhalten können«, sagte Alicia. »Dazu kenne ich sie nicht gut genug.«

»Nein ...«

»Ich bin sicher, dass es ihr gut geht. Ich glaube ... Ich glaube, dein Freund hat ihr ein bisschen Geld gegeben.«

Tilly sah sie an. Sie dachte an William in diesem Bett, wie er sich schnarchend unter der Bettdecke zusammengerollt hatte, dachte daran, wie sie ihm Zettel auf dieses Bett gelegt hatte: Du räumst jetzt die Küche auf, oder du fliegst raus, dachte daran, wie sie mit jener Art heftiger, jedoch nachsichtiger Ungeduld, die Frauen den häuslichen Unzulänglichkeiten attraktiver, liebenswerter Männer gegenüber an den Tag legen, die schmutzige Wäsche dieses Bettes abgezogen hatte. Und plötzlich spürte sie, wie all der flüchtige Optimismus dieses Abends, ihres Wochenendes, aus ihr herausfloss und jenen grauen, leeren Raum in ihr hinterließ, der ihr schon viel zu lange viel zu vertraut war.

»Okay«, sagte Tilly resigniert. »Trotzdem danke. Nacht.«

Alicia griff zu ihrem John Irving.

»Keine Sorge«, sagte sie. »Ich bin sicher, dass du dir keine Sorgen zu machen brauchst.«

Tilly kehrte in die Küche zurück und wählte die Nummer von Susies Handy. Es war abgeschaltet. Dann wählte sie Williams Handy. Seine Mailbox nannte seine Geschäftsdaten und bat sie, Namen und Nummer zu hinterlassen. Sie wählte die Nummer seiner Wohnung in Bayswater. Er hatte vergessen, den Anrufbeantworter einzuschalten, also legte sie nach zehnmal Klingeln auf. Vielleicht, dachte sie, während sie sich ein Glas Wasser holte, ist er zu seinen Eltern gefahren. Vielleicht ist William mit Sam auf ein Bier gegangen. Vielleicht hat sich Susie mit Vivi versöhnt, vielleicht sitzt William in einer

Bar und plaudert mit einer Achtzehnjährigen, die noch keine Zeit hatte, von Männern verdorben zu werden, vielleicht sind William und Susie irgendwo zusammen, vielleicht sogar in seiner Wohnung, in seinem Bett, lauschen auf das Klingeln des Telefons und reagieren absichtlich und putzmunter nicht im Geringsten darauf.

Tilly stellte ihr Glas Wasser auf den Tisch und setzte sich. Sie starrte auf die Tischplatte, dann betrachtete sie die armseligen kleinen Lilien und die kindliche Schachtel Konfekt. Sie schloss die Augen.

»Ich will«, dachte Tilly leidenschaftlich, »ich will endlich nicht mehr so weiterleben.«

Tilly sah sich staunend um.

»Das ist nicht zu fassen!«

»Na ja«, sagte William, »wir gehen doch nie zum Essen aus, oder? Wir hängen einfach irgendwo in Bars und so herum. Deswegen hab ich gedacht, wir könnten zur Abwechslung mal einen Tisch haben, und Stühle und jemanden, der uns bedient.«

Tilly musterte die Speisekarte.

»Danke, William.«

»Jedenfalls«, sagte William, »hab ich gedacht, du hast vielleicht die Nase voll von all diesem Quatsch mit Susie. Ich dachte, du solltest dich auch mal verwöhnen lassen.« Er hielt inne; dann sagte er: »Zauberhaft siehst du aus!«

Sie warf ihm einen schnellen Blick zu.

»Ich glaube«, sagte sie, »ich sollte mein Leben der neuen guten Vorsätze damit beginnen, meine Brille beiseite zu legen.«

»Sie ist mir richtig ans Herz gewachsen ...«

»Damals nicht.«

»Das war damals«, sagte William. »Damals ist lange her.«

Er griff nach der Flasche Wein, die er bestellt hatte, und füllte ihr Glas auf, obwohl sie es kaum berührt hatte. Tilly sah ihm unbeteiligt zu.

»Ich habe heute mit Susie gesprochen«, sagte sie.

»Und?«, fragte William mit ausdrucksloser Stimme.

»Sie hat wieder ihren alten Job. Sie wird mit einer Kollegin zusammenleben.«

»Ja, schön.«

»Interessiert dich das nicht?«

»Nur auf eine sehr unpersönliche Art und Weise. Ich reagiere im Moment zwar auf Susie, aber es ist eine eher negative Reaktion.«

»Ich bin erleichtert, ihretwegen«, sagte Tilly.

»Aber du bist ein netter Mensch«, sagte William. »Du bist freundlich und mitfühlend, und du kannst verzeihen.«

Ein Kellner erschien an ihrem Tisch. William hatte keinen Blick für ihn.

»In einer Minute ...«

»Zwei Minuten«, gab der Kellner gleichmütig zurück. Er griff nach der Flasche Mineralwasser, die auf dem Tisch stand.

»Vielen Dank«, sagte William, »aber das übernehme ich.« Er stützte beide Ellbogen auf den Tisch. Dann sagte er zu Tilly: »Erzähl mir von deiner Mutter.«

»Sie ist unmütterlich«, sagte Tilly, »aber ich mag sie. Trösten könnte sie mich, glaube ich, nicht, aber sie könnte mich unterstützen. Sie ist ...«, Tilly hielt inne; dann sagte sie fast schüchtern: »Sie ist eine erstaunliche Erfahrung.«

»Selbstverständlich«, sagte William.

»Mein Stiefvater lebt in der ständigen Angst, dass sie ihn verlassen wird.«

»Und – wird sie?«

Tilly trank einen Schluck Wein.

»Möglich. Wenn ein anderer, besonders wundervoller Mann vorbeikäme.«

»Glaubst du tatsächlich daran?«, erkundigte sich William.

»Woran?«

»Dass jemand, irgendjemand besonders wundervoll sein kann?«

»Ich *hoffe* es«, sagte Tilly traurig. Sie sah ihn an. »Ich meine, ich dachte, Henry wäre anders, ich dachte, er wäre etwas Besonderes. Es *gibt* doch ganz besondere Männer, oder?«

William schwieg. Er rückte sein Wasserglas einen Zentimeter zur Seite, dann rückte er es an den alten Platz.

»Sprichst du mit deiner Mutter über solche Dinge?«

»Wir fangen allmählich damit an«, sagte Tilly. »Sie sagt, dass Frauen sich mit dem Herzen und in ihren Fantasien mit der Zukunft beschäftigen, während Männer sich mit der Realität, mit der Gegenwart befassen. Deswegen sind Männer so gut bei Notfällen.«

»Ich sehe eigentlich keinen Sinn darin«, sagte William, »sich mit etwas zu beschäftigen, bevor es passiert ist.«

»Na, siehst du?«

»Tilly«, sagte William, »erinnerst du dich daran, wie wir miteinander geredet haben, als du hofftest, Henry würde deinen Ansprüchen genügen, als wir mit einer Flasche Wein vor dem Fernseher auf dem Sofa saßen?«

Der Kellner tauchte wieder auf.

»Verschwinden Sie«, sagte William.

»Nein«, sagte Tilly, »das kann er nicht. Wir müssen bestellen.« Sie blickte zu dem Kellner auf. »Chicorée-Salat und Tunfisch, bitte.«

William studierte die Speisekarte.

»Was möchte ich denn?«

»Das Gleiche.«

»Nein, möchte ich nicht. Ich möchte Ziegenkäse und Lammkotelett. Nein, keinen Ziegenkäse. Wieso hab ich Ziegenkäse gesagt? Ich mag gar keinen Ziegenkäse. Ich nehme dieses Artischockenzeug.«

Er hielt die Speisekarte empor. Der Kellner riss sie ihm aus der Hand.

»Tilly?«

»Ja ...«

»Hast du gehört, was ich gesagt habe?«

»Es ist seltsam«, sagte Tilly, »aber als ich neulich abends in Alicias Zimmer ging, nachdem Susie fort war, musste ich daran denken, wie du es bewohnt hast.«

»Hattest du Sehnsucht nach der Zeit?«

Sie nickte, ohne ihn anzusehen.

»Gut«, sagte William.

»Wir waren so eine komische Konstellation«, sagte Tilly. »Ich darf sie nicht romantisieren.«

»Und warum nicht?«

»Weil sie vorbei ist.«

»Oder auch nicht.« William blickte auf den Tisch hinab.

Tilly wartete. Sie betrachtete ihr schwarzes Platzdeckchen auf dem hellen Holztisch und Williams Hände, die gleich dahinter lagen. Wenn sie seine Hände betrachtete, empfand sie keineswegs völlige Ruhe.

»Weißt du noch, dass ich, als du wütend wurdest, weil Henry dich nicht gebeten hat, ihn zu heiraten, erklärt habe, dass ich dich heiraten würde?«

Tilly löste den Blick von Williams Händen.

Mit einiger Anstrengung sagte sie: »Das war sehr freundlich von dir, sehr lieb von dir ...«

»Angenommen, ich hätte es ... ernst gemeint.«

»Ernst gemeint?«, fragte Tilly.

»Ja.«

»Aber das hast du nicht. Es war ein Spiel. Das alles war Teil eines Rituals, ich verärgert, mit einem Glas Wein zu viel, Henry, der fort war, du, der da war, du, der mich beruhigen musste, weil du das Badezimmer so verdreckt hinterlassen hattest ...«

»Vielleicht«, sagte William. »Vielleicht war es eine Art Spiel. Aber Spiele sind nicht immer nur Tun-als-Ob, nicht wahr? Spielen wir nicht Spiele, reden wir nicht im Spiele-Stil, weil wir nicht den Mut haben, alles geradeheraus zu sagen?«

Tilly nahm ihr Weinglas in beide Hände und hielt es fest.

»Ich weiß es nicht.«

»Ich schon«, sagte William. »Um deine Mutter zu zitieren, ich sehe jetzt, was jetzt ist. Henry ist fort, Susie ist diesmal wirklich fort. Und jetzt geht es um dich und mich. Nicht wahr?«

»Na ja«, sagte Tilly vorsichtig, »wir sind jedenfalls alles, was übrig ist.«

»Das heißt, zu sagen, das Glas ist halb leer«, sagte William. Er beugte sich vor und umfasste behutsam Tillys Handgelenke. »Wir wär's, wenn wir sagen, es ist halb voll?«

Tilly wartete. Der Wein in ihrem Glas begann ganz leicht zu beben.

»Wenn ich dir jetzt sagen würde, dass es kein Spiel war«, sagte William. »Wenn ich dir jetzt sagen würde, dass ich es irgendwo tief in mir immer schon ernst gemeint habe. Wenn ich dir jetzt sagen würde, dass ich dich die ganze Zeit geliebt habe und dass ich dich wirklich gern heiraten würde – was würdest du dazu sagen?«

Tillys Hände begannen ernsthaft zu zittern. William

nahm ihr das Glas aus den Fingern und stellte es auf den Tisch. Auf einmal errötend, sah sie ihn an.

»Tilly?«

»Ich ... Ich könnte nicht.«

»Du könntest nicht ...«

»Ich freue mich sehr, dass du mich gefragt hast, ich bin gerührt, überwältigt, fassungslos, aber ...«

»Aber?«

»Ich kann dich nicht heiraten.«

»Du kannst nicht ...«

»Ich liebe dich«, sagte Tilly, »aber nicht so sehr, nicht genug für das immer und ewig und so weiter.«

William fasste sich mit beiden Händen an den Kopf.

»Verdammt!«

»Ich kann nicht so tun, als ob«, sagte Tilly und beugte sich zu ihm hinüber.

»Natürlich nicht.«

»Will ...«

»Es ist alles so ein Durcheinander«, sagte William. »Wir sind so lange alle zusammen im Dunkeln herumgetappt. Ich konnte mir so schön vorstellen, wie wir, du und ich, aus der Misere herauskommen und gemeinsam in den Sonnenschein hinausgehen ...« Er unterbrach sich. Er sah sie an. »Würdest du mir eine Frage beantworten?«

Sie sah ihn an, als wolle sie gleich in Tränen ausbrechen. Dann nickte sie unsicher.

»Natürlich.«

»Henry«, sagte William. »Wenn er jetzt zurückkäme, wenn er dich jetzt bitten würde – würdest du Henry heiraten?«

Tilly richtete sich auf. Sie legte ihre Hände in den Schoß. Sie sah William offen an.

»Nein«, sagte sie.

Frühling

Charleston, South Carolina

18

Ein ganzer Kindergarten stürmte die Schaukelsitze auf dem Pier im Waterfront Park. Gillon konnte sie sehen, als sie auf den Pier zuschlenderte, all die plappernden Köpfchen, die unter den großen weißen Dächern auf und ab tauchten, zwischen den Reihen der weißen Säulen, wie Silhouetten vor dem blauen Wasser des Hafens dahinter, vor dem wolkenlosen Blau des Himmels. Die Kindergärtnerinnen hatten sie dort hineingesetzt wie Welpen in einen Korb, und die dicken Ketten, mit denen die Sitze an den Dächern über ihnen befestigt waren, ächzten leise, während die Sitze auf und ab wippten und die Kleinen schubsten und kreischten. Wenn die ihnen zustehende Zeit – auf einem Schild wurden die Besucher höflich gebeten, die Sitze nicht länger als zwanzig Minuten besetzt zu halten – abgelaufen war, karrten die Kindergärtnerinnen sie allesamt zum Ananas-Springbrunnen in den Parkanlagen und erklärten ihnen, dass sie sich weder hier noch an der Fontäne des anderen Springbrunnens, des kreisrunden, nass spritzen lassen dürften. Die Kinder hörten nicht auf sie. Warum auch? Gillon hatte, als sie so alt war, niemals auf solche Belehrungen der Erwachsenen gehört, Belehrungen, zu denen auch die sinnlosen Forderungen der Erwachsenen gehörten, sauber zu bleiben, oder trocken, oder sich gerade zu halten. Der einzige Mensch, auf den ich bei den Spaziergängen im Waterfront Park jemals gehört habe, dachte sie, ist Miss Minda. Miss Minda besaß eine Würde, die Gillon das Gefühl verlieh, es könnte vorteilhaft sein, ihr zu gehorchen, ja, fast sogar zufriedenstellend. Für Miss Minda sauber und trocken zu bleiben, brachte kurzes Lob von ihr ein, und von ihr gelobt zu werden war immer wünschenswert. Miss Mindas Lob zu erringen war gut. Es war nicht mit Bedingungen verbunden, man konnte nicht darüber verhandeln, es war weder von Launen noch von Stimmungen abhängig. Gillon betrachtete die Horde der kleinen schwarzen Kinder, die in den Schaukelsitzen hockten, und fragte sich, ob sie zu Hause Großmütter wie Miss Minda hatten. Vor kurzem hatte sie gehört, wie jemand sagte, wenn es nach ihm ginge, würde er in jede aufmüpfige Schulklasse eine schwarze Großmutter setzen und zusehen, wie die ungezügelt herrschende Gesetzlosigkeit sich mit eingezogenem Schwanz wie ein geprügelter Hund zurückzog.

Gillon ging zum Pier hinunter, an den Schaukelsitzen vorbei, und lehnte sich an den großen Fahnenmast. Die Flaggen flatterten und knatterten hoch oben im Wind, die Nationalflagge, die Stadtflagge mit dem blauen Palmettobaum und dem Sichelmond, die, wie sie im Alter all dieser kleinen Kindergartenkinder gelernt hatte, ihre Fahne war, Charlestons Fahne, die Fahne, die von Heimat und Geschichte sprach. Ganz links konnte sie das zarte Eisenfiligran der Cooper River Bridge sehen, der Brücke, über die Martha an drei Tagen der Woche morgens zu ihrer Praxis in Mount Pleasant fuhr, eine Fahrt, die Gillon als Marthas Möglichkeit, von einem Leben in ein anderes, von einer Art von Pflichten in eine andere zu fliehen, erkannte. Seit dreizehn Jahren machte Martha diese Fahrt nun schon, seit sie ihre Praxis eingerichtet hatte, seit Gillon mit siebzehn die Highschool beendete und die endlosen Auseinandersetzungen über College, über Fächer, über Ansichten, über Verpflichtung und Konformität begannen. Sie warf einen Blick zurück, den Pier entlang. Die kleinen Kinder wurden aus ihren Sitzen gezerrt und zum Park mit seinen Springbrunnen getrieben. Wenn sie kleine Engländer wären, dachte Gillon, würden sie jetzt in Zweierreihen gehen, die Hände hinter dem Rücken verschränkt, damit sie einander nicht berühren konnten, gekleidet vermutlich in dunkle Wollblazer, bestimmt mit rutschenden Söckchen und abgewetzten schwarzen Schuhen. Hinter diesen Kindern, hinter dieser vielfarbigen, leuchtend bunt gekleideten, hüpfenden Gruppe konnte sie Henry kommen sehen. Er schritt mit einem Gang dahin, den sie inzwischen überall erkennen würde, locker, lässig, nahezu schwingend. Er trug ein Jeanshemd, hatte sich den Pullover über die Schultern geknotet, stieß einen blauen Arm senkrecht in die Luft und ließ ihn dort oben wie ein Signal für sie. Als Antwort hob sie ganz kurz den eigenen Arm.

Er sagte nichts, als er sie erreichte. Er legte ihr die Hände auf die Schultern, zog sie vom Fahnenmast fort, nahm sie in beide Arme und hielt sie, die Wange leicht auf ihre federnden, krausen Haare gelegt, lange fest. Sie atmete seinen Duft tief ein und hielt den Atem an. Als er sie zum ersten Mal umarmt hatte, bei ihrer ersten, zögernden Verabredung, hatten sie draußen auf der Magnolienplantage gemeinsam auf dem alten Sklavenfriedhof unter den Bäumen gestanden. Gillon wusste noch, dass sie das Grab von Adam Bennett betrachtet hatte, dem Obersklaven, der von Unionssoldaten an einen Baum gehängt worden war und sich trotzdem geweigert hatte, ihnen zu verraten, wo seine Besitzer, die Familie Drayton, waren. Sie hatte Henry Bennetts Geschichte erzählen wollen, dass er bis 1910 gelebt hatte und Oberaufseher der ganzen Plantage geworden war, als Henry sie, genau wie jetzt, umarmte und sie völlig verspannt und mit einer Mischung aus allen möglichen Gefühlen stocksteif in seinen Armen dagestanden und überlegt hatte, was sie sagen und was sie tun sollte. Jetzt, das wusste sie, konnte sie nichts mehr tun, brauchte sie nichts mehr zu tun. Sie brauchte nur in seinen Armen zu stehen und da zu sein.

»Komm, setz dich«, sagte Henry.

Er ließ seine Hände an ihren Armen herabgleiten, ergriff die Hand, in der sie nicht ihre Tasche trug, und führte sie zu dem Schaukelsitz, der am dichtesten am Wasser hing.

»Hast du die vielen kleinen Kinder hier gesehen?«

»Ja«, sagte er, »das hat mir gefallen. Ich mag es, wie die Kinder hier mit einem reden.«

»Dass sie ›Sir‹ sagen ...«

»Nein«, sagte Henry, »das nicht. Nur, wie unbefangen sie sind, wie offen.«

Er beugte sich zu Gillon hinüber und küsste sie auf den Mund.

»Du hast mir gefehlt.«

»Ja.«

»Du fehlst mir fast ständig. Immer wieder möchte ich dir etwas erzählen, dich etwas fragen. Ich möchte, dass du mich besser kennen lernst. Ich möchte, dass du mich kennen lernen *willst.*«

Sie sah ihn lächelnd an.

»Hast du auch dieses Gefühl?«, fragte er sie.

»Vielleicht«, antwortete sie langsam, »bin ich nicht allzu wild auf das, was du vielleicht entdecken könntest ...«

»Versuchst du etwa, mich abzuschrecken?«

»Nein«, sagte sie, immer noch lächelnd. »Das versuche ich, glaube ich, nicht.«

Er nahm ihre Hand und hielt sie zwischen seinen beiden.

»Wie ist es dir ergangen?«

»Ach«, sagte sie, »glücklich und traurig und glücklich und ängstlich und glücklich.«

»Tilly ...«

»Hat nicht zurückgemailt«, sagte Gillon. »Ich hab die Mail noch mal geschickt, aber keine Antwort.«

»Soll ich vielleicht ...«

»Nein«, sagte Gillon, »es ist ihr gutes Recht, mich zu schneiden. Wenn sie das will. Warum sollte sie mir antworten? Weil ich mich dann wohler fühlen würde? Warum habe ich ihr überhaupt geschrieben, wenn nicht, um zu erreichen, dass ich mich wohler fühle?«

»Ich glaube«, sagte Henry, »dieses Gespräch haben wir schon mal geführt.«

»Ungefähr zwanzigmal. Und wir sollten es nicht noch einmal führen. Wir müssen einfach ... na ja, ertragen, was wir getan haben, und es nicht immer wieder aus der Schublade holen.«

»Richtig«, sagte Henry. Er blickte an ihr vorbei auf das schimmernde Wasser, den klaren Himmel hinaus. »Ich liebe all das hier.«

»Ich weiß.«

»Die ganzen letzten Jahre hindurch«, sagte Henry, »hab ich darauf gewartet, dass etwas passiert, hab ich darauf gewartet, dass mich etwas so begeistert wie damals, als ich die Universität verließ, um Fotograf zu werden, hab ich auf das Gefühl gewartet, dass sich die Dinge vor mir auftun, dass ich irgendetwas aufbaue, irgendwohin gehe.« Er richtete seinen Blick wieder auf Gillon. »Du kannst dir nicht vorstellen, wie unzufrieden ich mit mir war.«

»O doch, das kann ich.«

»Ich dachte, he, Alter, was ist mit dir los? Du hast Arbeit, du hast eine Wohnung, du hast eine zauberhafte

Freundin, aber ich konnte das alles irgendwie nicht *erkennen*. Ich war in mir selbst gefangen, und alle um mich herum schienen in der gleichen Situation zu sein wie ich, ich konnte nicht erkennen, wo wir alle hingingen.«

Gillon zog ihre Hand aus seinen beiden und legte sie auf seine obere Hand.

Den Blick auf ihrer beider Hände gerichtet, sagte sie: »Findest du denn, dass ich so anders bin?«

»Ja«, sagte Henry.

»Ich wurde an der falschen Stelle in die Familie hineingeboren«, sagte Gillon, »das heißt falsch für mich. Als Cooper kam – der Junge –, war er das, was meine Mutter als kleinen Prinzen bezeichnete, das Baby Jesus. Ich musste entweder so sein wie er, ein Junge, oder Daddys Mädchen, und das habe ich beides nicht geschafft. Du hast meinen Daddy gehört. Er nennt Ashley ›Püppchen‹ und mich ›Gill‹. Als wäre das ein Spitzname. Der Spitzname eines Jungen.«

»Aber«, sagte Henry, nach vorn gebeugt, »du hast das Problem erkannt. Du lebst in einer Familienstruktur. Du hast ein ganzes Familiennetz ...«

Sie hob den Kopf.

»Ist es das, worum es geht? Für dich?«

»Nein«, sagte er.

»Bist du sicher?«

»Absolut«, sagte er, »ganz und gar. Ich wünsche es mir nur, weil es dich zu dem gemacht hat, was du bist.«

»Und der Süden?«

»Was ist mit dem Süden?«

»Deine große, alte Liebe zum Süden ...«

»Glaubst du etwa nicht daran?«

»Im Grunde spielt es keine Rolle, ob ich daran glaube«, sagte Gillon. »Letzten Endes musst du begreifen, woran ich für mich selber glaube.«

Henry ergriff ihre Hand, legte sie auf seinen Oberschenkel und bedeckte sie mit der seinen.

»Okay.«

»Ich weiß nicht, ob ich hier bleiben kann«, sagte Gillon. »Ich weiß nicht, ob ich noch einmal fortmuss. Aber ich werde immer zurückkommen.«

Henry wartete.

»Es gibt keinen Ort, weißt du, wo ich mich so verletzlich fühle. Und gerade deswegen so *lebendig*. Ich meine nicht vital oder so, ich meine, verbunden, verbunden mit anderen Menschen. Menschlich. Als Teil der Menschheit.«

»Zugehörig«, sagte Henry.

»Ja. Irgendwie.«

Er streichelte ihre Hand.

Ganz langsam sagte er: »Ich weiß nicht, ob ich jemals auch nur die Möglichkeit, so zu empfinden, gesehen habe. Ich habe mich Personen *verpflichtet* gefühlt, nicht Orten. Aber das ist nicht dasselbe wie Zugehörigkeit.«

Sie sah ihm in die Augen.

»Das ist es wirklich nicht.« Dann wandte sie den Blick wieder ab. »Aber ich kann nicht für dich zugehörig sein.«

»Das würde ich niemals von dir verlangen ...«

»Das könntest du vielleicht gar nicht verhindern.«

»Gillon«, sagte Henry und beugte sich ihr zu, »was ich dir zu erkären versuche, ist, dass ich mich noch nie so gefühlt habe wie jetzt, dass ich noch niemals zuvor gewusst habe, wohin ich ging, ganz zu schweigen davon, ob ich überhaupt gehen wollte. Willst du mir sagen, dass ich jetzt nur träume?«

Sie schüttelte den Kopf.

»Nein.«

»Und was dann?«

»Ich kann dich nicht tragen«, sagte Gillon. »Ich kann dir nicht den Weg ebnen.«

»Das verlange ich auch gar nicht«, sagte Henry. Er hob die Hände und umfasste ihr Gesicht, zwang sie, ihn anzusehen. »Ich bitte dich nur, mich in dein Leben zu lassen.«

»Ich bin auf der Reise«, sagte Gillon. »Und ich weiß nicht, wie lange sie dauert.«

»Das ist mir gleichgültig.«

»Sie könnte mein ganzes Leben lang dauern. Ich könnte dich in den Wahnsinn treiben, wenn ich ständig darüber nachdenke, ob dies oder jenes zum Ziel führen könnte ...«

»Gillon«, sagte Henry, »halt den Mund, ja? Halt einfach einen Moment den Mund. Ich werde nicht das Wort Liebe benutzen, das ist so abgedroschen, weil wir alle es so häufig verwenden. Aber bedeute ich dir etwas? Bin ich wichtig für dich?«

Eine Pause entstand; aber dann nickte sie, immer noch in seinen Händen gefangen.

»Sag es«, verlangte Henry.

Sie schloss die Augen, um sie gleich darauf wieder zu öffnen.

»Ja«, sagte sie, »o ja!«

Sarah saß im Schaukelstuhl auf ihrer Gartenveranda und hatte einen Korb mit Gobelinwolle auf dem Schoß. Sie trug immer noch ein Kaschmir-Twinset – es war schließlich erst Ende März –, doch ihre Füße, sogar an einem Nachmittag zu Hause in hochhackigen Pumps, lagen zufrieden in einem verheißungsvollen Sonnenstrahl. Sarah würde nie auch nur daran denken, Teile ihrer Haut der Sonne auszusetzen, hatte das Entblößen der Haut – abgesehen von längst vergangenen züchtigen Schultern in einem Ballkleid – nie anders als billig, abwertend empfunden, empfinden können. In den Sechzigerjahren hatte es so viele Kämpfe mit Martha gegeben, um Sonnenbäder, um Bikinis, um Miniröcke, Kämpfe, die Martha zumeist gewonnen hatte, mit dem Ergebnis, dass ihre Haut, wie Sarah erkennen musste, weit früher gealtert war als die ihrer Mutter. Sie nahm eine Strähne altrosa Gobelinwolle heraus und hielt sie sich ganz kurz an die Wange. Manchmal fand sie es traurig, daran zu denken, dass heutzutage niemand anders als sie selbst diese Wange berührte, dass niemand anerkannte, wie gut es ihr gelungen war, sie zu bewahren, sich selbst zu bewahren, ganz Kaschmir und Perlen und italienische Pumps, während sie an einem schönen Frühlingsnachmittag ganz allein dasaß und Wolle für einen Kissen- oder Fußbankbezug auswählte, den sie vermutlich niemals sticken würde.

Sie seufzte und betrachtete den Garten. Job, Miss Mindas Neffe, harkte in einem sauberen braungelben Overall trockenes Laub unter der Jasminhecke hervor. Die Kamelien standen in Blüte – elfenbeinfarben, himbeerrot und pink –, die Gardenien wirkten aus irgendeinem Grund ein bisschen kränklich, die Magnolien begannen ihre riesigen, hellen, wächsernen Blütenblätter abzuwerfen. Früher hätte sich Sarah jetzt einen Strohhut aufgesetzt und mit einem Chiffonschal auf dem Kopf befestigt, hätte grüne Gartenhandschuhe mit gelochtem Wildleder-Oberteil angezogen und wäre in den Garten gegangen, um mit Job zusammen ein paar kleine, hübsche Tätigkeiten auszuführen. Sie mochte Job. Obwohl er erst in den Vierzigern war, sprach er mit Sarah noch immer in starken, biblischen Rhythmen, die ihr aus der Kinderzeit vertraut waren, und außerdem hatte sie seinen Vater sein Leben lang gekannt sowie seine Mutter, seit die seinen Vater geheiratet hatte, und all seine Geschwister und ihre Familien. Zu Weihnachten kamen eine Menge von Miss Mindas Verwandten zu Sarah ins Haus, aßen Zimtkuchen und Plätzchen und sangen rings um das Piano, das früher in Mamas Boudoir im East Battery-Haus gestanden hatte, Weihnachtslieder. Das vermittelte Sarah sogar zu Weihnachten ein starkes Gefühl von Angemessenheit, wie ihre eigene Familie, ihre eigenen Blutsverwandten, es ihr zu vermitteln immer wieder ganz und gar unfähig zu sein schien.

»Grandmama«, sagte jemand.

Sarah wandte sich in ihrem Schaukelstuhl um. An der offenen Tür zum Haus stand Gillon und hielt einen Strauß außergewöhnlich geformter rosa Tulpen in der Hand.

»Nanu«, sagte Sarah, »was führt dich her, Liebes?«

»Ich hab dich lange nicht gesehen«, antwortete Gillon. Sie kam näher und legte die Tulpen quer über den Wollkorb. »Die sind für dich.«

»Zauberhaft«, sagte Sarah. Sie berührte ein glattes Blütenblatt. »Papageientulpen.« Sie hob das Gesicht, um sich küssen zu lassen. »Wieso hast du an mich gedacht?«

»Das sag ich dir gleich«, gab Gillon zurück. Sie nahm die Tulpen von Sarahs Schoß. »Vielleicht sollte ich die hier ins Wasser stellen ...«

»Nein«, sagte Sarah, »nicht jetzt gleich. Das wird Miss Minda später tun. Leg sie erst mal da drüben hin, in den Schatten.«

Sie sah zu, wie Gillon sich bückte, um die Blumen an die Rückwand der Veranda zu legen. Sie trug natürlich wieder Jeans, aber ihr Pullover war von einem Blau, das Sarah ganz besonders liebte, und ihre Füße steckten in flachen geblümten Pumps, die an Ballettschuhe erinnerten.

»Hübsche Schuhe, Liebes«, sagte Sarah.

Gillon richtete sich auf.

»Freut mich, dass sie dir aufgefallen sind. Ich hab sie extra für dich angezogen.«

»Bin ich eine schreckliche Zuchtmeisterin?«

Gillon sah sie lächelnd an.

»Ja.«

Sarah zeigte auf einen zweiten Schaukelstuhl.

»Hol dir den her. Möchtest du einen Eistee?«

»Nein, danke. Ich möchte gar nichts, ich hab gerade zu Mittag gegessen, einen verspäteten Lunch ...«

»Mit Henry«, stellte Sarah fest.

Gillon musste lachen.

»Woher weißt du das?«

»Du hast diesen gewissen Blick. Junge Mädchen kriegen immer diesen Blick. Die Liebe und die erste Schwangerschaft sind es, die einem jungen Mädchen dieses Strahlen verleihen.«

Gillon blickte auf ihren Schoß hinab.

»Die Liebe ...«

»Bist du gekommen, um mir davon zu erzählen?«

»Nein«, antwortete Gillon. Dann unterbrach sie sich und wurde plötzlich rot. »Doch«, sagte sie. »Ich bin gekommen, weil wir über die Familie gesprochen haben ...«

»Nun, dann fühle ich mich wirklich geschmeichelt ...«

»Kannst du auch, wenn ich dir erzähle, was Henry von dir hält.«

Sarah hob eine Hand und berührte ganz leicht ihre Haare.

»Nun ja. Er ist ein reizender junger Mann.«

»Ja.«

Sarah sah sie an. Sie nahm ihren Wollkorb und stellte ihn neben ihrem Schaukelstuhl auf den Boden. Gillon hatte den Blick von ihr abgewandt und spähte in den Garten, zur Jasminhecke und zu Jobs rhythmisch fegender Gestalt hinüber.

»Reizend genug«, sagte Sarah in einem Ton, der nichts von ihrer üblichen Entschiedenheit hatte, »um es ernst zu meinen.«

Eine Pause entstand; dann nickte Gillon, ohne den Blick von Job zu wenden.

»Hat er dich gebeten, ihn zu heiraten?«, wollte Sarah wissen.

Gillon wandte ihr langsam den Kopf zu.

»Sozusagen.«

»Dein Großvater ist auf ein Knie gegangen. Nach einem Foxtrott. Heutzutage würde ich nicht mal von den besterzogenen jungen Männern erwarten, auf ein Knie zu gehen, aber ich würde von ihnen erwarten, dass sie sich klar ausdrücken.«

»Er hat sich klar genug ausgedrückt«, sagte Gillon.

»Und was hast du geantwortet?«

Gillon lächelte flüchtig.

»Es wird dir nicht gefallen ...«

»Wirklich nicht?«

»Ich habe vielleicht gesagt, vermutlich, eines Tages, möglicherweise.«

Schweigen. Sarah hob eine Hand an ihre Perlen. In der Stille konnte Gillon das leise Klicken der Perlen hören, wenn sie aufeinander trafen.

Dann sagte Sarah sehr leise: »Das hätte ich auch tun sollen.«

Gillon war bestürzt.

»Grandmama!«

»Das hätte ich«, sagte Sarah. Sie nickte. »Ich hätte auf mein Herz hören sollen, auf meinen Instinkt. Statt auf meine Manieren.«

Gillon beugte sich vor.

»Hast du ihn denn nicht geliebt?«

»O doch. Ich habe ihn sehr gemocht. Alle mochten Teddy Cutworth, genauso wie alle meine Brüder mochten. Das waren nette, anständige Jungen. Wir kannten sie. Wir alle kannten Jungen wie sie. Wir wussten, was wir von ihnen zu erwarten hatten. Sie wussten, was sie von uns zu erwarten hatten.«

»Wie Cooper«, sagte Gillon.

Sarah warf ihr einen Blick zu.

»Jawohl, wie Cooper.«

»Also«, sagte Gillon und beugte sich, den Blick auf Sarahs Gesicht gerichtet, zu ihr vor, »du hast ja gesagt, aber du hättest vielleicht sagen sollen?«

»Ich hätte warten sollen ...«

»Um zu sehen, was du empfandest?«

»Um zu sehen, was ich für einen anderen empfinde.«

»Einen anderen ...«

»Ja.«

»Gab es einen anderen?«, fragte Gillon.

Sarah legte die Hände in den Schoß.

»Als deine Mutter ein kleines Mädchen war, lernte ich hier einen Chirurgen kennen, einen orthopädischen Chirurgen. Er war aus Richmond, Virginia. Er operierte meinen jüngsten Bruder am Fuß, nach einem Sportunfall.« Sie hielt inne, um ein wenig Luft zu holen. »Ich habe nie wieder so etwas empfunden. Niemals.«

»Hattest du ... eine Affäre?«, fragte Gillon flüsternd.

»Ich wollte«, sagte Sarah, »ich wollte es mehr als alles auf der Welt. Ich habe ihn sogar gebeten. Ich habe alles vergessen, was ich jemals gelernt hatte, wozu ich erzogen worden war, und habe ihn gebeten.«

»Und?«

»Er hat nein gesagt.«

»Ach ...«, sagte Gillon und stieß einen langen Seufzer aus.

»Er hat mir erklärt, dass er verheiratet sei. Er hat mich daran erinnert, dass ich verheiratet sei. Aber ich glaube, in Wirklichkeit hat er nicht das Gleiche gefühlt wie ich.« Sarah seufzte ganz leicht. »Das hat mir für eine sehr lange Zeit jede Freude am Leben genommen.«

»Weiß Mama davon?«, fragte Gillon.

»Nein«, antwortete Sarah. »Davon weiß niemand etwas. Außer dir.«

»Warum hast du es mir erzählt?«

»Weil du«, sagte Sarah unerwarteterweise, »versuchst, nicht nach den Regeln zu leben.«

»Aber das ist dir doch so verhasst! Du bist so hart gegen mich ...«

Sarah machte eine kleine Handbewegung.

»Denk darüber nach.«

Gillon wartete.

»Ich war in Ungnade gefallen«, sagte Sarah. »Ich musste den Weg zurück in die Gesellschaft finden. Ich musste eine Möglichkeit finden, mit den Dolchstößen in den Rücken, der Sabotage, vor allem von den anderen Frauen, zu leben. Es gab niemanden, der mich unterstützte. Außer ... deinem Großvater.«

»Das war doch lieb von ihm.«

»Für eine solche Schuld«, sagte Sarah, »muss man immer einen Preis bezahlen. Ich habe mir das Regelbuch geholt, habe es auswendig gelernt und nie wieder dagegen verstoßen.«

»Wenn du mir also das Leben schwer machst, dann tust du das, damit ich nicht das tue, was du getan hast?«

Sarah seufzte.

»Ich möchte nicht daran erinnert werden, Kind.«

»Aber das ist doch so lange her, so endlos lange her ...«

»Nur in der Zeit«, sagte Sarah. Dann schenkte sie Gillon ein leichtes Lächeln. »Also, warum bist du zu mir gekommen, um mir von Henry zu erzählen?«

Gillon lehnte sich zurück. Sie streckte die Beine aus und betrachtete die geblümten Ballerinas.

»Er hat von dir gesprochen. Er findet, du bist eine außergewöhnliche Frau. Großeltern, sagt er, haben in England im Großen und Ganzen nicht mehr viel zu melden. Er selbst hat keine mehr. Er hat bewirkt, dass ich, na ja, über dich nachgedacht habe.«

»Ach ...«, sagte Sarah. Sie blickte zur Decke der Veranda hinauf, wo eine schmiedeeiserne Laterne hing, eine Laterne, die Sarah in Charleston nach einem Original in Venedig hatte kopieren lassen.

Gillon stand auf.

»Ich muss gehen.«

»Sag ihm, er soll mich besuchen kommen«, bat Sarah, den Blick noch immer nach oben gerichtet.

»Henry?«

»Ja. Ich möchte mit ihm sprechen. Ich habe gern nette Männer um mich.« Sie wandte den Kopf und sah Gillon an. »Viel Glück, Liebes.«

»Danke.«

»Und hüte dich, die Vergangenheit zu idealisieren«, warnte Sarah. »Die Vergangenheit, und wie sie für die Frauen aussah. Hüte dich, irgendetwas zu idealisieren!«

Ashley lag auf der Chaiselongue in ihrem neu getauften Familienzimmer. Vor Robyns Geburt war der Raum nur eine Erweiterung der Küche gewesen, durch eine Theke von der Küche mit ihren neu gestalteten Schränken getrennt, aber Merrill hatte gesagt, da sie jetzt eine Familie seien, müssten sie ein Familienzimmer haben. Ashley hatte nicht das Gefühl, Familie zu sein; sie hatte immer noch das Gefühl, dass sie ein Paar waren, das ein Baby bekommen hatte. Ein Baby machte ein Paar nicht automatisch zu einer Familie, es machte die beiden lediglich zu einem Paar, dessen Dynamik sich radikal verändert hatte. Sie betrachtete das Telefon. Sie sollte jetzt eigentlich an diesem Telefon sein. Sie hatte Martha, Merrill und ihrem Doktor fest versprochen, dass sie, während Robyn tagsüber schlief, alle Anrufe bezüglich der Organisation ihrer Tauffeier erledigen werde, die Anrufe bezüglich der Wiederaufnahme ihres alten Jobs, die Anrufe bezüglich eines allwöchentlichen Putzdienstes, der die Reinigung des Hauses übernehmen sollte. Ashley sah sich um. Das Haus *wirkte* sauber, wie alles, was aufgeräumt ist, gewöhnlich sauber wirkt, aber seit Robyns Geburt hatte Merrill es sich angewöhnt, mit dem Finger über Fensterbänke und Simse zu streichen, die gläserne Duschwand gegen das Licht zu betrachten, ständig mit betonter Gewissenhaftigkeit Fäden und Flecken von den Teppichen aufzulesen. Damit demonstrierte er ihr, das wusste Ashley, dass er einen gewissen häuslichen Standard bewahren musste, den sie im Moment nicht bewahren konnte oder wollte.

Sie betrachtete ihren Körper. Sie hatte fast alles wieder abgenommen, was sie durch die Schwangerschaft zugenommen hatte. Zwar passte sie nicht mehr in Größe 6, aber wenigstens in eine kleine Größe 8. All ihre Kleidungsstücke waren sauber. All ihre Kleidungsstücke waren gebügelt. Drei saubere Fläschchen mit Babynahrung standen im sauberen Kühlschrank bereit und warteten darauf, zu den vorgesehenen Zeiten in der sauberen Mikrowelle erhitzt zu werden. Sie hatte das Telefon desinfiziert. Ja, sie hatte alles getan, was von ihr verlangt wurde, alles, was ihr unter den richtigen Umständen das Lob jener eingetragen hätte, die sie zufriedenstellen wollte. Für Merrill trug sie französische Unterwäsche, für ihre Großmutter Make-up, und für ihre Mutter hatte sie zwei Pillen eines Antidepressivums geschluckt. Ihr Vater verlangte von ihr nur, dass sie lächelte. Das jedoch war das Einzige, was sie nicht schaffte, ja, das Einzige, was von ihr zu verlangen einfach zu viel war.

Das Telefon klingelte. Ashley streckte die Hand aus.

»Hallo?«

»Hallo, Ash«, sagte Gillon. »Ich bin's.«

»Wo bist du?«

»In der Meeting Street. Ich komme gerade von Grandmama.«

»Kannst du rüberkommen?«

»Alles in Ordnung?«

»Nein«, antwortete Ashley. »Ganz und gar nicht.«

»Gib mir fünfzehn Minuten«, sagte Gillon.

»Zwölf ...«

Ashley legte das Telefon hin. Langsam richtete sie sich auf und schwang die Füße von der Chaiselongue, tastete blindlings nach ihren Schuhen. Sie schlüpfte hinein und stand auf. Die Lichter auf dem Babyalarm, der auf dem Küchentisch stand, leuchteten in ruhigem Grün. Robyn schlief. Wenn Ashley ein Ohr an das Gerät legte, konnte sie Robyns friedlichen, schnellen Babyatem hören, Beweis für den beneidenswerten Schlaf, den sie schlief, einen Schlaf, bei dem es um Ausruhen und Wachsen ging und nicht um Flucht und Erholung. Ashley ging am Babyalarm vorbei, durch die Küchentür und die Garage, die auf Merrills Wunsch mit Schwingtüren an das saubere Stückchen Vorgarten grenzte, das das Haus von der Straße trennte. Ganz am Rand stand eine Mauer, die Merrill weiß gestrichen hatte, damit sie zum spanischen

Stil des Hauses passte, und die man regelmäßig von Vogeldreck reinigen musste. Ashley setzte sich auf den Teil der Mauer, der dem Haus am nächsten war, und wartete auf Gillon.

»Möchtest du Kaffee?«, fragte Ashley.

Gillon schüttelte den Kopf. Ashley begann mit dem Inhalt des Kühlschranks zu hantieren.

»Ich müsste jetzt das Dinner machen. Merrill wird heute zeitig nach Hause kommen. Vor seiner Versammlung. Einer Golf-Club-Versammlung.«

»Lass es doch«, sagte Gillon.

»Aber ...«

»Kann er sich denn nicht selbst ein Sandwich machen, wenn er eins will?«

Ashley schloss die Kühlschranktür.

»Ich finde, ich sollte ...«

»Lass es«, sagte Gillon. Sie kam durch die Küche und ergriff Ashleys Handgelenk. »Komm her. Setz dich.«

»Das Baby ...«

»Das Baby werden wir hören.«

Sie zog ihre Schwester an der Theke vorbei zum Familienzimmer.

»Ich habe einen unglaublichen Nachmittag hinter mir. Ich habe mit Grandmama geredet.«

»Sie hat heute Morgen angerufen«, sagte Ashley. »Sie fragt immer, wie's mir geht. Aber das kann ich ihr nicht sagen. Das kann ich einfach keinem sagen.«

Gillon drückte Ashley in einen Sesel.

»Hand aufs Herz, dass du niemandem weitersagst, was ich dir jetzt erzählen werde?«

Ashley sah verwundert zu ihr auf.

»Versprochen.«

»Grandmama wollte eine Affäre haben. Als Mutter

noch ganz klein war. Sie war völlig verrückt nach diesem Kerl, aber er hat sie abgewiesen. Und ganz Charleston hat sie geschnitten, sie muss Furchtbares durchgemacht haben. Die einzige Möglichkeit, wieder anerkannt zu werden, sei es gewesen, niemals wieder die Regeln zu übertreten, niemals! Niemals wieder.«

»Wow«, stieß Ashley schwach hervor.

»Deswegen flippt sie aus, wenn ich aus der Reihe tanze.«

»Dieser Kerl«, sagte Ashley. »Was ist mit diesem Kerl?«

»Er war Chirurg. Hat Hände und Füße und so operiert. Unter anderem Onkel Tommy.«

»Hat er gut ausgesehen?«

»Ach, Ashley ...«

»Entschuldige«, sagte Ashley. Und breitete die Hände aus. »Was für eine Story! Grandmama. Wow.«

»Ich weiß«, sagte Gillon. »Sie war bezaubernd. Sie war anders. Es war, na ja, als würde ich mit einer Freundin reden.«

»Du bist meine Freundin«, sagte Ashley.

»Natürlich.«

»Ich will nicht, dass du wieder fortgehst.«

»Aber das werde ich vielleicht müssen ...«

»Die Dinge haben sich geändert«, sagte Ashley. »Ich fühle mich nicht mehr so, wie ich mich früher gefühlt habe. Früher hatte ich das Gefühl, ich sei eine Prinzessin, ich könnte alles haben, was ich wollte, und ich wusste ganz genau, was ich wollte. Aber das ist vorbei. Ich bin nicht mehr stolz darauf, zu sein, was ein Mann sich wünscht, was Daddy sich wünscht, was Merrill sich wünscht, jetzt nicht mehr.« Sie hob die Hände und schlug sie vors Gesicht. In ihrem Schutz sagte sie: »Ich hasse das, ich hasse dieses Bedürfnis nach Bestätigung, das ich habe, ich hasse es, dass ich es immer noch brauche, obwohl ich mir dessen nicht mehr sicher bin. Aber wenn du hier bist, fühle ich mich wohler. Ich sehe dich an, und ich fühle mich wohler.« Sie ließ ihre Hände sinken und starrte Gillon an. »Ich schäme mich so für das, was ich früher gewesen bin.«

Gillon schüttelte den Kopf.

»Vergiss es.«

»Und du hast Henry ...«

Gillon beugte sich vor.

»Aber ich besitze ihn nicht«, sagte sie sanft. »Er ist mir nicht *verpflichtet.*«

»Aber er will mit dir zusammen sein ...«

»Es sieht so aus, sicher.«

Ashley biss sich auf die Lippe.

»Ich dachte, er ...« Sie hielt inne.

»Ich weiß.«

»Er ist immer so lieb zu mir.«

»Ja.«

»Ich hab mir gewünscht, dass er sich in mich verliebt.«

Gillon senkte den Blick.

»Du wirst mir sicher sagen«, fuhr Ashley fort, »dass mir das auch nicht geholfen hätte.«

»Stimmt.«

»Aber das ist die einzige Möglichkeit, die ich kenne. Damit ich mich wohler fühle, damit es mir besser geht.«

»Nein«, widersprach Gillon. »Er ist ein Exot – für uns. Er ist Engländer. Er wurde nicht dazu erzogen, wie Daddy und wie Cooper zu denken, er sieht die Liebe nicht als ein Geschenk, das der Mann gibt und die Frau bescheiden zu empfangen erwartet. Aber ...« Sie stockte. »Er weiß auch nichts von Familien. Er lernt, aber er weiß noch nichts. Er weiß nicht, dass Leid dazu gehört, er weiß nichts von Verantwortlichkeit, er weiß nichts über das Bewusstsein der eigenen Herkunft. Er hat Freiheit kennen gelernt, aber er wusste nichts damit anzufangen.«

Ashley war sehr still. Gillon ging zu ihr und kniete sich neben ihren Sessel.

»Im Augenblick ist er in das alles hier verliebt«, sagte Gillon. »Ist er einfach in alles verliebt. Aber das alles, diese ganze Familie, wird ihm vielleicht eines Tages die Luft abschnüren.«

Ashley streckte eine Hand aus.

»Schnürt es dir die Luft ab?«

Gillon ergriff ihre Hand.

»Manchmal. Ein wenig.«

»Aber du wirst immer wieder zurückkommen?«

Gillon nickte.

»Versprich es mir«, sagte Ashley. »Jetzt bist du dran, mit dem Versprechen.«

»Versprochen«, sagte Gillon.

19

Das Rezept auf der Packung mit der Backmischung für den französischen Vanillekuchen verhieß Martha, dass sie zum Frühstück am folgenden Morgen heiße Zimtschnecken haben werde. Sie brauche nur noch Mehl, Trockenhefe und warmes Wasser hinzufügen und den Teig an einem warmen, vor Zugluft geschützten Ort für etwa eine Stunde gehen zu lassen. Dann müsse sie den Teig ausrollen, mit geschmolzener Butter einpinseln, mit Zucker und Zimt, fein gehackten Pecannüssen und Rosinen bestreuen, ihn wieder aufrollen, in Scheiben schneiden, formen, auf einem Kuchenblech im Kühlschrank über Nacht aufgehen lassen und ihn anschließend backen, um das Haus, wie es auf der Packung hieß, mit einem Duft zu füllen, der Schlafmützen mit Vorfreude auf eine Überraschung wecken würde. Martha dachte darüber nach. Sie dachte an die Schlafmützen – sie selbst, Boone, die Katze. Sie dachte an Boones gewohntes Frühstück, den Saft, den Kaffee und, höchstwahrscheinlich, die Schale Maisbrei aus der Zeit vor nahezu fünfzig Jahren, Maisbrei mit Wurst, Sirup oder Apfelgelee. Boone hatte eine Tante in Kentucky gehabt, die in jedem Oktober ein preisgekröntes Gelee für das Apfelfest machte. Dazu benutzte sie Äpfel namens Wolf River und schickte Boones Familie in jedem Herbst eine Kiste ihres Gelees, sorgfältig in etikettierte Gläser abgefüllt. Tante Cynthia Ann, erklärte Boone Martha, esse ihr Apfelgelee mit Eiern und Bratkartoffeln. Martha schloss die Augen und schob die Kuchenmixpackung von sich. Nachdem sie im ganzen

Leben noch nie eine heiße Frühstücksschnecke gebacken hatte, würde sich, wie Martha sich sagte, nichts verändern, wenn sie jetzt damit anfinge.

Sie ging durch die Küche und durch die Glastüren auf die Veranda. Boone saß am anderen Ende mit seinem Handy und einem Bier in einem Korbsessel. Auf dem Tisch vor ihm lagen Papiere, und er trug seine Lesebrille. Die Katze, die ihren Tag meistens in genau diesem Sessel verbrachte, saß gespannt auf dem Fußboden neben ihm und erwog offenbar, auf seinen Schoß zu springen und dadurch verlorenes Territorium zurückzuerobern. Boone trug eine Baseballmütze des Country Clubs von Edisto, wo er am frühen Samstagmorgen, wenn eine gute Chance bestand, einen alten Alligatorbullen aufzuspüren, der sich am Rand eines Wasserlochs sonnte, gern eine Runde Golf spielte. Außerdem trug er einen dunkelgrünen Kaschmirpullover, den Martha ihm vor gut zehn Jahren auf einer Reise nach Edinburgh gekauft hatte, damit er darauf verzichtete, sich eine maßgeschneiderte Tartanhose machen zu lassen. Später hatte er sich die Hose dann doch noch gekauft, im Scotch House, in London, und die Alligatoren im Country Club hatten inzwischen zahlreiche Chancen gehabt, sich an sie zu gewöhnen. Auch Martha hatte sich an sie gewöhnt, sogar bis zu einer gewissen Zärtlichkeit, wie man sie für alles zu entwickeln scheint, das lange genug ein Wegbegleiter gewesen ist, dabei gewesen ist, während man selbst dabei war. Das war der springende Punkt bei allen leblosen Dingen: Sie mussten nicht teilnehmen, mussten nicht mitfühlen, unterstützen, widersprechen oder herausfordern, sie mussten einfach da sein, denselben Raum und dieselbe Zeit besetzen wie man selbst, Bestandteil der Umgebung sein. Martha seufzte. Wenn sie sich konzentrierte, konnte sie sich vorstellen, wie sich dieser Kaschmirpullover unter ihren Fingern anfühlte, warm und fest auf Boones kräftigen Schultern. Sie räusperte sich.

»Noch ein Bier?«, rief sie zu ihm hinüber.

Boone hörte nicht auf, in sein Telefon zu reden. Dabei hob er eine Hand mit hochgestrecktem Daumen in die Luft. Martha kehrte in die Küche zurück, holte ein frisches Bier aus dem Kühlschrank und schenkte sich selbst ein Glas Eistee aus dem Krug ein, den sie vorhin gemacht hatte, als Ashley mit dem Baby vorbeigekommen war. Die Kleine entwickelte sich prächtig. Sie hatte zugenommen, schlief die Nacht durch, lächelte. Sie sah genauso aus wie ihr Vater.

Martha ging die Veranda entlang und stellte Bier und Teeglas auf den Tisch. Boone hatte aufgehört zu telefonieren und das Handy zu seinen Papieren auf den Tisch gelegt. In den Händen hielt er außerdem ein weiteres Bündel Papiere, die er, den Knöchel eines Fußes quer über das Knie des anderen Beines gelegt, durch seine Lesebrille studierte.

»Hallo!«, sagte Boone. Ohne sie anzusehen.

Martha nahm sich den Sessel neben ihm. Sie blickte in den Garten hinaus, auf das klare Frühlingslicht, das auf die Crèpa-Myrte, die blühende Quitte, den Blauen Gummibaum, all diese Pflanzen fiel, die wieder zum Leben erwachten, Knospen trieben, ausschlugen, die Luft mit Düften füllten, die manchmal so betäubend waren, dass man die Fenster vor ihnen verschließen musste.

»Hast du Lust«, fragte sie Boone, den Blick auf den Blauen Gummibaum gerichtet, »ins Kino zu gehen?«

»Nein, danke«, antwortete Boone.

»Oder zum Essen?«

»Nein, danke«, antwortete Boone. Er gähnte. »Ich bin seit fünf Uhr morgens auf.«

»Vorhin«, sagte Martha, »habe ich einen Moment erwogen, irgendetwas zu backen.«

Boone seufzte. Er griff nach seinem frischen Bier und legte die Papiere auf den Tisch.

»Ja, sicher«, sagte er zerstreut.

Martha sagte, ein wenig verträumt: »Ich hatte diese Woche eine Patientin. Eine Lesbierin.«

Boone holte scharf Luft und hob den Kopf, um an die Verandadecke zu blicken.

»Es sei schwer, sich hier in der Gegend als Lesbierin zu outen, hat sie zu mir gesagt«, fuhr Martha fort.

»Das glaube ich gern«, sagte Boone.

»Es gibt hier so wenig Unterstützung für das Leben der Frauen«, sagte Martha ruhig.

Boone senkte den Kopf.

»Soll heißen?«

»Du weißt genau, was ich meine.«

»Dass ich dich nicht unterstütze«, sagte Boone erschöpft.

»Das Wunder ist«, sagte Martha, »dass es nicht mehr Aggressionen gibt. Zwischen Männern und Frauen. Zwischen Schwarz und Weiß. Diese lesbische Patientin hat mir erzählt, dass die schwarzen Männer ihrer Kirchengemeinde strikt dagegen waren, einen weiblichen Prediger zu wählen. Sie seien strikt dagegen gewesen, hätten aber nicht erklären können, warum.«

Boone stellte sein Bier ab. Er griff zum Handy und schaltete es aus. Mit dem Blick auf das Telefon in seiner Hand sagte er: »Ich kann's dir leider auch nicht erklären.«

»Dann beschreib es mir doch.«

»Ich hab's dir immer und immer wieder gesagt«, gab Boone zurück. »Ich habe das Gefühl, dass du die Familie zu leichtherzig aufgegeben hast. Ich habe das Gefühl, dass du uns alle dem geopfert hast, was du tun wolltest. Ich habe das Gefühl, dass du deine Pflicht nicht erfüllt hast.«

»Und deine Pflicht?«

»Die erfülle ich«, sagte Boone. »Ich gebe dir ein Dach über dem Kopf, ich gebe dir Unterstützung, ich bin dir treu.«

»Ach.«

»Was heißt hier ›ach‹?«, fragte er, zu ihr herumfahrend.

»Ist das alles?«, sagte Martha.

Er hob beide Hände.

»Du fehlst mir.«

»Ich *fehle* dir?«

»Ich möchte, dass du an mich denkst«, sagte Boone. »Ich möchte wichtig für dich sein. Ich möchte ... Ich möchte dir etwas *bedeuten*.«

Martha sah ihn an. Sein Gesicht war gerötet, kurz vor einem Tränenausbruch. Ashley war vorhin auch weinerlich gewesen. Sie hatte ihnen erzählt, dass Gillon ihr erzählt habe, was Henry gesagt hatte. »Bin ich wichtig für dich?«, hatte Henry zu Gillon gesagt. »Bedeute ich dir etwas?«

»Mir geht es genauso«, sagte Martha.

Boone wischte sich mit einem Kaschmirärmel über die Augen.

»Ich möchte wichtig für dich sein«, sagte Martha. »Ich möchte, dass dir meine Gefühle wichtig sind, mein Gemütszustand. Ich möchte, dass du mit diesem absurden Gerede von Pflicht aufhörst und wenigstens ein bisschen von dem Verständnis für mich hast, das du dir für dich selber wünschst.«

Boone verzog das Gesicht.

»Ich bin einfacher gestrickt«, sagte er. »Meine Mechanik ist schlichter.«

»Aber«, entgegnete Martha, »ich wünsche mir nicht so viel wie du.« Sie beugte sich vor und griff nach ihrem

Teeglas. »Das tun Frauen im Allgemeinen nicht. Eine Frau braucht wenig, so wenig, um glücklich zu sein.«

Boone nahm die Baseballmütze ab und legte sie über sein Handy.

»Willst du mich verlassen?«

»Daran gedacht habe ich schon«, sagte Martha.

»Und?«

»Ich möchte lieber hier bleiben. Ich möchte lieber hier sein, wo du bist und die Kinder sind, wo ich meine Arbeit habe. Solange du – solange du an meiner Seite bist.«

Er sah sie an.

»Hast du Angst davor zu gehen?«

Sie trank einen Schluck Tee. Und nickte.

»Ich brauche diese Beständigkeiten. Ich brauche diese Bestätigungen.« Sie setzte ihr Glas ab. »Ich bin nicht so tapfer wie Gillon.«

»Gill? Und tapfer?«

»Selbstverständlich«, sagte Martha. »Wenn Aufrichtigkeit Tapferkeit heißt. Und ich glaube, das heißt es.«

»Ist es das, was Henry so anziehend findet?«, erkundigte sich Boone langsam.

»Es ist ein Teil von dem, was Henry so anziehend findet.« Sie hielt inne; dann sagte sie: »Findest du es anziehend?«

»Finde ich was anziehend?«

»Findest du es anziehend an mir, dass ich so offen über das spreche, was ich empfinde, was ich befürchte?«

Ein wenig hilflos antwortete er: »Ich wurde nicht dazu erzogen, Frauen so zu sehen.«

»Nein. Aber du bist seit zweiunddreißig Jahren mit mir verheiratet.«

Boone nahm den Fuß von seinem Knie und beugte sich vor.

»Ich dachte, ich könnte anders denken. Als ich dich

kennen lernte, dachte ich, dass ich anders denken wollte, dass ich es schaffen würde. Aber ... nun ja, Liebling, ich gebe mir Mühe.«

»Ich auch.«

Er wandte ihr den Kopf zu.

»Ich dachte«, sagte Martha, »dass ich an einen Ort kommen würde, wo ich mich mit dem befreunden könnte, was andere Menschen von mir wollten, was du wolltest, was Mutter wollte. Es war nicht so, dass ich mich nicht darum *kümmern* wollte, was du wolltest, aber ich wollte mich einfach nicht davon indoktrinieren lassen, nicht ständig begütigen, versöhnen müssen. Eines von den Dingen, die ich an meiner Arbeit so liebe, ist es, dass ich da meiner Rolle sicher sein kann, dass ich da genau weiß, wie ich tun muss, was ich tue. Aber ich bin eine Frau, Boone, und Frauen identifizieren sich gewöhnlich nicht vor allem durch das, was sie tun, was ihr Beruf ist. Einen Beruf zu haben, eine Karriere, ist für Frauen wichtig und befriedigend, aber Frauen messen sich an ihren Beziehungen, identifizieren sich durch sie.«

»Ja.«

»Wenn die Sache mit den Beziehungen aber schief läuft, wird die Arbeit für sie zur tröstenden Zuflucht, wo Kontrolle noch für sie möglich ist.«

Er stemmte seine Ellbogen auf die Knie und beugte sich vor.

Den Blick auf seine verschränkten Hände gerichtet, sagte er: »Ist unsere Beziehung schief gelaufen?«

»Du scheinst diesen Eindruck zu haben. Du scheinst den Eindruck zu haben, dass ich meinen Teil der Abmachung nicht gehalten habe.«

»Tatsache ist«, sagte Boone, »dass ich dich verloren habe. Und wenn ich etwas verliere, kriege ich Angst. Und werde wütend. Das weißt du.«

Martha berührte ihn nicht.

»Du hast mich nicht verloren«, sagte sie. »Du hast möglicherweise nicht alles bekommen, was du gewollt oder erwartet hast, aber du hast mich immer noch.«

»Sind wir etwa genauso verdreht wie unsere Kinder?«, fragte er.

»Irgendwie schon. Unsere Eltern haben uns erzählt, dass unser Leben in bestimmten Bahnen läuft. Aber so ist es nicht.«

»Allerdings.«

»Aber du hast mich nicht verloren«, sagte Martha. »Zwischen verloren sein und sich einfach verstecken besteht ein großer Unterschied.«

Boone ließ den Kopf hängen.

»Ich weiß nicht, ob ich das alles kann.«

»Was alles?«

»Dies alles – genau hinsehen und sich einfühlen.«

»Möchtest du das denn?«, fragte Martha. »Möchtest du's versuchen?«

Er warf ihr einen kurzen Blick zu.

»Wirst du es ebenfalls versuchen?«

»Sicher.«

»Meinst du das ernst? Meinst du wirklich, dass du an dir etwas verändern willst? Dass du nicht immer wieder auf mich einredest wie auf ein kleines, dummes Kind?«

Martha hielt kurz die Luft an.

»Es tut mir Leid.«

Boone betrachtete ihr Teeglas.

»Ich glaube«, sagte er, »du brauchst jetzt etwas Stärkeres als das.«

Ein scharfer Wind blies den Kai vor dem Jachtclub entlang. Es war ein Nordwind, ein Nordostwind, der die klare, kühle Luft brachte, nach der sich Charleston während der stickigen, schwülen Sommerzeit sehnte, die es aber nur selten bekam. Es war ein Wind, wie Henry ihn kannte, ein frischer Wind nach Nordeuropäerart, steif, reinigend und, nach einer Weile, schneidend und ermüdend. Er stand am Geländer, wartete auf Cooper und sah zu, wie der Wind das Hafenwasser zu kleinen, flinken Wellen aufpeitschte. Es war ein Frühlingstag von jener Art, die ihn aus irgendeinem Grund an den Spaniel erinnerte, den er und Paula gehabt hatten, als sie noch Kinder waren – der einzige Hund, den er je gehabt hatte –, und der an Tagen wie diesem halb verrückt wurde, mit flappenden Ohren im Garten herumflitzte und leidenschaftlich alles und nichts verbellte.

Cooper, der an der Bar auf die Drinks wartete, warf einen Blick durch die Glastüren des Clubs und sah Henry dort unten am Geländer stehen. Er trug jetzt amerikanische Kleidung, amerikanische Schuhe und hatte – zu Gillons Verzweiflung – einen amerikanischen Haarschnitt, sah aber in Coopers Augen noch immer nach nichts anderem aus als nach einem Engländer. Die Art, wie er ging, die Art, wie er sich hielt, die Art, wie er sich trotz seiner Größe bewegte, war um eine Nuance anders als amerikanisch, war in Coopers Augen sehr, sehr britisch. Aber wenn Henry anders als britisch gewesen wäre, wenn Henry einer von Coopers Charleston-Kumpels gewesen wäre, dann hätte Cooper ihm nicht anvertrauen können, dass er seinen Job verloren hatte, dass man ihn wegen zu häufigen Fehlens und wegen Faulheit gefeuert hatte. Der Barmann schob zwei doppelte Whiskey zu ihm hinüber.

»Danke«, sagte Cooper, ohne den Barmann anzusehen. Der Barmann im Jachtclub war daran gewöhnt, Boone zu bedienen, fand es in Ordnung, Boone zu bedienen, und er hatte unausgesprochene, doch nicht zu übersehende Ansichten davon, was er davon hielt, Cooper zu bedienen.

Cooper nahm die beiden Gläser, schob sich durch die Türen und stieg die Treppe in den windigen Sonnenschein hinab. Henry wandte sich vom Geländer ab und beobachtete, wie er näher kam. Er sah den Whiskey.

»Ich dachte, wir trinken Bier ...«

»Ich brauch jetzt das hier«, sagte Cooper.

»Ich brauche Sodawasser ...«

»Ach was«, sagte Cooper gereizt, »nun trink schon, ja?«

Henry trank einen kleinen Schluck Whiskey.

»Lass es bitte nicht an mir aus, Kumpel.«

Cooper schüttelte den Kopf.

»Tut mir Leid.« Er warf Henry einen Blick zu. »Wie soll ich's bloß Mutter und Daddy sagen?«

»Genauso, wie du's mir gesagt hast.«

»Ich überlege«, sagte Cooper, »ob ich's ihnen vielleicht erst sagen soll, wenn ich einen anderen Job gefunden habe.«

Henry lehnte sich ans Geländer. Er schwenkte den Whisky in seinem Glas.

»Genau das würde ich tun. Aber ich bin nicht du. Was meine Familie betrifft, von denen würde sich ohnehin keiner darum kümmern. Ich glaube, mein Vater könnte nicht mal sagen, wie alt ich bin. Aber bei euch ist das was anderes. Ihr seid alle miteinander verbunden, nehmt alle an allem teil, ihr wisst nichts, von dem nicht auch alle anderen wüssten. Deswegen glaube ich, dass du gar nicht anders kannst als mit der Wahrheit rausrücken.«

Cooper kam näher und lehnte sich, die Ellbogen aufs Geländer gestützt, in den Händen sein Whiskeyglas, neben Henry. Auf den Hafen hinausblickend sagte er: »Habt ihr wirklich so viel Freiheit in England?«

»Ja.«

»Mann«, sagte Cooper, »davon könnte ich jetzt ein bisschen gebrauchen.«

»Manche von uns«, sagte Henry, »haben so viel Freiheit, dass sie nicht wissen, woher sie kommen, und nicht wissen, wohin sie gehen. Wenn man so viel Freiheit hat, weißt du, kann man nicht gleichzeitig Sicherheit haben.«

Cooper drehte den Kopf, um Henry anzusehen.

»Hier wird man gut umsorgt«, sagte Henry. »Man wird in Familien, Schulen und Colleges umsorgt. Der durchschnittliche englische Student würde auf einem durchschnittlichen amerikanischen Campus wie ein gefährlicher, nihilistischer Anarchist wirken. Der durchschnittliche englische Student hat nicht diesen Schwarm von Eltern und Lehrern hinter sich, dieses zuverlässige Stützkorsett. Hier aber hat man immer etwas, auf das man zurückgreifen kann. Man hat etwas, wo man hingehen kann, Menschen, die einen nicht so schnell aufgeben, was auch passiert.«

Cooper wandte den Blick ab.

»Im Moment erstickt mich das alles einfach nur.«

»Dann geh fort«, sagte Henry.

»Wie bitte?«

»Du hast mich verstanden. Geh fort. Weg von hier. Such dir einen Job in Seattle, Tucson oder Milwaukee. Verlass den Käfig und schau dich um.«

Cooper starrte ihn an.

»Hast du das getan?«

Henry zuckte die Achseln.

»Mein Käfig war von anderer Art.«

»Ich hab sie enttäuscht«, sagte Cooper bedrückt.

»Wirklich?«

»Ich bin nicht das, was Daddy ...« Er stockte.

»Bist du sicher, dass dein Vater wirklich eine so entschiedene Haltung hat?«

»Etwa nicht?«

»Darf ich Gillon zitieren?«

Cooper zuckte die Achseln.

»Wenn's denn sein muss.«

»Gillon meint, euer Vater glaubte, dass alles auf ewig festgelegt ist, festgelegt wie damals, als er hier aufwuchs. Und dass er jetzt allmählich erkennt, dass wir alle lernen, immerzu. Und dass sich ständig alles verändert.«

»Sie sollte vor ihrer eigenen Türe kehren«, sagte Cooper ärgerlich.

»Sie meint doch nur, dass euer Vater nicht in Stein gemeißelt ist. Genauso wenig wie sie. Oder du.«

»Himmel!«, sagte Cooper. Und trank einen großen Schluck Whiskey.

»Ich meine«, sagte Henry, »dass du Charleston weiterhin als einen sicheren Spielplatz für wohlhabende weiße Jungens wie dich betrachten oder dass du dir mal etwas anderes ansehen kannst.«

»Wer bist du denn, dass du so etwas zu mir sagst?«, fuhr ihn Cooper wütend an.

»Der, der dir zuhört. Der, dem du dich anvertraut hast.«

»Kein Grund für so 'ne gottverdammte Predigt.«

Henry leerte sein Whiskeyglas.

»Dann höre ich auf.«

»Das solltest du, verdammt noch mal, auch.«

»Reden wir vom Praktischen.«

»Zum Beispiel? Zum Beispiel davon, dass ich keinen Job habe, kein Geld, fällige Hypothekenzahlungen für die Wohnung ...«

»Die übernehme ich«, sagte Henry.

»Was?«

»Ich übernehme die Wohnung«, sagte Henry. »Ich werde die Zahlungen übernehmen, statt Miete. Dann kannst du gehen. Irgendwohin gehen. Irgendetwas tun.«

Cooper richtete sich auf. Er blickte aufs Meer hinaus. Dann sah er Henry an.

»O Mann, ja!«, sagte er.

Martha verließ das Postamt und blieb stehen, um einen Blick die Meeting Street entlang zu werfen. Die Gullah-Frauen waren da, wie immer, und flochten ihre komplizierten, filigranen Körbe aus Süßgras, während die fertigen zu ihren Füßen auf bunten Tüchern auf dem Bürgersteig ausgebreitet waren. Eine Gruppe Touristen blieb stehen und sah aus vorsichtiger Entfernung zu: Diese Gullah-Frauen hatten etwas Energisches, fast Einschüchterndes an sich, das einen Touristen aus dem Norden, verunsichert bei der voraussichtlichen Notwendigkeit, feilschen zu müssen, abschrecken konnte.

Martha zögerte. Sie hatte eigentlich beabsichtigt, durch die Broad Street ostwärts bis zu Boones Büro zu gehen, um nachzusehen, ob er Zeit hatte, mit ihr zum Lunch zu gehen. Sie wusste nicht genau, ob sie in den vergangenen zwanzig Jahren jemals spontan versucht hatte, mit Boone zum Lunch zu gehen, doch irgendetwas in ihr schien sich Gewissheit sowohl verschaffen als auch geben zu wollen. Sie holte ihr Handy aus der Handtasche und wählte Boones Büronummer. Cindy, Boones Sekretärin, meldete sich mit der langen, ausführlichen Formel, die sie so gewählt hatte, dass sie charmant, zugleich aber auch sachlich klang. So eindeutig nach Südstaatenart, dachte Martha jedes Mal, so absolut eindeutig nach Südstaatenart.

»Cindy? Hier ist Martha.«

»Ja, *Martha*«, sagte Cindy, keine Sekunde vom Charakter ihrer Ansprache abgelenkt. »Wie geht es Ihnen?«

»Danke, gut«, antwortete Martha. Cindys Haare – lang – würden perfekt frisiert, ihre Nägel perfekt lackiert und ihr Lippenstift perfekt gewählt sein. »Könnten Sie mich mit Boone verbinden?«

»Oh, tut mir Leid, Martha«, sagte Cindy – sie würde das Telefon so vorsichtig halten, wie man es tun muss, wenn man Nägel so lang wie die eines chinesischen Mandarins hat –, »aber Boone ist vor zehn Minuten zum Lunch gegangen. Er speist heute mit Nat Dooney im Magnolia's. Möchten Sie ihn dort anrufen?«

»Vielleicht«, sagte Martha. »Aber es war nicht so wichtig. Könnten ... Könnten Sie ihm sagen, dass ich angerufen habe?«

»Sie wollen ihn nicht selbst dort anrufen?«

»Nein«, antwortete Martha, der es plötzlich gleichgültig war, was Cindy dachte. »Nein. Ich möchte ihn nur wissen lassen, dass ich angerufen habe. Sagen Sie ihm, dass wir uns später sehen werden.«

»Gern«, sagte Cindy. »Gern, Martha. Ich werd's ihm ausrichten.«

Martha steckte ihr Handy wieder in die Handtasche zurück und ging zu Fuß die Broad Street entlang. Sie ging rasch, als hätte sie ein Ziel, bis sie die Spiegelglasfenster der Galerie erreichte, in der Gillon arbeitete. Es gab eine neue Frühjahrsausstellung, eine Ausstellung mit dem Thema gemaltes Wasser: Meere, Sümpfe, Flüsse und Seen. Martha spähte durch die Fenster hinein. Auf dem runden Tisch hinter dem Fenster konnte sie kleine Skulpturen von Muscheln und Fossilien sehen. Hinter dem Tisch entdeckte sie Gillon, die einen Mop oder Besen rhythmisch über den Boden schob.

Sie stieß die Eingangstür auf. Gillon hielt mit ihrer Arbeit inne und sah sich um.

»Mutter!«

»Hallo, Liebes«, sagte Martha.

Gillon lehnte den Mop neben einem riesigen grauen Gemälde von entweder Himmel oder Meer an die Wand und kam nach vorn gelaufen.

»Was machst du hier? Warum bist du nicht in der Praxis? Ist alles in Ordnung, mit dir?«

Martha neigte den Kopf zu einem Kuss.

»Mir geht's gut.«

»Aber ...«

»Zwei Patienten haben abgesagt. Das kommt fast niemals vor, und wenn es vorkommt, arbeite ich gewöhnlich meinen Papierkram auf. Aber diesmal – na ja, ich hatte plötzlich zwei Stunden frei, und da dachte ich ... ich dachte einfach, ich könnte vielleicht mit Daddy zum Lunch gehen.«

»Und?«

»Er ist mit Nat Dooney zum Lunch verabredet.«

Gillon musterte ihre Mutter.

»Ich kann hier jetzt nicht fort, Mama«, sagte sie, »aber ich würde mich freuen, wenn du dir ein Tunfisch-Sandwich mit mir teilst.«

»Es war eigentlich nicht wegen des Essens, ich bin nicht hungrig ...«

»Nein.«

»Aber ich würde gern ein paar Minuten mit dir reden«, sagte Martha vorsichtig.

Gillon legte eine Hand unter Marthas Ellbogen und führte sie in den Hintergrund der Galerie zu zwei Stühlen mit Lederlehnen neben einem Tisch, auf dem das Hauptbuch mit sorgfältig per Hand eingetragenen Aufträgen für die Galerie lag. Gillon zog einen Stuhl heraus. Auf dem Sitz lag ein Kissen, das kunstvoll aus einer gewebten Folkloredecke gefertigt war.

»Hier, Mama.«

Martha nahm Platz. Neugierig sah sie sich um.

»Also«, sagte sie, »wie lange hast du vor, noch hier zu arbeiten?«

Gillon nahm sich den zweiten Stuhl.

Gelassen antwortete sie: »Noch zwei Wochen.«

Martha zuckte ganz leicht zusammen.

»Zwei Wochen ...«

Gillon beugte sich vor.

»Ich wollte es dir sagen. Ich wollte es dir und Daddy sagen. Ashley habe ich's schon gesagt. Ich gehe nach Kalifornien.«

Martha sah sie an.

»Kalifornien?«

»Ich werde im Getty Museum arbeiten. Bei der Herkunftsverzeichnung der Ausstellungsstücke helfen. Sechs Monate lang.«

Martha faltete ihre Hände im Schoß.

»Und ... Und Henry?«

»Henry hat mir geholfen, den Job zu finden.«

Martha blickte auf ihre Hände hinab.

»Ashley hat mir erzählt, dass Henry dir gesagt hat, er werde ... er werde auf dich warten.«

»Ja.«

»Wie lange wird er warten? Wie lange verlangst du von ihm, dass er auf dich wartet?«

»Ich weiß es nicht, Mutter«, sagte Gillon ruhig.

Martha presste die Hände zusammen, dass die Knöchel weiß wurden.

»Und Cooper geht ...«

»Ja. Cooper geht nach Cleveland.«

»Und nun du.«

»Ja.«

Martha zog ihre Finger auseinander und breitete die Hände aus.

»Ashley braucht dich!«, rief sie verzweifelt.

»Ach, Mutter ...«

»Ich weiß nicht, ob ich ...«

Gillon rutschte von ihrem Stuhl und kniete sich neben ihre Mutter. Martha sah sie nicht an.

Mit ihrer normalen, neutralen Stimme sagte sie: »Wir alle brauchen dich.«

»Nein«, sagte Gillon ruhig.

»Und nun willst du wieder einmal davonlaufen ...«

»Nein«, sagte Gillon. »Nicht laufen. Gehen. Fortgehen. Und nach Hause kommen.« Sie legte ihre Hand auf Marthas beide.

»Wie kannst du Henry einfach den Rücken kehren?«

»Das tue ich nicht.«

»Wenn du gerade erst, endlich, vielleicht das Glück gefunden hast ...«

»Mutter«, sagte Gillon mit gespielter Ernsthaftigkeit, »du klingst genau wie Grandmama.«

Martha schenkte ihr ein zittriges Lächeln.

»Also, wäre das nicht ein schweres Schicksal?«

Die Tür zur Straße ging auf, und ein Mann und eine Frau, gleich gekleidet in Jeans und Sweatshirts, in den Händen einen Stadtplan von Charleston, kamen herein. Gillon tätschelte flüchtig Marthas Hand und erhob sich.

»Ich sollte jetzt gehen ...«

Gillon berührte ihre Schulter.

»Nein, warte. Ich bin gleich wieder da.«

Rasch ging sie nach vorn in die Galerie. Martha blieb, wo sie war, mit dem Rücken zur Galerie, den Blick auf den Boden gerichtet, den Gillon gebohnert hatte. Sie hörte Gillon fragen, ob sie helfen könne, dann sagte die Frau energisch, als fürchte sie, zum Kauf von etwas überredet zu werden, dass es ihnen lieber wäre, wenn sie sich die Ausstellung allein ansehen könnten. Gillon kam zu Martha zurück.

»Die werden nichts kaufen.«

»Nein?«

»Nur wenn sie ein Gemälde finden, das ganz zufällig den Fotos ihrer Hütte an irgendeinem See ähnelt.«

Martha blickte zu Gillon auf.

Dann sagte sie unsicher: »Ich freue mich für dich, dass du zum Getty Museum kannst.«

»Danke.«

»Und ... Und ich freue mich für Cooper.«

»Ja.«

»Es ...« Sie hielt inne.

»Mama?«

»Es ist ... nur so seltsam, dass mich das so sehr erschüttert.«

Gillon stieß einen langen Seufzer aus. Sie warf einen Blick zur Galerie hinüber. Das Pärchen betrachtete zweifelnd das riesige graue Gemälde. Vielleicht konnte sie sie zu dem kleinen Tisch mit den Skulpturen hinüberlocken. Es gab da ein paar sehr hübsche Fische unter den Fossilien sowie ein bis zwei Seepferdchen, die man als Briefbeschwerer benutzen konnte. Vielleicht. Die billigsten kosteten schließlich nur fünfunddreißig Dollar. Sie sah, wie die Frau den Blick von dem Gemälde löste und im Raum umherwandern ließ. Gillon legte Martha die Hand auf die Schulter.

»Das ist nur eine Veränderung«, sagte sie. Marthas Schulter fühlte sich unter ihrer Hand merkwürdig zart und empfindsam an. Sie drückte ein wenig fester zu. »Das ist nur eine Veränderung. So etwas kommt dauernd vor. Es ist nicht das Ende, es ist nicht das Ende von irgendetwas.«

20

In der Wohnung herrschte ein seltsam dämmriges Licht. Aus irgendeinem Grund hatte Cooper die Jalousien heruntergelassen, aber achtlos, manche zur Hälfte, manche zu einem Viertel, einige sogar schief. Henry erinnerte sich, dass er die Jalousien bewundert hatte, als er vor vielen Monaten zum ersten Mal die Wohnung sah. Sie bestanden aus schwarz gestrichenen Holzlamellen, sehr cool, sehr minimalistisch, nur dass sie inzwischen genauso mit einer Staubschicht überzogen waren wie der Fußboden, die Oberseite des Kühlschranks und der Bildschirm des überdimensionalen Fernsehers, von dem Cooper erklärt hatte, er sei zu groß, um ihn nach Cleveland mitzunehmen. Henry war weit davon entfernt, eine Wohnung blitzblank halten zu wollen, aber selbst er staunte, als er entdeckte, wie Coopers Achtlosigkeit und Nachlässigkeit sich in einer versifften Dusche und einem halb abgezogenen Bett manifestiert hatten, als habe Cooper mitten in der Nacht vor seinen Gläubigern fliehen müssen.

Das war natürlich nicht der Fall. Er hatte am späten Vormittag, mit sorgfältig gebürstetem Haar, einen Flieger nach Atlanta genommen, zu dem ihn sein Vater und die jüngere Schwester gebracht hatten, um sich am Flughafen von ihm zu verabschieden. Da er gesagt hatte, er wolle kein großes Theater, waren Martha und Gillon wie gewohnt zur Arbeit gegangen, während Henry ihm eine SMS auf dem Handy hinterließ. Cooper hatte zwei Koffer und seinen Computer; er ließ voll gestopfte Schränke zurück, Schränke voller Sportgeräte, ausrangiertem elektronischem Material, Herren-Magazinen, Kleidungsstücken und Trophäen, die er in der Highschool oder auf dem College gewonnen hatte. Außerdem hatte er Henry eine Zweiliterflasche Jack Daniels hinterlassen, zwei Sätze Schlüssel und, in den Staub auf der Fernsehkonsole gekritzelt, die Telefonnummer einer Frau namens Dolores, die möglicherweise kommen und die Wohnung putzen könne. Cooper hatte großspurig davon geredet, dass er Dolores beauftragen werde zu putzen, bevor er abreiste, aber mehr als davon reden hatte er nicht getan, und Henry hatte das auch nicht erwartet. Henry erwog, Dolores anzurufen, doch als er diese Räume betrachtete, sagte er sich, dass es seine Wohnung sei, die erste in seinem ganzen Leben, die er für sich allein hatte, und dass er sie nicht nur selbst putzen könne, sondern dass ihm das womöglich auch noch Spaß machen würde. Er war seltsam, der Gedanke, dass er diese Wohnung nicht teilen musste, es sei denn, dass er es wollte, und dass sie weder ein Kompromiss noch ein Provisorium war: Sie war keine Wohnung, in die er zu Bedingungen aufgenommen wurde, die von einem anderen diktiert wurden, einem anderen, der über Routine, Gewohnheiten und die Anzahl von Kissen entschied. Sie gehörte ihm.

Er ging in Coopers Schlafzimmer und begann die Bettwäsche abzuziehen. Ganz kurz war ihm der Gedanke gekommen, dass Gillon vorschlagen könnte, vorbeizukommen und ihm aufräumen zu helfen, aber das hatte sie nicht getan. Der Vertrag, ließ sie ihn wissen, sei zwischen ihm und Cooper geschlossen worden, und aus der Tatsache, dass Cooper ihr Bruder sei, lasse sich nicht ableiten, dass sie für den Zustand verantwortlich sei, in dem er die Wohnung zurückgelassen hatte. Henry warf die schmutzige Wäsche auf den Boden und machte sich an die Suche nach frischen Laken. Er bewunderte diese

Eigenschaft an Gillon, obwohl sie ihn immer noch überraschte. Es überraschte ihn, dass sie ihn – und Cooper – nicht zu ändern versuchte, dass sie es nicht für nötig zu halten schien, sie beide zu bessern, hinter ihnen herzuräumen, sie darauf hinzuweisen, dass wahrhaft verantwortungsbewusste Erwachsene sich so und so zu verhalten, gewisse Entscheidungen für die Gegenwart und gewisse Vorkehrungen für die Zukunft zu treffen hätten. Es war nicht so, dass sie sich nicht für ihn interessierte – ja, Henry hatte das Gefühl, dass sich in seinem Leben noch niemand so intensiv für ihn, so wie er war, interessiert hatte –, sondern dass ihr Interesse nicht sofort in den Wunsch mündete, zu formen und zu gestalten. Es war, als hätte sie der Anpassungszwang ihrer Kultur, ihrer Erziehung dazu gebracht, dagegen zu reagieren, nicht durch offene Rebellion, sondern indem sie sich unauffällig von ihm löste, um einen Raum zu schaffen, in dem sie sich eine eigene Meinung bilden konnte. Und weil sie dazu Distanz brauchte, war sie bereit, diese Distanz auch anderen Menschen zu gewähren, ihnen zu gestatten, auf eigenen Routen, auf eigenen Wegen zu eigenen Ergebnissen zu gelangen. Der Süden hatte sie geformt, aber nicht im geringsten so, wie es beabsichtigt gewesen war.

Und nun ging sie nach Kalifornien. Henry schüttelte ein frisches Laken aus seinen Wäschereifalten und legte es aufs Bett. Bevor sie ging, würde sie dieses Bett noch mehrmals mit ihm teilen; oftmals, wenn er sie dazu überreden konnte. Durch die Tatsache, dass sie fortging, fühlte er sich nicht im Geringsten bedroht, weil er nichts damit zu tun hatte, weil er Verständnis für ihre Gründe hatte, Verständnis dafür, dass er, weit entfernt davon, Teil dieser Gründe zu sein, selbst dicht daran gewesen war, der Grund dafür zu sein, dass sie das Angebot ausschlug.

»Nimm es an«, hatte er gesagt. Und quer über einen Cafétisch hinweg ihre Hände gehalten.

»Es ist jetzt so merkwürdig«, hatte sie entgegnet. »Es bist nicht nur du, es ist die Art, wie sich die ganze Dynamik entwickelt hat, dieses ganze Familiending, Mama und Daddy irgendwie so verletzlich, Ashley, die behauptet, sie brauche mich, Cooper, der bestätigt haben will, dass er nach Hause kommen kann, wenn er das will ...«

»Deswegen musst du das Angebot annehmen.«

Sie sah ihn an.

»Oder du wirst in den Strudel gesogen«, sagte Henry. »Dann werden sich alle an dich hängen.«

Sie lächelte.

»Versprich mir, dass du dich an mich hängen wirst.«

Er nahm ihre Hände und hielt sie fest. Und erwiderte ihr Lächeln.

»Versuch mal, mich daran zu hindern.«

Er würde häufig an den Wochenenden nach Kalifornien fliegen. Er würde diese lässige amerikanische Gewohnheit annehmen und sich einreden, Los Angeles sei nur einen Katzensprung entfernt, statt Tausende von schwierigen, trennenden Meilen. Er würde Gillon regelmäßig besuchen und die Schnittstelle – genau wie, das konnte er sich im Einzelnen noch nicht vorstellen, aber die Idee an sich gefiel ihm – der Kommunikation zwischen Gillon und ihrer Familie sein, als eine wohlmeinende, interessierte, aber nicht verpflichtete Brieftaube agieren. Er würde sich auf irgendeine unklare, doch lohnenswerte Art um den glatten Ablauf dieser Verbindungen kümmern, dafür verantwortlich sein, wie diese Familie – von deren Mitgliedern er eines liebte, während ihm die anderen lieb und teuer geworden waren – den Übergang von den alten Voraussetzungen zu den neuen Möglichkeiten schaffte. Im Stillen war er stolz bei der

Vorstellung, wie sich alles entwickeln würde, wie er ihnen mit behutsamer Hand helfen würde, dass sie sich entwickelten, dass er sich letztlich selbst als jemanden sehen würde, der eine andere Rolle übernommen hatte als lediglich die, der Mittelpunkt emotionaler Ambitionen eines anderen Menschen zu sein.

Er warf die Kissen aufs Bett zurück und zog die Tagesdecke zurecht. Er erwog, neue Kopfkissen anzuschaffen, und vielleicht weiße Bettwäsche, statt Coopers marineblauer. Er sah sich schon, wie er bei Bed, Bath and Beyond im Einkaufszentrum Dinge einkaufen ging, mit denen er noch niemals zu tun gehabt hatte, die ihm auch nichts bedeutet hatten, weil sie kein Leben repräsentierten, das er brauchte oder sich wünschte.

Er kehrte ins Wohnzimmer zurück. In der Mitte des Zimmers, anderthalb Meter vom Fernseher entfernt, stand Coopers La-Z-Boy. Daneben auf dem Teppich fand er die Fernbedienung und zwei leere Bierdosen. Henry mache es sich auf dem Sessel bequem und lehnte den Kopf zurück. Es war wirklich überraschend bequem, erstaunlich, aufregend bequem. Gemächlich sah er sich im Zimmer um. Es gab jede Menge freie Wände, jede Menge einladend leere Flächen, an die er Pinboards hängen konnte, um die besseren von seinen eigenen Bildern zu befestigen und sich in diesem außergewöhnlichen neuen Gefühl zu sonnen, nicht mehr jemand zu sein, an dem man fast verzweifelte, nicht mehr jemand, dem es immer – gerade eben – gelang, alles falsch zu machen, jemand, dem die Sprache und die Fähigkeit fehlte, zu reagieren und zufrieden zu stellen. Er dachte an Paula. Er dachte daran, wie sie sich aus Beziehungen eher zurückzog, als sie zu zerstören, indem sie sich falsch verhielt; er dachte an ihr verschlossenes Kindergesicht, wenn ihrer beider Mutter wieder einmal die Litanei ihrer eigenen

Enttäuschungen, ihres eigenen Verratenwerdens anstimmte. Unvermittelt empfand Henry eine kleine Woge der Zuneigung für Paula, Dankbarkeit dafür, dass sie da war, damit er nicht ganz ohne Familie dastand, nicht ganz aus dem Club ausgeschlossen, nicht ganz allein gelassen war, um all das schwere Gepäck zu tragen, das ihre Eltern durch ihr zerbrochenes Leben zurückgelassen hatten.

Wie Tilly. Henry verschränkte die Hände hinterm Kopf. Er schloss die Augen. William hatte ihm erzählt, dass Tilly die Wohnung in Parsons Green aufgeben und nach Oxford umziehen wollte. Darüber war William hoch erfreut. Er wollte die Wohnung übernehmen und in seinem eigenen alten Schlafzimmer eine Japanerin namens Tomoko unterbringen, die er bei einem Van-Morrison-Konzert kennen gelernt hatte. Irgendetwas an der Art, wie William Tomoko schilderte, verlieh Henry das Gefühl, dass sie nicht sehr lange in Williams altem Schlafzimmer allein bleiben würde. Sie sei eins achtundfünfzig groß, sagte William, und ihre Haare seien so schwarz und so unglaublich glatt, dass William es für nötig erachtete, diese Tatsache drei Mal zu erwähnen. Henry stellte sich Tomoko und William zusammen vor und kam auf eine Karikatur von Miss Saigon.

»Du bist ein Klischee«, mailte er William. »Das ist ein Witz.«

Tomoko absolvierte einen Filmkurs. Sie nahm William zu ernsten Kultfilmen mit ins Kino. Außerdem hatte sie, wie William auf eine Art verkündete, die Henry immer noch für vorwurfsvoll hielt, mit Tilly Freundschaft geschlossen. Tomoko war nach Oxford gefahren, um Tilly zu besuchen, die vorübergehend offenbar in einer Art Turm hauste, der ans Haus ihrer Mutter angebaut war. Wie Tomoko berichtete, waren Tilly und ihre Mutter wie Schwestern, eine glückliche Familie, Mutter und Tochter.

Henry machte die Augen auf. Die Spätnachmittagssonne kam durch die schiefen Jalousien und glitt über die staubige Fläche des Schränkchens, auf das Henry seinen Computer stellen wollte. Ihm selbst hatte Tilly natürlich nichts von diesen Dingen erzählt, genauso wenig wie von der Tatsache, dass William ihr einen Heiratsantrag gemacht und sie ihn abgelehnt hatte. Henry hätte auch nicht erwartet, dass Tilly oder William diese merkwürdig interessante Information ausgeplaudert hätten, aber er war Susie dankbar, dass sie es ihm erzählt hatte, obwohl ihre Gründe dafür zorniger und rachsüchtiger Natur waren. Unterschwellig war er erleichtert, dass Tilly William einen Korb gegeben hatte, nicht, weil er jetzt noch irgendwie eifersüchtig war, sondern weil er dann nicht mehr so viel von ihr gehalten hätte, und er wollte sie als bewundernswerten Menschen in Erinnerung behalten, als einen Menschen, der mehr verdient hatte, als er oder William ihr geben konnten. In seinen Augen war Tilly eine vollkommene Persönlichkeit, und das Problem ihrer Beziehung lag nicht in ihr, sondern in ihrer Verbindung mit ihm in seinem damals unreifen Zustand.

Vielleicht – Henry blickte an die Decke, wo Cooper einen eleganten Ventilator im Kolonialstil installiert hatte – war Tillys Vollkommenheit eine Illusion gewesen. Vielleicht war sie wie jemand, der einen Fluss auf einer Brücke überqueren will, die es nicht gibt, und der sich sagt, solange er vorwärts gehe, werde die Vergangenheit ihr gehorsam nachfolgen. Wenn sie – nach all den Jahren – zu ihrer Mutter heimkehrte, geschah das vielleicht, weil ihr klar wurde, dass sie zurückkehren und nun doch noch versuchen sollte, jene Brücke zu bauen. Nicht jeder würde das tun müssen – es musste Legionen von Menschen geben, die blindlings weiterliefen –, aber vielleicht Tilly. Die Kombination von Verletzlichkeit und Gewissenhaftigkeit in Tillys Natur könnte sie letztlich überzeugt haben, dass man verwundet weiterhinken kann, wenn man das unbedingt will, dass man jedoch, falls sich die Chance bietet, auch zum Ausgangspunkt zurückkehren und versuchen kann, alles in Ordnung zu bringen.

Henry seufzte. Eigentlich müsste er sich aus diesem Sessel erheben und die Runde durch die Wohnung machen, Schränke öffnen, Entscheidungen treffen, den Dingen seinen Stempel aufdrücken. Martha hatte ihm geraten, alles, was ihm im Weg stand, einfach wegzuwerfen; Cooper würde bestimmt nicht mehr wissen, was ihm gehörte, Cooper war weit mehr an dem interessiert, was geschehen würde, als an dem, was geschehen war. Als Martha ihm das sagte, fiel Henry ein, dass man seiner Herkunft sehr, sehr sicher sein musste, um so zu denken, dass man, in den Worten des sentimentalen keltischen Gedichtes, das Tilly in Verkennung seiner Persönlichkeit in die Glückwunschkarte zu seinem einundzwanzigsten Geburtstag geschrieben hatte, sicher sein musste, dass man den Wind immer im Rücken hatte und einem die Sonne stets ins Gesicht schien. Nun, vielleicht kamen der Wind und die Sonne jetzt endlich auf seine Seite. Vielleicht würde er in einigen Jahren mit relativer Sicherheit wissen, was Cooper, Ashley und sogar Gillon auf ihre launenhafte Art von jeher für selbstverständlich gehalten hatten.

Er stieg aus dem La-Z-Boy und schlenderte ans Fenster. Durch die Jalousie sah er Grundstücke und Gärten und einen kleinen Jungen, der mit einem Baseballschläger ganz allein ein seltsames, schwungvolles Ballett aufführte. Das Telefon klingelte. Henry wandte sich um. *Sein* Telefon, *seine* Wohnung, jemand, der *ihn* sprechen wollte. Lächelnd eilte er durchs Zimmer zum Apparat.

»Hallo«, sagte er, immer noch lächelnd, »hier Henry Atkins.«